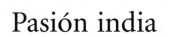

Pasión india

Seix Barral

Javier Moro
Pasión india

Segunda impresión en esta presentación:
vigésima impresión, noviembre 2005

Ediciones anteriores en otra presentación:
primera edición a decimoctava impresión,
enero 2005 a octubre 2005

© Javier Moro, 2005

Derechos exclusivos de edición
en castellano reservados
para todo el mundo:
© EDITORIAL SEIX BARRAL, S. A., 2005
Avda. Diagonal, 662-664 - 08034 Barcelona
www.seix-barral.es

El papel utilizado para la impresión de este libro es cien por cien libre de cloro,
está calificado como **papel ecológico** y ha sido fabricado a partir de madera
procedente de bosques y plantaciones gestionadas con los más altos estándares
ambientales, garantizando una explotación de los recursos sostenible con el medio
ambiente y beneficiosa para las personas.

ISBN: 84-322-9663-5
Depósito legal: B. 48.573 - 2005
Impreso en España

El editor hace constar que se ha hecho todo lo posible
por localizar a los poseedores de los copyrights
de las imágenes que ilustran esta obra, por lo que manifiesta
la reserva de derechos de los mismos, y expresa su disposición
a rectificar errores u omisiones, si los hubiere, en futuras ediciones.

A Sebastián, rajá de San Agustín y Bécquer,
y a su madre la princesa Sita.

La providencia ha creado a los maharajás para ofrecer un espectáculo al mundo.

RUDYARD KIPLING

A los niños de ambos sexos se les debe llevar de caza una vez a la semana sin falta, y cuando sean más mayores deben, como regla, pasar por lo menos dos semanas al año cazando el tigre.

Notas sobre la educación de un gobernante
(Maharajá de Gwalior, General Policy Durbar, 1925).

Todo vale, porque la pasión no espera.

Kamasutra 2.3.2

El Imperio británico de la India a principios del siglo XX

PRIMERA PARTE

LA VIDA ES UN CUENTO DE HADAS

1

28 de noviembre de 1907. Reina la calma sobre el océano. El mar de Arabia está liso como una enorme mancha de aceite que se extiende hasta el horizonte de tinieblas. Al surcar las aguas costeras de la India, el *S.S. Aurore*, un buque de ocho mil toneladas de la naviera francesa Messageries Maritimes, deja a su paso unas suaves ondulaciones que agitan la superficie del mar. De sus dos altas chimeneas blancas con una banda azul surgen columnas de un humo que se difumina en el cielo estrellado de la noche del trópico. La hélice gira con sonido regular. El barco ha salido de Marsella cuatro semanas antes con pasaje compuesto en su mayoría por funcionarios coloniales ingleses y franceses, misioneros, familias de colonos y militares con destino a Pondichéry y Saigón, la escala final. Si en Marsella se quejaban del frío de finales de octubre, ahora lo hacen de ese calor húmedo que obliga a todos los pasajeros a dormir en cubierta. El aire es cada vez más denso, como si la luna tuviera el poder de calentarlo. La deliciosa temperatura de las primeras escalas —Túnez y Alejandría— no es más que un lejano recuerdo. Algunos pasajeros de primera han pasado la tarde disparando a los albatros y a las gaviotas. Es su manera de afinar la puntería, de entrenarse para las grandes cacerías que les esperan.

Tumbadas en las sillas *charlottes* de la cubierta superior, dos mujeres se entretienen observando a los peces voladores que forman destellos sobre el mar oscuro; unos se estrellan contra el casco del barco, otros aterrizan de mala manera sobre el suelo de teca, y un grumete los recoge y los mete en un cubo que luego vuelca por la borda. La más joven es una española que acaba de cumplir diecisiete años. Se llama Ana Delgado Briones. Elegantemente ataviada con un vestido de seda verde del modisto Paquin, lleva el pelo castaño ensortijado y recogido en un moño que resalta la finura de su cuello, y pendientes de perlas. Su rostro es de forma oval, tiene unas facciones bien proporcionadas y grandes ojos negros de mirada lánguida. La otra —Madame Dijon, de unos cuarenta años— es su dama de compañía. Tiene la cara alargada y aire de urraca. Parecería una institutriz de provincias si no fuera por su atuendo distinguido: falda blanca hasta los tobillos, blusa de muselina a juego y un sombrero de paja de ala ancha.

—Esta noche, durante la cena en la mesa del capitán, chisst... —dice Mme Dijon con aire cómplice, colocándose un dedo sobre los labios en señal de silencio—. ¿*D'accord*, Anita?

La española asiente con la cabeza. Están invitadas a cenar en la mesa del capitán porque... ¡Es la última noche! A la joven le parece mentira. El viaje se le ha hecho interminable. Los primeros días quería morirse de tan mareada como estaba y le suplicaba a su dama de compañía que la autorizase a desembarcar en la próxima escala. «La mala mar no dura...», contestaba Mme Dijon para tranquilizarla. Lola, su doncella malagueña, una chica pequeña, morena y vivaracha que viaja en un camarote de tercera clase, atiborrada de peregrinos musulmanes que regresan de La Meca, también ha querido morirse: «¡Esto es peor que un carricoche!», clamaba entre arcadas, cuando subía a atender a «su señora» cada vez que la llamaba. A Lola se le habían acabado los mareos al calmarse el mar, pero Anita ha seguido con náuseas y vértigos durante todo el viaje. Está ansiosa por pisar tierra firme; el mar no es lo suyo. Además, lleva soñando durante más de un año con su nuevo país. «¿Cómo será la India?», se pregunta siempre que un pasajero comenta que no se parece a nada de lo que un europeo pueda conocer, ni siquiera imaginar.

Durante la travesía, Ana Delgado ha sido el blanco de todas las miradas y de todas las habladurías tanto por su atractivo como por el misterio que la rodea. Las magníficas joyas que le gusta lucir revelan a una joven adinerada; sin embargo, su temperamento dicharachero y su manera de hablar, en un francés defectuoso y con acento andaluz, evocan un origen incierto. Todo en ella es desconcertante, lo que, añadido a su deslumbrante belleza y a su chispa, atrae a los hombres como a las abejas un panal de miel. Un pasajero inglés, que ha sucumbido a sus encantos, le acaba de regalar un broche, un camafeo, con dos rosas esmaltadas y un espejito. Otros no son tan finos. Un oficial del ejército colonial francés la ha llamado «cintura de avispa» al cruzarse con ella en las escaleras. Anita ha recibido el piropo con sonrisa pícara, al tiempo que le ha mostrado el anillo de platino y brillantes que lleva en el anular de la mano derecha. Suficiente para callarle la boca al francés y a los demás curiosos, que no aciertan a adivinar quién será esa pasajera tan singular.

Al oír la campana que anuncia la cena, las dos mujeres bajan al restaurante, un amplio salón de relucientes paredes de teca con un estrado donde seis músicos vestidos de frac tocan aires de Mendelssohn. Las mesas redondas, cubiertas de mantelerías bordadas y con la más fina vajilla de Limoges, están iluminadas por candelabros de cristal de Bohemia que tintinean cuando hay marejada. El capitán las ha invitado a su mesa, a la cena de despedida. Los otros comensales son tres miembros del cuerpo diplomático francés que se dirigen a Pondichéry.

—Se ha creado mucho misterio en torno a su persona durante la travesía —comenta uno de los franceses—. A día de hoy, no sabemos todavía el motivo de su viaje a la India y nos devora la curiosidad.

—Ya se lo dije en una ocasión, monsieur. Vamos a casa de unos amigos ingleses que viven en Delhi.

Anita y Mme Dijon se han puesto de acuerdo en esa mentirijilla. Están decididas a guardar el secreto hasta el final. Pero nadie las cree, ni los diplomáticos franceses, ni la tripulación, ni el resto del pasaje. Una joven tan atractiva, tan enjoyada y encima española es algo inaudito en la India de 1907.

—Mañana, en Bombay, el calor será mucho más sofocante —advierte Mme Dijon, cambiando de tema.

—Es un clima penoso al que es difícil acostumbrarse. La India no conviene a todo el mundo —tercia uno de los franceses, mirando de reojo a Anita.

—Yo he vivido allí antes de enviudar... —añade Mme Dijon.

—¿Ah, sí? ¿Dónde?...

A duras penas la mujer consigue desviar la atención de su interlocutor.

¡Es difícil guardar un secreto! A Anita no le gusta mentir, pero se da cuenta de que no puede decir la verdad. Aunque arde en deseos de contarlo todo sobre su vida, sabe que tiene que callarse. Son órdenes del rajá. Quizás por eso no ha disfrutado de la travesía, porque el obligado silencio la ha aislado de los demás. Y aunque hubiera podido hablar... ¿Cómo decir la verdad? ¿Cómo contar que va a la India a casarse con un rey? ¿Cómo decir que allá, en el lejano Estado de Kapurthala, la están esperando como a una soberana? A sus diecisiete años va a ser la reina de un país que ni siquiera conoce... No, eso no se puede contar así, al primero que pregunte. El rajá tiene razón: la historia es tan inverosímil que más vale callarla. Es tan increíble que ni ella misma consigue creérsela. A veces piensa que está viviendo un sueño. En tres años su vida ha cambiado tanto que parece una ficción. Ha pasado de jugar con muñecas a casarse por lo civil con un rajá indio en la alcaldía del barrio de St. Germain de París. El hecho de mirarse los dedos finos y cuajados de sortijas le ayuda a creérselo. Y le recuerda aquel día, hace un mes, en un París más lluvioso y melancólico que nunca. ¡Dios mío, qué ceremonia más fría y más triste! No fueron los esponsales de una princesa, desde luego, sino un puro trámite. Vestidos de domingo, sus padres, su hermana Victoria, el rajá, su ayudante de cámara y ella entraron en las oficinas de la Mairie de St. Germain y salieron casados unos minutos después de haber firmado en unos cuadernos enormes. Casados sin pompa, ni música, ni arroz, ni amigos, ni baile. Una boda así no es una boda. Acabaron en la Brasserie Lipp comiendo chucrut regado con vino de Alsacia y champán, como en un vulgar día de fiesta. ¡Ella, que siempre soñó con casarse de blanco, por la Iglesia, con las amigas del colegio y del barrio de Málaga cantando la salve rociera! Ésa sí hubiera sido una boda como Dios manda. Alegre, no como aquel trámite fúnebre de París. Se le encoge el corazón cuando piensa en su padre, en el pobre don Ángel Delgado de los Cobos, tan digno con su espeso bigote gris y su aire de hidalgo español, pero tremendamente triste al despedirse de su hija a la salida de Chez Lipp, con el rostro empapado por la lluvia, o quizás por las lágrimas, después de entregar su ojito derecho a «un rey moro», como llamaban al principio al rajá, antes de conocerle. Sí, encauzó a su hija hacia un destino extraordinario. Pero lo hizo obligado. Primero, por su propia mujer, quien, aunque al principio se opuso categóricamente a los deseos del rajá, fue cambiando de opinión ante la opulencia de los regalos que recibió su hija. También se vio presionado por los vecinos, los amigos y sobre todo por los tertulianos del Nuevo Café de Levante, entre los que se encontraban el mismísimo Valle-Inclán, Ricardo Baroja, Leandro Oroz, etc., todos los que conspiraron para hacer de Anita una princesa oriental. «No se puede desaprovechar semejante oportunidad», le dijo muy seriamente Valle-Inclán a doña Candelaria Briones, la madre de Anita, cuando le comentó la proposición del rajá de llevarse a su hija.

«¿Y la *jonra*, qué me dice de la *jonra*?», replicó doña Candelaria. «Eso tiene arreglo —zanjó el célebre escritor—. ¡Exija el matrimonio!»

—¡Que venga con todos los papeles en la mano, a casarse con todas las de la ley, como hacen las personas decentes! —añadió Oroz.

Al final, ésa fue la única condición impuesta por el matrimonio Delgado. El casamiento salvaba la «jonra». Era lo único que permitía preservar la dignidad de la familia, aunque don Ángel hubiera preferido no tener que desprenderse nunca de su hija tan joven.

El rajá cumplió con la condición aquel día gris en París. Accedió a casarse por lo civil para que los padres de su amada se quedasen tranquilos. Pero para él tampoco había sido una boda de verdad. La que tenía preparada en su país, allí donde Anita se dirigía en barco y luego en tren, iba a ser como de *Las mil y una noches*. Ni los sueños más deslumbrantes que pudiera tener la muchacha conseguirían imaginársela. Eso le había dicho aquel día, para consolarla de la tristeza provocada por la separación definitiva de sus padres.

El pobre don Ángel no sólo perdía a Anita. Dentro de nada iba a perder a su otra hija, Victoria, que en París había conocido a un millonario americano de quien se había enamorado perdidamente. Dos hijas convertidas de la noche a la mañana en dos ausencias. Y todo a causa de un rey de Oriente. El hombre se había quedado con el corazón roto, y Anita lo sabe. Piensa en él todas las noches antes de dormir. También piensa en su madre y en su hermana, pero con menos pena. Ellas son más fuertes y, además, su madre ha conseguido lo que quería: no tener que preocuparse nunca más por el dinero. «Gracias, Alteza.» Y pide por todos a la Virgen de la Victoria, «su» virgen, la santa patrona de Málaga, mientras el buque iluminado se acerca a la costa del país de los mil millones de dioses.

2

Al alba, el *S.S. Aurore* llega a la altura de la costa y vira para poner rumbo al puerto de Bombay. Anita y Mme Dijon están apoyadas en la barandilla de la cubierta superior. La ciudad aparece en el horizonte como una suave mancha oscura que emerge de la neblina. Unas embarcaciones de pesca, pequeños veleros de vela triangular y un palo, surcan las aguas de la bahía. Son pescadores *koli*, los habitantes originales de Bombay, los primeros que vieron desembarcar, hacía ya tres siglos, a unos portugueses que bautizaron el lugar como *Bom Bahia*, la buena bahía, lo que dio origen al nombre actual. Los *koli* creyeron que aquellos hombres altos, de piel enrojecida y brillante que venían de Goa tenían algo de animales mitológicos, como si se hubieran escapado de algún episodio del *Mahabharata*, la gran saga épica del hinduismo. Venían precedidos de un aura de terror porque la conquista portuguesa de Goa había sido una historia de muerte y destrucción, de templos hindúes y mezquitas arrasados, de casamientos forzosos de mujeres hechas prisioneras, y todo en nombre de un nuevo dios que, supuestamente, era magnánimo y compasivo. La manera como los portugueses inauguraron la colonización europea de la India no había sido precisamente la de una historia de amor entre Oriente y Occidente.

—Pero los *koli* de Bombay tuvieron suerte —Mme Dijon

conocía bien la historia de la ciudad. Su marido había sido profesor de francés en St. Xavier's School, el blasón de las instituciones educativas británicas en la ciudad—. Los portugueses no sabían qué hacer con el lodazal insalubre que era Bombay, de manera que el rey de Portugal se lo ofreció como dote a Carlos II de Inglaterra cuando éste se casó con Catalina de Braganza.

—O sea, ¿que esta ciudad es un regalo de bodas? —pregunta Anita, emocionada y nerviosa por la perspectiva de la llegada y siempre atenta a las explicaciones de su dama de compañía.

En la lejana orilla ven a hombres en cuclillas que vierten cántaros de agua sobre sus cabezas en el ritual matutino del baño, un invento indio que primero los ingleses y luego los europeos tardarían más de cien años en adoptar. Búfalos de piel negra y brillante pasean entre las chozas de adobe con techo de hojas de palma. En la desembocadura de un riachuelo, mujeres con el torso desnudo se lavan el pelo mientras los niños chapotean en las oscuras aguas. Un bosque de mástiles, grúas y chimeneas anuncia la proximidad del puerto: goletas árabes, juncos chinos, cargueros con pabellón americano, fragatas del ejército inglés, pesqueros... La primera visión que los pasajeros tienen de la ciudad es la del paseo marítimo, con sus palmeras, sus oscuros edificios y, entrando ya en puerto, la imponente silueta del hotel Taj Mahal, coronada por cinco cúpulas. La neblina recordaría a Inglaterra si no fuera por el aire pegajoso y por los cuervos que vuelan alrededor de los tejados y de las chimeneas del buque, y cuyos graznidos se mezclan con el ulular de la sirena. Vestida para la ocasión, Anita está muy guapa, aunque su belleza no reside en un detalle aislado. Viste una falda de algodón blanco, larga hasta el suelo, y una blusa de seda bordada que resalta la esbeltez de su talle. Con ojos brillantes de impaciencia, se seca nerviosamente las sienes y las mejillas con un pañuelo, mientras con la otra mano se protege del sol que despunta detrás de la ciudad. El *Aurore* está finalizando la maniobra de atraque. «¿Vendrá a recibirme?», se pregunta.

—Dime si le ves, ¡que tengo el corazón en vilo! —le ruega a Mme Dijon.

Abajo, en el dique, Mme Dijon observa a cientos de culis, porteadores con la piel brillante de sudor, vestidos con un paño alrededor de la cintura, que entran en las bodegas del barco como columnas de hormigas y salen cargados de paquetes, maletas y baúles. Oficiales ingleses, impecables en su uniforme caqui, supervisan el desembarco. Los pasajeros de primera son acompañados hasta el edificio de la aduana por agentes de la naviera; los de segunda y tercera van por su cuenta. Reina gran bullicio y animación. Cajas y baúles se amontonan en el muelle. Una grúa con una polea gigante, mástiles de carga y cables de los que unos estibadores tiran con enorme esfuerzo, permiten descargar el cargamento más preciado del barco: dos caballos de raza árabe, regalo del sultán de Adén a algún maharajá. Con los ojos desorbitados de terror, los purasangres patean al aire como si fuesen insectos gigantes. Una decena de elefantes transportan cajas, muebles, carros y piezas industriales que salen del vientre del buque. Huele a humedad, a humo, a hierro y a mar. Por encima del graznido de los cuervos se entremezclan los gritos, los saludos y los silbatos de los guardias. Los pasajeros que desembarcan, en su mayoría ingleses, son recibidos por sus familiares, bien vestidos y pulcros. A los más importantes, a los que tienen algún cargo oficial, se les da la bienvenida con guirnaldas de claveles de la India, de color naranja, que les colocan alrededor del cuello. En el edificio de la aduana y mientras Mme Dijon y Lola cuentan los cincuenta baúles que componen el equipaje de la española, Anita acierta a ver alguna que otra india ataviada con el sari. Pero no le ve a él. Al que la ha hecho venir, y que le ha prometido todo el amor del mundo.

—¿Es usted Mrs Delgado?

La voz que oye a sus espaldas la hace sobresaltarse. Se gira: «¡Es él!», piensa en el fulgor de un instante. El turbante rojo carmesí, la barba elegantemente enrollada, y el espléndido uniforme azul con cinturón azul y plata la han confundido. Enseguida se da cuenta del error y se pone seria, mientras el hombre le coloca una guirnalda de flores.

—¿Se acuerda de mí? Soy Inder Singh, enviado de Su Alteza el rajá de Kapurthala —dice, juntando las manos a la altura del pecho e inclinándose en señal de respeto.

¡Cómo no se va a acordar! Anita necesitaría varias vidas para conseguir olvidar a aquel hombre tan alto y de aspecto tan impresionante que un día llamó a la puerta del exiguo piso de la calle del Arco de Santa María, en Madrid, donde vivía con su familia. Era tan corpulento que no cabía por la puerta. Un auténtico sij, orgullo de su raza. No había habido manera de que se sentase durante la visita y abultaba tanto que ocupaba todo el espacio de la cocina-recibidor. Había venido expresamente desde París para entregarle a Anita, en persona, una carta de parte del rajá. Una carta de amor. La carta que había trastocado su vida.

—¡Capitán Singh! —exclama Anita, contenta como si reencontrase a un viejo amigo.

—Su Alteza no ha podido venir a recibirla y pide excusas por ello, pero todo está listo para que ustedes prosigan viaje hasta Kapurthala —le dice Inder Singh en un francés mezclado con inglés e hindi, lo que hace que el conjunto sea apenas comprensible.

—¿Está muy lejos de aquí?

Inder Singh niega con la cabeza, en un gesto muy típico de sus compatriotas, que despista a los extranjeros porque no siempre equivale a una negación.

—A unos dos mil kilómetros.

Anita se queda estupefacta. El indio prosigue:

—La India es muy grande, *memsahib*. Pero no se preocupe por nada. El tren hacia Jalandar saldrá pasado mañana a las seis.

De Jalandar a Kapurthala serán sólo dos horas de coche. Tiene reservada una suite en el hotel Taj Mahal, aquí al lado...

El hotel es de estilo victoriano, diseñado por un arquitecto francés que acabó suicidándose porque el resultado no le gustó. Pero es aun así grandioso.

Con verandas y pasillos enormes para que circule siempre el aire, una escalinata iluminada por la tenue luz de las vidrieras, techos góticos, maderas nobles en las paredes, cuatro flamantes «ascensores eléctricos», una orquesta permanente y tiendas repletas de sedas multicolores, el hotel es un mundo aparte dentro de la ciudad, el único lugar público abierto a los europeos e indios de todas las castas. Los demás hoteles de lujo son sólo para «blancos».

Lo primero que hace Anita al entrar en la Suite Imperial es abrir las ventanas para dejar que la brisa cálida del mar de Arabia traiga los olores y los ruidos del paseo marítimo. Allí abajo está el *Aurore*. El calor es de plomo.

Aunque lo que le apetece de verdad es echarse en la cama y llorar, no quiere dar un espectáculo ante sus acompañantes. Dirán que es una chiquilla, que cómo pretende que el rajá en persona se desplace dos mil kilómetros para recibirla, y claro, tienen razón, piensa, pero aun así se siente decepcionada. Entonces, lo mejor será salir a la calle, a descubrir su nuevo país.

«¡A ver si de paso se me quita este mareo que me hace tropezar como una borracha!» Lleva semanas soñando con ese momento: «Vamos, que quiero verlo y explorarlo todo...», le dice a Mme Dijon. Luego, se dirige a su doncella: «Lola, será mejor que te quedes aquí, no vaya a ser que te den arcadas por los olores, como en Alejandría.»

3

En la calle huele a fruta pasada, a barro y al incienso de los altarcitos. Las vacas campan a sus anchas sin que nadie parezca ofuscarse, excepto Anita, que no entiende por qué no las usan para tirar de los *rickshaws*, unos carritos de dos ruedas que llevan pasajeros, en lugar de permitir que lo hagan unos hombres esqueléticos que parecen más muertos que vivos. «Nosotros nos las comeríamos de buena gana», comenta el chófer del coche de caballos, un musulmán llamado Firoz, que lleva perilla y una *kurta* tan sucia que es imposible adivinar su color original. «... Pero para los hindúes, la vida de una vaca vale más que la de un hombre, así que... ¡a ver quién se las come!» El coche se cruza con flamantes tranvías de dos pisos; acaban de ser puestos en servicio, y recorren las calles del centro entre grandes explanadas de césped y edificios señoriales, todos del mismo estilo victoriano, casi gótico. «Estos tranvías son mejores que los de Liverpool», asegura Firoz, orgulloso de su ciudad. Llegados al Crawford Market, Anita se queda maravillada ante la profusión de mercancías: es un auténtico bazar oriental. «Aquí vienen los ingleses y los parsis a comprar —explica el musulmán—. Son los que más dinero tienen.» Se vende de todo, desde caniches a tabaco turco o frutas desconocidas para ellas que los tenderos, desde lo alto de pirámides de verduras, dan a probar a las dos mujeres. Los bajorrelieves que decoran la estructura metálica y la fuente del interior son obra de un artista llamado Lockwood Kipling, cuyo hijo Rudyard acaba de ser galardonado con el premio Nobel de literatura hace tan sólo dos meses.

Anita se dedica a explorar todos los bazares que siguen al Crawford Market, repletos de tiendas y puestos que venden cereales y azúcar de Bengala, dulces de Cachemira, tabaco de Patna o quesos de Nepal; en el bazar de las telas quiere tocar con sus manos todas las variedades de sedas de la India; en el mercado de los ladrones se le van los ojos tras las joyas y los objetos más curiosos. En dos kilómetros cuadrados hay una docena de grandes bazares, más de cien templos y santuarios, y más mercancía en venta de la que Anita y Mme Dijon han visto en toda su vida.

Fuera del centro colonial, con edificios opulentos y anchas avenidas, hay un laberinto de callejuelas, un hormiguero de gente, un batiburrillo de razas y de religiones, una explosión de vida y un caos como sólo las grandes metrópolis de Asia pueden generar. Anita y Mme Dijon tienen que detenerse de vez en cuando para secarse el sudor y tomar aliento. «¡Qué ciudad tan ruidosa, llena de toda clase de indios vestidos, o a medio vestir, de extrañas maneras o casi descalzos!», escribiría Anita en su diario.[1] Le parece que todos hablan al mismo tiempo lenguas diferentes. En un pequeño puerto de pescadores, los *koli* subastan la pesca de la mañana. El griterío, el olor y el ambiente le recuerdan a Anita la lonja del barrio malagueño donde pasó la infancia, un barrio pobre llamado el Perchel, por las perchas donde secaban el pescado. Y los niños de piernas delgadas como palillos y ojos negros de *khol* se le parecen a los niños pobres de Andalucía, que también corretean desnudos por las barriadas de chabolas. Pero aquí son más pobres. Hay niños tan enfermos

1. Las frases de su diario han sido extraídas del libro de Elisa Vázquez de Gey, *Anita Delgado* (Planeta, 1997).

que parecen ancianos y otros con la barriga hinchada de gusanos; también hay mendigos con horrendas mutilaciones a los que el hábil Firoz se encarga de apartar. «Aquí los pobres lo son de solemnidad», dice Anita, apartando la mirada de un leproso cubierto de llagas que se le acerca tendiendo una escudilla. No puede reprimir una retorcida mueca de asco cuando se da cuenta de que en lugar de pelo, como creía, el mendigo tiene la cabeza cubierta de moscas.

Demasiado rica, demasiado pobre: el contraste de Bombay aturde a la malagueña, pero aun así desea verlo todo, como si en su primer día quisiera abarcar y entender la complejidad de su nuevo país. Firoz las lleva hasta el otro lado de la bahía, y el coche se adentra en una calle que serpentea por una colina. Los caballos jadean al subir. Arriba hay cinco torres desde donde se divisa toda la ciudad. La vista es espléndida, aunque el lugar parece fuera de este mundo. El silencio se ve constantemente interrumpido por el aleteo de los buitres y el graznido de miles de cuervos. Son las Torres del Silencio, donde los parsis celebran sus ritos funerarios. Seguidora de Zaratustra, un sacerdote del este de Persia que compuso himnos que recreaban sus diálogos con Dios, la religión parsi es una de las más antiguas de la humanidad. Cuando fueron expulsados de Persia por los musulmanes, los parsis recalaron en la India. Los ingleses les cedieron una colina en Bombay para disponer de sus muertos. Ellos no los entierran ni los queman, los colocan desnudos sobre losas de mármol en esas cinco torres. Los buitres y los cuervos se abalanzan sobre los cadáveres y los devoran en segundos, de manera que la muerte vuelve a la vida. Los únicos que tienen derecho a manejar los cadáveres son los «conductores de los muertos». Vestidos con un simple paño alrededor de la cintura, y provistos de un palo arrojan al mar los huesos y los restos que no han sido devorados. Es un lugar que atrae a los extranjeros por sus vistas espectaculares y quizás también por una especie de curiosidad morbosa. Pero Anita no aguanta el espectáculo. El aire cargado de olores, el calor, el mareo de tierra y la visión de las aves rapaces y de unos hombres que parecen estar ya en el otro mundo, la hacen sentirse mal. «¡Por favor, sácame de aquí!», ruega a Mme Dijon.

Al volver bordeando la bahía las piras funerarias que iluminan el crepúsculo impresionan a Anita casi tanto como las Torres del Silencio. No está acostumbrada a esa presencia tan cercana de la muerte. Para la joven malagueña, el día ha tenido demasiadas emociones fuertes. Ebria de colores, de olores y de sonidos, se siente desfallecer. Lo que ha visto no es ni una ciudad, ni tan siquiera un país, sino un mundo. Un mundo demasiado extraño y demasiado misterioso para una andaluza que apenas ha abandonado la adolescencia. Un mundo que le da miedo. De pronto, le entran ganas de sollozar, de vaciar todas las lágrimas de su cuerpo, pero se contiene. Tiene «mucha *jonra*», es valiente y hace esfuerzos por dominar sus sentimientos. «¡Qué lejos queda España!», suspira para sus adentros.

Más tarde, al bajar al Sea Lounge, el restaurante del hotel, bellísima en su vestido de noche, como exige la etiqueta, y quizás a causa del calor que los ventiladores no aciertan a disipar o quizás debido a la melodía familiar que toca la orquesta y que tanto le recuerda su vida anterior, Anita Delgado se tambalea. Esta vez, el esfuerzo que hace para controlarse no sirve de nada. Da unos pasos vacilantes y termina por desplomarse sobre la mullida alfombra persa, causando una pequeña conmoción entre sus damas de compañía, los demás comensales y los camareros, que se arremolinan alrededor de la joven de belleza marmórea sin saber muy bien qué hacer para devolverle la conciencia.

4

El doctor Willoughby se pasa lentamente los dedos por sus anchas patillas canosas y por su mostacho con puntas engominadas. Afincado en Bombay desde su jubilación del ejército, es el médico de los clientes del hotel. Generalmente, sus visitas tienen que ver con disenterías, cólicos y diarreas descomunales que los blancos recién llegados atrapan con facilidad pasmosa. Y a veces con algún suicidio, o con heridas debidas a las palizas de algún amante borracho y celoso. Rara vez atiende en el hotel a una mujer con el diagnóstico de Ana Delgado Briones.

—No es el calor, ni los nervios, ni el supuesto cansancio de la travesía lo que la han agotado, señorita...

Anita le mira desde la cama, donde, ya recuperada, yace vestida con una bata de satén y con el peinado desecho. Lola y Mme Dijon están de pie junto a ella.

—Está usted embarazada —dice el Dr. Willoughby.

Anita abre los ojos, entre alucinada e incrédula. Las otras dos intercambian miradas de sorpresa y contemplan a Anita, dudando entre poner cara de reproche o de compasión.

—¿No lo sabía? —le pregunta el médico, que la observa de reojo, escéptico.

—No. Lo juro por mis muertos, no lo sabía.

—¿Pero no ha notado usted las faltas que ha tenido?

Anita se encoge de hombros.

—Sí, pero las he achacado a los nervios del viaje. Además, no son tantas faltas, sólo dos... ¿Está usted seguro de lo que me dice, doctor?

El médico guarda el estetoscopio y los guantes en su maletín.

—Espero poder confirmárselo mañana con el resultado de las pruebas —le dice antes de abandonar la suite.

* * *

Ahora entiende Anita las constantes náuseas del barco, los mareos inexplicables que no la abandonaban ni en las singladuras más tranquilas. No ha querido darse cuenta de su embarazo. Es probable que en el fondo de su corazón lo supiera, pero ha preferido ignorarlo. Bastante tenía con lo que se le avecinaba —el viaje, la boda en la India, una nueva vida...— como para encima añadir más leña al fuego. Ahora no piensa en aquella noche en París, cuando por primera vez hizo el amor con el rajá. No se acuerda de la vergüenza ni de los temores que sintió mientras él la desnudaba lentamente, no recuerda las caricias expertas, los besos excitantes, las palabras susurradas al oído, el dolor y el placer del amor. Ahora sólo siente que ha traicionado a la persona que más quiere, a su padre. ¡Si don Ángel supiera que su hija ya estaba embarazada antes de la boda en París, él, que tanto empeño había puesto en preservar la «jonra» de los Delgado...!

«Si no hay matrimonio, no hay Anita», había afirmado tajantemente su padre al capitán Inder Singh, en el curso de otra visita relámpago al pisito de la calle Arco de Santa María, para que el hombre transmitiese clara y llanamente el mensaje al rajá. Lo había dicho para complacer a su mujer, doña Candelaria, pero en el fondo estaba convencido de que aquella historia de amor no era más que el capricho de un déspota oriental y que nunca llegaría a buen fin. ¿Quién en su sano juicio habría pensado que aquello acabaría como lo hizo? Don Ángel Delgado de los Cobos, que hacía honor a su apellido por su extrema delgadez, no creía ni en milagros, ni en la Cenicienta. Calvo, de cara enjuta y con gruesas gafas de montura negra, toda su vida había luchado contra un enemigo invisible que parecía ganarle siempre la partida: la pobreza. Había heredado de sus antepasados cuantiosas deudas y un cafetín llamado La Castaña en la plaza del Siglo de Málaga. Durante un tiempo ganó dinero con la sala del fondo, que hacía de pequeño casino donde los parroquianos se jugaban los duros a las cartas. Eso permitía a los Delgado llegar a fin de mes sin lujos ni grandes privaciones. El negocio daba lo suficiente como para mandar a Anita a una escuela de declamación para corregirle un pequeño defecto de pronunciación. Don Ángel trabajaba a destajo, quería hacer del cafetín un negocio un poco más rentable, aunque sólo fuese para dar a sus hijas una mejor educación. La que recibían en el colegio de las Esclavas, donde las monjitas eran más propensas a enseñar a bordar que a leer o escribir, dejaba mucho que desear. Ninguna de sus hijas leía con soltura y apenas sabían escribir. En definitiva, llevaban una vida precaria pero digna, hasta que la mala suerte se cebó en Andalucía.

Primero fueron cuatro sequías consecutivas las que arruinaron la agricultura malagueña. Luego, en 1904, una plaga de filoxera dio la puntilla a los viñedos. A esto siguió una cruenta epidemia de gripe y, para colmo, una enorme riada asoló campos y hogares. Declarada zona catastrófica, el joven rey Alfonso XIII se vio obligado a realizar una visita a Málaga como gesto de solidaridad. Por su gracia, Anita fue escogida entre las niñas del colegio para entregarle un ramo de flores, a su llegada al puerto, vestida de domingo y con las trenzas repeinadas. Fue su primer encuentro con un rey, y quién iba a decirle entonces que su destino se vería íntimamente ligado al de ese monarca simpático y con fama de juerguista que unos días más tarde le envió un regalo, un precioso abanico de nácar que Anita conservaría como una reliquia el resto de su vida.

Si la visita del rey aportó un pobre consuelo a los sufridos habitantes de Málaga, no les sacó de la ruina. Unos días más tarde, la compañía del gas cortaba el suministro público a causa de los cuantiosos atrasos que el ayuntamiento le adeudaba. Los tranvías eléctricos, que acababan de sustituir a los de tracción animal, dejaron de prestar servicio público debido a los cortes de electricidad. Los alcaldes empezaron a sucederse con una rapidez sólo comparable al relevo de los gobernantes de la nación. Fiel reflejo del estado de la ciudad y del país, la situación económica de los Delgado se deterioró hasta hacerse insostenible. El «casino» del fondo del cafetín estaba desierto. Nadie tenía dinero para jugar y menos para consumir. De manera que don Ángel Delgado tuvo que traspasar por catorce mil reales el café La Castaña y emigrar a Madrid con su mujer y sus hijas.

* * *

Tendida en la cama del hotel de Bombay, absorta en el lento movimiento de las aspas del ventilador colgado del techo, Anita recuerda los primeros días en Madrid, el frío en el pisito de la calle del Arco de Santa María, cerca de la Puerta del Sol, la pena de ver a su padre buscando trabajo sin parar y sin conseguirlo, las clases de baile español que una amiga de la vecina les había conseguido gratuitamente en la academia del maestro Ángel Pericet, en la calle del Espíritu Santo, y que eran su única actividad. Iban a ensayar a diario taconeo y palillos, y lo hacían a escondidas de su padre, porque sabían que el buen hombre vería con malos ojos que sus hijas se metieran en el mundo del baile y de la farándula. Él seguía soñando con ganar un día lo suficiente como para pagarles estudios serios. Pero el camino hacia la pobreza parecía ineluctable, como una maldición divina de la cual era imposible escapar.

«¡Mis hijas no subirán jamás a un tablao!», había gritado al enterarse de que unos individuos que trabajaban para el Central

Kursaal, un nuevo café concierto a punto de inaugurarse, habían visitado la academia de baile y habían propuesto a las niñas un contrato para trabajar como teloneras. A don Ángel le había salido toda la furia del hidalgo español. Sin embargo, dos días más tarde, y siguiendo los sabios y prácticos consejos de su mujer, Candelaria, que tuvo que recordarle que los catorce mil reales estaban a punto de esfumarse, acabó firmando, a regañadientes, el contrato de sus retoños «¡para una sola función por noche, y antes de las doce!». Con los treinta reales diarios del contrato, Anita y Victoria pasaron a ser el sustento de la familia. Nadie hubiera imaginado entonces que lo serían durante toda la vida.

¿Cómo reaccionaría ahora don Ángel ante la noticia de su embarazo? Ahora, que está casada, probablemente no diría nada. Pero si llegase a enterarse de que su embarazo había sido fruto de una relación prematrimonial..., prefería no imaginárselo. La idea de hacer sufrir a su padre le parecía aborrecible. El hombre era muy estricto con sus principios, y había que respetarlo. Sin embargo, le habría gustado contárselo a su madre. Doña Candelaria, una mujer oronda, charlatana y vivaz, con los pies en la tierra, hubiera puesto el grito en el cielo, pero sólo para mantener las apariencias. Luego la habría apoyado. Doña Candelaria sabía sacar las castañas del fuego. Era una mujer práctica y acomodaticia, cansada de luchar contra la miseria.

5

La luna que se dibuja sobre el estrellado cielo del trópico ilumina con su blanca palidez, a través de las rendijas de las persianas, los cuadros, los muebles, las cortinas y las sábanas de la Suite Imperial. Anita no consigue conciliar el sueño. En su cabeza se agolpan los recuerdos, preguntas de difícil respuesta e imágenes de las calles de Bombay, como la de la madre de un recién nacido, exasperada porque de su pecho seco y arrugado como una breva no salía nada. Si el médico lo confirma y sus cálculos son exactos, Anita dará a luz en seis meses. Nunca había pensado en la idea del parto, pero ahora que se le viene encima, y consciente de que va a tener lugar en la India, lejos de sus seres queridos, de su madre y sobre todo de su hermana, se siente presa del pánico. El corazón se le pone al galope y tarda en calmarse, y así varias veces, como el oleaje del mar durante la travesía. Es casi una niña todavía. Y aunque está segura de los sentimientos del rajá, en el fondo de su corazón anida siempre una duda. ¿Y si me ha utilizado? ¿Y si me abandona? ¿Y si en el fondo ya no me quiere...? ¿Y si no me deja salir nunca más de la India? ¿Y si...? ¿Y si...? De lo que sí está segura de verdad es del amor incondicional de su padre, y, sin embargo, ella le ha traicionado. Por eso no puede dormir.

La noche amplifica los miedos. Teme que su vida, que desde hace un año parece un sueño, se transforme súbitamente en una pesadilla. ¿Podrá acostumbrarse a vivir en ese lugar? Si Bombay le parece tan lejano y exótico, ¿cómo será Kapurthala, que ni siquiera aparece en el mapa? «¿De verdad me está pasando lo que me está pasando?», se pregunta, mientras se seca el sudor y las lágrimas con el borde de la sábana. Tan tenue le parece la frontera entre el sueño y la realidad que siente una especie de vértigo. ¿Cómo puede ser de otra manera, si lo suyo parece un cuento de hadas? ¿Cómo puede aferrarse a la realidad, si la realidad se le desliza bajo los pies y se escapa, y el sueño se hace realidad?

Madrid era una fiesta cuando le vio por primera vez. La ciudad llevaba varios meses enfebrecida con los preparativos de la boda de Alfonso XIII —su rey, el del abanico de nácar— con la princesa inglesa Victoria Eugenia de Battemberg, nacida en el castillo de Balmoral y convertida al catolicismo en el palacio de Miramar, a orillas del río Urumea. No se hablaba más que de las «regias nupcias», quizás porque para los sufridos madrileños era también una manera de olvidar las estrecheces de la vida cotidiana. El programa de los festejos previos al enlace incluía la representación de la ópera *Lucía de Lammermoor* en el teatro Real, verbenas y bailes populares, revistas militares, concurso de orfeones, batalla de flores en el Retiro, excursión real a Aranjuez y hasta la inauguración, en Cuatro Caminos, del barrio obrero «María Victoria». El maestro Bretón, el de *La verbena de la Paloma*, había compuesto una marcha nupcial especialmente para la ocasión. La Maison Modèle, una tienda de la calle Carretas, ofrecía lo más elegante en sombreros, trajes y corsés «traídos de París, para las señoras de la Corte y provincias que se desplacen a la boda».

También de París llegaba, el 28 de mayo de 1906, el «Tren de los príncipes», en el que viajaba gran parte de la realeza europea: Federico Enrique, príncipe de Rusia; Luis, príncipe heredero de Mónaco; Eugenio, príncipe de Suecia; Luis Felipe, heredero de Portugal; Tomás e Isabel, duques de Génova..., y, en representación del rey de Inglaterra, Jorge y María, los príncipes de Gales. La crónica de *La Época* terminaba con un desbordante entusiasmo: «¡Paso a Europa! Es Europa la que va a España, es Europa la que va a las bodas de don Alfonso XIII. ¡España no ha desaparecido del mundo! ¡España vive!»

La llegada del tren fue todo un acontecimiento. Madrid tenía ganas de soñar. La familia Delgado al completo se unió a la muchedumbre para ver con sus propios ojos a la comitiva, que hacía el trayecto desde la estación del Norte al Palacio Real, donde los ilustres invitados iban a presentar sus respetos al rey. La ciudad nunca había visto semejante despliegue de celebridades. El pueblo se echaba a la calle para contagiarse un poco de la opulencia de aquellos aristócratas que desfilaban en suntuosas carrozas. Anita y su hermana Victoria consiguieron hacerse un hueco entre el gentío para contemplar el espectáculo «en primera fila». ¡Y qué espectáculo! En un Hispano Suiza descapotable apareció el alto y distinguido Alberto de Bélgica, con su impresionante séquito, seguido de Francisco Fernando, archiduque de Austria, vestido con un espléndido uniforme militar, de pie sobre una carroza, también rodeado de sus duques y condes, y así hasta la comitiva más importante, la de los príncipes de Gales, que acompañaban a la novia, a la que los madrileños llamaban afectuosamente «la inglesita».

«¡Mira, Victoria, mira!» Lo que de repente veían los ojos de Anita desafiaba a la imaginación. De pie, en una enorme carroza blanca, un príncipe, que parecía sacado de un cuento de *Las mil y una noches*, dirigía su augusta mirada a derecha e izquierda, observando la ciudad y a sus gentes, y saludando cortésmente con un gesto de la cabeza o con la mano. Tocado con un turbante de muselina blanca prendido por un broche de esmeraldas y con un airón de plumas, vestido de uniforme azul con fajín plateado, la barba cuidadosamente enrollada en una rede-cilla, y con la pechera cubierta de condecoraciones y por un co-llar de trece hileras de perlas, Su Alteza el rajá Jagatjit Singh de Kapurthala encarnaba a la perfección la idea que se tenía de un monarca oriental. Amigo personal de los príncipes de Gales y de don Alfonso de Borbón, al que había conocido en Biarritz, el rajá representaba en Madrid a «La joya de la Corona», ese país inmenso conocido como la India, tutelado y administrado por los británicos. Anita y su hermana Victoria, estupefactas, se quedaron con la boca abierta ante semejante aparición, pregun-tándose para sus adentros si sería un rey moro o cubano.

Aquella noche, como todas las noches, las hermanas Delgado tenían que cumplir con su contrato de teloneras. Cruzaban la Puerta del Sol para dirigirse al Central Kursaal, un frontón don-de de día se jugaba a la pelota y al que de noche sus dueños con-vertían en café concierto. Transformaban el muro del fondo en un escenario, alineaban unas butacas en mitad de la cancha y en la otra mitad improvisaban una sala de café, con sillas y me-sas; ofrecían un espectáculo de *varietés*, la última moda impor-tada de París. En Madrid, los críticos teatrales se quejaban de que muchos teatros serios se habían pasado «al enemigo», al género frívolo. Hasta el de la Zarzuela estaba en decadencia. Quizás el éxito de las *varietés* se debiera a que la gente quería olvidar la penuria.

Anita y Victoria formaban un dúo conocido como las Ca-melias, que actuaba entre los diferentes números para hacer más corta la espera del cambio de decorado. En el programa de aque-lla noche, nada más y nada menos estaban la Fornarina, Pastora Imperio, la Bella Chelito, el Hombre Pájaro y Mimí Fritz. A las diez en punto, las Camelias salían al escenario, vestidas con una falda corta acampanada, de color fuego, y con medias a juego. Nada más oír el rasgueo de la guitarra, empezaban con las sevi-llanas, y luego bailaban unas seguidillas y unos boleros. No eran las mejores bailaoras de España, pero su gracia andaluza compensaba ampliamente la falta de técnica. Eso bastaba para triunfar como teloneras en el Kursaal, que aquella noche exhibía el cartel de «completo». Un público de lo más variopinto ocupaba todas las mesas: muchos extranjeros vinculados a las casas reales invitadas a la boda, políticos, periodistas y corresponsales, y los fieles bohemios de siempre: el pintor Romero de Torres, Valle-Inclán con sus barbas fluviales, un periodista conocido como el Caballero Audaz, el escritor Ricardo Baroja, sobrino de don Pío, un joven catalán de buena familia llamado Mateo Morral, que decía ser cronista y que acababa de unirse a las tertulias, aunque rara vez abría la boca. «Un hombre oscuro y silencioso», como lo describiría Baroja. Y sobre todo estaba Anselmo Miguel Nieto, un joven pintor oriundo de Valladolid, alto y delgado, y con unos penetrantes ojos negros, que había venido a triunfar a Madrid. No se perdía Anselmo ninguna noche en el Kursaal porque estaba enamorado de Anita. Con la excusa de hacerle un retrato, había trabado amistad con ella y había conocido a sus padres. Ella, que no estaba segura de sus propios sentimientos, simplemente se dejaba querer.

Aquella noche en la tertulia no se hablaba más que del descubrimiento —producido por la mañana, en la corteza de un árbol del Retiro— de una inscripción a punta de navaja, que había conseguido perturbar a todo Madrid, sobre todo porque aparecía después de una serie de amenazas de muerte recibidas en distintos ministerios y hasta en el Palacio Real: «Ejecutado será Alfonso XIII el día de su enlace. Un irredento», rezaba la inscripción. La imaginación de los tertulianos había quedado hondamente impresionada. «¿Qué hombre terrible y en qué momento de diabólica soledad habría grabado aquello?», se preguntaban medio en serio medio en broma. «¿Sonreiría de modo sardónico como los hombres malos de Sherlock Holmes, personaje muy en boga entonces?» «¿Llevaría barba negra?» «¿Le brillarían los ojos?»

—¡Que huyan los reyes y que se casen en un país desconocido, en una isla desierta a poder ser! —clamaba don Ramón del Valle-Inclán.

Los tertulianos se sentaban siempre en el mismo lugar, detrás del primer palco, en un pasillo que corría a lo largo del local. Allí podían alternar después de cada actuación con Pastora Imperio o con la Fornarina, la graciosa modista que había ascendido a cupletista cantando *Don Nicanor* o *Frufrú*. No lo hacían con las hermanas Camelia porque sus padres aparecían puntualmente al final del baile para llevarlas a casa, «no sea que a esas horas —decía don Ángel— las confundan con lo que no son». Pero la belleza, la juventud y la gracia andaluza de las hermanas las hicieron muy populares entre los asiduos del Kursaal. Ricardo Baroja describía así a Anita: «Alta, morena muy clara, de pelo negrísimo, ojos enormes, adormilados. Sus facciones, todavía no decididas, prometían que, al florecer su juventud, alcanzarían el clásico modelado de una Venus griega.»

Eso mismo debía de estar pensando un extranjero alto y distinguido que, rodeado de un grupo de gente, había tomado asiento a una mesa pegada al escenario. El hombre no conseguía apartar la mirada de Anita y parecía embelesado por la música. El sonido de la guitarra le recordaba al del *sarangi*, un instrumento muy popular en su país, y el de las castañuelas al de la *tabla*. Pero la melodía era distinta a todo lo que había escuchado en su vida.

Anita no le reconoció de inmediato de tan enfrascada como estaba siguiendo los pasos del baile. Además, el hombre vestía traje oscuro de franela y camisa blanca con cuello almidonado. Pero su mirada insistente hizo que la muchacha se fijase en él. «¡Dios mío, el rey moro!», se dijo de pronto Anita, que, al reconocerle, casi tropezó del susto. Allí estaba el rajá, sonriendo, cautivado por aquella belleza que debía de recordarle a las mujeres de su tierra. «Es un hermoso tipo indio —escribiría el Caballero Audaz, que asistía a la escena—. Su cuerpo, altísimo, es esbelto, vigoroso y recio. Su tez cobriza contrasta con la blancura de sus frescos y limpios dientes. Siempre sonríe con dulzura. Sus negros, grandes y brillantes ojos tienen una mirada ardiente y dominadora.»

Una vez terminada la actuación, don Ángel y doña Candelaria, que esperaban a que sus hijas terminaran de cambiarse detrás de la cortina que hacía de camerino, vieron acercarse a un hombre bajito y muy solícito hablando nerviosamente:

—Buenas noches, soy el intérprete del rajá, que está sentado en esa mesa; trabajo en el hotel París, aquí al lado, donde Su Alteza está hospedado... ¿Aceptarían ustedes venir a tomar una copa de champán a su mesa? El rajá ha quedado muy impresionado con la actuación de sus hijas y desea agasajarles...

Don Ángel le miró sorprendido, mientras su mujer se hacía la indignada.

—Dígale a Su Alteza que estamos muy agradecidos —contestó educadamente don Ángel—, pero es tarde, son casi las doce. Las niñas son muy jóvenes, ¿usted me entiende, verdad?

Ante la mirada furibunda de la señora el intérprete optó por no insistir y regresó a la mesa del príncipe. «¿Qué se creerá ese moro que son mis hijas? ¿Unas cualesquiera?», clamaba indignada doña Candelaria mientras tiraba de las niñas hacia la salida del local.

Mientras duró su estancia en Madrid, el rajá acudía todas las noches para ver bailar a Anita. Debía de ser el único cliente que pagaba por ver a las teloneras y no a las famosas cupletistas anunciadas en el cartel. Una noche, antes de la actuación de las niñas y de la temida presencia de doña Candelaria, el intérprete se acercó al camerino.

—Señorita, tengo esto para usted de parte de Su Alteza...

El hombre le entregó un abultado sobre. Anita lo abrió: estaba lleno de dinero. Levantó la mirada hacia el emisario del príncipe.

—Son cinco mil pesetas —continuó el hombre—. Su Alteza quiere que vaya a su mesa, ya sabe, para hablar solamente...

La mirada de Anita reflejaba la humillación que acababa de sufrir. El intérprete le hizo señal de no alzar la voz. Pero ya era tarde.

—¡Dígale al moro ese que yo seré una mujer pobre, pero soy *honrá*! ¿Quién se ha creído que es? ¿Cómo puede pensar que yo me puedo entregar por dinero, por mucho que sea? ¡Dígale que es un cerdo! ¡Que ni se me acerque, ni me vuelva usted a dirigir la palabra!

Después de la función, Anita rompió a llorar «como una tonta» y fueron los tertulianos de siempre quienes la consolaron. También estaba su madre, que explicaba así lo que había sucedido a Ricardo Baroja:

—Es que ese rey quiere a mi hija. Pero no, por Dios, ¡que es mahometano!

—¿Mahometano?

—Sí. De esos que tienen *jarén*. Se la llevará y no la volveremos a ver...

A la mañana siguiente, sonó el timbre en el modesto piso de los Delgado. La que abrió fue Anita porque su madre había bajado al mercado con su hermana. Sólo vio flores. Tan grande era el ramo que ocultaba al pobre repartidor que lo traía. «¡Uy, Dios mío! ¿Dónde pongo yo todo esto?» Las flores venían con una carta del rajá. Anita la leyó despacio, porque le costaba leer y, además, porque había dormido tan poco por el berrinche que tenía los ojos hinchados. El príncipe se disculpaba: «No ha sido mi intención herirla, y mucho menos insinuar algo que ni siquiera habría imaginado. Le ruego acepte estas flores como muestra de mi profundo respeto hacia su persona...» Anita se sentó en la mesa del exiguo comedor y suspiró. Luego volvió su mirada hacia las flores. Eran camelias.

6

En esta noche de calor e insomnio, Anita se acuerda de aquella otra en la que tampoco había pegado ojo. Se había sentido ultrajada, insultada en lo más profundo de su ser por un individuo que apenas conocía. Había sido su primera experiencia de mujer en la selva de los hombres. Ella misma se había sorprendido ante la intensidad de su reacción. Ahora, con la distancia, le parece una chiquillada. Tendría que haberse reído.

Esta noche le ronda una rémora de aquella sensación que la dejó sin dormir. Aunque luche por evitarlo, le cuesta no dejarse llevar por el sentimiento de que ha sido engatusada. Ella tenía su vida trazada, su trabajo modesto, sus coqueteos con Anselmo Miguel Nieto, que hasta se le había declarado, su hermana, a la que adoraba, sus padres, sus amigas... Todo un universo que esta noche se le antoja calentito, acogedor y entrañable. ¿Por qué ha tenido que aparecer un deslumbrante rey moro en su vida corriente y feliz y proyectarla a un mundo de lujo y exotismo que ni conoce ni sabe disfrutar?

Es lo suficientemente lúcida para saber que no debería pensar así, pero en el fondo de su corazón se compadece de sí misma. Ha sido débil cuando tenía que haber sido fuerte. Ha caído en sus brazos —en su lecho— antes de tiempo. No ha podido resistirse. Sí, es culpa suya, una mujer de su edad ya sabe lo que hace. O por lo menos debería saberlo. Pero él tenía que haber esperado un poquito más...

El graznido de los cuervos rasga el aire cargado de una bruma calurosa. Los efluvios del mar suben hasta la suite. Huele a algo indefinible, a una mezcla del humo de los infiernillos de la calle donde los pobres se hacen la comida, a humedad y a una vegetación diferente. El olor de la India.

De pronto, le parece que, si pudiera huir, subirse a un barco y regresar a Europa, lo haría sin vacilar. Dar marcha atrás, rebobinar la película de los dos últimos años de su vida, volver a encontrarse en su mundo, al calor de los suyos, volver a sentir el frío de Madrid, el olor a jara que baja de la sierra en primavera, el crujir de los churros recién hechos, volver a reírse con los cotilleos de la corrala, volver a posar para Anselmo... ¡Dios mío, dónde está ahora todo eso! Hasta el día de hoy le parecía que en cualquier momento podría deshacer la madeja, que de un plumazo podría detener el tiempo, elegir, decir sí, decir no, vivir su vida más o menos a su antojo. Pero en el calor de esa noche de angustia se da cuenta de que va a ser imposible deshacer el camino andado. Se siente acorralada por el destino, lejos de todo, sola. Casi le cuesta respirar. Cae en la cuenta de que, si mañana el Dr. Willoughby confirma su embarazo, ya no hay vuelta atrás. Su vida ya no es un juego. Ahora va en serio.

* * *

Que un príncipe indio quisiese llevarse a Anita era un hecho tan insólito que galvanizó la curiosidad de muchos. Las Camelias se hicieron famosas por ello, aunque ellas hubieran preferido darse a conocer por su talento. En el corrillo de bohemios e intelectuales, la intriga y el fisgoneo eran enormes. ¿Conseguirá el rajá llevarse a nuestra Anita? Ésa era la pregunta que estaba en los labios de los tertulianos, sobre todo cuando miraban hacia su palco, y veían a la madre de Anita enfrascada en grandes conversaciones con el indio y su intérprete. Las noticias que de esas conversaciones se filtraban hablaban del deseo del rajá de llevarse a Anita una temporada a París para educarla en el arte de ser la esposa de un rey, y luego casarse con ella. Un auténtico cuento de hadas, demasiado bonito para ser cierto. Anita, por su parte, se sentía halagada por la atención que había despertado en aquel personaje. Pero no podía tomárselo en serio. «... que eres muy poquita cosa *pa* hacer de mí tu *quería*», le cantaba con coquetería, avisando al intérprete para que no tradujera la letra.

Anita era muy joven para pensar seriamente en el amor. Sólo había tenido algún que otro escarceo con Anselmo Nieto, que tenía veintitrés años y vivía como un bohemio en Madrid. Anita disfrutaba con su compañía, y aunque él estaba cada día más enamorado, sin llegar a imaginar la competencia que le había salido, su relación no pasaba de ser una amistad amorosa.

Cuanto más rechazaba Anita al rajá, más empeño ponía éste en conseguirla. Estaba loco por ella. No había más que observarle sentado en su palco, absorto por el espectáculo de las teloneras. El contraste de la figura de Anita, que cuando estaba quieta tenía un aspecto muy dulce y sereno, con su aire bravío y su hablar desgarrado y callejero le traía de cabeza. Concluido el baile, una y otra vez mandaba a su intérprete a invitarla. Algunas veces Anita aceptaba y aparecía acompañada de doña Candelaria. Los tertulianos podían ver de lejos los gestos de negación que hacía la madre con la cabeza. El rajá callaba, sin dejar de mirar a la joven. Una noche, en el palco, las invitó a cenar después de la función. Ella no aceptó, claro.

—¿Y a almorzar? ¿No vendría usted a almorzar con Su Alteza? —inquirió el intérprete.

Anita consultó con la mirada a su madre y a su hermana Victoria. De pronto, doña Candelaria asintió con la cabeza, y el rajá debió de sentir que la balanza empezaba a inclinarse a su favor.

—Sí..., si es a almorzar, sí... siempre que vayan conmigo mi madre y mi hermana... —dijo Anita.

La comida tuvo lugar en el comedor del hotel París, y el rajá se mostró de lo más amable. Anita nunca había estado en un restaurante de tanta «categoría», como decía, y la experiencia le gustó, más por la decoración rococó y por las atenciones del servicio que por la comida, porque con lo que ella disfrutaba de verdad era con el jamón, la tortilla de patatas y el pollo asado. Todo lo demás le parecía insípido. La conversación giró alrededor de la inminente boda del rey de España. Anita miraba a «su rey» con curiosidad, intentando imaginarse a solas con aquel hombre que tenía tan cerca y que, sin embargo, le resultaba tan lejano. Era tranquilo, pausado y altivo sin ser distante. Era un perfecto caballero de tez oscura y modales impecables. Hablaba seis idiomas, conocía el mundo entero, se codeaba con los grandes de la Tierra. «¿Qué hace este hombre enamorándose de mí?», se preguntaba Anita, suficientemente lúcida para no creérselo en el fondo. El intérprete interrumpió sus ensoñaciones:

—Su Alteza me dice que, si ustedes quieren ver el desfile de la boda, pueden venir aquí mañana. Él no estará porque asistirá a la ceremonia en la iglesia de los Jerónimos. Desde los balcones de sus habitaciones verán ustedes todo perfectamente.

Había llegado la hora del café, y después de que Anita y su hermana se despidiesen para ir a su clase de baile, el rajá invitó al intérprete y a doña Candelaria a trasladarse a un pequeño reservado para charlar en privado. Parece ser que a doña Candelaria se le trastabillaron los ojos al oír hablar de la «dote generosa» que el rajá estaba decidido a entregarles a cambio de la mano de Anita. Una dote que bien podría asegurar días tranquilos para la familia Delgado *ad vitam aeternam*.

—Alteza, pero yo no puedo casar a mi hija para que acabe en un *jarén*, sabe *usté*. No puedo hacerlo ni por todo el oro del mundo...

—Ella no vivirá en un harén, se lo aseguro. Tengo cuatro esposas y cuatro hijos ya mayores. Me he casado porque es la costumbre de mi país, una costumbre a la que no puedo renunciar. No puedo repudiar a ninguna de mis cuatro mujeres porque mi deber es que no les falte de nada mientras vivan. Ésa es la tradición, y como soberano de mi pueblo me debo a ella. Pero en realidad vivo solo, y si quiero casarme con su hija es para compartir mi vida con ella. Vivirá en su propio palacio, conmigo, y a la manera occidental. Podrá regresar a Europa tantas veces como lo desee. Le ruego que me entienda, y le pido también que se lo explique a Anita. Si ella acepta la situación, haré todo lo posible para hacerla feliz.

Doña Candelaria salió del hotel París un poco trastornada. Las certezas de los días anteriores se habían resquebrajado ante ese rajá que hablaba como un hombre de bien y que parecía sincero. Ahora se debatía en un mar de dudas, de manera que pasó por el Café de Levante: «Tanto dinero como *ofrese* ese rey moro por mi Anita no deja de ser *tentasión* —le decía a Valle-Inclán—, pero ¿y la *jonra*?», repetía. Los Delgado vivían obsesionados por la «jonra» porque eso era lo último que les quedaba. «Lo que tiene que hacer Anita es casarse en Europa antes de ir a la India», insistió Valle-Inclán, que había dedicado tiempo y esfuerzos a investigar al rajá. Los resultados de sus pesquisas revelaban que se trataba de un hombre riquísimo, que reinaba con derecho de vida y muerte sobre sus súbditos en un Estado del norte de la India, y que tenía la reputación de ser justo, compasivo, culto, amante del progreso y «occidentalizado». «Es una oportunidad que Anita no puede perder», insistía el célebre escritor.

El día siguiente, 31 de mayo, las calles de Madrid amanecieron de fiesta: petardos, cohetes, campanas, risas, gritos... Hacía un sol espléndido y una temperatura deliciosa. De las ventanas colgaban tapices y adornos de flores con escudos y vivas a los reyes. Al ir hacia el hotel acompañada de sus padres, a Anita le parecía que todos los madrileños se conocían personalmente, tan intenso era el sentimiento común de participar en una misma celebración. No sólo el rajá les había cedido sus habitaciones para contemplar el desfile después de la ceremonia religiosa, sino que se había asegurado de que tuvieran dulces, pasteles y café con leche a discreción. El «rey moro» era decididamente una persona delicada, comentaba doña Candelaria con un bollo en la boca.

Anita contemplaba el desfile desde el balcón del hotel: caballos enjaezados, soldados con vistosos uniformes, carruajes engalanados... Parecía que la multitud se estremecía. Las cabezas se alzaban para ver mejor.

—¡Ya vienen! ¡Ya vienen!

Al son de la *Marcha Real*, la carroza con los recién casados se acercaba a la esquina del hotel París con la Puerta del Sol. El tañir de las campanas se mezclaba con los aplausos y los vivas. Mujeres con mantilla blanca lanzaban vítores desde los balcones. Tras las ventanas del carruaje, los reyes saludaban y esbozaban una sonrisa feliz. Ya eran marido y mujer. Una princesa extranjera acababa de convertirse, por amor, en reina de España. «¿Podría ser ella princesa en un trono extranjero?», se preguntó de pronto Anita. Fue la primera vez que esa idea le cruzó por la cabeza, y se reprendió por ello. Pero le gustaba el fervor de la multitud, aquel desfile entre un pueblo que proclamaba su fe y su amor por una princesa que apenas conocía. «¡Qué bonito es sentirse halagada y querida por tanta gente!», pensaba la muchacha, que daba rienda suelta a sus sueños sin poder contenerlos. Cuando el cortejo se hubo adentrado en la calle Mayor, Anita entró en la suite, los ojos fatigados de tanto sol. Dentro, todo era tranquilidad y reinaba la opulencia. El brillo del barniz de los muebles reflejaba su imagen como un espejo. Las alfombras eran mullidas, el mueble bar exhibía toda clase de bebidas, el cuarto de baño, con estanterías repletas de frasquitos de colonia y de lociones, era el más cómodo que había visto en su vida. Todo en aquellas habitaciones de hotel la seducía. Había sido su primer contacto con el lujo.

Fue un contacto de corta duración. Un estruendo terrible hizo temblar los cristales. «¡Ay, Dios mío!», gritó doña Candelaria. Cuando Anita salió de nuevo al balcón vio gente correr en todas direcciones. Una muchedumbre regresaba de la calle Mayor, empujándose, despavorida. Donde hacía apenas unos segundos reinaban el regocijo y el ambiente festivo ahora sólo había pánico y terror. Alguien de pronto gritó:

—¡Han tirado una bomba sobre los reyes!

Había ocurrido a la altura del número 88 de la calle Mayor, casi llegando al Palacio Real. Alguien se había asomado al balcón justo cuando pasaba por debajo la carroza de concha en cuyo interior viajaban los esposos y había lanzado un ramo de flores. El ramo escondía una bomba. Saltaron todos los cristales de los edificios próximos. En el suelo, entre caballos heridos que pateaban rabiosamente, salpicándolo todo de sangre, había veintitrés muertos, la mayoría militares del regimiento de Wadras, que cubría la calle Mayor, y seis civiles, entre ellos la marquesa de Tolosa. Entre el centenar de heridos, una veintena de guardias reales y palafreneros quedaron ciegos de por vida. Un cable eléctrico, casi invisible, había salvado la vida de los reyes. Al caer, el ramo había tropezado en el cable, desviándose de su trayectoria. Los periódicos del día siguiente describirían la heroica actuación del monarca, que no perdió la compostura, ayudando a su mujer, lívida y con el traje ensangrentado, a cambiar enseguida de carruaje.

Unos días más tarde, los mismos periódicos publicaron una foto del autor del atentado. Se había suicidado después de matar a un policía que se disponía a arrestarle en las afueras de Madrid. Valle-Inclán y Baroja enseguida identificaron el cadáver de Mateo Morral, el catalán taciturno que acababa de unirse a sus tertulias. La víspera habían estado todos juntos en la horchatería de Candelas, donde Morral había tenido un altercado con otro tertuliano, el pintor Leandro Oroz: «¡Bah, bah! ¡Esos anarquistas! En cuanto tienen cinco duros dejan de serlo», había dicho Oroz. Furibundo, el hombre que casi nunca hablaba le había espetado: «Pues sepa usted que yo tengo más de cinco duros y soy anarquista.» Salió a relucir en la prensa que era hijo de un empresario textil que le había prohibido la entrada a la fábrica familiar porque incitaba a los obreros a reivindicarse en contra de los intereses de su propio padre. Tan impresionados estaban por el suceso, que Valle-Inclán y Baroja fueron a ver el cadáver de Mateo Morral a la cripta del Hospital del Buen Suceso. No les dejaron pasar, pero sí pudo hacerlo Ricardo, el hermano de don Pío, que hizo un aguafuerte del anarquista. Por la noche, en el Kursaal, le enseñó el dibujo a Anita. «¡Dios mío!», dijo ella, abriendo mucho los ojos con expresión de espanto. Lo recordaba perfectamente, sentado en una esquina y mirando el espectáculo con aire ensimismado. Ese cliente, que parecía amigo de sus amigos, había transformado un día de gozo en una carnicería, en un hervidero de dolor y tristeza. Las celebraciones de la boda fueron suspendidas. Su príncipe oriental se marchó aquella misma noche. El sueño parecía haberse acabado. El atentado devolvió a los madrileños a la realidad de sus vidas cotidianas.

7

«*Morning tea!*» A las seis de la mañana, un camarero abre la puerta de la suite y coloca en una mesita una bandeja con tazas y una tetera. Anita lo confunde con el desayuno, pero una adormilada Mme Dijon le explica que se trata de una costumbre británica muy arraigada en la India. Primero el té de la mañana; el desayuno, copioso, más tarde, en el restaurante.

¡El té! La primera vez que Anita lo probó le pareció una bebida horrenda y casi la escupió: «¡Sabe a ceniza!», exclamó. Era en París, en el piso del rajá, durante su aprendizaje de las cosas del mundo. Ahora sabe apreciarlo, con una nube de leche y un azucarillo, como una señorita de buena cuna. El té la tranquiliza, la reconforta y la ayuda a ordenar sus pensamientos. ¿Cómo ha podido dudar tanto de los sentimientos del príncipe durante su noche de insomnio? —se pregunta ahora—. ¿Cómo se ha atrevido a pensar que se ha aprovechado de ella, si le ha ofrecido tantas muestras de amor? Su mera presencia en ese hotel que parece un palacio ¿no es suficiente prueba de amor? Anita contempla el sol despuntando en el horizonte sobre el mar de Arabia. La suave luz anaranjada baña los barcos de la rada, las velas de las embarcaciones de los *koli* y los edificios que bordean el paseo marítimo. Una ligera brisa acompaña los primeros rayos de sol que inundan la Suite Imperial. ¡Qué distinto le parece todo de día! Es como si los monstruos de la noche se esfumasen con la llegada del amanecer. Nada es tan negro, y el calor es menos denso y menos agobiante. Las pesadillas se disipan como las sombras sobre la pared. El miedo también pierde intensidad, como si la luz tuviese el poder de neutralizarlo. «¡Voy a ser madre... y reina!», se dice ahora Anita, mecida por el vaivén que la lleva de la desesperación a la euforia. Resulta agotador sentirse acabada en un momento dado y llena de esperanza un poco más tarde. Ella, que pensó que nunca volvería a saber nada de su príncipe oriental después del atentado terrorista, se encuentra ahora en su país, en su mundo y en sus manos. Y con un hijo suyo en las entrañas, como viene a confirmárselo alegre y contento el Dr. Willoughby a media mañana. Los resultados de las pruebas son concluyentes. Ya no existe duda alguna: el bebé nacerá en abril.

—Mrs Delgado, que tenga un buen viaje a Kapurthala. Cuídese, el traqueteo del tren no es lo mejor en su estado. Procure descansar mucho cuando llegue.

*   *   *

Cuando el rajá y los demás miembros de las comitivas extranjeras salieron de Madrid después del atentado, Anita pensó que allí había acabado la historia. Pero Su Alteza Jagatjit Singh de Kapurthala ya no podía vivir sin la telonera del Kursaal. No podía vivir, ni dormir, ni existir sin ella. Cualquier intento racional de explicar sus sentimientos se estrellaba contra la fogosidad de su pasión. El misterio insondable del amor había hecho realidad lo imposible: un príncipe indio, francófilo y afrancesado, riquísimo y de buen ver, se había enamorado de una española sin casta ni abolengo, dieciocho años más joven que él y que apenas sabía leer y escribir. Las pocas palabras que se habían intercambiado habían sido a través de un intérprete. Ni siquiera podían entenderse entre ellos, pero el amor no sabe de idiomas. Es más, quizás el no entenderse había aumentado la pasión del príncipe, añadiéndole misterio y exacerbando el deseo.

El caso es que, a los pocos días de su partida, volvió a sonar el timbre en el exiguo piso de los Delgado. Al abrir la puerta, Anita se encontró con el capitán Inder Singh, vestido de uniforme azul y plata y tocado con un turbante amarillo. Estaba radiante. Más parecía un príncipe que el emisario del rajá, y su formidable aspecto contrastaba con la bata de la muchacha y su aire desmelenado, y con la diminuta cocina del piso. El capitán traía una carta, en la que el rajá le hacía una seria proposición de casamiento especificando la cantidad de la dote que estaba dispuesto a ofrecer: cien mil francos. Una fortuna. En caso de que aceptara, el capitán Singh la conduciría a París para arreglar la boda. «Rechacé una vez más sus pretensiones, porque aquello parecía la venta de mi persona», contaría después Anita. Pero lo cierto es que, después de aquel día, su vida no volvió a ser la de antes. La astronómica cantidad propuesta por el «rey moro», su insistencia y las cartas de amor que traía el cartero con una regularidad pasmosa galvanizaron aún más a los amigos tertulianos. «Está enamoradísimo —comentaba Romero de Torres—. Y para Anita, es la oportunidad de su vida. Sería una pena desaprovecharla... El ambiente del café cantante acabará por estropearla.» En el Nuevo Café de Levante y en la mesa del Kursaal se urdió la conspiración para facilitar la unión. El único que no estaba de acuerdo era Anselmo Nieto, pero poco podía hacer ante el entusiasmo de los demás. ¿Qué podía ofrecer él, un pintor principiante sin fortuna ni apellidos, a la bella Anita? Su amor incondicional, o sea, bien poca cosa en la balanza de lo que podía ofrecerle el rajá.

El grupo creía en la sinceridad del príncipe indio. Valle-Inclán se permitía soñar en voz alta: «Casamos a una española con un rajá indio, van a la India; allí, a instancias de Anita, el rajá arma la sublevación contra los ingleses, libera la India y nos vengamos de Inglaterra que nos robó Gibraltar.» Y concluía con sorna: «Para nosotros, casar a Anita es cuestión de patriotismo.»

Don Ángel, el padre, era el hueso más duro de roer. Se enfrentaba de manera contundente con el espectro de la opulencia

51

del príncipe, y no veía cómo ganar la batalla, sobre todo porque su mujer y todos los que le rodeaban ya habían tomado partido. Doña Candelaria alegaba que era como todas las madres, que su único deseo era casar bien a sus hijas. ¿Y qué mejor matrimonio que ése? Cierto, la niña era muy joven, y el pretendiente «muy extranjero» y dieciocho años mayor, pero tenía buena fama. Era mejor partido que el pintorcillo de tres al cuarto que rondaba a su hija como un moscón.

—¿Prefieres que tu hija acabe con ese *pelao*...? Tienen razón los del café, el ambiente de la farándula la va a *estropeá*...

—No es tan «pelao» como parece... Sus padres tienen una confitería en Valladolid.

—¡Una confitería! —soltó doña Candelaria con desdén, alzando los hombros, como si hubiera oído lo más estúpido del mundo.

Para hacer valer su punto de vista, doña Candelaria hizo acopio, en su arsenal de argumentos, del más contundente. ¿Entendía su marido lo que significaba aquella dote?, llegó a preguntarse. Le recordó que significaba salir de la pobreza para siempre. Significaba tener piso propio con servicio. Y hasta un coche de caballos. Comer carne todos los días, ir al teatro, viajar a Málaga, cenar en restaurantes, apuntarse a un casino, consultar a los mejores médicos en caso de necesidad... ¡Dios no lo quiera! Significaba vivir holgadamente, como le correspondía a un Delgado de los Cobos, «Quirós de tercer apellido, no te olvides», le recordaba doña Candelaria. Era un apellido de familia vieja y de rancio abolengo que el pobre don Ángel mencionaba cada vez que se sentía humillado por el destino. «Después de Dios, la casa de Quirós», le gustaba decir, aludiendo al escudo de armas de su tercer apellido, del que se sentía muy ufano.

Poco podía hacer el bueno de don Ángel ante el avance de unos acontecimientos que le sobrepasaban. En el Kursaal, convertido en centro de operaciones y oficina diplomática, los tertulianos trataron de disuadirle de los temores que le obsesionaban. Le explicaron, a él y a su mujer, que todo lo que tenía que hacer Anita era mantener su religión, no convertirse nunca y casarse en Europa, aunque fuese por lo civil. De esa manera vería garantizada su independencia, y siempre podría regresar si la convivencia con el rajá se hacía difícil, lo que ninguno de ellos creía que pudiera acontecer.

Doña Candelaria se encargó de convencer a Anita para que contestara al rajá con una carta seria. Una carta en la que se mostraría dispuesta a viajar a París, siempre acompañada de su familia. No hablaba ni de casamiento, ni de compromiso porque Anita no estaba mentalmente preparada para ello, pero dejaba la puerta abierta a las aspiraciones del rajá. El problema es que Anita apenas sabía escribir y doña Candelaria era una analfabeta funcional, como la mayor parte de las mujeres españolas de su época. «Mi *cerido* Rey... —empezaba la carta— *malegraré* que esté *usté* bien con la cabal *salú* que yo para mí deseo... La mía bien a dios gracias... Sabrá *usté*...» Anita entregó la carta al pintor Leandro Oroz, que se precipitó al Café de Levante a enseñársela a los amigos escritores. «Esta carta no se puede enviar así. Lo arruinará todo... —dijo Valle-Inclán muy serio, añadiendo después—: Vamos a escribir una nota bien hecha, para dejarle las cosas claras al rajá.» Se puso manos a la obra y luego el pintor Leandro Oroz, que era medio francés, la tradujo, firmando sin preocuparles la falsificación: «Anita Delgado, la Camelia.» La carta, que ahora parecía un fragmento escogido de una antología de poemas de amor, tenía también un lado práctico que no dejaba cabos sin atar. Anita agradecía profundamente la dote y aceptaba ser su mujer y la reina de su pueblo, siempre que él admitiese ciertas exigencias de su parte: contraer matrimonio en Europa en presencia de sus padres, previo a la ceremonia religiosa del lejano y fabuloso país; viajar a París acompañada por su familia; hasta la boda civil vivir en una casa que no fuese la residencia del rajá y poder contar con la compañía de una criada española. De esta manera, la «jonra» quedaba a salvo. «Si pasa por todo esto, es que la quiere de verdad», sentenciaron. Valle-Inclán quiso añadir una condición: pedía una condecoración por parte del rajá para él y los cinco conter- tulios «porque al fin y al cabo, vamos a ser los artífices de su fe- licidad y la del pueblo kapurthalense». Pero los demás se opu- sieron, «no vaya a ser que la carta parezca de cachondeo».

La carta era seria y sin duda inflamó aún más la pasión del rajá. La profusión de detalles sumados a la prosa de Valle-Inclán le daban tanta credibilidad que de haberlo sabido Anita hubie- ra puesto el grito en el cielo. Pero como en un auténtico contu- bernio decidieron enviarla sin leérsela antes a la muchacha. Cada uno de los cinco que estaban en aquel momento en el café puso una perra chica sobre la mesa para pagar el sello de Co- rreos. De paso, quedaba sellado el destino de Anita Delgado.

8

Bombay, 30 de noviembre de 1907. Llega la hora de proseguir viaje. Por la tarde, en preparación de la salida de los trenes nocturnos, un impresionante revoltijo de carruajes, tranvías, taxis, ciclocarritos, *rickshaws*, bicicletas y caballos se arremolinan en los alrededores de la impresionante estación de Churchgate, que parece una catedral gótica por sus tejados picudos. Avanzan de cualquier manera, al paso, entre un desorden y un estrépito terroríficos. Precedido por tres carros cargados con todo el equipaje, un lujoso carruaje con la insignia del hotel se abre paso. Anita, Mme Dijon y Lola, vestidas de largo, con sombrillas inmaculadas para protegerse del sol y capitaneadas por Inder Singh, se apean y se adentran en el edificio de la estación. Forman un contraste sorprendente con la multitud que les rodea. Aturdidas ante el espectáculo, se detienen un instante, sin atreverse a dar un paso. Se encuentran prisioneras entre un mar de gente que va y viene en todas direcciones, de culis que cargan paquetes y maletas sobre la cabeza, de vendedores de mangos, sandalias, peines, tijeras, bolsos, chales, saris... Los limpiabotas ofrecen sus servicios, al igual que los limpiadores de orejas, zapateros, escribanos, astrólogos y aguadores, que venden por separado a musulmanes e hindúes: «¡*Hindi pani! ¡Musulman pani!*» Un asceta itinerante, uno de los llamados *sadhus*, casi desnudo y con la piel cubierta de ceniza, se acerca a Lola haciendo sonar su escudilla. Pide una moneda a cambio de verter unas gotas de agua sagrada del Ganges en la boca de la andaluza. «¡Ay qué *azco*!», dice ésta, apartándolo con un gesto brusco. La malagueña no está de humor; al contrario, tiene la expresión aterrada de quien camina sobre un campo de minas.

Hay tanta gente que a Anita le parece que Bombay entero se va de viaje. A duras penas consiguen avanzar hacia su tren, evitando pisar a los mendigos que duermen acurrucados y envueltos en un trozo de tela, o a las familias que acampan en la estación entre sus petates y sus infiernillos, a veces durante varios días, a la espera de un tren o de un trabajo hasta ganar el suficiente dinero y pagarse un billete.

Los vagones están atiborrados. La gente se agarra a las ventanas y a las puertas en un intento desesperado de no quedarse en tierra. Llevan hasta gallinas y cabras en brazos. Los hombres suben a los techos, y pugnan por un lugar donde sentarse, formando auténticos racimos humanos. El griterío es ensordecedor, pero no hay animosidad, sino barullo y alegría.

Los blancos viajan en vagones de clase superior que disponen de las mismas comodidades que los grandes expresos europeos; en su interior apenas se oye el bullicio de fuera y las persianas venecianas permiten aislarse del mundo.

Luego están los vagones de los rajás, el colmo del lujo, únicamente reservados a sus propietarios. El vagón especial de Kapurthala, pintado de azul y con el escudo del reino en el centro, espera en un andén para recoger a sus insignes pasajeros. El vagón está enteramente a disposición de las tres mujeres, con camas amplias y cómodas, cuartos de baño con ducha y un saloncito que también sirve de comedor. Las paredes son de caoba; las lámparas, de bronce; la vajilla, de porcelana inglesa y el conjunto está tapizado en terciopelo azul y plata. Está enganchado a un vagón cocina donde viajan los sirvientes, y a otro coche para el equipaje en el que viaja Inder Singh. La costumbre de las casas reales es poner tantos coches como pasajeros que se desplazan. Nada más entrar, Anita se queda pasmada: su vagón está enteramente decorado con camelias blancas traídas desde Cachemira. Todo un detalle. Pero enseguida tiene que vérselas con cuatro criados que se arrojan al suelo, le tocan los pies con una mano y luego se la llevan a la frente. Anita, que no está acostumbrada a un saludo tan servil, no sabe cómo reaccionar. Se acuclilla e intenta agarrarlos del brazo para levantarlos, pero ellos la miran con ojos de incomprensión y no se dejan. «Tendrá que acostumbrarse, Ana... —le dice Mme Dijon—. Es el saludo reservado a las personas notables.»

—Claro, claro... —contesta Anita despistada, como si hubiera olvidado su rango.

El rajá no ha dejado nada al azar. La cena es a base de cocina francesa y no faltan botellas de agua Évian para saciar la sed y luchar contra el polvo que se mete por las rendijas y lo invade todo. Nada más salir de Bombay, el tren atraviesa un paisaje de grandes campos de tierra seca con matorrales y escasos árboles, chozas de barro, campesinos que saludan a los viajeros y niños empujando a golpe de varilla unos búfalos que levantan nubarrones de polvo ocre... El sol es como un disco de fuego que tiñe los campos de oro antes de desaparecer. Los indios lo llaman Surya y lo veneran como a un dios. «Cuando el tren partió, mi única preocupación era pensar que faltaban cuarenta y ocho horas para llegar a Kapurthala. Estaba impaciente por ver al príncipe. El detalle de las camelias me había llegado al corazón...», escribiría Anita en su diario. La inminencia de la llegada, las náuseas casi constantes, los gritos en las estaciones donde se detiene el tren de noche, y el traqueteo, unas veces suave y otras violento, conspiran para robarle el sueño.

¡Qué diferente es este viaje del que había hecho un año antes, también en tren! Aquel convoy atravesaba otro páramo, el de Castilla, en su andadura de Madrid a París, después de que el rajá hubiera aceptado todas las condiciones de la famosa carta.

El capitán Inder Singh había regresado a Madrid con un talonario «gordo como un diccionario» para asumir los gastos del viaje, que más que un viaje era una mudanza de toda la familia a París.

«Tenía la impresión de ir al matadero», confesaría Anita a su hermana Victoria. Lo que había empezado como un juego se había hecho realidad con tanta rapidez que la propia Anita estaba desbordada por los acontecimientos. Todos habían jugado con fuego, pero ahora sólo ella sentía la quemadura. Los demás, o se habían divertido, como sus amigos, o habían salido ganando, como su familia. ¿Y ella? ¿Cómo acabaría ella?, se preguntaba mientras el tren avanzaba bajo un blanquecino sol de invierno por un paisaje de cumbres nevadas y valles oscuros atravesados por jirones de bruma. Seguía sin imaginarse en brazos de aquel rey indio que la había comprado, por mucho que sus padres se hubieran esforzado en disfrazar las apariencias. Sí, comprado, tal como suena.

—No te preocupes, que si algo no te gusta, nos volvemos y ya está —le decía su madre al verla tan angustiada.

Que la familia entera la acompañara en el viaje era ciertamente un consuelo. La sensación de estar protegida ante los imprevistos que semejante aventura pudiera entrañar dulcificaba el empeño. Pero en un momento dado, ella —y sólo ella— tendría que vérselas cara a cara con el rajá. ¿Cómo debía comportarse con él? ¿Le tendería la mano, le haría una reverencia o le daría un beso al volver a verle? ¿Y él, la cogería del brazo como si hubieran sido novios toda la vida? Por mucha concentración que pusiera para imaginarse con el rajá, no había nada que hacer, no lo conseguía.

«En Francia el tiempo se hizo lluvioso y con neblina —escribiría en su diario—. El país parecía un bello jardín, pues no había un sitio que se viera sin cultivar. Pero era de noche y seguía lloviendo. Yo sentía una gran tristeza...» Quizás por despecho de sentirse «vendida», o por ganas de aferrarse a algo seguro, había accedido la víspera a posar para Anselmo Nieto, el único entre sus amigos que se había opuesto al juego con el rajá. Había pasado la tarde con él, en su pequeño estudio de la plaza Mayor. Aunque por enésima vez rechazó sus avances, aquella tarde aceptó posar desnuda para él. Quizás lo hizo para asegurarse el amor del pintor ante la zozobra de lo que se le avecinaba, como un náufrago se aferra a un salvavidas. O quizás por rebeldía ante el destino que la arrastraba hacia lo desconocido. «Quédate, te lo suplico. No participes en esta farsa...», le había rogado él al dejarla de noche en el portal de su casa. Ella le contestó dándole un beso furtivo, apretando los labios contra su boca. Era la primera vez que hacía algo así y sintió un escalofrío en la espalda. Antes de entrar en casa, se dio la vuelta para mirarle una última vez. Con la chaqueta de pana raída, la barba rala y el aire de chucho abandonado, Anselmo Nieto daba pena. «No puedo dar marcha atrás —le dijo ella—. Lo hago también por ellos», le confesó aludiendo a su familia. La suerte estaba echada.

El frío la despierta. No sabe en qué tren viaja, ni en qué país está. Todo se confunde en su mente, cansada de tanto viaje. Se incorpora en la cama y se abriga con la bata. Por todos los intersticios del vagón, por donde ayer entraba polvo, esta mañana entra aire frío. Están mucho más al Norte, cruzando las llanuras del valle del Ganges, barridas por brisas procedentes de las lejanas estribaciones del Himalaya. Echa un vistazo por la ventanilla y el paisaje ha cambiado por completo: ahora hay campos verdes con flores amarillas de las plantaciones de mostaza, y campesinos delgados como juncos que detienen sus búfalos para ver pasar el convoy. Esto no es Francia, tan gris en invierno; es la luminosa India. Pero siente un frío parecido. ¡Qué pena no tener unos periódicos para colocárselos debajo de la ropa, pegados a la piel, como en el viaje a París! Es un remedio infalible contra el frío, uno de los mil trucos de su madre. Los viajes en tren se le antojan interminables, sobre todo cuando se trata de ir al encuentro de su inalcanzable rey indio. ¿Me esperará esta vez en la estación o hará lo de siempre?

Ni anteayer estaba en el puerto de Bombay, ni el año pasado estaba en la estación del Quai d'Orsay, cuando llegó a París con sus padres. En su lugar, el rajá mandó a un chófer al volante de un De Dion Bouton, un precioso automóvil en el que se acomodó la familia entera, y otro coche para el equipaje. Siguieron la orilla izquierda del Sena, luego cruzaron el puente de Alejandro III y atravesaron la plaza de la Concordia... A pesar de la llovizna, le pareció un paseo bellísimo y Anita hubiera seguido de buena gana descubriendo la ciudad entera, como lo haría una vulgar familia de turistas adinerados. Pero no eran turistas, eran extranjeros cumpliendo una misión incierta y perturbadora. Bajo la apariencia de familia unida, nunca habían estado más cerca de la separación y, si ese día estaban todos un poco melancólicos, era quizás porque la presentían.

A primera vista, París les pareció mucho más grande que Madrid. Más amplio, más rico y más lujoso, aunque más triste también. La gente caminaba muy ajetreada, deprisa y mirando al suelo. La proporción de paseantes bien vestidos y de automóviles era mucho mayor que en Madrid. El chófer se detuvo en la rue de Rivoli, a la altura del hotel St. James & Albany, en uno de los barrios más aristocráticos de la ciudad, no muy lejos de la place Vendôme y de sus célebres joyerías, como Chaumet o Cartier, de las que el rajá era un asiduo cliente. En el hall de entrada del hotel, parecían una familia de emigrantes en busca de trabajo más que los invitados de tan ilustre personaje. Entraron en el ascensor mirándose con cara de susto porque era la primera vez que probaban semejante invento. La destreza con que el ascensorista, vestido de uniforme blanco, manejaba los mandos de bronce los tranquilizó, pero cada vez que el ascensor pegaba un saltito al cambiar de piso, las niñas soltaban un grito contenido y los padres se agarraban tímidamente a las paredes, como si eso pudiera salvarles en el improbable caso de un accidente. Suspiraron de alivio al llegar al tercero y sentir tierra firme bajo los pies. El rajá les había reservado un apartamento muy luminoso que daba al jardín de las Tullerías. Una chimenea de mármol rosa reinaba en el salón, decorado con muebles Luis XV. En el centro, sobre una mesa, les esperaba una copiosa merienda. No faltaba el más mínimo detalle, todo evocaba un cuento de hadas. Doña Candelaria miraba con fruición, como si quisiese impregnarse para siempre de ese ambiente confortable y opulento, mientras oía correr el agua caliente del baño que las niñas estaban preparándose. Al desnudarse y quitarse los periódicos, las chicas descubrieron que la cartelera de Madrid les había quedado impresa en la piel de la espalda. No podían leerla porque las letras estaban al revés, pero sí adivinaron que ponía «esta noche no hay función en el Cervantes», lo que les hizo reír abiertamente.

El rajá no apareció hasta el día siguiente. Lo hizo por deferencia, para dejar descansar a la familia y no atosigarles. Pero no había manera de que Anita entendiese su comportamiento. «Si está tan enamorado de mí, ¿por qué no viene ya?», se preguntaba mordiéndose las uñas. Su hermana le hacía rabiar, diciendo cada dos por tres: «¡Ya está aquí el príncipe!» A Anita se le ponía la cara colorada, le daban palpitaciones y corría al cuarto de baño a arreglarse, mientras Victoria estallaba en sonoras carcajadas.

«¡Ya está aquí el príncipe!», volvió a decir Victoria al filo de las doce del mediodía, señalando la puerta.

—Deja ya esa broma, que no tiene gracia...

Aún no había terminado la frase cuando Anita se encontró de bruces con el rajá. Esta vez era verdad: allí estaba, trajeado como un perfecto caballero, con la cadenita del reloj de mano colgando del bolsillo del pantalón, imponente. Se quitó el turbante, como si fuese un sombrero y lo depositó en una silla.

—Espero que hayáis descansado todos, Anita. Estoy muy contento de verte —dijo en un castellano perfecto, lo que dejó a la muchacha estupefacta. Intentaba balbucear algo, pero ni un solo sonido conseguía salir de su garganta.

«¿Cómo ha podido aprender español tan rápido?», se preguntaba ella, tocándose el pelo porque no había tenido tiempo de arreglarse las trenzas.

—No importa que no hables —añadió él, al notar el apuro de la joven.

Entonces sacó un diccionario del bolsillo de su chaqueta y empezó a buscar palabras. En realidad, no sabía hablar castellano, sólo había aprendido unas frases para darles la bienvenida a Anita y a su familia.

El primer almuerzo en el saloncito del apartamento del hotel St. James & Albany quedó para siempre grabado en la memoria de Anita y del rajá. A diferencia de Madrid, en París el príncipe se encontraba en su terreno y hacía de maestro de ceremonias. Los demás escuchaban. A través de un intérprete, les dijo que un peluquero iría todos los días a peinar a Anita, que un modisto pasaría por la tarde a tomarle medidas para hacerle vestidos «de mujercita y no de colegiala». Quería que Anita aprendiese francés, inglés, equitación, tenis, piano, dibujo y billar. Don Ángel sonreía mirando a su hija, como diciéndose que, por fin, iba a recibir la educación que él no había podido darle. Doña Candelaria aprobaba con la cabeza. Todo le parecía bien: el programa de «la niña», la vajilla de plata, las jarras de cristal tallado, el camarero con guantes blancos que le ofrecía platos que nunca había probado, como el lenguado a la crema de hierbas y la ensalada de zanahorias que sus hijas miraban con horror... Todo parecía de su agrado, hasta el sabor del agua templada de un lavamanos de plata que vació de un trago al terminar la comida. Luego cogió la rodaja de limón y le hincó los dientes haciendo una mueca por lo ácido que estaba. Al verla actuar así, las «niñas» pensaron que era «lo que se debía hacer» e imitaron a su madre. Se llevaron el lavamanos a los labios y sorbieron el agua con sabor a limón, algo extrañadas ante las raras costumbres de aquel país. Acto seguido, don Ángel efectuó la misma operación. El rajá tuvo que hacer grandes esfuerzos para disimular su estupor, mientras los camareros parecían estatuas de piedra. De pie, en las esquinas del saloncito, sólo se atrevían a cruzar miradas de consternación.

Ese traspié debió de influenciar en la decisión del rajá de separar a Anita de sus padres lo antes posible. En el siguiente encuentro que mantuvieron, el príncipe llegó acompañado:

—Anita, te presento a Madame Louise Dijon, que será tu dama de compañía desde el día de hoy.

Madame Dijon la miró con cierta extrañeza, como sorprendida por las trenzas y el vestido oscuro y algo raído; en suma, por el aire de niña pobretona, que en París, fuera de su ambiente, se le había acentuado a Anita. La francesa esperaba encontrar a una mujer más formada, con algo más de mundo, como le correspondería a un príncipe, y no a una adolescente provinciana. Pero había vivido en la India y sabía lo caprichosos y mujeriegos que podían llegar a ser los príncipes orientales.

—Vas a ver qué rápido aprendes francés, Anita —le dijo amablemente, mientras saludaba al resto de la familia.

El rajá continuó diciendo que, aun sintiéndolo mucho, Anita tendría que irse a vivir a un apartamento con Mme Dijon, ya que era la única manera de que aprendiera el idioma y las reglas del protocolo. Anita no sabía el significado de esa palabra; pensó que era algo de la India y no le dio importancia. Sólo pensaba en la separación de sus padres y no le gustaba la idea. El rajá debió de notarlo, porque añadió:

—Espera.

El intérprete siguió hablando:

—Sus padres irán a otro apartamento cercano al suyo y usted podrá verlos una hora cada día.

Se hizo un silencio incómodo, que al final doña Candelaria interrumpió:

—Me parece muy bien pensado. Anita, ésa es la única manera de aprender el idioma. Y lo necesitas con urgencia, si no... ¿cómo vas a comunicarte con Su Alteza?

Anita se volvió hacia su padre, como si buscase desesperadamente su apoyo para no quedarse sola. Don Ángel la miró con ojos mansos y tristes, queriendo balbucear algo, pero al final, justo cuando iba a abrir la boca, su mujer se le adelantó:

—La decisión es tuya —dijo doña Candelaria mirando fijamente a su hija—. Es tu vida. Pero es lo que quiere Su Alteza y todos sabíamos que llegaría el momento de separarnos.

La suerte estaba echada. La perspectiva de verse sola, acompañada de Mme Dijon, una persona con la que tampoco podría comunicarse, le provocó un brote de angustia. Los vestidos que trajo el modisto no bastaron para devolverle la sonrisa. No estaba ni para trajes ni para peinados. Sentía la dentellada del destino, y dolía.

9

En el recorrido por el subcontinente hacia la cita que tiene con su vida, el tren que transporta a Anita deja atrás Bombay, una de las provincias que componen la India británica, y se adentra en la India de los principados independientes: Indore, Bhopal, Orcha, Gwalior... Nombres cargados de historia que a ella todavía no le dicen nada. Forman parte de los 562 Estados independientes que ocupan un tercio de la superficie total de la India (entre los que también se encuentra Kapurthala). Los otros dos tercios del país están subdivididos en catorce provincias —como Calcuta, Madrás o Bombay— y cada provincia lo está a su vez en distritos. Esta India está administrada directamente por los británicos: es lo que llaman el British Raj. La otra es una especie de confederación en la que los príncipes indios disponen de toda la autonomía necesaria para gobernar y administrar sus Estados, pero siempre tutelados por los ingleses, que constituyen la autoridad suprema. La Corona británica asume las relaciones exteriores y la defensa de cada Estado, y administra muy eficazmente tan gigantesco puzzle. En principio no se inmiscuye en los asuntos internos de los principados, excepto para mediar cuando hay tensiones o para destituir a algún rajá, si se desmanda o llega a ponerse en cuestión su lealtad al virrey.

Los principados son tan dispares como quienes los gobiernan. De un lado está Hyderabad, en el Sur, un Estado soberano que ocupa un área grande como la mitad de España. Del otro, minúsculos reinos en el Oeste de sólo un kilómetro cuadrado. En la península de Kathiawar hay 282 principados que juntos ocupan la superficie de Irlanda. Kapurthala forma parte de los cinco principados del Punjab, y apenas tiene 600 kilómetros cuadrados. Los ingleses han conseguido unificar el subcontinente gracias a una hábil política de alianzas y al prodigio de un invento moderno, el ferrocarril. El jefe de cada estación importante suele ser un empleado inglés que, uniformado como en su país, a golpe de silbato ordena a los convoyes circular o detenerse.

Pero cada principado sigue gobernado, como ha sido siempre, por soberanos locales que ejercen un poder absoluto dentro de sus fronteras y que se llaman de manera distinta según su propia tradición. El nombre cambia como también cambian las banderas y los uniformes de los policías y militares que Anita vislumbra por la ventanilla del tren. En el sultanato de Bhopal, un importante nudo ferroviario donde se detiene el convoy durante varias horas, gobiernan mujeres, las famosas *begums*, tapadas de la cabeza a los pies por la *burqa*. «¡Parecen fantasmas!», dice Anita al ver una foto oficial colgada en la pared de la estación. En el Estado de Hyderabad, uno de los mayores de la India y también musulmán, al soberano le llaman nizam. En otros Estados musulmanes se les llama *mir, khan* o *mahatar*. Los hindúes suelen llamarles rajá, una palabra de origen sánscrito que significa a la vez «quien gobierna» y «quien tiene que complacer». En ciertos lugares se utiliza el término *rao*, como en Jodhpur, o *rana*, como en Udaipur, lo que hace desternillarse de risa a la joven española: «¡Un rana! ¡... Prefiero ser la mujer de un rajá!» A los que son especialmente venerados, antiguamente el pueblo les añadía el prefijo *maha*, que en sánscrito significa «grande». Así un maharajá es, literalmente, un gran rajá. Hoy, la distinción de «maha» sólo la concede la autoridad suprema, el virrey inglés, para recompensar los servicios prestados a la Corona o la lealtad e importancia de algunos soberanos. Los ingleses no admiten que los rajás se denominen reyes, como en el pasado. En el Imperio británico sólo cabe un rey: el de Inglaterra.

Esto no les impide reivindicar la gloria de su linaje, como el maharana de Udaipur, que se cree descendiente del Sol, o el maharajá de Jodhpur, que también cree descender del Sol. Otros más recientes, como los Holkar de Indore o los Gaekwads de Baroda, han empezado siendo ministros o generales y, gracias a su astucia y al poder político que han sabido acumular, han terminado siendo soberanos. Todos pertenecen al selecto club de aristócratas indios en el que Anita está a punto de ingresar. Muchos de ellos son amigos personales del rajá de Kapurthala. Unos son cultos, otros encantadores y seductores, otros crueles o ascéticos, otros muy burdos, otros un poco locos, y casi todos excéntricos. El pueblo les adora, porque ve en sus príncipes la encarnación de la divinidad. Desde la noche de los tiempos, los niños de la India han crecido escuchando las fabulosas aventuras de sus reyes heroicos enzarzados en terribles luchas contra viles déspotas. Son historias que hablan de sofisticadas intrigas palaciegas, de traiciones y conspiraciones, historias que describen las fugas nocturnas de princesas enamoradas, las noches eróticas de las concubinas preferidas, los sacrificios de las reinas despechadas... Historias que hablan de riquezas inconmensurables, de palacios lujosísimos y de gigantescas cuadras de caballos, camellos y elefantes. Historias en las que la frontera entre la realidad y el mito es tan difusa que se hace difícil saber dónde acaba lo uno y dónde empieza lo otro.

Y también hay historias de amor, como la que simboliza un monumento que Anita puede contemplar a lo lejos, desde el tren, que en su ruta hacia el Norte rodea la ciudad de Agra, la antigua capital del Imperio mogol. Con minaretes que se elevan al cielo y una bóveda de mármol blanco donde refulgen los rayos de sol, el Taj Mahal evoca la grandeza del amor y la futilidad de la vida. Mausoleo concebido por un emperador mogol llamado Shah Jehan para honrar la memoria de la mujer de la que un día se enamoró, el Taj Mahal desprende una serena majestuosidad, una sensación de belleza inmortal que no deja a nadie indiferente. «Un emperador se enamoró de una chica y la hizo emperatriz... ¿te suena?», le pregunta Mme Dijon con picardía. Anita sonríe, pensando en el rajá que la espera dentro de unas horas.

—Sigue, sigue con la historia...

—Dice la leyenda que, una mañana, en el bazar de palacio, nada más verla, sus ojos se clavaron en ella. Era muy guapa, como una imagen sacada de una miniatura persa. Estaba sentada detrás de su puesto, rodeada de sedas y cuentas de collares cuando se le acercó el príncipe. Le preguntó que cuánto costaba un trozo de cristal tallado que brillaba entre un montón de pedrería. «¿Esto?... ¡Tú no tienes dinero para pagarlo! Es un diamante», le dijo ella. Cuenta la leyenda que Shah Jehan le entregó entonces diez mil rupias, que era una cantidad exorbitante, dejando a la muchacha boquiabierta. Quizás fuera su desparpajo o su belleza: algo en ella le había cautivado. La cortejó durante meses y al final consiguió casarse con ella. Le puso el nombre de Mumtaz Mahal, «La elegida de palacio»...

—¿Y...? —Anita aguarda impaciente el resto de la historia.

—¿Qué más quieres saber? Se convirtió en emperatriz y en su consejera. Se ganó el corazón del pueblo porque siempre intercedía por los más pobres. Los poetas decían que la luna se escondía de vergüenza ante la presencia de la emperatriz. Él comentaba todos los asuntos de Estado con ella, y, cuando los documentos oficiales estaban finalmente redactados, los mandaba al harén para que ella estampase el sello real.

—¿Al harén? —pregunta Anita intrigada—. ¿Cómo podía tener otras mujeres si estaba tan enamorado de ella?

—Los emperadores pueden tener todas las mujeres que quieran, pero siempre hay una que les roba el corazón.

—¡Ah! —suspira la malagueña, como si esa explicación sirviese de exorcismo a sus temores.

—Después de diecinueve años de casados, ella murió de parto, al dar a luz a su decimocuarto hijo. Tenía treinta y cuatro años. Dicen que durante dos años el emperador guardó luto riguroso, sin lucir joyas ni trajes suntuosos, sin participar en fiestas ni banquetes y sin siquiera escuchar música. Para él la vida dejó de tener sentido. Cedió el mando de las campañas militares a sus hijos, y se dedicó en cuerpo y alma a construir ese mausoleo a la memoria de su mujer. Se llama Taj Mahal, una abreviación del nombre de la emperatriz. Dicen que ella, en su lecho de muerte, le habría susurrado la idea de erigir un monumento «a la felicidad compartida». Ahora siguen juntos, en una cripta bajo la cúpula blanca.

No dejaba de ser paradójico que el monumento considerado en el mundo entero símbolo supremo del amor entre un hombre y una mujer hubiera sido concebido y ejecutado por un hombre cuya religión le autorizaba a compartir el amor con varias mujeres. Pero como Anita ya sabía, el amor no conoce fronteras, ni tabúes, ni razas, ni religiones.

El emperador Shah Jehan encontró un pobre consuelo en su otra gran pasión, la arquitectura. Estaba obsesionado por construir, como si habiendo vislumbrado con la muerte de su mujer la fugacidad de la vida, adivinara también la fragilidad de su imperio. Para contrarrestarla, se dedicó a levantar monumentos capaces de sobrevivir a las tormentas de la Historia.

Sus ansias de eternidad se tradujeron en palacios, mezquitas, jardines y mausoleos que llenaron de gloria y belleza las ciudades del norte de la India. Había convertido en una avenida bellísima bordeada de árboles, a lo largo de seiscientos kilómetros, la carretera que une Agra con Delhi y luego con Lahore, en el Norte. La vía del tren sigue esa antigua carretera, maltratada por los vaivenes de la historia. Ni está tan cuidada, ni tiene tantos árboles como en tiempos del Imperio mogol. Pero es la gran arteria comercial de la India, The Grand Trunk Road, la misma que Kipling dio a conocer al mundo en su novela *Kim de la India*. A la entrada de los pueblos se forman largas caravanas de carros de bueyes repletos de frutas, hortalizas y de todos los productos de la región. A Anita el paisaje le resulta casi familiar. Es el Punjab, una de las regiones más bellas y fértiles del país, un paisaje de campos dorados de trigo y cebada, de prados floridos cercados de álamos, un mar ondulante de maíz, de mijo y de caña de azúcar, atravesado por ríos de aguas plateadas y poblado por campesinos enturbantados que empujan afanosamente sus arados tirados por bueyes descarnados. El «granero de la India» es tan verde que a Anita le recuerda ciertas partes de Francia. El clima es benigno en esa época del año y hasta hace fresco por las noches.

—Estamos llegando —dice Mme Dijon, interrumpiendo la ensoñación de la muchacha—. Te vamos a maquillar y a peinar como una auténtica princesa.

Anita se sobresalta. La inminencia de la llegada le provoca una mezcla de desasosiego y excitación. Vuelven las preguntas en tropel: «¿Vendrá a recibirme esta vez? ¿Cómo le digo: "Alteza, llevo un hijo suyo en el vientre"? ¿Cuándo se lo digo? ¿Cómo reaccionará? ¿Y si no le gusta la idea?»

—Madame, ¿cómo se dice en francés «estoy embarazada»? *¿Je suis embarassée...?*

—No, eso no. Tienes que decir: *J'attends un enfant, Altesse.* Espero un niño.

—Espero un niño... Vale. —repite Anita mirando el paisaje y acariciándose el vientre, como para confirmarse a sí misma que es verdad lo que le ocurre.

Lola, su doncella, aparece con una caja de madera lacada que contiene peines de nácar, cepillos de plata y todo lo necesario para conseguir un tocado espectacular, mientras Mme Dijon saca del armario del compartimento los trajes de París.

* * *

La primera vez que vio esos vestidos, en el apartamento del St. James & Albany, Anita se los quedó mirando como si fuesen uniformes de trabajo. Estaba tan angustiada y desconcertada por la idea de separarse de sus padres que le costaba fijarse en las soberbias creaciones de Worth y de Paquin que el rajá iba sacando de entre delicados envoltorios de papel de seda, como un mago saca palomas de su chistera. Doña Candelaria miraba con los ojos muy abiertos, mientras Victoria, eufórica ante semejante despliegue de alta costura, jaleaba a su hermana: «No seas tonta... ¡Quién fuera tú!»

Cuando Anita entró en su habitación para probarse los vestidos, se dio cuenta de que tenía lágrimas en los ojos. Estuvo sentada largo rato en el borde de la cama, esperando a que la llantina amainase. Necesitaba estar sola, aunque sólo fuese unos minutos. Sola para ahuyentar el miedo a lo desconocido que la atenazaba ahora más que nunca. Cuando se hubo calmado, se probó el primer vestido, un traje largo de mangas ceñidas, con cuello alto sostenido por ballenas y corsé muy ajustado, y se situó frente al espejo. Por primera vez se vio como una mujer, no como una adolescente. Pensó que así luciría el resto de su vida, «como una dama». Al contonearse para verse mejor, fue dándose cuenta de que el traje le sentaba muy bien: las mangas, los hombros, la falda... el corte era perfecto. Se empezó a ver guapa, y eso le gustó. Además, la textura de la tela la hacía sentirse como envuelta en un guante de terciopelo. Pero como los pies se le enredaban en aquel vuelo de faldas, caminaba con dificultad. «No tenía más remedio que salir al salón —escribiría Anita en su diario—, pero llevaba el vestido cogido con las dos manos por temor a caerme.»

—Estás deslumbrante... —le dijo el rajá con una ancha sonrisa de satisfacción, mientras ella se sentaba en la primera silla que tuvo a mano para no tropezar.

El príncipe la contemplaba como un escultor observa a la estatua que está modelando. Verlos a todos tan admirados animó a Anita, que empezó a bromear a costa del lío de faldas y enaguas. El peluquero recién llegado tuvo que escuchar pacientemente las indicaciones del rajá, que tenía su propio criterio, un gusto muy definido y veleidades de artista. Después de todo, Anita iba a ser su creación. «El peluquero me puso mucho crêpe, una cascada de rizos sobre la cabeza y millares de horquillas. Aquello pesaba, y mis dos trenzas ya no se veían.» El resultado encandiló a su familia y al rajá. El bueno de don Ángel lucía una sonrisa angelical, doña Candelaria miraba a su hija como si la viese por primera vez y Victoria bizqueaba con ojos de sana envidia. Aquella chica ya no se parecía a la telonera del Kursaal, ya no era una bailarina de café concierto; parecía una princesa.

En realidad, todavía era una niña. Cuando aquel día el rajá se despidió de ella, le entregó una bolsita de malla: «Para ti», le dijo. Al abrirla, Anita descubrió que estaba llena de luises de oro. Nunca había visto tanto dinero junto. Levantó la mirada hacia su protector. Esta vez se sentía genuinamente agradecida. Nada tenía que ver este regalo con aquellas cinco mil pesetas que el intérprete del hotel París fue un día a ofrecerle y que tan mal le habían sentado. Su «rey moro» era definitivamente todo un caballero. El trato que dispensaba a su familia y la delicadeza que mostraba con ella le hacían merecedor de todo tipo de elogios. ¡Cuánto camino recorrido!

—¿Qué vas a hacer con el dinero? —le preguntó su hermana cuando el rajá se marchó a su apartamento del hotel Meurice, a dos manzanas de allí.

—Me compraré una muñeca —contestó Anita sin pensárselo dos veces.

10

Aquel hombre que tanto la impresionaba e intimidaba se convirtió en una especie de ángel de la guarda para ella y para su familia. Sus primeros temores resultaron infundados. No tuvieron que ir cogidos de la mano como novios de toda la vida. No hubo ninguna escena molesta, ningún tira y afloja, ningún avance sexual, ni una sola nota fuera de tono que hubiera sembrado alguna duda en cuanto al comportamiento del rajá. Al contrario, el trato que les dispensó fue en todo momento exquisito. Sólo demostraba cortesía, generosidad y elegancia. Además de instalar a la familia en un piso de lujo a dos manzanas del St. James & Albany, les consiguió una sirvienta española para que les cocinase los platos de su tierra. Para los Delgado era «el príncipe», el hombre que les dio una posición y una seguridad envidiables en la vida y cuya reputación había que proteger hasta la muerte. Desde las invitaciones al teatro para que toda la familia pudiera disfrutar de las mejores revistas parisinas hasta las espléndidas joyas que regalaba a Anita, todos los gestos del rajá abocaban a la convicción de que estaba profundamente enamorado de la muchacha. Sin embargo, era una situación difícil de racionalizar. Se había enamorado de una española, cuando estaba obnubilado por todo lo francés. Se había enamorado de una mujer sin «pedigrí», cuando era un hombre obsesionado por el linaje, como todo rajá, y por las castas, como todo indio. Se había enamorado de una mujer que era casi una niña y a la que resultaba complejo encajar en su vida sin causar fricciones y tensiones. Tan enamorado estaba que no escatimaba medios para demostrar sus sentimientos. Desde sus viajes por el mundo, seguía muy atentamente, a través de Mme Dijon, los progresos de Anita. Y siempre la sorprendía con sus detalles, como toques de magia que venían a sumarse a la atmósfera de cuento de hadas: el racimo de uvas moscatel por la mañana a la hora del desayuno, por ejemplo; la botellita de aceite de oliva para aliñar las ensaladas; la espléndida muñeca que le regaló por sorpresa; el abrigo de piel y las botas que el día de la primera nevada llegaron desde la mejor peletería de París... Por no hablar de regalos más suntuosos. Antes de abandonar Francia, le obsequió dos estuches de terciopelo azul. En uno había dos pulseras de oro y esmeraldas; en el otro, un anillo de platino y brillantes.

—No te lo quites del dedo; así todos sabrán que estás comprometida y que vas a contraer matrimonio.

Luego, le dio un beso en la frente. Ésa fue su despedida.

—No te faltará de nada, Anita. Aprende mucho y rápido para que puedas venir pronto a reunirte conmigo.

«No podía decir nada por la emoción —recordaría ella en su diario—. Creo que ya le quería un poco y que me apenaba que se fuera.»

El rajá le escribía y le mandaba telegramas. Un día, al poco de partir, recibió flores y chocolates enviados desde Londres, con una nota escrita en castellano: «Estudia y no estés triste.» Tanta consideración espoleaba la voluntad de Anita, que redoblaba sus esfuerzos para dominar un idioma con el que poder comunicarse con su príncipe. Se dedicó con ahínco a aprender inglés y francés. No se perdía ninguna clase de tenis ni de equitación, ni de piano o dibujo, ni tampoco de billar, un juego muy de moda en la sociedad de la época. También asistía a clases de protocolo —ya le habían explicado de qué se trataba— en casa de la viuda de un antiguo diplomático francés. Esas clases incluían «comportamiento, actitud y buenas maneras». Anita se hacía un lío con las infinitas reglas: en Francia estaba mal visto cortar la lechuga con el cuchillo, había que doblarla con el tenedor, lo que suponía un ejercicio de contorsionismo de muñeca casi imposible de llevar a cabo con dignidad. También en Francia era de mala educación comer con una mano debajo de la mesa, mientras que en Inglaterra había que hacerlo así para ser correcto. Comer con los dedos era lo más terrible de todo lo posible, excepto en la India, donde se apreciaba que los extranjeros manejaran la comida con las manos según la máxima de «donde fueres, haz lo que vieres». ¡Menudo follón! Decir «que aproveche» antes de cada comida era considerado una ordinariez en todas partes, al igual que dar las gracias al criado o camarero después de servirse comida de la bandeja. Y nada de preguntar por el «servicio» al notar la presión juguetona de algún gas interior, sino por las «toilettes» o el cuarto de baño. Anita aprendió a pelar la fruta y las gambas con cuchillo y tenedor, a hacer la reverencia según el rango del personaje a quien haya que saludar, aprendió qué palabras hay que emplear para felicitar a alguien o para darle el pésame, cómo combinar los colores al vestirse, cómo evitar el exceso de maquillaje, cómo redactar invitaciones... En definitiva, todo un lenguaje de gestos y frases indispensable para entrar a formar parte del Gotha mundial. El día en que se enteró de la función de los lavamanos con la rodajita de limón, le entró tal ataque de risa que tuvo que irse a las «toilettes» a secarse las lágrimas. Pero no quiso explicar la razón de su hilaridad a la viuda del embajador, porque sentía un poco de vergüenza.

Poco a poco fue dejando de añorar la presencia constante de su familia, a la que veía una vez a la semana, al tiempo que estrechaba sus lazos de amistad con Mme Dijon. La francesa se mostraba en todo momento cariñosa y complaciente, sin por ello dejar de ser estricta en el cumplimiento de su misión. Sabía tratarla como a una niña o como a una mujer, según las circunstancias. Lo mismo pasaba una tarde en el apartamento cortando y bordando ropa con Anita como la acompañaba a lo alto de la Torre Eiffel, paseaba con ella a caballo por el Bois de Boulogne, o esperaba pacientemente a que terminase su clase de tenis. Disfrutaba iniciándola en la vida parisina, con sus salones de té, sus grandes almacenes, sus salas de cine, sus teatros y sus exposiciones. Anita, con los ojos muy abiertos, se empapaba del ambiente de la gran ciudad. Se fijaba en todo, desde el modo en que las mujeres se desenvolvían con soltura con sus vestidos —aprendió a cogerse las faldas para bajar escaleras «dejando ver las enaguas de tafetán»—, hasta en el olor a mantequilla de las pastelerías, en la costumbre francesa de comer el cordero casi crudo, o en la legendaria antipatía de algunos parisinos. Resultó una alumna agradecida y fácil de llevar que aprendía rápido y a la que no era necesario repetirle dos veces lo mismo. Tenía tesón, una actitud abierta y humilde ante lo que desconocía y una curiosidad sin límites. Así se lo hacía saber Mme Dijon al rajá, que desde la distancia sentía la satisfacción del trabajo bien hecho.

El día de su cumpleaños, la dama de compañía sorprendió a Anita con una tarta que había encargado y que tenía cien velas. Todas estaban encendidas.

—¡Si sólo tengo diecisiete años! —exclamó.

—Es para que vivas cien años, y que sean todos muy felices —había respondido Mme Dijon. Anita, conmovida, la abrazó cálidamente.

Luego en el salón del apartamento encontró un estuche de aseo de plata para viajar, un regalo que la llenó de emoción porque evocaba el gran viaje que tenía por delante. También encontró, junto a unas entradas para asistir al ballet clásico del teatro de la Opéra, su espectáculo favorito, unos bonitos gemelos de nácar que había pedido para poder ver de cerca a los bailarines. Su afición por la danza, que llevaba muy dentro de sí, había encontrado en París un terreno propicio para desarrollarse. Todas las semanas asistía a algún espectáculo.

Así fueron pasando los meses, entre clases, paseos en coche y veladas en el teatro. Una vida ordenada, que Anita supo aprovechar para pulirse y convertirse en mujer de mundo. Acabó hablando bien francés, y escribiéndolo mejor que el castellano, pero no había manera de quitarle el fuerte acento español. A ella le ponía nerviosa, aunque Mme Dijon la tranquilizaba diciéndole que le daba un toque exótico muy atractivo. Sus padres también se defendían en francés, sobre todo su hermana Victoria. Tenía un novio americano «muy guapo y muy rico». Lo había conocido en una recepción en la embajada británica a la que el rajá, antes de irse, había invitado a las hermanas. Se llamaba George Winans y pertenecía a una conocida familia de Baltimore. Hablaba por los codos y era el prototipo del seductor. Decía haber inventado un automóvil de propulsión eléctrica que pensaba patentar para producirlo en una de las fábricas que su padre tenía en Suiza. A Anita no le había gustado nada aquel pretendiente tan zafio; pensó que era un fanfarrón. Pero no se atrevía a decirle nada a su hermana, para no chafarle la ilusión.

Los Delgado estaban cansados de vivir en París, donde prácticamente no conocían a nadie. A pesar del lujo que les rodeaba, ardían en deseos de volver a Madrid para disfrutar de su nuevo estatus. Para ellos el futuro no podía ser más halagüeño. Soñaban despiertos con sus proyectos de mudarse a un piso grande, de contratar servicio o hasta quizás de comprar un automóvil... La *jonra* era lo único que les hacía aguantar en Francia. Para disfrutar de un regreso triunfal a Madrid, sabían que antes tenían que casar a la niña, aunque fuese en un frío despacho de alguna alcaldía parisina. Aquel trámite los liberaría, abriéndoles las puertas a la buena vida, la opulencia y la seguridad. Pero eso exigía la presencia del rajá.

Y el príncipe tardaba más de la cuenta en aparecer. Varias veces había anunciado su llegada, y varias veces había anulado el viaje en el último momento, siempre por razones ajenas a su voluntad. Tan larga se hacía la espera que Anita empezó a albergar dudas: «¿Me seguirá queriendo o se le habrá pasado y por eso no viene? ¿Y si viene y ya no le gusto?» En cualquier caso, una espera de seis meses, cuando se tienen diecisiete años, se hace eterna.

Un día, cuando volvía al hotel de su clase de protocolo, creyó reconocer una silueta familiar dando grandes zancadas de un lado a otro de la entrada en los soportales de la rue de Rivoli, como esperando a alguien. Ya en el hall, Anita cayó en la cuenta: «¡Pero si es Anselmo!» Él no la había reconocido a causa de sus ropas y de su peinado de gran señora. Pero ella sí. Era el mismo de siempre, con su aire de bohemio y su rostro de castellano seco, que le hacía parecerse a un torero, fibroso como un sarmiento.

—He venido a pintar a París —le dijo—. He terminado el curso de la Academia de San Fernando y me he lanzado... Ésta es la capital del mundo para el arte...

—Pues eres valiente, y te felicito.

Aquella noche cenaron todos juntos en el apartamento de los padres. Anselmo traía noticias frescas de España, aunque allí nada significativo había ocurrido desde que se fueran. El ambiente político seguía estando al rojo vivo; mientras, el rey Alfonso XIII y su «inglesita» bautizaban aquella misma semana a su vástago en la Costa Azul francesa, «como si les importase un bledo lo que pasa en España», protestaba Anselmo. Por lo demás, la Cibeles seguía estando en su sitio, las tertulias más nutridas tenían ahora lugar en la horchatería de Candelas y las barbas de don Ramón eran cada vez más largas.

A doña Candelaria no le hizo gracia la visita de ese «pelao» que estaba enamorado de su hija y que podía dar al traste con todos sus faraónicos proyectos, y, cuando se marchó, advirtió a Anita que no le volviera a ver. El consejo bastó para que ésta hiciese exactamente lo contrario. Al día siguiente quedaron a la entrada de la galería de Ambroise Vollard, el marchante que había descubierto a los impresionistas. Entre paisajes provenzales, desnudos y escenas de almuerzos a la orilla de ríos tranquilos, Anselmo le preguntó si era feliz. Sin dudarlo, Anita respondió:

—Sí, aunque la situación es un poco rara. Estoy aprendiendo muchas cosas, todo es nuevo para mí, pero no sé muy bien cómo va a acabar todo esto. El rajá lleva mucho tiempo ausente, y a veces tengo dudas...

—Pero ¿te quiere, o no te quiere?

—Creo que me quiere... Si no, ¿qué haríamos aquí?

—Y tú, ¿le quieres?

Anita se quedó pensativa.

—Sí —dijo después de una larga pausa.

—No lo dices muy convencida.

—Es que todo es tan irreal... A veces sueño con que me despierto y me encuentro en la cama de mi frío cuarto de Madrid, llevando la vida de antes... Y cuando me despierto de verdad y me veo en la habitación del hotel, frente al desayuno que me traen en bandeja de plata..., ¡ya no sé si estoy dormida o despierta!

Se rieron de buena gana. Anita prosiguió:

—A veces me pregunto si él existe de verdad... Casi no nos conocemos, pero lo que sé es que me trata como a una reina, y eso hace que sienta algo por él... llámalo como quieras.

—¡Anita, en qué lío te has metido! Yo venía a proponerte una aventura mucho más apasionante...

—¿Ah, sí? —dijo ingenuamente—. Cuéntame.

—He alquilado una habitación en Montmartre, cerca de donde vive mi amigo Pablo Ruiz, que, por cierto, es de Málaga; creo que te gustaría mucho conocerle. La habitación tiene alguna gotera que otra y está en un sexto piso sin ascensor, no te voy a engañar. Pero la vista de los tejados de París es mucho más romántica que la que tú puedas tener desde tu habitación de hotel... ¿Sigo?

—Claro que sí... —dijo sonriendo.

—Te propongo que vengas a vivir conmigo.

—Contigo pan y cebolla, ¿verdad?

—Más o menos... —dijo, devorándola con la mirada.

Anita le miró con ternura y le mostró su mano, donde refulgían los brillantes del anillo de compromiso que le había regalado el rajá. Anselmo cambió de tono, y se puso a hablar en serio:

—Yo te ofrezco amor de verdad, Anita. Y felicidad, que nada tiene que ver con los dineros de tu rey moro...

—¡No le llames así! —le interrumpió ella.

Anselmo se sorprendió ante la virulencia de su reacción. Pareció entender que la partida estaba perdida.

—Te he echado mucho de menos.

—Yo también..., al principio. Pero he cambiado, Anselmo. Ya no soy la misma de antes.

—Claro... —dijo resignado, escondiendo sus manos para que ella no viese que temblaban de emoción.

Acabaron pasando la tarde en el estudio de Pablo Ruiz, que firmaba los cuadros con el apellido de su madre, una tal Picasso. Los techos eran altísimos, con claraboyas que dejaban pasar una luz plomiza. Anita disfrutó del ambiente español de gente de su edad, sin la presencia de sus padres. Se rió a carcajada limpia con los chistes de Pablo, malagueño salado y mujeriego que no paró de tirarle los tejos. Las paredes estaban tapizadas con sus cuadros, que a Anita no le gustaron nada porque pintaba caras y cuerpos «desencajaos», y por eso no le auguró un porvenir muy brillante. Era el principio del cubismo. Y se sintió como pez en el agua en aquel ambiente de artistas bohemios, porque era parecido al que había conocido en Madrid. Ése era su mundo. Pero a pesar de que Anselmo intentase hacérselo ver, y por mucho que ella lo intuyese, no tenía más remedio que aferrarse al sutil cuento de hadas en el que estaba desempeñando el papel de Cenicienta. De todas maneras, era un alivio pensar que, si el cuento explotaba como una burbuja de jabón, le quedaba el mundo de sus viejos amigos artistas para replegarse en él.

* * *

La clase de equitación era su momento favorito del día. Un landó con el escudo de Kapurthala la recogía puntualmente y, después de recorrer los Campos Elíseos, enfilaba una de las carreteras que se adentran en el Bois de Boulogne, donde estaba el club hípico más selecto de la ciudad. Aquel día Anita iba sola, sin Mme Dijon, que se había quedado en el apartamento del hotel alegando padecer una *crise de foie*, un ataque de hígado, por haber comido demasiado. A Anita le hacía mucha gracia la expresión, porque en España nunca había oído a nadie quejarse del hígado. A los españoles les dolía la barriga o el estómago, y lo del hígado se lo dejaban a los médicos.

El Bois de Boulogne resultaba aquel día más bonito que de costumbre, o por lo menos eso le pareció. Una luz de finales de verano se filtraba entre el arbolado, tiñendo el follaje de toda una gama de verdes. Había llovido la noche anterior y olía a la humedad de la tierra. El suelo estaba blando, y pensó que era un día perfecto para dar un paseo después de clase, en lugar de quedarse a dar vueltas en el picadero. *Lunares* era el nombre de su yegua, un ejemplar hispano-árabe, con falda blanca moteada de manchitas grises y una larga cola del mismo color. Pertenecía a la cuadra que el rajá mantenía siempre en París. Era una yegua dócil y fácil de montar, capaz de responder con viveza si el jinete lo pedía. Era sin duda la mejor amiga de Anita después de Mme Dijon.

El profesor le dio permiso para salir a dar una vuelta, siempre y cuando siguiese el sendero del paseo, que bordeaba unos estanques y pequeños lagos, y que subía y bajaba por las lomas del parque. Ya había salido sola en alguna ocasión, y siempre había vuelto encantada. Era como gozar intensamente de un instante de pura libertad, en comunión con la yegua y con la exuberante naturaleza del bosque.

Aquella mañana se atrevió a ensayar el trote y el galope corto. Disfrutaba con el cambio de una cadencia a otra, que *Lunares* ejecutaba con precisión y suavidad. Le gustaba sentir que controlaba a la yegua, y que le había perdido completamente el miedo. Eso y la fuerza del viento en la cara le proporcionaban una sensación embriagadora.

Pero en un momento dado, notó que *Lunares* se excitaba y tuvo que tirar mucho de las riendas para que no arrancase al galope. Aun así, le costaba mantenerla bajo control. «¿Qué habrá visto? —se preguntaba Anita—. ¿Por qué se me desquicia?» Enseguida supo la explicación: otro jinete la seguía. Escuchaba el trote de un caballo cada vez más próximo, mientras se echaba hacia atrás con todas sus fuerzas para frenar a su yegua. Pero sus esfuerzos no daban resultado y ocurrió lo que siempre había temido tanto: *Lunares* dejó de obedecer sus instrucciones y se desbocó, lanzándose a galope tendido campo a través, exactamente lo que el profesor le había prohibido. Anita sintió pánico, pero se aferró a su silla y consiguió mantener el equilibrio. Recordó lo que había que hacer en esos casos: tirar suavemente de una rienda hacia un lado para que el caballo galopase en círculo abierto al principio y luego cada vez más cerrado hasta lograr detenerlo. Pero no tuvo tiempo de hacerlo: el jinete que la seguía le estaba dando alcance. Sentía el jadeo del animal cada vez más cercano. Anita le maldijo con todo su repertorio de insultos andaluces, mientras el jinete la adelantaba y se hacía con las riendas de *Lunares*, ralentizando la enloquecida carrera hasta que ambos caballos se encontraron trotando y luego al paso.

—Tienes que ser más firme con *Lunares* —dijo una voz conocida—. Tú mandas, no ella.

Era el rajá. Había llegado a París la noche anterior después de asistir en Niza al bautizo del hijo de Alfonso XIII y la «inglesita». Había llamado a Mme Dijon para organizar el encuentro con Anita en el Bois de Boulogne. La dama de compañía no estaba enferma; era cómplice de su patrón, quien había querido sorprender a su amada de manera romántica.

Anita estaba pálida. El susto y la emoción del reencuentro la habían dejado anonadada.

—No era mi intención asustarte, pero estos animales son muy competitivos. No olvides que *Lunares* ha sido campeona cuando corría en las carreras, por eso no le gusta que la adelanten. Por lo demás, montas muy bien y con buen estilo.

—Gracias.

El rajá sonríe al contemplar a Anita, que recupera el aliento. Está muy guapa con el pelo alborotado, las mejillas encarnadas y las sienes brillantes de perlas de sudor.

—También me ha dicho Mme Dijon que has aprendido muy bien francés. Estoy orgulloso de ti, Anita —añade con su tono siempre un poco paternal.

—*Merci, Altesse*. He querido estar a la altura de la confianza que habéis deposi...

Había ensayado la frase mil veces, porque mil veces se había imaginado la escena del reencuentro. Pero ahora le sonaba hueca. Así que cambió de tono:

—Estoy muy contenta de volver a veros, Alteza. He llegado a pensar que os habíais enamorado de otra más guapa y con más salero que yo, y que ya no volveríais...

—No he dejado de pensar en ti ni un momento, Anita —le dice el rajá, riéndose.

—Ni yo en vos, Alteza.

Aquel día fue el primero que pasaron juntos y solos, en *tête-à-tête*, como dicen los franceses. Por la noche cenaron en Chez Maxim's, que también ofrecía el mejor *french can can* de todo París. Anita estaba resplandeciente. La habían peinado con arte y los pendientes de esmeraldas que le había regalado el rajá daban un toque de luz a la pálida belleza de su rostro. Es cierto, no era la misma de los meses anteriores. Sus gestos, su manera de servirse, de mirar, de llevarse el tenedor a la boca o de cortar la carne poco tenían que ver con sus hoscos ademanes de antes. Las clases de la viuda del embajador habían surtido efecto. Al hablar tenía aún más gracia que antes, porque mezclaba palabras españolas con un francés poco ortodoxo. El rajá parecía muy orgulloso de «su obra». Había conseguido cambiar a la niña: de hecho, vestida y maquillada como aquella noche, no parecía una niña. Era una espléndida mujer joven. Pero lo que más le conmovía era que por primera vez notaba que ella se interesaba por su persona. Le hacía preguntas sobre Kapurthala, sobre sus viajes recientes, sobre su salud y sobre sus gustos. Estaba desinhibida, y quizás sin darse cuenta le hablaba como una mujer habla a su hombre. El rajá disimulaba a duras penas su júbilo.

Al acabar el espectáculo, salieron del restaurante y despidieron al chófer. Volvieron caminando por la plaza de la Concordia, esta vez agarrados «como novios de toda la vida», pero ya no importaba porque ahora Anita así lo quería. Hacía una temperatura deliciosa y en aquel momento París era la ciudad más romántica del mundo. Ella le había abierto su corazón, dando rienda suelta al caudal de sentimientos y emociones que había estado reprimido durante meses, como las aguas de una presa cuando se abren las compuertas. De modo que no se atrevió a romper el placer del primer y único día de intimidad que habían tenido. Subieron a la suite del hotel Meurice y, al calor de la chimenea de mármol del dormitorio, él inició las primeras caricias; lo hizo con tanto cuidado que a ella le pareció natural su sugerencia de que se desabrochara el vestido. Mientras lo hacía, él se fue al vestidor; cuando volvió, estaba envuelto en un albornoz blanco como la nieve que dejó caer al suelo antes de deslizarse en la cama. Ella le siguió como una cervatilla azorada. Él le cogió la mano, crispada de miedo, le mordisqueó los dedos y luego le acarició la curva del cuello, el vello de los brazos..., así, hasta que, desprevenida, notó cómo le tocaba el pecho. Anita sintió un escalofrío de placer por todo el cuerpo y se alegró de estar casi a oscuras para que él no sospechase el rubor de sus mejillas. Luego se entregó, sin miedo pero con dolor, dejando en la sábana, como vestigio de aquella noche de amor, un clavel rojo de sangre.

11

El reloj de la estación de Jalandar va a dar las diez de la mañana cuando aparece el tren entre nubes de vapor, anunciado por los estridentes pitidos que el maquinista prodiga con generosidad. La estación, engalanada con banderines de color azul y blanco, es pequeña como corresponde a un acantonamiento del ejército británico. Jalandar es un pueblucho, aunque desde la construcción del ferrocarril está creciendo. El rajá no ha querido que la vía del tren pase por la ciudad de Kapurthala, un poco más al Oeste, porque temía verse obligado a acudir a la estación cada vez que algún alto cargo británico o indio pasase por allí; es decir, casi todos los días porque el Punjab es una zona de paso hacia Asia Central. Le pareció una incomodidad que perturbaría su plácida existencia de monarca. Así que utilizó sus influencias en la capital para que la vía pasase por Jalandar.

Nada más detenerse el convoy, un oficial ataviado con el uniforme del ejército de Kapurthala entra en el vagón y, después de presentar sus respetos a las distinguidas pasajeras, les pide unos minutos de paciencia. El tren se ha adelantado y faltan algunos detalles. «¿Es para mí?», pregunta Anita, al ver a cuatro indios desplegando una alfombra roja entre dos hileras de palmeras formando un pasillo.

—*Yes, memsahib...* —le contesta el oficial—. *Welcome to Punjab.*

Nada más bajar los peldaños del vagón, le ponen alrededor del cuello guirnaldas de flores blancas que resultan ser nardos. Anita cierra los ojos. La fragancia le trae a la memoria el perfume de Tuberose que el rajá le había traído de Londres. «A esto huele Kapurthala en invierno —le había dicho—. Si te gusta, me agradaría que lo usases.» Durante el resto de su vida Anita identificaría el olor a nardo con sus primeros años en la India. Con esa fragancia flotando en el ambiente, es como si ya tuviera enfrente a su príncipe; pero no, éste no aparece por ningún lado. Cada dos pasos un indio con turbante, una mujer o una niña le colocan un collar de flores y luego unen las manos en un saludo: «¡*Namasté!*» Todo son sonrisas, miradas cálidas llenas de curiosidad. Y música. Una orquesta, disimulada en el porche de la estación, toca el himno de Kapurthala, mientras un cuerpo de soldados de la guardia del rajá la escoltan a ambos lados hasta la sala de espera. Anita vuelve la cabeza buscando una silueta familiar, pero no ve a nadie. Está rodeada de caras desconocidas, de gente que no para de ponerle guirnaldas alrededor del cuello, guirnaldas que se amontonan y van creciendo hasta que casi le tapan la vista. Una lluvia de pétalos de flores la recibe al entrar en la sala de espera, donde se encuentra frente a altos funcionarios de Su Alteza y miembros del gobierno local. ¿Qué decir? ¿Qué hacer? Hay un momento de desconcierto porque nadie se mueve en el abigarrado hall, hasta que una mujer se acerca a Anita para ayudarla a liberarse del peso de las guirnaldas. Aliviada, la española vuelve la mirada y entonces lo ve, detrás de la puerta, mirándola con su eterna sonrisa. El rajá ha estado espiando sus reacciones y se ha reído mucho con la apoteósica llegada de la española.

—¡*Altesse!*

Anita tiene ganas de echarse en sus brazos, pero se contiene. ¿No ha oído cien veces decir a Mme Dijon que la educación consiste en dominar los sentimientos y en controlar las pasiones —y, de paso, en hacer el menor ruido posible—? Él parece encontrarse en la misma tesitura porque no aparta la mirada de su amada. La devora con los ojos y, si pudiera, la abrazaría. Pero la India se ha hecho puritana y no es de recibo mostrar los sentimientos en público. A principios del siglo XX, una estricta mentalidad victoriana rige las costumbres. Lejos quedan los primeros tiempos de la penetración europea, cuando la atmósfera libertina de la India escandalizaba a los religiosos y atraía a los buscavidas. Todo estaba permitido entonces: que un blanco se hiciese la circuncisión para casarse con «una mora», que una europea se juntase con un nativo, que se convirtiesen al hinduismo, al sijismo o al cristianismo, que un inglés tuviese hijos con una *bibi* (una nativa), que las europeas fumasen narguile o vistiesen *kurta*... Lejos queda la época del marqués de Wellesley, que, al poco tiempo de llegar a Calcuta después de haber sido nombrado gobernador general en 1797, mandó una carta a su mujer, una francesa llamada Hyacinthe, pidiéndole permiso para tener una amante: «Te ruego que entiendas que el clima de esta tierra ha despertado tanto mis apetitos que no puedo vivir sin sexo...», le decía en la carta. A vuelta de correo, la muy elegante Hyacinthe le contestó: «Copula si te sientes absolutamente obligado a ello, pero hazlo con todo el honor, la prudencia y la ternura que has mostrado conmigo.»

Eran otros tiempos. Ahora, la moral impuesta por los colonizadores ve con malos ojos los asuntos de amor y de sexo, sobre todo cuando son entre hombres y mujeres de diferentes razas, religiones, o de distinta clase. Por eso no ha ido ningún oficial inglés a recibir a Anita, *a spanish dancer*, como ya la definen los informes oficiales cuya existencia no sospechan ni ella ni el rajá. Ni siquiera ha acudido un militar del acantonamiento, ni uno solo de los oficiales residentes en Kapurthala. Es un claro desaire al rajá, que ignora que la noticia de su inminente boda se ha vivido como un terremoto en el Indian Political Service, el cuerpo diplomático del virrey, cuyos agentes representan al Imperio británico en los principados indios. Para las altas esferas del poder colonial, la boda es un escándalo.

—¿Qué tal el viaje?... —le pregunta, mientras saludan a los oficiales del ejército y a los altos funcionarios que esperan en fila a que pase la flamante pareja.

—Tenía tantas ganas de llegar... He escrito un diario como me mandasteis, y cuando lo leáis os daréis cuenta de lo largo que se me ha hecho, porque...

Anita está a punto de soltar lo único que de verdad le importa decirle en ese momento, pero no es el lugar apropiado. Tiene que asumir su papel, sonreír e inclinar levemente la cabeza ante los ministros del rajá y las autoridades que la observan con curiosidad. Es su primer acto oficial. Por la intensidad de las miradas, adivina que su presencia ha debido de causar una pequeña revolución en la sociedad local. A buen seguro deben de estar preguntándose cómo resultará la esposa europea del príncipe. Desde que existe Kapurthala, es la primera vez que un rajá se dispone a hacer algo semejante.

A la salida de la estación les espera un precioso automóvil, un Rolls-Royce *Silver Ghost* azul marino, descapotable, un modelo de 1907, el buque insignia de la industria automovilística británica y considerado «el mejor coche del mundo». El príncipe se sienta al volante. Le gusta conducir él mismo esta reciente adquisición de su escudería, que cuenta con otros cuatro Rolls-Royce. El motor de seis cilindros arranca con un suave ronroneo. La pareja abandona la estación en olor de multitud. El Rolls enfila la carretera, que no es más que un camino polvoriento donde a menudo hay que adelantar elefantes, carros de bueyes o algún camello. A los pocos minutos pasan por delante de un grupo de policías que se cuadran al paso del coche azul con el escudo real.

—Ésta es la frontera... Ya estás en Kapurthala.

La carretera está jalonada de policías apostados a intervalos regulares, vestidos con el uniforme azul y plata del Estado. En las rectas, Anita se sujeta su florida pamela con una mano para que no se la lleve el viento. «A veces el coche alcanzaba la vertiginosa velocidad de sesenta kilómetros por hora», escribiría en su diario.

—¿Ya hay fecha para la boda, *Altesse*? —pregunta Anita, gritando para que su voz se oiga por encima del viento.

—No me llames Alteza. *Appelle-moi «chéri»...*

—Es verdad, hace tanto que no os veo que se me había olvidado...

—Todavía faltan algunos preparativos... Espero que podamos celebrarla en enero... Los astrólogos nos dirán el día exacto. Tiene que ser un día propicio. Ya sabes, son las costumbres de aquí...

Anita arde en deseos de contárselo ya, pero prefiere esperar. Por ahora, el recorrido en coche absorbe sus cinco sentidos al revelarle la belleza de su nuevo país. Las aldeas, idénticas las unas a las otras, parecen de cuento. A la entrada siempre hay un aguazal donde las mujeres lavan la ropa y los hombres asean a los animales de tiro. Las casas son de barro con patinillos donde pululan al sol perros, cabras, búfalos y vacas. Los chiquillos, descalzos y con los ojos pintados de *khol*, se quedan como paralizados al ver el imponente vehículo, pero enseguida reaccionan y se lanzan a perseguirlo. En los eriales grandes búfalos arrastran en lenta rotación pesadas muelas de piedra que trituran el trigo y el maíz. Las mujeres aplastan el estiércol y la paja, y lo amasan en forma de tarta, que dejan secar sobre los muros de las casas de adobe. Las aldeas huelen al humo de esas tartas, que, una vez secas, sirven de combustible en los hogares.

La carretera se hace de pronto más ancha. Los grandes árboles que la bordean han sido plantados por iniciativa del rajá, que ha querido imitar las carreteras francesas. Es su manera de aportar un poco de aire europeo a su rincón del Punjab. Al fondo aparece una aglomeración de casas, entre las que se distingue el edificio rojo del Tribunal de Justicia, la cúpula blanca de la Gurdwara (el templo sij) y el tejado de pizarra de un inmenso palacio francés. Es la ciudad de Kapurthala, capital del Estado.

—¿Ése es el palacio que habéis hecho para mí? —dice Anita, señalando un edificio que recuerda el palacio de las Tullerías.

—No te conocía cuando empecé a construirlo. La verdad es que nunca me hubiera imaginado que este palacio lo fuera a estrenar una mujer tan guapa, pero ahora veo que sí, que tiene que ser para ti.

—¿Nos casaremos allí, *mon chéri*?

—Está sin terminar. Tuve que interrumpir las obras hace dos años porque hubo una gran hambruna y el pueblo necesitaba mi ayuda, pero ahora tengo prisa por verlo acabado.

La ciudad es pequeña, con bonitos edificios que manifiestan el gusto del rajá por la arquitectura, ya que muchos son obra suya. Cuenta con cincuenta mil habitantes, en su mayoría sijs. Hay una nutrida comunidad musulmana y otra hindú, y minorías budistas y cristianas. Es la India en miniatura, con el mismo crisol de razas y religiones que conviven desde tiempos inmemoriales. De hecho, una rama de la familia del rajá es cristiana, convertida a mediados del siglo XIX por misioneros ingleses. Una prima del rajá, llamada Amrit Kaur, es descendiente de esa parte de la familia.

—Quiero que la conozcas... Estoy seguro de que os llevaréis bien.

El rajá prefiere no detener el automóvil en la ciudad porque no quiere que nadie vea a la novia antes de la ceremonia, como mandan los cánones del sijismo. Pasan rápidamente delante de la escuela, la segunda del Punjab después de la de Lahore. Ahora también admite a niñas, toda una novedad en la India, una iniciativa que al rajá le ha costado muchas peleas con los sectores musulmanes más fundamentalistas para sacarla adelante. Enfrente están las caballerizas con soberbios ejemplares de raza árabe y también cuadras con anchos portalones donde viven los elefantes reales. El rajá evita meterse por la calle del bazar, llena de puestos y tiendas que venden comida, telas, especias y joyas, y que está en plena ebullición a esta hora del día. Al fondo de la calle se encuentra el palacio donde ahora reside, un antiguo edificio de estilo hindú de cuatro plantas con bajorrelieves y pinturas murales en la fachada.

—Allí viven mis dos hijos menores, cuando están en la ciudad... Y yo también durante estos días...

Anita no pregunta si también residen allí sus madres. Un escalofrío de inquietud le recorre la espalda al pensar en todo lo que ignora de la vida de su marido. Es un malestar indefinible, una sensación extraña, como si su cuento de hadas escondiese una amarga realidad que tarde o temprano le estallará en las manos. Por eso prefiere no preguntar. Ahora, lo importante es disfrutar del momento. Sabe que no tendrá que vivir en ese antiguo palacio, como una «mora en un harén». Se lo prometió el rajá y nada la hace dudar de que no cumpla su compromiso.

Su palacete se encuentra en las afueras, en un paisaje idílico. Al bajar del coche, los guardias presentan sus armas como saludo oficial. Juntos, Anita y el rajá hacen su entrada en la *Villa Buona Vista*, que él construyó como pabellón de caza y que parece sacada de una postal de la Riviera italiana.

—¿Qué se caza por aquí, *chéri*?

—Ciervos, gamos, jabalíes y alguna pantera cuando hay suerte. No tienes que asustarte —añade al ver la cara de Anita—. La villa está vigilada día y noche por guardias armados.

Villa Buona Vista se encuentra a orillas de un brazo del río Sutlej, que fluye entre juncos, bambúes, álamos y sauces cuyas lánguidas ramas acarician la superficie plateada del agua. Como su nombre indica, el palacete está inspirado en las grandes villas tradicionales de la Riviera italiana y es un capricho más del rajá, obsesionado con Europa. La fachada es de color ocre con molduras en blanco y las persianas han sido importadas directamente de Génova. Hay grandes ventanales que dan a un jardín exquisito, con fuente renacentista italiana y árboles centenarios —álamos, chopos, *neems*, mangos, ficus...— cuya frondosidad esconde las dos pistas de tenis y el embarcadero. Una rosaleda semejante a una jungla de rosas blancas, parterres de nardos y de lirios, arbustos minuciosamente recortados y un césped con islas de palmeras por las que pasean ocas, familias de patos, pavos reales y garzas de largas patas amarillas terminan de conformar ese pedazo de paraíso.

—Después de la boda, viviremos aquí hasta que finalicen las obras del nuevo palacio...

El interior está decorado como una casa europea. Anita da un salto de alegría al toparse en el vestíbulo de entrada con una escultura de bronce: «Me emocioné mucho al ver el busto de mi persona, para el que había enviado mis medidas y que su Alteza había mandado hacer el año anterior a un escultor en Londres.»

—Quiero enseñarte la casa para ver si todo es de tu agrado...

Un piano reina en uno de los salones junto a varios sillones y cómodos sofás de cuero. Tapices franceses de los gobelinos y cuadros clásicos decoran las blancas paredes. El comedor, de estilo Napoleón, tiene una gran mesa de caoba y vitrinas repletas de vajilla de Limoges y de cristal de Bohemia, de figuras de Sèvres y de una colección de huevos de Fabergé. Envuelta en una mosquitera de seda que baja del techo, la cama de bronce de Anita, en su cuarto del primer piso, parece irreal, como sacada de un sueño. No falta ni un detalle por parte del rajá: las fotografías que se ha ido haciendo Anita en París están enmarcadas en magníficos portarretratos de plata y marfil. Su tocador está surtido de toda clase de perfumes y cosméticos, incluido el Tuberose inglés y toda la línea Bouquet Impérial de la perfumería francesa Roger & Gallet, otra preferida del rajá. El cuarto de baño es de mármol, con grifería de plata y agua corriente. Sobre su mesilla de noche, una caja de sus chocolates belgas preferidos y una botella de Évian. Todos los meses, el rajá se hace traer desde Francia un tren entero de botellas de agua.

—¿Estarás a gusto?

Anita no contesta. Parece observarlo todo como si estuviera en un castillo encantado. Se acerca a él y le abraza.

—Quiero que descanses mucho para que te encuentres en plena forma el día de la boda —prosigue el rajá—. En total serán varios días de celebraciones...

—Tenéis razón, *mon chéri*. Necesito descansar mucho... ¿Sabéis por qué?

—El viaje ha sido eterno... ¡Si lo sabré yo!

—No es por el viaje, es que espero un hijo vuestro, Alteza.

El rajá sonríe y parece que se le ilumina la cara. Coge a Anita en brazos, abre la mosquitera y la tumba suavemente sobre la cama.

—Esto hay que celebrarlo.

—*Mon chéri*, ahora no... —balbucea Anita—. Mme Dijon y Lola estarán a punto de llegar...

Pero el rajá no la escucha. Se levanta e indica a un criado que cierre la puerta. Y luego se vuelve para abrazarla y cubrirla de besos, musitando palabras de amor que despiertan en ella sensaciones apenas conocidas. Saltan las horquillas, las enaguas resbalan y caen al suelo, las piedras preciosas de los anillos del rajá parecen luces sobre la mesilla de noche.

Anita Delgado disfruta con plenitud de su cuento de hadas. El deseo es mayor que el de aquella noche en París, cuando se entregó por primera vez. Hoy lo hace sin miedo, sin dolor, con la alegría que le proporciona la formidable aventura que está viviendo.

12

Encinta de cinco meses, la suave curvatura de su vientre apenas se nota pero, por si acaso, le dice a la criada india que apriete bien fuerte el sari al enrollárselo. Es la primera vez que se lo prueba, y es el sari de la boda. Cuatro hombres lo acaban de traer dentro de una caja. Anita se ha quedado perpleja:

—¿Éste es mi traje de novia? —pregunta a Mme Dijon, visiblemente decepcionada. En nada se parece a los trajes blancos y vaporosos que hacen soñar a las novias españolas. De hecho, ni siquiera es un traje: son dos cortes de tela.

—¿Cómo me pongo esto?

—No te preocupes. Va a venir una sirvienta de la madre de Su Alteza para ayudarte a vestirte.

Anita no ve de qué manera se pueda llevar aquello. La pieza de tela mide seis metros de largo por uno y medio de ancho. La palpa con los dedos y la observa con detenimiento. Es un corte de seda de Benarés, de color rojo amapola, con enormes rosas bordadas en oro y plata, bordeado por una cenefa de plata que en uno de los lados tiene una anchura de medio metro. Es una pieza bellísima, más fácil de imaginar en la pared de un museo que sobre su cuerpo.

La criada de la madre de Su Alteza es una mujer mayor, un *aya* como las llaman en la India. Vestida de blanco y con la cara muy arrugada, es una experta en arreglar a las señoras. Envuel-

94

ve a Anita poco a poco con dos vueltas, y, a la tercera, con sus dedos nudosos le hace muchos pliegues que va colocando delante, en forma de abanico, para que pueda andar sin dificultad. A la tela que queda le da otra vuelta sobre la espalda y, pasándola debajo del brazo, la cruza por delante cubriéndole la cabeza como un velo, de tal manera que puede moverse sin que se le caiga. Anita se mira en el espejo. El sari realza su elegancia, y le disimula la incipiente barriga. Le gusta verse así, de princesa oriental.

El astrólogo ha fijado la fecha de la boda para el 28 de enero de 1908. Los sijs, como los hindúes, se casan en los meses de invierno, considerados propicios. Parece ser que en el día establecido la feliz conjunción de Júpiter y el Sol augura una dicha duradera para los esposos y la ventura de procrear por lo menos tres hijos. Desde hace varios días no paran de llegar regalos a la casa, desde figuras de cristal tallado, miniaturas de arte mogol, una piel de tigre disecada y relojes de pared, hasta tarros de miel o bolsas de lentejas rojas, obsequios de campesinos que veneran a Su Alteza. Pero el regalo que más entusiasma a Anita es un cervatillo con grandes pestañas de damisela, regalo del maharajá de Patiala, un Estado vecino del de Kapurthala.

Los primeros días en *Villa Buona Vista* los dedica a dormir y a adaptarse a su nueva vida. No obstante, se despierta con frecuencia por causa de pesadillas en las que se ve despedazada por una pantera o luchando tan sólo armada con agujas de hacer punto contra un escorpión del tamaño de una caja de galletas. Las historias de cacerías la han impresionado mucho, pero, además, Anita viene con el mismo bagaje de fantasías que inflama la imaginación de los europeos: que si en la India curan las enfermedades con pociones mágicas elaboradas a base de polvo de unicornio, que si existen plantas de hojas tan anchas que pueden cobijar a una familia entera, que si los diamantes son del tamaño de huevos de codorniz... Lo que Anita descubre es una realidad más atractiva que esas leyendas de pacotilla: el fasto y el refinamiento de la corte de Kapurthala —con sus espectaculares palacios con jardines en los que siempre se oye correr el agua entre el zureo de las palomas y donde flotan aromas a nardo y a clavel—, la obsequiosidad de los punjabíes, los paseos junto a Mme Dijon en el extravagante landó guiado por un conductor y con dos criados disfrazados de lacayos franceses, como los de Versalles; uno de ellos porta una sombrilla para protegerla del sol y el otro un plumero grande para ahuyentar a las moscas... Por si fuera poco, van escoltadas por dos lanceros a caballo, con el uniforme plata y azul de Kapurthala. Anita lo encuentra todo muy divertido, y no es para menos. Su única aflicción es no poder compartir ese asombro perpetuo ni con su familia, ni con su marido. El rajá se ha despedido de ella hasta el día de la boda porque se considera que trae mala suerte que el novio visite a la novia en los días anteriores a la celebración.

Anita vive rodeada de una nube de criados. Allá donde vuelve la cabeza hay un criado, o bien agazapado en un rincón, o bien esperando una orden, o simplemente aguardando a que pase el tiempo. Van descalzos, se deslizan por el suelo de mármol y no les oye desplazarse. «Se mueven como fantasmas», dice Lola. Una ingente cantidad de alpargatas, babuchas y zapatillas de colores tapizan la entrada de las dependencias donde viven y cocinan. Los criados no dejan que Anita haga nada, ni siquiera que recoja sus tijeras cuando se le caen al suelo. Varias veces al día le traen agua en un lavamanos de plata con reborde de filigrana para que no rebose. Mientras uno lo sostiene y otro le vierte agua de una jarra sobre las manos, una criada acerca un platito con una pastilla de jabón, otra le tiende una toalla y la última le sube las mangas para que no se moje. Anita nunca ha tenido las manos tan limpias. A la hora del baño, un *aya* vierte agua sobre su cuerpo, agua que otros criados han calentado previamente en brasas ardientes y otra criada le frota la piel.

Lola está desorientada; ya no sabe cuál es su papel. Echa de menos la intimidad que tenía con su señora. Aunque por ahora, y mientras Anita siga utilizando ropa europea, es ella quien la ayuda a vestirse.

La víspera de la boda se produce un incidente muy revelador de la vida en la India. Al regresar de un paseo por la orilla del río, Lola sube a la habitación mientras Anita se queda abajo, atendiendo a dos sastres que han venido a trabajar en la veranda, sentados en el suelo con las piernas cruzadas. Llevan pinchadas en los turbantes agujas enhebradas con hilos de diferentes colores, que sacan según van necesitando. De pronto, un chillido desgarrador, la voz de Lola, rompe la quietud de la villa. El grito ha sido terrible, como si alguien la estuviese degollando. Anita se precipita escaleras arriba, preguntándose si Lola no se habrá cruzado con alguna serpiente o habrá sido víctima de una agresión. Cuando llega a su habitación, se la encuentra paralizada en un rincón, apuntando con el dedo hacia la cama, donde yace un mirlo muerto mirando al techo. Hay plumas por todas partes y restos de los excrementos del pájaro manchan la colcha, los muebles y las alfombras. Probablemente, el mirlo se ha metido en la habitación y no ha encontrado la salida. Exhausto y desesperado, ha acabado sin vida sobre la cama.

—¡Hija, qué *exagerá*!

—¡Ay, señora, que me da mucha grima!

Anita ordena al mayordomo que limpie la habitación, pero éste se disculpa: «Mí no poder tocar animal muerto», balbucea en un inglés muy básico.

—¿Cómo? —dice Anita, sorprendida.

El mayordomo sale y llama al *sweeper*, el que barre, el que «cambia el polvo de lugar», como dice Anita. El hombre, al ver el pájaro en la cama, niega con la cabeza: «*Sorry, memsahib*, mí estar prohibido tocar animales muertos.» Llama a su vez al encargado de la limpieza de las letrinas y los váteres, pero éste tampoco quiere hacerse cargo del traslado del cadáver del pájaro. Cada criado va buscando a otro que pertenece a una casta más baja. Pero en la villa todos se niegan.

—¿Qué hacemos entonces? ¡A ver si voy a tener que dormir con el pajarraco ese en mi cama! —increpa al mayordomo.

—Señora, hay que ir al bazar a por un *dom*, un hombre de muy baja casta...

—Pues ve a por él...

—Señora, yo no puedo dirigirme directamente a un *dom*...

—¡Entonces manda a alguien!

—Disculpe, señora, habrá que pagar al *dom* para que haga este servicio.

Es de locos. Después de toda una tarde de discusiones, Anita le da unas monedas a otro criado, que regresa al anochecer con un *dom*, un indio perteneciente a la casta de los que manejan los muertos durante las cremaciones. Fino y huesudo como un junco y con la piel «renegría» según dice Anita, cumple con su misión como un auténtico profesional. Mete al animal en una bolsa y se va.

La gran cantidad de criados es reflejo de la variedad de castas en las que los indios viven acotados, protegidos por su grupo, pero también sometidos a reglas que nunca transgreden. Y son reglas que llegan al paroxismo, como irá descubriendo Anita. Por ejemplo, los Purada Vannam son una casta a cuyos miembros no se les autoriza salir de día porque no se les considera suficientemente «puros» para que sean vistos por brahmanes de castas superiores. Están condenados a vivir en la oscuridad de la noche. O las mujeres de Travancore, en el Sur, que tienen prohibido cubrirse los pechos ante miembros de castas superiores.

En ese mundo, Anita tiene que acostumbrarse a lidiar con un enjambre de criados, a aprender que quien sirve la mesa no es el mismo que le trae el té por la mañana; que el cocinero cocina, pero no friega los platos; que hay dos encargados de barrer el suelo y que no hacen otra cosa; que el encargado de alimentar a los caballos no es el mismo que el que los prepara para montar; que una criada se encarga de recoger la ropa sucia para que un *dhobi*, un lavandero, la cargue en su burrito y la lave en el estanque más próximo, etc. Tiene que aprender lo que han tenido que aprender las esposas de los oficiales, de los militares y de los comerciantes ingleses: no hay que pedir que un criado haga algo que esté considerado por debajo de su casta o sea contrario a su religión. Es una regla de oro que, siempre que se cumpla a rajatabla, asegura paz y una convivencia agradable con los sirvientes.

La continua llegada de gente que acude para ultimar los preparativos de la boda crea un ambiente de gran excitación en *Villa Buona Vista*. Un auténtico ejército de jardineros se dedica a plantar orquídeas y macizos de crisantemos, y a podar todos y cada uno de los arbustos. Al fondo del jardín otro equipo levanta la *shamiana*, una enorme tienda de seda multicolor que ha sido testigo de las ceremonias nupciales de todos los antepasados del rajá desde el siglo XVII. Por su antigüedad y por el refinamiento de sus motivos, sólo se usa en estas grandes ocasiones. Una mañana aparecen dos carros de bueyes repletos de alfombras para tapizar el suelo de la tienda así como el paseo que la une a la entrada de la mansión, a cuyos lados plantan antorchas. En los rincones se van amontonando platos con el escudo de la Casa de Kapurthala, cajones llenos de cubiertos grabados, soberbios candelabros de plata, recipientes de cobre, narguiles tallados, etc. Era como si hubieran vaciado la cueva de Alí Babá en la villa del rajá.

Ante la importancia de los preparativos, el humor de Anita oscila entre la euforia y la melancolía. Precisamente la víspera, y quizás ante lo inminente de la celebración, ha tenido una crisis de nostalgia. No puede dejar de pensar en sus padres y en su hermana. Lo que se avecina es su verdadera boda —el acontecimiento más trascendental de su vida— y le resulta muy triste que ningún miembro de su familia o ningún amigo esté presente. ¿De qué le vale vivir todas esas experiencias maravillosas si no puede compartirlas con nadie? Le parece que es como comer sin sal: por muy rico que esté el plato, siempre sabe a poco. La lentitud del correo —las cartas tardan de cuatro a seis semanas en llegar— aumenta aún más la sensación de aislamiento. Y Lola no sirve para compartir nada. La malagueña se queja de todo porque todo le da miedo. Tiene miedo a quedarse en casa, aunque también a salir; a pasear por el jardín porque dice que hay serpientes y arañas —aunque todavía no ha visto ninguna—; le dan miedo las *ayas* vestidas de blanco, y aborrece el sabor del curry y el olor a incienso; en definitiva, todo le parece extrañísimo y no entiende nada. Menos mal que Mme Dijon resalta siempre la otra cara de las cosas. La soltura y la tranquilidad que desprende su dama de compañía es la mejor terapia contra la inquietud y la angustia. Pero esa noche ni siquiera Mme Dijon consigue consolarla. Anita solloza, muerta de tristeza, hasta que se queda dormida, mientras Lola, tumbada en su cama en la misma habitación y contagiada del ánimo de su señora, también se deshace en un mar de lágrimas, y el ruido que hace al sonarse es lo único que perturba el silencio de la *Villa Buona Vista*.

28 de enero. A las tres de la mañana las *ayas* de la madre de Su Alteza vienen a despertarla. Anita, con los ojos todavía cerrados, se mete en la bañera, que no está llena de agua caliente, sino de leche de burra tibia, a semejanza de las antiguas princesas mogolas. Tras un buen rato en remojo, las *ayas* le piden que se tumbe sobre unas telas colocadas en el suelo. Es el momento del masaje. Las manos hábiles y cuidadosas de las mujeres la untan

con aceite de sésamo de abajo arriba, animadas por un ritmo tan discreto como inflexible. Como si fuesen olas, salen del costado, cruzan la espalda y remontan hacia los hombros. Mientras tanto, entonan un cántico que cuenta los amores de Rama y de su diosa Sita. Le extienden los brazos, que masajean delicadamente, uno tras otro, y luego le amasan la mano para hacer circular la sangre de la palma hacia los dedos. El vientre, las piernas, los talones, la planta de los pies, la cabeza, la nuca, el rostro, las aletas de la nariz y la espalda son acariciados sucesivamente, vivificados por los dedos suaves y danzantes de las *ayas*. Es parte de su iniciación a la India del *Kamasutra* y al Oriente de *Las mil y una noches*; de modo que la princesa española emerge de su letargo de tristeza para afrontar con valor el día más importante de su corta existencia.

Según contaría Anita en su diario, tardan más de dos horas en peinarla, maquillarla y vestirla. Lo hacen con un corpiño de raso color amapola completamente bordado en oro con botones de perlas, que le colocan sobre el corpiño de seda blanca que las indias utilizan en vez del sujetador. Luego la enrollan en seda blanca muy fina y después en la preciosa tela del sari. Unas zapatillas rojas bordadas con hilos de oro, y pulseras y collares de perlas completan el traje de novia. Anita teme que, al moverse, todo ese tinglado se venga abajo, pero las *ayas* le tienden la mano para que se coloque frente al espejo, y entonces se da cuenta de que el sari es cómodo y fácil de llevar. Las *ayas* sonríen, orgullosas como magas, por haber conseguido la transformación de la *memsahib* en una princesa india.

«Cuando me vi reflejada en el espejo, creí que era un sueño, pues tenía el aspecto de una imagen pintada.»

—¡Si parece una virgen! —le dice su doncella.

Lola sigue de humor nostálgico. En realidad, la boda de su patrona parece afectarla aún más que a la propia interesada. Se le saltan las lágrimas.

—¡Si la viera doña Candelaria... que sea usted muy feliz y que el Señor del Gran Poder la proteja de todo mal!

Anita también tiene la sensibilidad a flor de piel. Sólo espera que no tenga que arrepentirse de nada, pero el llanto de su doncella la perturba y la incita a cuestionarse lo que está haciendo. Siente en su interior un volcán de emociones dispares y contradictorias que pugnan entre sí. Para apaciguar su alma y luchar contra las ganas de echarse a llorar se encierra en su cuarto y se pone a rezar de rodillas a la Virgen de su devoción, la Virgen de la Victoria, santa patrona de Málaga.

Son las cinco de la madrugada cuando llaman a la puerta. Se ha acabado el tiempo. Anita se santigua, sale de la habitación y las *ayas* la guían escaleras abajo. En su caminar hay algo que recuerda al de las yeguas recosidas al ser llevadas de nuevo a la plaza de toros. Pero esta vez la plaza es un salón espléndidamente iluminado y lleno de gente, indios en su mayor parte, vestidos de gala. Hasta los criados portan magníficos uniformes. Abajo la espera el rajá, que ha llegado en una carroza dorada tirada por cuatro caballos blancos.

—Pareces una diosa —dice, al tiempo que le cubre el rostro con el velo del sari, añadiendo—: No debo verte el rostro hasta que termine la ceremonia.

«Era la primera vez que le veía con un traje sij y armado. Llevaba una túnica de terciopelo color azul zafiro bordada en plata, un pantalón jodhpur, y una camisa blanca sin cuello y abrochada por bonitos pasadores de zafiros. El turbante era color salmón, el color reservado a la familia real, con un enorme broche de esmeraldas y brillantes. De su cinturón colgaba una magnífica espada curvada de sij con empuñadura de plata y piedras preciosas.»

Se supone que él tampoco puede ver a la novia y le colocan unos collares formados por perlas diminutas en la frente que hacen como una pequeña cortina de flecos. Este ritual, antigua herencia del islam, tiene su explicación en la costumbre popular de que los novios, al casarse, ni se conocen ni se han visto nunca antes, ya que la boda siempre es decidida y organizada por las familias. Tradicionalmente en el islam, el primer encuentro cara a cara ocurre al final, una vez casados. Puede ser un momento de pura magia, o todo lo contrario: una sorpresa poco agradable. Pero éste no es el caso de los príncipes de Kapurthala, que marchan de la mano hacia la *shamiana*[1] bajo los sables cruzados de la guardia del palacio y al son de la marcha nupcial de Mendelsshon ejecutada por la orquesta del Estado. En el interior de la tienda están, a un lado, los aristócratas indios y los ministros, luciendo unos trajes muy vistosos. Al otro, la exigua colonia británica de Kapurthala; es decir, el gobernador inglés (el representante de la Corona en el Punjab, quizás el único que tiene más poder que el propio rajá), luciendo una pechera repleta de condecoraciones; el médico y el ingeniero civil, en compañía de sus engalanadas esposas, que miran a Anita con mezcla de desdén y compasión. Mme Dijon, con un elegante traje verde y un sombrero a juego, se levanta para acercarse a besar a Anita:

—*Quel beau destin le vôtre...* («Qué hermoso destino el suyo») —le dice, exhibiendo una franca sonrisa.

A Anita sus palabras le llegan al corazón. Se le humedecen los ojos, pero no quiere secarse por miedo a estropear el maquillaje.

Dos ancianos sijs, con turbantes color malva y largas barbas blancas, como personajes míticos sacados de un cuento oriental, acompañan a la pareja a sentarse sobre lujosos cojines bordados, justo detrás de una enorme balanza. Anita piensa que son sacerdotes, pero en el sijismo no hay clérigos. Son fieles que custodian un libro de gruesas tapas de pergamino, el *Granth Sahib*, la Biblia de los sijs, una recopilación de las enseñanzas de

---

1. *Shamiana*: tienda, generalmente de tela bordada, que se usa en las celebraciones en la India.

los grandes gurús —los grandes maestros— de esa religión nacida ahí, en el Punjab, para luchar contra las castas y los anacronismos del hinduismo y del islam. El libro es el centro de todas las actividades religiosas de los sijs: ante él bautizan a sus hijos, ante él se casan y, cuando mueren, los familiares del difunto leen en voz alta capítulos enteros.

Aceptad este libro como vuestro maestro
Reconoced la humanidad como una sola
No hay distinciones entre los hombres.
Salen todos del mismo barro
Hombres y mujeres iguales
Sin mujeres nadie existiría
Excepto el Señor eterno, el único que no depende de ellas...

El diario de Anita reflejaría sus impresiones: «Como no entendía nada de nada y tenía el rostro protegido por el velo que me tapaba, me dediqué a mirarlo todo para fijarme bien y contárselo a los de España.»

Los primeros rayos de sol tiñen de rosa el interior de la *shamiana*. Cuando terminan las oraciones, uno de los ancianos sijs se acerca para indicar a los novios que pueden llevar a cabo el rito más importante desde el punto de vista religioso. Los esposos se ponen de pie y, sosteniendo los extremos de un echarpe, dan cuatro vueltas alrededor del libro sagrado. Luego el anciano invita a los esposos a conocerse «oficialmente». Lentamente, cada uno de ellos aparta el velo del otro con su mano libre. El rostro alegre del rajá aparece frente a los ojos almendrados de Anita, que siente los latidos de su corazón. Entonces suena la música y los invitados rompen en aplausos. Entre cánticos y parabienes, los esposos se acercan de nuevo al libro sagrado. Los ancianos sijs abren el libro cuatro veces seguidas. La primera letra de cada página va conformando el nuevo nombre de la esposa, una tradición puramente sij según la cual todas las mujeres casadas se llaman *Kaur* —«princesa»—, y a este nombre se añade el resultante de la consulta al libro. A Anita le salen las letras que conforman la palabra *Prem* —«amor»—.

—Prem Kaur, ése será tu nuevo nombre. «Princesa de amor...» ¡No está mal!

Anita parece satisfecha con su nuevo nombre, que circula ya de boca en boca por el exterior de la tienda, como una exhalación, por las aldeas vecinas, por los caminos, por los campos y hasta por la ciudad. El más extravagante de los ritos es el último. Es un rito de origen hindú adoptado por los emperadores mogoles de la India y finalmente por casi todos los príncipes del subcontinente. El rajá se sienta sobre un cojín en una bandeja de la balanza. En la otra, un sij coloca lingotes de oro hasta lograr compensar el peso. Ese oro servirá para comprar comida y distribuirla a los pobres; es la manera que tiene el monarca de hacer partícipes de su alegría a todos sus súbditos. Hacen lo mismo con Anita, que piensa: «Pocos van a poder alimentarse con mi comida porque sólo peso cincuenta y dos kilos.»

* * *

Esa tarde cuando Anita, desde la altura de su elefante fastuosamente encaparazonado, entra en la ciudad para encontrarse con sus súbditos, no puede dejar de recordar el día que en Madrid vio desfilar a la reina Victoria Eugenia tras haberse casado con Alfonso XIII. Anita vislumbró entonces su propio futuro, como un destello fugaz que enseguida desterró de su mente. Sin embargo, como en los sueños más extraordinarios, aquella visión se ha materializado. La muchacha, que todavía no ha cumplido dieciocho años, contempla el espectáculo con ojos muy abiertos y con una gran tranquilidad de la que no ha disfrutado en los últimos días. Gentes a las que nunca ha visto se inclinan para saludarla a ella, ríen de entusiasmo por ella, rezan por ella. Las flores, los perfumes, la música, los rostros emocionados que se vuelven hacia ella... ¡Qué asombroso resulta todo!

El cortejo de elefantes se adentra en la ciudad y es recibido por trece cañonazos, el número de salvas que le corresponden al rajá de Kapurthala por su lealtad a la Corona británica. Los ingleses han encontrado una manera original de fijar el protocolo: por el número de salvas que se atribuyen a los príncipes. Cuanto más importante es el principado y el rajá, mayor es el número de salvas. Al nizam de Hyderabad le corresponden veintiún cañonazos. Al rey emperador de Inglaterra, ciento uno. Al Nabab de Bhopal, nueve.

La recepción tiene lugar al anochecer de esa intensa y agotadora jornada en el antiguo palacio del rajá donde reside su madre adoptiva, en el centro de la ciudad. La miríada de invitados saborea los platos más exquisitos de la gastronomía del Punjab, como perdices con cilantro, dados de pollo con jengibre o trozos de queso blanco con espinacas. Otros bufés ofrecen comida europea y todo tipo de bebidas alcohólicas. Tras saludar a los invitados, el rajá pide a Anita que le acompañe al piso superior. Es la primera vez que Anita entra en una *zenana*,[2] como llaman las partes de las casas y los palacios reservados a las mujeres. Anita está en el temido «jarén», como lo llamaba doña Candelaria. El rajá abraza con mucha emoción a la mayor de las señoras, su madre adoptiva. Ella le ha criado ya que su madre natural murió cuando él era un niño de meses. Anita reconoce entre las damas de corte a las *ayas* que han venido a arreglarla y a vestirla.

—Ellas te enseñarán todo lo que tienes que saber para convertirte en una buena princesa india —le dice el rajá.

Otras mujeres rodean enseguida a la española, todas muy hermosas o sino con aspecto de haberlo sido en el pasado. Hacen corro y la miran con mucha curiosidad, haciendo comentarios sobre el sari y las joyas. El rajá hace las presentaciones:

2. Palabra de origen persa. *Zen* significa «mujer» y *zenana* se podría traducir como «paraíso de las damas».

—Anita, ésta es Rani Kanari, que ha venido conmigo varias veces a Europa.

Ambas mujeres intentan intercambiar unas palabras, pero el inglés de Rani Kanari es aún más rudimentario que el de Anita. Otras dos esposas del rajá la saludan tímidamente. Son indias del valle del Kangra, de un linaje que se remonta a los *rajput*,[3] hindúes de pura cepa. No hablan una palabra ni de inglés ni de francés.

—Anita, te presento a Harbans Kaur, la maharaní número uno, ése es su título. Es mi primera esposa.

La muchacha inclina la cabeza respetuosamente ante una mujer de mediana edad, elegante, pero que no le concede la más mínima sonrisa. Anita siente un escalofrío recorrerle el espinazo. No necesita saber el idioma local para adivinar que se halla ante una enemiga. Cuando el rajá se da media vuelta para atender a otros invitados, Harbans Kaur se queda contemplando las joyas de Anita y, con aire desafiante, se permite tocar el collar de perlas, palpar el broche de rubíes y los pendientes de brillantes. Luego tira de una cadenita de oro, que apenas sobresale del corpiño. Es la cadenita que sujeta la cruz que la española lleva siempre al cuello. La maharaní se ríe y la deja plantada, girándose hacia las damas de compañía y demás esposas, que siguen enfrascadas en sus comentarios y cotilleos sobre «la nueva».

Al hacerse el vacío a su alrededor y al quedarse sola, Anita, herida por el desaire de la primera esposa, se asusta. Aunque Mme Dijon le ha hablado siempre de las «mujeres del rajá», la joven española no se ha dado cuenta de lo que eso significaba hasta haberse visto cara a cara con ellas. De pronto piensa que cada una de esas mujeres ha vivido un día semejante, que son las esposas de su marido, y que ella es la quinta. Presa de un ataque de llanto, abandona la sala buscando un lugar donde esconderse para secar las lágrimas que, al deshacer el maquillaje, desfiguran su rostro. Mme Dijon, que ha sido testigo de lo ocu-

3. La palabra *rajput* significa «hijo de príncipe».

rrido, sale detrás de ella persiguiéndola por un largo pasillo iluminado por velas colocadas en pequeños nichos en las paredes, la agarra del brazo y consigue atraerla hacia un mirador cuyas celosías permiten ver lo que pasa fuera sin ser vistas. El cuerpo de Anita tiembla como un junco por las convulsiones de sus sollozos. Se oyen a lo lejos los ruidos de la fiesta.

—No dejes que empañen la felicidad de este día, Anita. Tienes que entender que para ellas esta boda es una afrenta, porque eres extranjera y porque eres muy joven y guapa. Cada una de ellas te dobla la edad. Tienen envidia y miedo de ti...

—¿Miedo?

—Claro. Porque piensan que has robado el corazón del rajá, lo que es verdad...

Las palabras de la francesa consiguen calmar a Anita, que poco a poco recobra la compostura.

—En esta parte del mundo —prosigue Mme Dijon— tener varias esposas es lo normal. La tradición manda que los hombres se deban a ellas y las cuiden siempre, es lo que hace el rajá... Siempre pensé que te lo habían explicado.

Anita niega con la cabeza. Mme Dijon continúa.

—Lo importante no es el número de esposas, sino ser la que de verdad cuenta... ¿Te acuerdas de la historia del emperador que levantó el Taj Mahal?

Anita asiente, mientras se suena con un pañuelo.

—... Tenía muchas más esposas que las que tiene el rajá, pero sólo quiso a una de ellas. Y yo te aseguro que él sólo te ama a ti.

—No quiero acabar en un lugar como éste...

Mme Dijon sonríe.

—No digas tonterías, tú nunca acabarás en una *zenana*... ¡con ese carácter que tienes! Viviréis como ahora lo hacéis, a la europea. Él te lo ha prometido y es un hombre de palabra. Escúchame bien, Anita: mientras sepas hacerte querer, serás la auténtica maharaní de Kapurthala, mal que les pese a sus esposas.

El rostro de Anita se ilumina con una tenue y melancólica

sonrisa, como si fuese consciente de que el cuento de hadas ha terminado. Ahora le toca enfrentarse a la vida en serio.

Gracias a la habilidad de su dama de compañía, el pequeño drama que vive Anita pasa desapercibido para la gran mayoría de invitados, incluido el corresponsal de la *Civil and Military Gazette*, el periódico de Lahore, que en su edición del 29 de enero de 1908 publicaría la siguiente crónica para la posteridad:

«La joven novia es de la más perfecta y refinada clase de belleza, y lucía maravillosamente un sari rojo carmesí bordado de oro. Las joyas que llevaba eran extraordinarias por su esplendor. La escena de la boda fue de lo más pintoresca debido a la magnificencia de los trajes que lucían los invitados. Los festejos se celebraron con gran *éclat*.»

SEGUNDA PARTE

EL SEÑOR DEL MUNDO

13

La pompa y el boato acompañan la vida del rajá desde el mismo momento de su nacimiento. Los habitantes de Kapurthala recuerdan con nitidez cómo, a las dos de la madrugada del 26 de noviembre de 1872, fueron despertados por cañonazos que anunciaban la esperada noticia de la llegada al mundo del príncipe heredero. Empezaron así cuarenta días de festividades que costaron al erario un millón de rupias y a las que asistieron el gobernador del Punjab y los maharajás de Cachemira, Patiala, Gwalior y demás Estados vecinos. Las autoridades distribuyeron limosnas entre los pobres y declararon una amnistía para los veintiocho prisioneros de la cárcel. El regocijo con que el pueblo celebró su llegada al mundo fue proporcional a la larga espera y a la situación de incertidumbre creada por el soberano del momento, el rajá Karak, quien padecía ataques transitorios de locura. Los médicos le habían obligado a pasar largas temporadas en un manicomio cerca de Dharamsala, una pequeña ciudad a los pies del Himalaya. Todos los que pensaban que era incapaz de procrear se llevaron una sorpresa con el anuncio del nacimiento del pequeño.

La sorpresa fue especialmente desagradable para una rama de la familia que pretendía el trono y que inmediatamente cuestionó la veracidad de la noticia. Según ellos, el bebé no era hijo de su padre, el rajá Karak, sino de un aristócrata de Kapurthala llamado Lala Harichand, quien habría cedido a su propio hijo a la maharaní a cambio de ser nombrado ministro de Finanzas del Estado. Los británicos habrían urdido el complot para evitar que los miembros de la citada rama familiar asumieran el poder. Se oponían a ello categóricamente por una simple razón: aquella rama de la familia se había convertido al cristianismo unos años antes gracias a los buenos oficios de unos misioneros presbiterianos ingleses. Que unos cristianos —aunque fuesen de la familia real— accediesen al trono podía tener peligrosas consecuencias en el siempre complicado puzzle étnico y religioso de un Estado indio.

Verdad o no, el caso es que los familiares denunciaron el asunto ante las más altas instancias del poder colonial, llegando hasta la oficina del virrey, quien encargó un informe al médico oficial de Kapurthala. El Dr. Warburton efectuó una pequeña investigación interrogando a la comadrona y a las enfermeras que habían atendido a la maharaní. También pudo entrevistarse directamente con esta última por medio de una intérprete femenina, ya que estaba terminantemente prohibido que los hombres entrasen en la *zenana*. En su informe concluía que la maharaní era la verdadera madre del recién nacido, allanando el camino para el reconocimiento formal del heredero. La rama ofendida de la familia reaccionó tildando al médico de corrupto, diciendo que había sido comprado, y no cejó en su empeño de denunciar el caso. Tan impertinentes llegaron a ser que fueron expulsados de Kapurthala y obligados a vivir en Jalandar. A modo de compensación, el gobierno colonial les permitió utilizar el título de rajá y les repartió condecoraciones nombrando a los recalcitrantes miembros de la familia Caballeros de la Estrella de la India y del Imperio Británico. El asunto quedó zanjado con la explicación oficial de que sólo se trataba del revuelo habitual que se suele producir en las familias reales a la hora de la sucesión. Pero la división familiar acabaría teniendo interesantes consecuencias.

Cinco días después del nacimiento, las mujeres de la casa celebraron la tradicional ceremonia para proteger al niño del mal de ojo. Durante una noche entera entonaron cánticos religiosos mientras los soldados del regimiento hacían sonar grandes tambores a las puertas de palacio. El décimo día, hordas de sirvientes se pusieron a limpiar las paredes y los suelos del palacio y los familiares vertieron enormes cántaros de leche en los peldaños de la entrada, celebrando así el momento en que la madre dejaba de ser «impura». El duodécimo día, en otra ceremonia también inspirada en el hinduismo, hizo su aparición el astrólogo oficial del Estado. Leyó el horóscopo del niño haciendo múltiples comentarios sobre su carta astral, en la que había escrito cuatro nombres. En lugar de hacerlo el padre, que estaba recluido en el manicomio, fue la tía del niño la que escogió uno de los nombres, que luego susurró al oído del bebé: Jagatjit —«Señor del Mundo»—, así se llamaría. Al final de la ceremonia, el astrólogo leyó el nombre completo del heredero al trono de Kapurthala: Farzand-i-Dilband Rasik-al-Iqtidad-i-Daulat, Raja-i-Rajagan Jagatjit Singh Bahadur. Para los ingleses: rajá Jagatjit Singh.

El pequeño se crió en la *zenana*, rodeado de *ayas*, sirvientas y niñeras en un ambiente de confort y lujo inimaginable para cualquier niño europeo. Siendo el único hijo varón y, por tanto, el heredero, desde su más tierna infancia se acostumbró a ser el centro de atención y a ser tratado con los honores debidos a su rango. Siempre había alguien revoloteando a su alrededor para evitar que cayese enfermo o para atender cualquiera de sus necesidades. Le bastaba enseñar un pie, y un criado le calzaba. Levantaba un dedo, y otro acudía a peinarle. Nunca alzaba la voz porque no era necesario. Una mirada bastaba para transmitir un deseo, que, inmediatamente, era interpretado como una orden. Hasta los sirvientes más ancianos se postraban ante el niño, tocándole los pies en signo de veneración. Su salud era seguida con la mayor atención. Un *aya* recogía diariamente el orinal del pequeño y escudriñaba sus deposiciones con mirada atenta. Si encontraba algo raro, le trataba inmediatamente con hierbas medicinales y, si era más grave, llamaba al médico oficial. Diariamente, durante toda su infancia, le bañaban, le lavaban el pelo y luego se lo secaban tumbándole sobre un camastro hecho de cuerdas trenzadas, bajo el que había un infiernillo donde ardían brasas e incienso, dejándole el cabello perfumado. Después tenía que someterse a un masaje en toda regla con crema de almendras que se molían cada semana. Entonces tuvo los primeros escarceos con la corrupción: intentaba, sin éxito, comprar a las *ayas* para saltarse el masaje que tanto le aburría. Toda su infancia la pasó acompañado siempre, y en todo momento, de criados, y más tarde de tutores y profesores hasta el punto de que no estuvo solo ni un instante. Quizás por eso viajó tanto en cuanto fue mayor, para poder encontrarse a sí mismo en las rutas del mundo.

No conoció a su padre, que vivía encerrado en el manicomio. Lo único que recuerda de él es su muerte, porque fue seguida de días de luto durante los cuales plañideras profesionales invadieron con sus llantos las salas del palacio. Jagatjit tenía cinco años y le tocaba heredar un reino. Heredaba los trece cañonazos de honor que los ingleses habían atribuido a Kapurthala, el título de Alteza, y el quinto puesto en orden de precedencia entre los soberanos del Punjab. Pero sobre todo heredaba una fortuna colosal, que no guardaba proporción con el tamaño de Kapurthala —600 kilómetros cuadrados, pocos, comparados con los 6.000 del vecino Estado de Patiala—. Aquella fortuna se la debía a su abuelo, el rajá Randhir Singh, quien había tenido la acertada intuición de ponerse del lado de los ingleses cuando estalló el motín de 1857. Fue una revolución, durante la cual los soldados hindúes y musulmanes que componían los regimientos del ejército de la India se amotinaron contra sus superiores, los oficiales británicos a sueldo de la Compañía de las Indias Orientales. Aunque las razones de la rebelión tenían que ver con su miedo a ser convertidos al cristianismo y con la actitud cada vez más autoritaria de la todopoderosa compañía, el pretexto inmediato del motín se basaba en el rumor de que los nuevos cartuchos de fusil venían untados con grasa de animal. Ello suponía una afrenta tanto para los hindúes —que pensaban que se trataba de grasa de vaca—, como para los musulmanes —que temían que fuese grasa de cerdo—. Las atrocidades que ambos bandos cometieron durante los meses que duró el motín marcaron un antes y un después en la historia de la colonización británica de la India. Considerado por los indios como su primera guerra de Independencia, el motín favoreció el surgimiento del nacionalismo indio y abrió una brecha que culminaría noventa años después en la independencia. Para los ingleses, que tardaron varios meses en aplastar la rebelión, supuso el fin de la supremacía de la Compañía de las Indias Orientales, que desde el siglo XVII manejaba los asuntos de la India como un negocio privado. La reina Victoria asumió las riendas del gobierno de la inmensa colonia, y, en una proclamación que hizo en 1858, quiso asegurarse la lealtad de los príncipes. Los ingleses —apenas ciento treinta mil en un país de trescientos millones— necesitaban a los príncipes para administrar un territorio tan inmenso, siempre y cuando pudieran controlarlos y satisfacerlos de alguna manera. «Seremos los garantes de la autoridad y del futuro de los príncipes nativos como gobernantes de sus Estados —decía la proclamación—. Respetaremos sus derechos, su dignidad y su honor como si fueran los nuestros.» Fue un momento histórico en el que los reyes de la India dejaron de ser reyes y se convirtieron en príncipes. Protegidos por el paraguas británico que les garantizaba las fronteras, las ganancias y los privilegios, los soberanos vivieron a partir de entonces con seguridad y tranquilidad, no como sus antepasados. Ya no tenían que responder ante su pueblo, sino ante el poder supremo de la Corona británica, que les colmó de honores, títulos y salvas de cañonazos a fin de que cada uno estuviera situado en lo que se consideraba el orden correcto de precedencia. Muy hábilmente, los ingleses los fueron colocando como satélites, cada uno en su órbita particular.

La estabilidad que les proporcionó la *Pax Britannica* los volvió blandos y corruptos. Acabaron apoyándose cada vez más en los ingleses, convencidos de que eran indispensables para su propia supervivencia, cuando en realidad eran los príncipes los que habían sido indispensables para la supervivencia de los británicos en la India. De esa manera los rajás fueron apartándose poco a poco del pueblo, olvidando los preceptos de simplicidad y humildad inherentes a la sociedad hindú y empezando a vivir de manera ostentosa, compitiendo entre sí y emulando a los colonizadores. También ellos querían ser ingleses, pero les costaba conseguirlo porque procedían de una sociedad feudal.

Por haberse aliado con los británicos durante el motín, Randhir Singh de Kapurthala fue recompensado con enormes extensiones de tierras confiscadas al rajá de Oudh, que había optado por el bando de los rebeldes. Así, la desgracia de uno hizo la prosperidad y la felicidad del otro. Aquellas tierras proporcionaban a Kapurthala una ingente renta anual de dos millones cuatrocientas mil rupias, que iban a parar directamente a los bolsillos del rajá. A los cinco años de edad, Jagatjit Singh ya era rico.

14

El rajá creció con un pie en la India profunda de sus gloriosos antepasados y otro en Europa. Un pie en un mundo feudal y otro en el siglo XX. Unos le daban clases de física y química, y otros le enseñaban el *Kamasutra*, un texto sánscrito del siglo IV escrito por un sabio que concibió un código sexual para guiar a los hombres en el arte del amor. Durante su minoría de edad, el Estado fue administrado por una sucesión de brillantes funcionarios británicos, algunos de los cuales llegaron a ser gobernadores generales, como fue el caso de sir James Lyall. Esos superintendentes estaban asistidos en su tarea por hombres de confianza que formaban el consejo de funcionarios del Estado, y juntos fueron introduciendo reformas y perfeccionando la administración de manera que, cuando cumpliera dieciocho años y asumiera el poder, el joven rajá se encontrase con la casa en orden. Por ejemplo, redujeron el número de ministerios, fusionando el de Finanzas y Recaudación de Impuestos en uno solo, y suprimieron el ministerio de Asuntos Misceláneos, que comprendía la administración de las cuadras, los elefantes y el zoológico.

La educación que recibió de tutores cuidadosamente seleccionados fue liberal. Al mismo tiempo aprendió buenas maneras, las exigencias del protocolo y los valores de la democracia occidental, pero sin la obligación de tener que aplicarlos porque él reinaría con derecho de vida y muerte sobre las trescientas mil almas de Kapurthala. La influencia de sus tutores despertó en él una gran curiosidad hacia Inglaterra, hacia su historia, sus valores, sus instituciones y sus costumbres. Inglaterra era el poder supremo y a sus ojos representaba la fuente de la civilización moderna. Los mejores automóviles, los barcos más veloces, los edificios más sólidos, el imperio más grande, la medicina más avanzada... Inglaterra era todo eso.

¿Cómo funciona un motor de explosión? ¿Qué es el mar? ¿Qué diferencia hay entre un calotipo, una litografía y una fotografía? Sus tutores fueron quienes saciaron su curiosidad infantil y quienes le abrieron los ojos al mundo porque en su entorno familiar nadie tenía el más mínimo conocimiento de la vida allende las fronteras de la India. Los contactos que, por su posición, mantenía desde temprana edad con aristócratas británicos le familiarizaron con la elite de esa sociedad que tanto admiraba y que le acogía en su seno como a uno más de la familia. Por eso, se aplicó al estudio del inglés con especial ahínco. Enseguida lo dominó con soltura y con impecable acento, tan *british* que resultaba extraño pensar que nunca hubiera estado en Inglaterra. Su fascinación por este país fue ampliándose hacia toda Europa, cuna de las grandes innovaciones tecnológicas de finales del siglo XIX. Máquinas que reemplazaban el trabajo del hombre, aparatos para hablar a distancia, reproductores de imágenes en movimiento, máquinas voladoras... la lista de inventos capaces de seducir la imaginación de un niño era interminable. Y todo se hacía en Europa. Así que se puso a aprender francés, y también en poco tiempo llegó a hablarlo y leerlo bien. Compartía con muchos de sus compatriotas una gran facilidad para los idiomas. Raro es el indio que no sepa dos o más lenguas, lo mínimo para entenderse en un país con catorce idiomas oficiales y más de quinientos dialectos.

A los diez años, el rajá hablaba seis idiomas. Aparte del inglés y del francés, su lengua materna era el punjabí, pariente del indostaní, que también dominaba, así como el sánscrito, que estudiaba con un viejo santón hindú, y el urdu (el persa antiguo), que era el idioma oficial de la corte. Esta vieja costumbre heredada del imperio mogol, que perduraba un siglo después de su desaparición, mostraba la profunda huella que los mogoles habían dejado en la India.

Jagatjit Singh vino a encarnar el drástico cambio que se había producido en los monarcas indios a raíz de la proclamación de la reina Victoria. En muy pocos años, los rajás se habían visto obligados a dar un salto de siglos. Y Jagatjit demostró ser un auténtico acróbata, capaz de saltar de un mundo a otro con toda naturalidad. Le tocó vestirse de europeo por primera vez en la historia del linaje de su familia, jugar al cricket y al tenis, comer platos occidentales y practicar un deporte tan inglés como el *pig-sticking*, la caza del jabalí con lanza. Pero acudía al consejo de ministros a lomos de elefante, luciendo una diadema de brillantes, un collar de trece hileras de perlas y con un airón de plumas prendido en el turbante. Heredaba un reino con todos los signos exteriores de la monarquía, con todas las ceremonias y rituales de la coronación, pero que, en realidad, era una rémora del pasado y en el que faltaba la sustancia misma que daba sentido a la monarquía. Le habían inculcado que el servicio al pueblo era la misión más importante de su vida, pero en el fondo sabía, como todos los demás soberanos, que tenía el puesto asegurado por los ingleses, y que dicho puesto era vitalicio. Por eso, lo realmente importante para disfrutar de una vida cómoda y placentera era llevarse bien con el poder. La buena relación con los británicos se anteponía así al concepto de servicio al pueblo. Era un sistema viciado en su misma base, pero que en aquella época parecía tan sólido como eterno. Ya se encargaría el viento de la historia de poner las cosas en su sitio.

La súbita adaptación del rajá no se haría sin trastornos ni problemas. No resulta fácil conciliar culturas tan dispares como la inglesa y la sij, no es fácil ser un rey indio y un caballero británico al mismo tiempo, antiguo y moderno, demócrata y déspota, príncipe oriental y vasallo europeo. Más aún cuando la ausencia de la figura paterna, unida a la debilidad de su madre, una mujer tradicional que pertenecía a otra época, le dejaron sin la seguridad necesaria para enfrentarse a un mundo cambiante, para resolver el conflicto de tener que ser rey sin serlo de verdad. Quizás por esa razón, Jagatjit Singh empezó a somatizar sus problemas psicológicos y le dio por comer. Al principio, nadie se alarmó; al contrario, el orondo heredero era decididamente un muchacho hermoso. Pero más tarde, cuando a los diez años cruzó la frontera de los cien kilos, empezó a cundir el pánico. El Dr. Warburton, médico oficial de Kapurthala, le puso una dieta severa que no dio resultado. El chico seguía engordando y dormía demasiado. De esa época le vino la costumbre de pedir ayuda a la hora de atarse o desatarse el *choridar* (pijama), pantalón de estilo indio muy ancho sujeto con un cordón de seda alrededor de la cintura. Más tarde, cuando ya recuperó la forma física, siguió con la costumbre y la amplió al atado del turbante. Inder Singh, capitán de su escolta, sería el encargado durante años de atender ese peculiar capricho de su jefe.

—Criado como hijo único, cebado desde pequeño primero por las nodrizas y luego por las *ayas*, el muchacho ha adquirido unos hábitos alimenticios nefastos —sentenció el Dr. Warburton al informar a James Lyall, el tutor del pequeño Jagatjit, muy preocupado por el cariz que estaba tomando el engordamiento progresivo del príncipe—. Por ahora, lo único que podemos hacer es probar otra dieta —sugirió el médico.

—¿Y si no funciona? ¿Cuál es el pronóstico si continúa engordando?

El Dr. Warburton le miró por encima de sus gafas. Acababa de leer en una revista médica un artículo y temía que bien pudiera aplicarse al caso de Jagatjit.

—Esperemos que no padezca una especie de obesidad

mórbida infantil, una rara enfermedad. Los pacientes se duermen de pie, continúan engordando hasta que aparecen graves dificultades respiratorias...

Hubo un silencio, interrumpido por Lyall:

—¿Y...?

—Muchos fallecen antes de llegar a adultos.

Lyall se quedó estupefacto. Después de todo el escándalo propiciado por la otra rama de la familia, el hecho de quedarse sin heredero directo y sin posibilidad de tener otro plantearía un problema muy espinoso al departamento Político del Punjab.

—Veremos cómo evoluciona —continuó el Dr. Warburton—. ¡Ojalá sólo sea la expresión de problemas psicológicos que se manifiestan a través de la obsesión por la comida!

Jagatjit se quedó en ciento treinta kilos. Era muchísimo para un chico de once años, pero por lo menos su peso se estabilizó, lo que alivió, aunque sólo fuese momentáneamente, a sus tutores y al médico. A esa edad, los miembros de la corte decidieron buscarle una primera mujer. El muchacho nada tenía que decir al respecto porque no cabía posibilidad de elección. Así lo mandaba la tradición. Además, se podía considerar afortunado porque, siendo sij, el número de mujeres con las que podría casarse no estaba limitado, contrariamente a los musulmanes, que no tenían derecho a más de cuatro. Sólo cuando hubiera alcanzado la mayoría de edad y asumido las riendas del gobierno tendría mayor libertad para elegir a sus esposas, aunque el acceso directo a mujeres de otras familias de alto linaje sería siempre muy difícil, porque las familias las comprometían desde muy niñas.

Un nutrido grupo de cortesanos viajó al valle del Kangra, a unos doscientos kilómetros de Kapurthala, en busca de una chica de alta casta de origen rajput. Querían una unión capaz de estrechar vínculos con las grandes familias del Rajastán, la patria de los rajput, de donde eran originarios los antepasados del rajá, y con alguien perteneciente a una casta muy alta para elevar el «pedigrí» del linaje de Kapurthala. Originalmente, la familia de Jagatjit había pertenecido a la casta de los kalal, que antiguamente eran los encargados de elaborar las bebidas alcohólicas para las casas reales. Una casta mediocre. Jassa Singh, brillante antepasado, ayudado por los sijs, que entonces formaban parte de una religión nueva, supo aglutinar un ejército, alzarse en armas y unificar Kapurthala. Pero el estigma de los kalal seguía pesando en algunos miembros de la corte, muy puntillosos con todo lo que tuviera que ver con la genealogía. ¿No decía un proverbio punjabí: «Cuervo, kalal y perro, no confíes en ellos aunque estén dormidos.»? Por eso era tan importante mejorar la sangre.

En cada pueblo, la llegada de la comitiva encargada de buscar novia se anunciaba con un redoble de tambores. Las chicas casaderas eran examinadas con tanta meticulosidad que hasta hubo quejas por el extremado celo que mostraban los cortesanos a la hora de evaluar los atributos físicos de las candidatas. Los kapurthalenses llegaban con la arrogancia que les daba el hecho de representar a un príncipe, por muy gordo que fuera. Sabían que el deseo más anhelado de miles de familias era unir a una de sus hijas con un rajá. Por eso había que controlar que los papeles de las chicas no estuvieran trucados, que las informaciones fuesen todas veraces y que ningún miembro de la comitiva aceptase sobornos con tal de incluir a una joven poco adecuada entre las candidatas.

Por fin, decidieron escoger a una preciosa muchacha de la misma edad que el rajá, llamada Harbans Kaur. Tenía grandes ojos negros y la tez dorada como el trigo. Era hindú y pertenecía a la flor y nata de las altas castas brahmínicas. Negociaron con los padres los términos de la dote, que se haría efectiva en el momento del enlace, fijado para el 16 de abril de 1886, cuando los novios alcanzasen la meritoria edad de catorce años.

La boda se efectuó siguiendo estrictamente la tradición sij. El rajá no vio el rostro de su amada hasta ese mismo día y lo hizo a través de un espejito colocado entre ambos: «Me quedé mirando sus ojos negros, los más bonitos que había visto jamás. Luego sonreí, y ella me devolvió la sonrisa», dejó escrito en su diario. Lo que no quedó reflejado en ningún diario fue la reacción de Harbans Kaur al descubrir el rostro hinchado de su imberbe marido, su triple papada, sus ojos alicaídos y su descomunal barriga. Ningún diario contaría en detalle lo que debió de ser su primera impresión, y luego su primera noche de amor, ella sumisa y asustada, él inexperto y peligrosamente obeso. Lo que sí transcendió es que no consumaron el acto.

A la preocupación que la corte y la familia sentían por la salud del rajá —el cual exceptuando su obesidad no mostraba signos de narcolepsia ni de insuficiencia respiratoria— se añadía ahora una profunda inquietud por su vida sexual y por el porvenir de la dinastía.

15

El 24 de noviembre de 1890 no fue un cumpleaños cualquiera. Jagatjit Singh cumplía dieciocho años, lo que significaba que alcanzaba la mayoría de edad. Su fama de apacible y bonachón cuadraba con la apariencia física de hombre orondo debido a sus más de cien kilos de peso. Eran necesarios dos criados para empujar el ciclocarrito de finas y grandes ruedas que usaba todos los días para el paseo matinal. El ingenio había sido una idea del J. S. Elmore, ingeniero jefe de Kapurthala, que había montado las ruedas de un velocípedo en un chasis al que añadió una pequeña rueda suplementaria, un asiento y una sombrilla para proteger a la real cabeza de los rayos solares. Sentado así y empujado por los criados, el rajá circulaba por la ciudad y se detenía a hablar con unos y con otros porque, a su manera, era bastante campechano. Otros días salía a caballo. Sus tutores le habían instilado el amor por la equitación, pero se cansaba rápidamente y temía perder el equilibrio. Se encontraba mejor sentado en la grupa de un elefante.

Habían pasado cuatro años desde la boda, y el joven matrimonio no tenía descendencia. Pero ante la expectativa suscitada por la investidura, la sorda zozobra que flotaba en los ambientes aledaños al palacio quedó relegada a un segundo plano. Casi en la misma fecha en que nacía Anita Delgado, el hombre que la pretendería con tanto afán dieciocho años más tarde accedía al poder. Los preparativos duraron dos semanas. Trescientos invitados ingleses e indios acudieron para participar en los tres días de festejos, que incluían ceremonias, banquetes, paseos en río y cacerías. La *Civil and Military Gazette*, diario publicado en Lahore y cuyo orgullo era contar con Rudyard Kipling como colaborador, en su edición del 28 de noviembre de 1890 informaba del «caos durante la inauguración de la nueva pista de patinaje del maharajá de Patiala por la cantidad de caídas»; de la advertencia del gobierno local a los jóvenes comisarios de policía del Punjab para que no usaran chanclas en el trabajo, sino los zapatos reglamentarios; de la multa de diez rupias impuesta a un soldado inglés borracho por lanzar insultos contra un cortejo funerario musulmán, etc. Pero la portada y el grueso de la edición estaban dedicados a la ceremonia de investidura:

«La escena en el Durbar[1] Hall fue tan pintoresca y tan llena de vida que permanecerá para siempre en la memoria de los asistentes. El Hall es una espléndida obra de arquitectura, con un enorme patio interior cubierto e iluminado por luz eléctrica. Afuera esperaban varios regimientos de tropas del Estado, uno formado por distinguidos soldados en uniforme azul con enormes turbantes y túnicas de color rojo; otro de caballería para cuyos soldados y caballos es imposible encontrar suficientes elogios, y una larga fila de espléndidos elefantes con las caras pintadas de filigranas y torretas ricamente tapizadas y amuebladas, perfectamente inmóviles si no fuera por el lento balanceo de sus trompas. El patio del Durbar Hall estaba lleno de gente que lucía toda una gama de uniformes vistosos; mientras, desde la galería superior, los ojos brillantes de los visitantes europeos contemplaban la escena que se desarrollaba abajo.» En su discurso de investidura, sir James Lyall, antiguo tutor del rajá y ahora gobernador general del Punjab, dio un repaso a la his-

---

1. *Durbar* es una palabra de origen persa que etimológicamente significa «reunión de la corte». El término, muy empleado en la India, se utiliza para designar cualquier reunión importante.

toria de las estupendas relaciones entre la familia real de Kapurthala y la Corona desde los tiempos del abuelo Randhir Singh, alabando la dedicación de los tutores y del Dr. Warburton en el cuidado del niño-príncipe, felicitando al rajá por sus logros educacionales, especialmente en lo referente al inglés y a las lenguas orientales, «debidos a vuestro esfuerzo y a vuestra capacidad mental» —precisó—, y agradeciendo la ayuda de los miembros del gobierno que había permitido durante la minoría de edad «un buen progreso en todos los departamentos administrativos sin ruptura con la tradición del antiguo gobierno sij». Acabó reconociendo la honorabilidad, la prudencia y el buen carácter del rajá, deseándole que fuera siempre un soberano justo y considerado con sus súbditos «y un terrateniente liberal en las grandes extensiones de Oudh de donde deriváis tan espléndida renta». Concluyó con la cita de un poeta, que doscientos años atrás había escrito a un rey de Inglaterra unas palabras que en aquella mañana soleada, en boca de sir James Lyall, parecían curiosamente premonitorias:

El cetro y la corona acaban derrumbándose
Y todo se hace igual en la tierra
Sólo la memoria de los justos
Deja una dulce fragancia en el mundo y florece en el polvo.

Una salva de aplausos saludó el discurso. Entonces sir James hizo un signo al rajá para que le siguiese. Ambos dieron unos pasos hacia unos enormes sillones de madera labrada pintados de pan de oro —los sillones del trono— donde posaron sus augustos traseros. La investidura quedaba así formalmente realizada. A continuación, el rajá se levantó y pronunció su primer gran discurso público «en un inglés perfecto, con admirable dignidad y gran seguridad en sí mismo», como lo describió el corresponsal de la *Gazette*.

Dio las gracias a sus tutores, prometió seguir con el mismo equipo de administradores locales, mencionó los buenos oficios del Dr. Warburton en cuanto al cuidado de su salud y se comprometió a seguir los consejos del gobernador general. «Rezaré para que mis acciones merezcan la aprobación de Su Majestad la Reina Emperatriz y la satisfacción de mi propio pueblo.» El orden en que los había mencionado no dejaba lugar a dudas en cuanto a sus prioridades.

«La ceremonia acabó y los invitados regresaron a su campamento —relataba la *Gazette*—. Las carreras de caballos ocuparon el resto de la tarde y al atardecer se sirvió un banquete inaugurado con un brindis a la salud de la Reina Emperatriz.»

* * *

Cuando el fragor de las festividades se apagó y la calma regresó al pequeño Estado de Kapurthala, el rumor de que el rajá era incapaz de engendrar volvió a circular con más insidia que antes. Nadie dudaba de que le gustaban las mujeres. Varias criadas habían contado cómo, desde pequeño, había propuesto toquetearlas; al no dejarse, había intentado comprarlas. El eco de las juergas que se corría con los maharajás de Dholpur y Patiala había llegado hasta Delhi, y en más de una ocasión sus correrías con las jóvenes de las tribus de las montañas le habían valido una seria reprimenda. También era notoria su afición por las *nautch-girls*, bailarinas profesionales que acudían desde Lahore, considerada la capital del vicio y del jolgorio. Contratadas para distraer a los soberanos, estaban también a su disposición para todo tipo de favores sexuales. No eran prostitutas en el sentido estricto, sino más bien el equivalente a las *geishas*. Expertas en el arte de satisfacer al hombre, de hablarle, de hacerle sentirse a gusto y de entretenerle, eran las encargadas de iniciar a los muchachos en el arte del sexo, así como en el uso de anticonceptivos. Había varios métodos: desde el *coitus interruptus*, al que llamaban «el salto hacia atrás», hasta supositorios que contenían caldo de alhelí y miel u hojas de sauce llorón en borra de lana. Otras técnicas consistían en beber una infusión de hierbabuena durante el coito, o en frotarse el pene con el jugo de una cebolla o hasta con alquitrán. Estas bailarinas cortesanas también les enseñaban las reglas de etiqueta de la corte y a hablar urdu, el idioma de los reyes. Las viejas familias, como la de Kapurthala, las recompensaban con parcelas de tierra y cediéndoles habitaciones en algún palacio para que pudieran perfeccionar «su arte».

Harbans Kaur, la esposa oficial, no tenía ni voz ni voto en esos escarceos. Como las demás mujeres, sabía que era la costumbre y la aceptaba con naturalidad, como también había de aceptar los matrimonios múltiples, por muy pocas ganas que una tuviera de compartir a su marido con otra u otras. Eran hábitos tan enraizados que no se cuestionaban y que formaban parte de aquella ancestral manera de vivir. La primera esposa siempre disfrutaría del privilegio de haber sido la primera, y por ello gozaría de un respeto especial. Ella sería la encargada de mantener relaciones «de hermanas» con las nuevas, compartiendo consejos y secretos en aras de lograr mayores cotas de placer para el marido.

En el caso de Jagatjit, fue su propia familia la que mandó llamar a las más expertas *nautch-girls*, auténticas bellezas que sabían adoptar las sofisticadas posturas que siglos de arte hindú habían inmortalizado en los bajorrelieves de los templos. Posturas inspiradas en el *Kamasutra*, que seguía siendo la base de la educación sexual y amatoria de los indios de buena cuna. Las reglas de Kama —del Amor— eran una especie de manual técnico escrito en un estilo preciso, sin obscenidad, describiendo procedimientos guerreros y estratagemas políticas necesarias para conquistar a una mujer. A los amantes se les clasificaba según el físico, el temperamento y sobre todo según las dimensiones del sexo, medido en pulgadas. Las proporciones de los cuerpos de los hombres y mujeres representados en las esculturas de los templos correspondían a los caracteres sexuales descritos en el *Kamasutra*. Por ejemplo, la «mujer-gacela», de senos firmes, anchas caderas, nalgas redondas y *yoni* pequeño (no más de seis pulgadas) es muy compatible en el amor con el «hombre-liebre», sensible «a las cosquillas en los muslos, en las manos, bajo la planta de los pies y en el pubis». El «hombre-semental», a quien le gustan las mujeres robustas y las comidas copiosas, se entiende de maravilla con la «mujer-yegua», de muslos rellenos y fuertes, cuyo sexo huele a sésamo y cuya «casa de Kama tiene una profundidad de nueve dedos». Los adolescentes de las familias aristocráticas aprendían posturas como la de la «apertura del bambú», la «del clavo», la «posición del loto», «la garra del tigre» o la del «salto de la liebre» incluso antes que el álgebra o las matemáticas. Una de las más populares, descrita minuciosamente en el *Kamasutra*, tenía un nombre místico: «El deber de un devoto.» Se trataba de penetrar a la mujer como un toro monta a una vaca: de pie, por detrás, tirando de sus trenzas hacia arriba con una mano; ella se prestaba graciosamente a ello, inclinada hacia delante y agarrándose los tobillos con ambas manos. Hasta los gemidos estaban clasificados según el grado de placer obtenido: el de la paloma, del cuclillo, del palomo verde, del papagayo, del gorrión, del pato o de la codorniz. «... Por último, de su garganta saldrán sonidos inarticulados a medida que vaya alcanzando nuevas cimas de placer», concluía el capítulo del *Kamasutra* dedicado a «Los gemidos del amor».

La familia confiaba en que las bailarinas podrían hacer que el rajá «funcionase». Pero el resultado era siempre el mismo: el rajá disfrutaba mucho con el sexo, pero tenía dificultades para copular a causa de su barriga, la cual comprimía y aprisionaba el pene aunque éste estuviera en erección.

Fue entonces cuando intervino una cortesana de mediana edad llamada Munna Jan, una mujer en la que todavía podían verse las huellas de su legendaria belleza. Varias veces había sido convocada para encontrar una solución. «Si el obstáculo principal es la barriga del príncipe —sugirió—, consultemos al guardián de los elefantes.» El guardián era un hombre delgado y huesudo que portaba un turbante rojo y una chaqueta militar raída y sin botones. Declaró que los paquidermos no se reproducían en cautividad, y ello no porque fueran tímidos, sino porque necesitaban una postura y un ángulo especiales que no podían conseguir ni en el zoológico ni en las cuadras. Se le había ocurrido un truco para solucionar este problema. Había construido un pequeño montículo de tierra y piedra en el bosque detrás del nuevo palacio. Allí, las elefantas se tumbaban y la pendiente facilitaba mucho el «trabajo» del macho. El resultado había sido espectacular. Los bramidos que rasgaban las tranquilas noches de Kapurthala eran buena prueba de ello, como lo era el creciente número de crías que nacían.

La declaración del guardián devolvió la esperanza a la corte. ¿Cómo aplicar su idea al caso del rajá? La respuesta no tardó en llegar. El ingeniero J. S. Elmore, que era un inglés ocurrente, se prestó a diseñar y construir una cama inclinada, hecha de metal y de madera, y provista de un colchón elástico, inspirada en la idea del guardián. Durante la semana que tardó en fabricarla consultó varias veces con Munna Jan sobre las peculiaridades del invento y le pidió que fueran sus chicas quienes lo probasen con el rajá. La espléndida cortesana mandó a sus más bellas compañeras y la sonrisa de satisfacción que esgrimieron a quienes esperaban en uno de los salones del palacio a que terminase la «prueba» lo decía todo. ¡Qué éxito! El rajá había conseguido copular... ¡Varias veces!

Nueve meses después de aquel glorioso día en la historia de Kapurthala, Harbans Kaur daba a luz a su primer retoño, un niño al que llamaron Paramjit Singh. El rey Eduardo VII mandó un telegrama de felicitación, lo que colmó de alegría al joven príncipe. Para agradecer los servicios prestados, el rajá decidió recompensar a Munna Jan con pulseras para los tobillos de oro macizo y una pensión vitalicia de mil rupias al mes.

16

En 1893, Jagatjit Singh efectuó su primer viaje a Europa para asistir al matrimonio del duque de York, el futuro rey Jorge V, de quien acabaría haciéndose amigo. Su intención era seguir luego hasta Chicago, donde se celebraba la gran Exposición Universal con motivo del cuarto centenario del descubrimiento de América por Colón. En total, serían ocho meses de viaje. Su primer contacto con el mundo exterior.

Iba acompañado de un nutrido séquito, que incluía a su corpulento ministro de Finanzas, que lucía una espesa barba negra recogida en una redecilla, a su médico el doctor Sadiq Ali, vestido de traje europeo oscuro y turbante claro; al jefe de la escolta, un gigante con aire de santón gracias a sus barbas y bigotes grises, y a un europeo, el teniente coronel Massy, un hombre de unos cincuenta años con una incipiente barriga y cuya reluciente chistera brillante como el charol contrastaba con la profusión de turbantes. En la foto de grupo que se hicieron en París, el rajá aparece sentado y con el cetro en la mano, luciendo un abrigo de seda color claro, pantalones europeos, una ancha corbata y un turbante salmón. La paternidad y el ejercicio de la soberanía, o quizás el simple hecho de hacerse adulto, le estaban haciendo adelgazar. Seguía grueso, pero no tan obeso como antes. La sorpresa en esa foto era la presencia de una persona sentada en una silla junto al rajá: una mujer joven, de rasgos finos y pequeños ojos negros, ataviada con un vestido de raso de mangas largas de estilo y corte europeos. Era su segunda esposa, Rani Kanari, una mujer alegre y refinada, de la que estaba profundamente enamorado. También oriunda del valle del Kangra, como la primera, procedía del mismo tipo de familia: era una rajput de rancio abolengo pero sin fortuna. Casta a cambio de dinero: la aristocracia de los brahmines —los sacerdotes hindúes— unía a sus hijas con hombres de dudoso linaje, siempre y cuando fueran riquísimos.

No obstante, en el caso de Kanari también había habido amor. El rajá en persona había ido a conocerla y se había quedado prendado de ella; era distinta a las demás. Kanari no era el prototipo de india sumisa, como Harbans Kaur, su primera esposa. Tenía personalidad y sentido del humor, aunque no hablaba nada de inglés, ni había salido nunca del valle del Kangra. Un primer encuentro bastó para que el rajá le propusiese matrimonio. En su diario del viaje, Jagatjit Singh haría alusión al tipo de esposa que buscaba, y que quizás pensó haber encontrado en Rani Kanari entonces y dieciocho años más tarde en Anita Delgado: «En la actualidad, un indio educado siente la necesidad de tener una mujer inteligente en su hogar, capaz por sus cualidades y sus logros personales de ser una compañera digna de compartir sus alegrías y sus penas.» La gran mayoría de las mujeres indias estaban acostumbradas a vivir en la *zenana* y casi no participaban en la vida social de sus esposos. De hecho, muchos indios veían con malos ojos la libertad con la que las inglesas iban al club o alternaban en sociedad. Sus mujeres se quedaban en casa. Pero el rajá era un indio ilustrado, muy influenciado por la educación liberal y anglófila que había recibido. Las indias podían satisfacerle sexualmente o podían ser las madres de sus hijos, pero no resultaba fácil encontrar a una que pudiese compartir todos los aspectos de su vida. Nunca había sido fácil, quizás excepto para el emperador Shah Jehan, quien, tras conocer a Mumtaz Mahal, permaneció junto a ella durante toda la vida. Ahora, en los albores del siglo XX, el sueño del rajá, compartido por varios colegas suyos, seguía siendo el de encontrar una mujer capaz de ser esposa y amiga a la vez, y capaz de desenvolverse en ambos mundos —Oriente y Occidente— con la misma facilidad que él. Como sabía que lo que buscaba era más difícil de encontrar que una aguja en un pajar, estaba convencido de que tendría que «formar» a esa esposa, siempre y cuando ella tuviese las cualidades básicas indispensables para ello: un mínimo de curiosidad y sobre todo ganas de abrirse a un mundo desconocido. Eso era lo que esperaba conseguir con Rani Kanari, y por este motivo había insistido tanto en llevarla de viaje; además, así tendría a alguien con quien divertirse y compartir los buenos momentos.

Pero había chocado contra una oposición tajante por parte de las autoridades británicas. Aludiendo a cuestiones de protocolo, no le autorizaron a viajar con ninguna de sus «ranis», ni siquiera con Su Primera Alteza Harbans Kaur —ése era su título oficial—. Entonces empezó a pensar en la manera de sortear el problema. Debía actuar con sigilo porque el año anterior ya se había producido otro conflicto que le había costado una severa reprimenda por parte de los ingleses. Su *«comportamiento inadecuado»* durante unas vacaciones en Simla —la pequeña ciudad situada a los pies del Himalaya que los británicos habían convertido en su capital de verano porque allí escapaban del calor infernal de la llanura— había provocado una abundante correspondencia entre el coronel Henderson, de la guarnición de Lahore, y sir James Lyall, su ex tutor y actual gobernador del Punjab. Le reprochaban haberse dejado llevar por su amigo el rajá de Dholpur, un mujeriego empedernido al que los ingleses consideraban un crápula consumado por hacer uso de la práctica ancestral de conseguir chicas de las montañas comprándolas a las empobrecidas familias de las tribus. Acusaban a los rajás de Dholpur, Patiala y Kapurthala de utilizar como intermediario a un oficial indio. «La coartada que tienen preparada

—decía una carta del coronel Henderson fechada en Lahore el 4 de marzo de 1892— es la de decir que buscan criadas para la *zenana*, y será muy difícil probar lo contrario, aunque sabemos que el objetivo es conseguir concubinas. Esas chicas, cuando entran en el harén de algún jefe, trabajan de sirvientas para sus esposas, aunque están a su disposición para propósitos de concubinato, y ni las esposas ni las chicas ponen objeción alguna. No sabemos con exactitud lo lejos que el rajá de Kapurthala ha ido en estos procedimientos.» Más adelante la carta acusaba al rajá de Dholpur de ser el instigador y máximo culpable de dicha práctica y esperaba que el castigo ejemplar impuesto al intermediario —dos años de cárcel— haría escarmentar a los jóvenes príncipes. «Consideramos esos procedimientos altamente inmorales, contrarios a nuestras leyes, y esperamos acabar con ellos muy pronto», continuaba la carta, que, sin embargo, acababa admitiendo implícitamente que se trataba de una costumbre tan enraizada que sería casi imposible de erradicar. «Quiero mencionar a sir James Lyall que existe una tribu próspera, que no es pobre, en las montañas que ocupan los pueblos de los alrededores de Kumaon, cuyas hijas no sólo no se casan nunca sino que son prácticamente incasables. Todas siguen la costumbre de bajar a las llanuras para ser mantenidas como concubinas por hombres ricos o para ganarse la vida como prostitutas. Y no lo hacen por necesidad de dinero, sino porque es la costumbre.» No era fácil imponer la ética y los valores británicos en una sociedad arcaica como la de la India de entonces, donde, entre ciertos grupos, la práctica de entregar a las hijas para la prostitución no sólo no era reprobable, sino algo sagrado. Por otra parte, los reyes de la India siempre habían tenido concubinas, ya que se trataba de una costumbre tan antigua como la monarquía misma y de la que pocos soberanos estaban dispuestos a prescindir. Había un origen religioso en ello. Una antigua creencia hindú atribuía a las cortesanas poderes mágicos, que permitían a los reyes luchar contra los espíritus maléficos. Antiguamente, el maharajá de Mysore, hombre piadoso y poderoso, colocaba a las dos prostitutas más conocidas y sobre todo más depravadas de la ciudad a la cabeza del desfile durante la fiesta de Dassora. Se suponía que, gracias al gran número de sus experiencias sexuales, habían podido acumular los poderes mágicos que los hombres pierden durante la realización del coito. Desde tiempos inmemoriales, existía la creencia de que las cortesanas realzaban y protegían a los reyes. Los monarcas europeos debieron de pensar lo mismo porque también ellos se rodeaban de bellezas, a veces cultas e inteligentes, a las que cubrían de títulos y honores. Y lo hacían a pesar de la oposición de la Iglesia.

En la India, las concubinas acababan viviendo en el palacio, clasificadas según su categoría: A1, A2, B3, etc., siendo la más baja la de las simples chicas de las aldeas. Una de ellas, generalmente de origen humilde, tenía la única y exclusiva misión de controlar la calidad del semen real, porque de ello dependía la «buena calidad» de los hijos, y, en consecuencia, la «buena calidad» del gobierno que éstos acabarían asumiendo, de manera que vigilar el semen era cuestión de Estado. En la India siempre se ha pensado que la abstinencia provoca una acumulación excesiva de esperma, y que éste puede cortarse, exactamente igual que la leche o la mantequilla. Por eso, a dicha concubina se la tenía al corriente del número de relaciones sexuales del monarca y, si éstas eran demasiado espaciadas, se presentaba ante el príncipe para recoger, mediante hábiles manipulaciones, su semen en un trapito de algodón, que luego quemaba en el jardín del palacio en presencia de un funcionario que ostentaba el pomposo título de Guardián de las Deyecciones Reales.

Aunque no era fácil reconocer a las concubinas por la manera de vestir, porque todas iban muy elegantes, sí lo era por las joyas que llevaban, cuya cantidad y calidad indicaban el lugar que ocupaban en la *zenana*. También se las reconocía a la hora de las comidas ya que las esposas principales comían en vajilla de oro mientras que las concubinas lo hacían en cuencos de bronce. Generalmente, las mujeres estaban felices en el harén porque así escapaban de una vida de miseria en el campo; además, tenían la seguridad de que, aun dejando de estar en la lista de favoritas, nunca les faltaría de nada, ni a ellas ni a sus hijos. Para controlar la demografía del harén, el rajá se veía obligado a someterlas a una ligadura de trompas a partir del segundo hijo.

Compradas —o no— a las tribus de las montañas, lo cierto es que al rajá de Kapurthala nunca le faltaron concubinas. Sus ministros, que eran hombres sofisticados, se veían a veces en la obligación de abandonar sus tareas al servicio del Estado para buscarle mujeres. «He estado en Cachemira y he traído dos chicas para Su Alteza —decía uno de ellos en una carta—. El problema es que nunca te libras de la sospecha por parte del rajá de que uno mismo también las haya disfrutado.»

Las fricciones que el rajá mantenía con las autoridades inglesas eran consecuencia del paternalismo que regía las relaciones de la Corona con los príncipes. Pero el contrato original, el de la famosa proclamación de la reina Victoria, estipulaba que nadie podía meterse ni en la *zenana*, el harén de cada príncipe, ni en los asuntos internos de los Estados. Ésas eran zonas sagradas. Pero a veces los príncipes tenían caprichos que los ingleses no podían permitir. El rajá de Kapurthala se había enfadado mucho porque le habían prohibido contratar a un secretario particular alemán llamado Rudolph Kohler. «No es deseable que los rajás empleen a extranjeros europeos —le habían contestado del departamento político— porque pueden perjudicarnos. Por ejemplo, pueden pasar información importante a los rusos, que quieren poner un pie en el subcontinente. El Gobierno de la India no mira con buenos ojos la contratación de extranjeros en los Estados nativos. Sólo podemos confiar, como clase, en los ingleses, y desgraciadamente no en todos.» Al rajá le había parecido que las autoridades se pasaban de la raya y había insistido en emplear al alemán. El Dr. Warburton, consultado por el secretario del gobierno del Punjab, redactó un informe negativo sobre la contratación de Kohler, alegando una poderosa razón: el alemán hablaba muy mal inglés y, en consecuencia, sería un pésimo secretario. Jagatjit se enfadó mucho y le retiró el saludo durante algún tiempo, como un niño a quien le niegan un capricho. Escribió al secretario del gobierno alegando que, si el rajá de Dholpur había podido contratar a un francés, ¿por qué él no podía contratar a un alemán? Los ingleses zanjaron el asunto de manera contundente. Un día apareció la policía con una orden de expulsión del alemán. Se llevaron a Rudolph Kohler, quien nunca más volvió a pisar Kapurthala. La rapidez de la acción de la policía se debía a un aviso del Dr. Warburton acerca de que «el rajá está bajo la influencia del alemán, que ha conseguido sacarle dinero y participa en comportamientos escandalosos». Probablemente, el médico se refería a las famosas orgías a las que eran invitados por el rajá de Patiala. La carta de Warburton terminaba diciendo que «el rajá está furioso por la negativa de contratar a Rudolph Kohler y no atiende a razones ni a deberes profesionales». El rajá se había enfadado.

De esa experiencia Jagatjit había aprendido que de poco servía enfrentarse a la autoridad. Dispuesto por todos los medios a llevarse a Rani Kanari de viaje —no fuera a ser que el esperma se le cortase— optó por no seguir insistiendo y puso en marcha un plan secreto mientras ultimaba los preparativos del viaje. «Cientos de mis súbditos ocupaban ambos lados de la carretera deseándome un feliz viaje, manifestando síntomas de tristeza por mi ausencia temporal», escribió el rajá en su diario el día de su partida. Al atravesar Agra el 8 de marzo de 1893, se preguntó si en Europa llegaría a ver un monumento tan maravilloso como el Taj Mahal. Mucho más tarde dejaría escrito que, entre todo lo que había visto en el mundo, el Taj, único e incomparable, era «la Joya de la tierra».

En Bombay, después de pasar la mañana en la entrega de

premios del colegio superior femenino Alexandra, donde se educaban las hijas de la influyente comunidad parsi, embarcó en el vapor *Thames*, que zarpó al atardecer: «Mi gente no se cansaba de recorrer el barco, admirando la limpieza y el perfecto orden, observando las maniobras —nuevas para ellos— de la complicada maquinaria y preguntándose cómo un barco tan grande podía encontrar su ruta en alta mar sin que hubiera tierra a la vista para guiar a los marineros...» Sus acompañantes —el médico, el teniente coronel Massy, el ministro, etc.— se llevaron una sorpresa mayúscula cuando, a la hora del aperitivo, en el salón privado· del camarote-suite del rajá, les recibió una mujer vestida con un sari esplendoroso. Era Rani Kanari. Enseguida la identificaron con uno de los tres criados sijs vestidos con camisas *achkan* y pantalones bombachos, tocados con turbantes, que habían embarcado como parte de la comitiva del viaje. El rajá había engañado a todos para salirse con la suya. Disfrazada de criado sij, Rani Kanari se había colado. Como en aquellos días no existían los pasaportes individuales, el truco había funcionado. El único que podría denunciar el subterfugio era el teniente coronel Massy, pero el rajá sabía que no lo haría. Massy, que había sido uno de sus tutores, lo apreciaba y se consideraba su amigo. De todas maneras, no lo habría denunciado nunca porque el asunto le había hecho gracia. Lo veía como una travesura más de un príncipe de veintiún años, algo caprichoso, pero buen chico en el fondo.

Hicieron escala en Egipto; luego, Inglaterra, Francia y, finalmente, Estados Unidos. El rajá asistió a la boda londinense del duque de York sin su esposa, la cual permaneció en la suite del hotel Savoy —su segunda casa, como lo llamaría— ahogando el aburrimiento con *gin-fizz*, bebida a la que empezó a aficionarse por aquel entonces. Un día después pudieron contemplar, desde el balcón de la suite, una manifestación en la calle en favor de la independencia de Irlanda que al rajá le recordó «la agitación artificial que ha empezado recientemente en la India bajo la batuta del Partido del Congreso», como dejó escrito en su diario. «Estas manifestaciones me recuerdan a una botella de gaseosa, que, aunque al abrirse tiene fuerza, enseguida pierde gas y se vuelve insípida.» Se equivocaba, pero entonces estaba tan seguro de su posición que confundía sus deseos con la realidad.

En Inglaterra Rani Kanari iba siempre disfrazada de criado, pero luego, una vez cruzado el canal de la Mancha, se relajaron y ella asumió más a menudo su papel de esposa, vistiéndose entonces como la más elegante de las europeas.

17

Francia fue la revelación del viaje. El joven rajá iba bien predispuesto porque había leído mucho sobre el país de las Luces, del Rey Sol y de Napoleón, un personaje que siempre le había fascinado. Además, era un gran aficionado a la arquitectura, como todos los monarcas de la India para quienes la construcción de palacios, edificios y monumentos era una manera de hacerse inmortales. A pesar de llegar bien informado, la realidad le deslumbró más de lo que habría podido prever. París le sedujo de inmediato: la belleza de sus monumentos, la amplitud de sus avenidas, el diseño de sus parques, las joyerías de la place Vendôme, los salones de té, los teatros de variedades... El lujo, el buen gusto y el refinamiento del estilo francés le parecieron algo superior a lo que había conocido hasta entonces. A su lado Londres le parecía gris, industrial, aburrida y fea. A sus ojos, Francia resplandecía. Y Versalles era la estrella más refulgente. Quiso volver ahí día tras día, hiciese sol o mal tiempo para admirar las perspectivas y el trazado de los jardines de un paisajista genial llamado Le Nôtre; para recorrer la galería de los espejos, símbolo del poder del monarca absoluto, con techos de doce metros de altura y espejos de un tamaño excepcional; para dejarse intimidar por los ciento veinte metros de la galería de las batallas, que muestra escenas de los conflictos armados que han conformado la historia de Francia; para contemplar algunos de los tres mil lienzos de la galería histórica, el mayor museo de Historia del mundo; para fijarse en la marquetería de los apartamentos del rey, en los brocados, tejidos y bordados con hilos de oro; en la Opéra; en las cuadras; en las fuentes y las estatuas, en las chimeneas de mármol, y en los bajorrelieves, los estucos, el pan de oro, y los suelos de madera y de mármol. Si Francia le había cautivado, Versalles fue un flechazo. Tenía todo lo que podía deslumbrar a un príncipe oriental: grandiosidad, belleza, pompa y sentido de la Historia.

Jagatjit decidió entonces levantar su nuevo palacio de Kapurthala inspirado en esa misma arquitectura. Sería su homenaje particular a un país y a una cultura que ahora admiraba más que la británica. Además, sería una manera elegante y sutil de chinchar a los ingleses, tan imbuidos de su superioridad racial y cultural, y de hacer algo que ningún otro príncipe había hecho nunca.

Dado que hablaba francés con fluidez, se sentía como pez en el agua a la hora de ponerse en contacto con los arquitectos más conocidos. Alexandre Marcel, que estaba a la cabeza de un estudio notorio responsable del Hotel Crillon y de la Escuela Militar entre otros muchos prestigiosos proyectos y que se sentía muy atraído por Oriente, se entusiasmó con la idea de hacer una mini réplica de Versalles mezclado con el palacio de las Tullerías en las llanuras del Punjab. Sobre todo después de que el rajá le manifestase que dispondría de un presupuesto ilimitado para incluir los últimos adelantos técnicos, como calefacción central, agua corriente fría y caliente en las ciento ocho habitaciones con baño que tenía previsto construir, ascensores eléctricos, techos de pizarra que habría que importar de Normandía y un largo etcétera.[1] Aunque era imposible sobrepasar el tamaño

1. Alexandre Marcel pasaría a la historia de la arquitectura francesa por el parque oriental de Maulévrier, que diseñó en la ciudad de Anjou, considerado como un excelente ejemplo de jardín japonés.

y la grandiosidad del palacio del vecino Estado de Patiala, al menos Kapurthala competiría con él en belleza y originalidad.

El caso es que, en París, aquel rajá alto y regordete que siempre iba maravillosamente vestido y que tenía fabulosos proyectos empezó a suscitar una gran curiosidad. Su afición por las compras —adquiría en Cartier los relojes de diez en diez— y los encargos al joyero Boucheron no pasaron desapercibidos. Como tampoco pasaban desapercibidos sus turbantes de seda color turquesa o salmón que evocaban el esplendor de Oriente en un momento en el que Asia estaba de moda. Francia entera vivía con auténtico fervor los descubrimientos de los templos de Angkor en su colonia de Camboya. Los orientalistas eran las estrellas de la pintura. Las exploraciones en Indochina encendían la imaginación popular. En un tiempo en el que Asia ocupaba un lugar de honor en la fantasía de los franceses de pronto aparecía en París aquel individuo de aspecto formidablemente exótico, capaz de hablar en un francés muy elaborado no sólo de su vida, de su país y del sueño faraónico de construir un Versalles en la India, sino también de los méritos de Napoleón o de las ventajas e inconvenientes a la hora de conducir un Dion Bouton o un Rolls-Royce. El rajá, con su facilidad para las relaciones sociales, su amabilidad, su cultura, su riqueza y su buena educación tuvo un gran éxito.

Su historia de amor con Francia duraría toda la vida. Fue un amor mucho más fiel y duradero que el que jamás tendría con una mujer. En Francia se sentía completamente libre, sin las obligaciones y las coacciones del Raj británico. En Francia nadie conocía realmente las limitaciones de su poder, ni las fricciones y humillaciones que soportaba por parte de los ingleses cuando no atendían a todos sus caprichos. En Francia se le trataba como si fuera un soberano de verdad, y eso adulaba su vanidad, mientras que, en Inglaterra, por muy rico que fuese, era un rey de mentirijilla. Uno más entre la miríada de príncipes indios. El hecho de hablar bien francés le hacía distinto a todos los demás príncipes y le abriría las puertas de un país y de una cultura que le recibirían con los brazos abiertos. Un dicho empezó a hacerse popular en Europa, y reflejaba bien la leyenda que se iba tejiendo alrededor del personaje: «Eres más rico que el rajá de Kapurthala.» Entre los príncipes de la India, distaba mucho de ser el más rico. Pero supo rodearse de una aureola que así lo daba a entender y que le haría popular.[2] Uno de sus grandes méritos, gracias a su dominio del idioma, fue el de colocar el nombre de Kapurthala en el mapa. Pero su mayor éxito consistiría en que, al cabo de los años y gracias a sus numerosos viajes, acabaría siendo la imagen de la India en Europa. ¡No estaba nada mal para el príncipe de un diminuto Estado que sólo merecía un saludo de trece cañonazos!

El hecho de que en ocasiones viajara con su mujer disfrazada despertaría aún más la simpatía de las familias aristocráticas francesas, que les recibían en sus mansiones y castillos, y a quienes divertía mucho la curiosa ocurrencia de un príncipe que utilizaba semejantes argucias. Después de un viaje por los castillos del valle del Loira, volvieron a París, donde las jornadas transcurrían ocupados en tomar el té en los cafés del Bois de Boulogne; visitas por las mañanas a las joyerías de la rue de la Paix; ir de compras a los grandes almacenes del Bon Marché; desvalijar la fábrica de perfumes Pinaud («salí de allí más pobre, pero rico por la adquisición de una gran variedad de perfumes», dejó escrito en su diario); entrevistarse con Charles Worth, el demiurgo de la moda parisina, inventor del *prêt-à-porter* y el primer modisto que incluiría su etiqueta en los vestidos; asistir a un

2. Años más tarde, el dibujante belga Hergé se inspiró en él para uno de sus personajes de la famosa serie de *Tintín*.

concierto en el palacio del Trocadero o cenar con la princesa de Chimay en D'Armonville, el restaurante más lujoso de la capital. También visitaba los museos y galerías de arte. En el museo de cera, uno de sus acompañantes, el médico Sadiq Ali, se sentó a descansar en un banco durante unos minutos. Cuando cambió de postura, un grupo de visitantes empezó a gritar: le habían confundido con una figura.

Pero no todo era frivolidad en sus visitas. El rajá también reservaría varias tardes para acudir a la Biblioteca Nacional, donde se extasiaría ante sus más de tres millones de volúmenes y donde examinaría pacientemente la colección de obras en sánscrito. También visitó el Instituto Pasteur y tuvo la fortuna de conocer a su fundador: «Es un anciano medio paralítico que camina con la ayuda de un bastón. Tuvo la amabilidad de explicarme su sistema mientras me enseñaba sus laboratorios, enteramente financiados por donativos. Examinamos peligrosos gérmenes bajo potentes microscopios. Al despedirme, le prometí que recibiría un sustancioso donativo de mi parte, además del que ya recibe del gobierno de la India. Quiero que Kapurthala se una al progreso científico europeo.»

La siguiente etapa del viaje fue la travesía a Nueva York, que realizaron en seis días a bordo del *París*, donde entró en contacto con pasajeros norteamericanos «que nunca se cansan de explicar su superioridad sobre las anquilosadas monarquías europeas». En Nueva York, la comitiva de Kapurthala despertó tal curiosidad que fue seguida en todos sus movimientos por la prensa local. «Dicen de mí que tengo cincuenta y cinco esposas, y que el propósito de mi visita es añadir una norteamericana a la lista. También se supone que fumo puros monstruosamente gruesos y que bebo champán todo el día. Nos reímos mucho con estos detalles, escritos sin malicia y sin intención de ofender.»

Chicago había invertido ingentes cantidades de dinero en la Exposición Universal, la más formidable de las realizadas hasta entonces. Era la primera vez que Estados Unidos sorprendía al mundo con semejante despliegue, que anunciaba ya su futuro poderío. En los seis meses que estuvo abierta, sería visitada por veintisiete millones de personas, lo que representaba la mitad de la población total del país. El lugar parecía un reino encantado: soberbios edificios blancos levantados entre lagunas y parques albergaban todo lo que el mundo ofrecía en las artes y en las ciencias. Había hasta una máquina voladora y un barco sumergible que impresionaron mucho a los indios. Recibidos con todos los honores, hicieron el recorrido de la visita en dos barcazas, una con el rajá, el coronel Massy y el ministro de Finanzas, y la otra con los demás, incluyendo a Rani Kanari, disfrazada. Acabaron siendo aclamados por una multitud de más de cincuenta mil personas que se habían congregado para la ocasión. «Nos ha visitado un monarca oriental —informaba socarronamente el *Chicago Daily Tribune* del 16 de agosto de 1893—, sus faldones y su turbante brillan con bárbaro esplendor. Iba acompañado de lo que seguramente son sus esclavos y guerreros, que con una mano saludaban con plumas de pavo real mientras con la otra acariciaban sus espadas de plata. Desde el balcón del edificio de la Administración, el coronel Massy, representante de la supremacía inglesa, levantó una copa de vino blanco y, en nombre del monarca indio, brindó a la salud de nuestra multitud que no sabe lo que es un rey. Fue una visita pintoresca, llena de color y ruido, de un rey de *Las mil y una noches* al florón de la civilización occidental.»

18

Cuando el rajá y su grupo regresaron a la India fueron recibidos por el secretario militar del gobernador de Bombay en representación del virrey, pero Rani Kanari seguía disfrazada de chico y permaneció de incógnito. El viaje no la había cambiado tanto como a su marido, que ya pensaba en la próxima escapada porque volvía fascinado por todo lo que había descubierto en Europa y Estados Unidos. Para Kanari no había sido un viaje tan emocionante; en primer lugar, por verse obligada a disimular su presencia continuamente, lo que al principio vivió como un juego pero luego como algo muy pesado. Y en segundo lugar, porque el hecho de no hablar ni inglés ni francés y de tener que vivir escondida tanto tiempo le había impedido hacer amigos, tejer sus propias relaciones o empaparse del ambiente. Se había mantenido dentro del círculo cerrado de los acompañantes indios, en donde se sentía desplazada por ser la única mujer. En realidad, nunca se había sentido más sola que durante las largas tardes pasadas en las suites de hotel, esperando a que regresase el rajá con historias maravillosas de un mundo que ella no comprendía, ni podría comprender nunca. Era lo suficientemente lúcida para darse cuenta de que no estaba a la altura de las aspiraciones de su marido, y de que nunca podría compartirlas. Esa frustración le provocaba crisis de tristeza, y para combatirlas emplearía un arma recién descubierta: primero, el *gin-fizz*, y, después, el *dry martini*, que pasarían a ser sus bebidas favoritas durante el resto de su vida. Poco a poco, sin darse cuenta, la princesa rescatada del valle del Kangra por un rey sij iría entrando en el túnel sin fin del alcoholismo.

El rajá quiso volcar su entusiasmo por Occidente en su Estado; nada más regresar, se puso en contacto con las autoridades para construir una central telefónica, un sistema de alcantarillado en la ciudad, instalar iluminación eléctrica en las calles y establecer la educación femenina en los colegios. El departamento Político recibió con agrado la buena disposición del rajá, pero le recordó que poco se podría hacer si seguía con aquel ritmo de gastos y si continuaba ausentándose tanto de Kapurthala. Le recordaron que llevaba años pasando los cuatro meses de verano en las montañas y que acababa de realizar un viaje de casi un año al extranjero. Pero de nada sirvieron las amonestaciones: el rajá no cambió un ápice ni su estilo de vida, ni sus proyectos. Retrasó la financiación del teléfono hasta 1901 e inició las obras de alcantarillado y alumbrado sólo en las cercanías de sus palacios. La iluminación de las calles esperaría a que estuviera terminada la construcción de su nuevo palacio, que ahora era su proyecto estrella. En privado, se quejaba de que el departamento Político no valorase sus aportaciones al desarrollo de Kapurthala y se inmiscuyese demasiado en su vida personal. Al fin y al cabo, había pagado de su bolsillo la primera central eléctrica, que funcionaba con carbón a horas fijas, para dar a su ciudad el honor de ser la primera del Punjab en tener electricidad. No sólo le gustaba ir a Europa, sino que también se esforzaba en traer el Viejo Continente a Kapurthala.

Pero el rajá, que para entonces había adelgazado y lucía una estupenda figura, no estaba dispuesto a pudrirse en su pequeño mundo. Sabía que contaba con la valiosa colaboración de sus ministros y que su presencia no era necesaria en el día a día de los asuntos de Estado. Estaba en la flor de la juventud y quería recuperar todo lo que su gordura le había robado. Siguió viajando por la India, y en un mismo año tomó otras dos esposas, también de origen rajput. Por no hablar de las nuevas concubinas. A medida que aumentaba su harén, también lo hacía el número de sus hijos. Una tras otra sus mujeres fueron quedando embarazadas, siendo la última Rani Kanari, quien en 1896 dio a luz un varón llamado Charamjit, el benjamín de la familia, que acabarían llamando Karan. Al comenzar el siglo, el rajá, a quien tanto le había costado engendrar su primer hijo, era el orgulloso padre de cuatro retoños «oficiales» a quienes enseñó rápidamente francés e inglés con la idea de mandarlos a estudiar a Europa para así tener la excusa de ir a visitarlos todos los años. Los hijos de las concubinas recibían también una buena educación, pero no se les reconocía oficialmente.

Sus deseos de viajar eran insaciables. Un informe oficial calculaba que una quinta parte del tiempo transcurrido desde su investidura como rajá lo había pasado fuera del Estado. Le autorizaron a realizar un viaje en mayo de 1900 a condición de no volver a ausentarse al extranjero durante un período de cinco años. «Es muy extravagante —decía el informe— y en 1899-1900 se ha gastado una cuarta parte de los ingresos del Estado en sí mismo y en sus visitas a Europa. Lord Lansdowne le ha amonestado severamente por su falta de interés por los asuntos de Estado, sus frecuentes ausencias, su extravagancia y su supuesta inmoralidad. Como señal de descontento, lord Lansdowne ha decidido no visitar Kapurthala este año.» Más adelante, el informe concluía exculpándole un poco: «Es un príncipe que puede mejorar considerablemente, tiene buen carácter y se deja influenciar por aquellos a quienes considera sus amigos. La educación que da a sus hijos indica un cierto nivel de refinamiento, y su principal ambición es, aparentemente, la de ser tratado como un caballero británico y que le dejen mezclarse libremente con lo mejor de la sociedad.»[1] Tan internacional quería ser que en 1901 cometió un sacrilegio

1. Memorándum sobre Kapurthala, 1 de junio de 1901 (Biblioteca Británica, Londres, Curzon Collection, p. 327).

que causó un gran escándalo, esta vez en su comunidad, entre los sijs: se afeitó la barba. Era mucho más práctico y así parecía menos «bárbaro» en Europa. Ya no tendría que enrollarla en una redecilla como el resto de sus correligionarios, ni pasar horas peinándosela y arreglándosela. Haría como cualquier europeo: se afeitaría todas las mañanas. Los sijs lo interpretaron como una renuncia a su religión y a su identidad. El rajá se volvía «blanco». Una de las cinco obligaciones de la religión sij consistía en no cortarse nunca el pelo, ya que este hecho se consideraba una señal de respeto a la forma original que Dios había dado al hombre. Las otras cuatro obligaciones eran llevar siempre un peine, símbolo de limpieza; unos calzones cortos para recordar la necesidad de continencia moral; una pulsera de metal que simboliza la rueda de la vida y un pequeño puñal como recordatorio de la necesidad que tiene un sij de repeler cualquier agresión. Jagatjit se había quedado con lo esencial de la religión porque los signos externos le parecían una pura formalidad: se limitaba a orar todas las mañanas leyendo unas páginas del *Granth Sahib*, el libro sagrado. Mucho más tarde, declararía que si hubiera previsto que el hecho de afeitarse ofendería tanto a los más tradicionalistas, sin duda no hubiera dejado que nadie metiese las tijeras en sus barbas. En realidad, se había adelantado a su tiempo. Años más tarde, muchos sijs se afeitarían la barba sin por ello perder su identidad.

De su extravagancia no cabía la menor duda y también en eso se sentía heredero de los grandes príncipes y emperadores del pasado. Para todos ellos, ser excéntrico había sido siempre una forma de refinamiento. En Kapurthala, desde que en una solemne ceremonia justo antes de partir a Europa por segunda vez, en mayo de 1900, puso la primera piedra de su nuevo palacio, los habitantes pudieron ver, año tras año, cómo iba surgiendo un edificio de un estilo completamente desconocido para ellos, cuya fachada acabó pintada de color de rosa con bajorrelieves en blanco, grandes ventanales a la francesa, tejados de pizarra gris y jardines inspirados en Le Nôtre por donde paseaban niñeras y concubinas empujando cochecitos entre estatuas alegóricas y fuentes iguales a las de Versalles.

Extravagante era también su manera de viajar. En un recorrido hacia Bombay en el *Punjab Mail*, el rajá, que iba en sus vagones particulares enganchados al final de un tren que transportaba a un millar de pasajeros, ordenó a su secretario particular que mandase detener el convoy durante diez minutos en la estación de Nasik. Quería afeitarse. El jefe de estación le informó que no tenía autoridad para ello e inmediatamente telefoneó a su superior, quien le ordenó que hiciese partir el tren. El secretario insistió en pagar todos los gastos que la detención acarrease, mientras los guardaespaldas del rajá conminaban al maquinista a esperar unos minutos. De modo que el jefe de estación tuvo que aguantarse, y los mil pasajeros, también. Luego mandó un informe elevando una protesta oficial ante las más altas instancias de la administración del ferrocarril, que lo transmitieron al departamento Político del Punjab. El rajá había hecho otra de las suyas. «Si el tren no hubiera esperado unos minutos —respondió el rajá—, hubiera podido lesionarme, lo que le hubiera costado más caro a la compañía de ferrocarril, debido a los seguros que tengo contratados, que los gastos ocasionados por un pequeño retraso.» Ésa había sido su argumentación.

Pero los ingleses, que conocían bien a los príncipes indios con quienes mantenían una relación basada en la indulgencia, eran capaces de colocar las extravagancias del rajá de Kapurthala en su justa perspectiva. Eran menudencias comparadas con las de sus colegas. Un príncipe de un Estado del sur, gran cazador de tigres, acusado de utilizar bebés como cebo, se disculpó con el argumento de que no había fallado un solo tigre en toda su vida, lo que era cierto. El maharajá de Gwalior mandó traer una grúa especial para izar sobre el tejado de su palacio al más pesado de sus elefantes, con el resultado de que el tejado se hundió y el animal acabó herido. Alegó que había decidido comprobar la solidez del tejado de su palacio porque había comprado en Venecia un candelabro gigantesco para rivalizar con los que colgaban de los techos del palacio de Buckingham. Ese mismo maharajá era tan aficionado a los trenes que había mandado fabricar uno en miniatura cuyas locomotoras y vagones circulaban sobre una red de rieles de plata maciza entre las cocinas y la inmensa mesa de comedor de su palacio. El cuadro de mandos estaba instalado en el lugar donde él se sentaba. Manipulando manivelas, palancas, botones y sirenas, el maharajá regulaba el tráfico de los trenes que transportaban bebidas, comida, cigarros o dulces. Los vagones cisterna, llenos de whisky o de vino, se detenían ante el comensal que había pedido una copa. La fama de ese tren llegó hasta Inglaterra debido a que, una noche, durante un banquete ofrecido a la reina María, a causa de un cortocircuito en el cuadro de mandos, las locomotoras se lanzaron desbocadas por el comedor, salpicando vino y jerez, y proyectando pinchos de queso con espinacas y pollo al curry sobre los trajes de las señoras y los uniformes de los caballeros. Fue el accidente de ferrocarril más absurdo de la historia.

Si el rajá de Kapurthala se había negado a que el tren —el de verdad— que unía Delhi con los Estados del norte pasase por su Estado para no tener que molestarse en ir a saludar a todos los altos oficiales que viajasen por la línea, el rajá hindú de uno de los Estados de Kathiawar también se negó a ello pero por otra razón: porque era una ofensa a su religión pensar que los pasajeros que cruzasen su territorio podrían estar comiendo carne de vaca en el vagón restaurante.

Las extravagancias no tenían límite. Un maharajá del Rajastán llevaba todos sus asuntos, incluidos los consejos de ministros y los juicios, desde el cuarto de baño porque era el lugar más fresco de palacio. Otro se excitaba sexualmente con los gemidos de las parturientas. Otro, para reducir gastos, aunó en un mismo alto funcionario los puestos de Juez del Estado con el de

Inspector General de Bailarinas, por lo que le pagaba cien rupias al mes. Otro compró doscientos setenta automóviles, y el maharajá Jay Singh de Alwar, que compraba los Hispano Suiza de tres en tres, los mandaba enterrar ceremoniosamente en las colinas de los alrededores de su palacio a medida que se iba cansando de ellos.

El último nabab de Bhopal recibió una reprimenda de parte de la autoridad británica por haber gastado una suma colosal en la fabricación de un cuarto de baño portátil, con caldera de agua caliente, bañera, inodoro y lavabos, etc., ¡para ir de caza! Su hermano, el general Obaidullah Khan, irritado ante la impaciencia de un dependiente en una relojería de Bombay, decidió comprar en el acto todas las existencias de la tienda.

El maharajá de Bharatpur nunca viajaba sin su estatua del dios Krishna. Siempre había un asiento reservado para la deidad. La megafonía de los aeropuertos del mundo entero repetiría a menudo el mismo llamamiento: «Ésta es la última llamada para que el Sr. Krishna se presente en la puerta de embarque...»

Durante los banquetes que ofrecía, el nabab de Rampur, conocido por su gran cultura, organizaba competiciones de palabrotas en punjabí, urdu y persa. El nabab solía ganar siempre. Su récord lo obtuvo al desgranar palabrotas e insultos varios durante dos horas y media sin parar, mientras su rival más próximo se había quedado sin vocabulario al cabo de noventa minutos.

Los maharajás se gastaban bromas a la altura de sus excentricidades. Siempre estaban intercambiándose vírgenes, perlas y elefantes. Un joven príncipe medio arruinado, que había conseguido hacer un buen negocio vendiéndole una docena de «bailarinas» a un millonario parsi, en el último momento le dio el cambiazo metiendo en el lote a tres ancianas, quedándose él con las tres bailarinas más jóvenes y núbiles.

En el olimpo de las extravagancias, las del nabab de Junagadh, un pequeño Estado al norte de Bombay, destacaban sobre las demás. El príncipe tenía pasión por los perros, de los que llegó a tener quinientos. Había instalado a sus favoritos en apartamentos con electricidad, donde eran servidos por criados a sueldo. Un veterinario inglés especializado en canes dirigía un hospital únicamente dedicado a atenderlos. Los que no tenían la suerte de salir con vida de la clínica eran honrados con funerales al son de la *Marcha Fúnebre* de Chopin. El nabab saltó a la fama nacional cuando se le ocurrió celebrar el matrimonio de su perra *Roshanara* con su labrador preferido, llamado *Bobby*, en el transcurso de una grandiosa ceremonia a la que invitó a príncipes y dignatarios, incluyendo al virrey, quien declinó la invitación «con gran pesar». Cincuenta mil personas se apiñaron a lo largo del cortejo nupcial. El perro iba vestido de seda y llevaba pulseras de oro, mientras la novia, perfumada como una mujercita, lucía joyas con pedrería. Durante el banquete, sentaron a la feliz pareja a la derecha del nabab y luego fueron conducidos a uno de los apartamentos para que allí consumaran su unión.

Generalmente, cuanto más ricos y poderosos eran, más excéntricos se mostraban. La autoridad indiscutida en el tema de los placeres de la carne y de las extravagancias era un buen amigo del rajá, y, además, vecino suyo. El maharajá Rajendar Singh, nacido el mismo año que Jagatjit, reinaba sobre los seis mil kilómetros cuadrados de Patiala, Estado lindante con Kapurthala, más poblado que este último y, por lo tanto, más rico. Tenía derecho a un saludo oficial de 17 cañonazos. Sus tutores le habían enseñado urdu e inglés y desde muy joven se había convertido en una promesa del polo y del cricket, hasta que su afición por el alcohol y por las mujeres, a la que se entregaba con excesiva regularidad, cambiaría el rumbo de su vida. Vivía en un palacio que medía medio kilómetro de largo y cuya fachada trasera daba a un enorme lago artificial. Perros afganos, pavos reales y tigres encadenados en las charcas cubiertas de lotos poblaban los jardines.

Si los ingleses pensaban que Jagatjit se estaba convirtiendo en un mujeriego, qué no dirían de Rajendar, quien desde los once años venía mostrando grandes aptitudes para el sexo y la juerga. Junto con su primo el rajá de Dholpur tenían fama de ser unos gamberros «salvajemente extravagantes», como los describió un oficial inglés. Pero el hecho de criticarles en los informes secretos no significaba que la sociedad colonial británica los marginase. Al contrario: al fin y al cabo eran de sangre azul. De la misma manera que el maharajá de Jaipur llamaba «Lizy» a la reina Isabel de Inglaterra, los tres amigos —Kapurthala, Patiala y Dholpur— se codeaban durante los veranos en Simla con lo más granado de la sociedad, llegando a convertirse en la compañía favorita del nuevo virrey lord Curzon y de su mujer, hasta que un incidente vino a interrumpir ese idilio. Tan íntimos se habían hecho los tres príncipes de lady Curzon que una noche la invitaron a cenar a *Oakover*, la suntuosa residencia de Rajendar, en Simla, desde cuyo balcón se veía la cordillera del Himalaya entre sauces y rododendros en flor. La dama había manifestado el deseo de ver de cerca las famosas joyas de Patiala, conocidas en toda la India. Antes de cenar, se probó un collar de perlas asegurado por Lloyd's en un millón de dólares, y una tiara compuesta por mil y un diamantes azules y blancos; ambas piezas consideradas los tesoros de Patiala. «Estas joyas lucen mejor sobre un sari —le dijo entonces Rajendar—. ¿Por qué no te pruebas este que perteneció a mi abuela?»

Pocas mujeres de la alta sociedad hubieran resistido la tentación de ponerse semejante atuendo, ya fuese por coquetería o por la simple curiosidad de verse como una reina oriental. El caso es que lady Curzon acabó luciendo las joyas de Patiala, incluido el famoso diamante «Eugene», la tiara, el collar de perlas, y lo hizo envuelta en un sari rojo bordado con hilos de oro. Tenía un aspecto fantástico. Para que ella tuviera un recuerdo y para conmemorar tan divertida velada, los jóvenes rajás le propusieron hacerse unas fotos, ya que tenían como huésped al célebre pionero de la fotografía en la India, un sij llamado Deen Dayal.

Desafortunadamente para los tres príncipes, la foto apareció publicada en los tabloides británicos, causando un enorme revuelo: ¡la virreina del Imperio británico disfrazada de reina india! ¡Menudo escándalo! Lord Curzon montó en cólera y dio la orden de prohibir la visita de los tres príncipes a Simla para siempre, y de paso la de los demás maharajás si previamente no contaban con su permiso. Ofendido por lo que consideró una desproporcionada reacción del virrey, Rajendar se construyó su propia capital de verano cerca de la aldea de Chail, a sesenta kilómetros de Simla y a tres mil metros de altura. Allí mandó construir el campo de cricket más alto del mundo donde equipos británicos, australianos e indios libraron grandes torneos, disfrutando de unas vistas espectaculares sobre los glaciares de Kailash y las cumbres del Himalaya.

Jagatjit optó por levantar una mansión a unos cien kilómetros de Simla, en Mussoorie, otra *hill station*, como los ingleses llamaban a ese tipo de ciudades de veraneo cuya atmósfera era siempre frívola y desenfadada. Lo hizo inspirándose en uno de los castillos del Loira que tanto le habían impresionado, con torreones en forma cónica cubiertos de pizarra. Amuebló el interior con cuadros, muebles de época franceses, vasijas de Sèvres y tapices de los gobelinos y lo bautizó con el exótico nombre de *Château Kapurthala*. La mansión se haría famosa por sus bailes de disfraces amenizados por grandes orquestas. El disfraz proporcionaba el anonimato necesario para que los aristócratas indios y las mujeres europeas mantuvieran relaciones a escondidas de los maridos de éstas, ausentes porque no podían permitirse el lujo de pasar cuatro meses de veraneo en familia. Al término de las fiestas del rajá, en secreto, las parejas se marchaban en *rickshaws* que serpenteaban por la Camel's back, la carretera circular de detrás de la colina desde donde se podía disfrutar un paisaje idílico de picos nevados, bancales verdes y prados florecientes. Las parejas pasaban allí largas horas y luego el *rickshaw* devolvía a las señoras a sus residencias. Algunas, las más atrevidas, se llevaban a sus amantes a casa.

Pero Jagatjit no era un juerguista empedernido o un borrachín. Era un caballero que disfrutaba con el contacto de la alta sociedad, al contrario de Rajendar y su primo, el rajá de Dholpur, que preferían rodearse de proxenetas, jugadores, alcohólicos o parásitos europeos de baja estofa. Los ingleses acusaban al rajá de Dholpur de ejercer una mala influencia sobre su primo, empujándole aún más por el camino de la perdición y la mala vida, y de recibir dinero a cambio de su compañía. En un informe oficial, Rajendar fue definido como «un alcohólico, un padre indiferente, un marido infiel y un terrible administrador». Cuando el virrey mandó a un alto funcionario a hablar seriamente con el maharajá sobre su indiferencia respecto a los asuntos administrativos y sobre su desorden financiero, Rajendar, sintiéndose ofendido, le espetó: «¡Pero si dedico hora y media al día a los asuntos de Estado!» A Rajendar le gustaba más la compañía de los caballos que la de los hombres. En sus cuadras mantenía a setecientos purasangre, entre los cuales había treinta sementales de gran calidad que habían proporcionado a Patiala y a la India grandes campeones en las carreras. También le gustaba el cricket y el polo. Fue el mecenas de Ranji, su ayudante de campo, que llevó el equipo de Patiala a la cima del cricket. Y consiguió convertir a los Tigres —su equipo de polo, con uniformes de color naranja y negro— en el terror de la India.

Pero la notoriedad de Rajendar vendría dada por el hecho de haber sido un pionero. Causó una auténtica conmoción al importar el primer automóvil a la India, un De Dion Bouton —matrícula Patiala 0—, que dejó atónitos a sus súbditos, quienes consideraban un milagro que pudiera desplazarse a 15 y 20 kilómetros por hora sin la ayuda de un camello, de un caballo o de un elefante. Mayor aún fue la conmoción cuando anunció su boda con una mujer inglesa. Era la primera vez que un príncipe indio se casaba con una europea. La mujer se llamaba Florrie Bryan y era la hermana mayor del jefe de las cuadras de Su Alteza. Cuando el virrey se enteró de su intención de contraer matrimonio, le transmitió su más firme reprobación a través del delegado en el Punjab: «Una alianza de este tipo, contraída con una europea de un rango muy inferior al vuestro, está condenada a los peores resultados. Convertirá vuestra posición tanto entre los europeos como entre los indios en algo bochornoso. En el Punjab, como podéis imaginar, la boda será mal recibida.»

A pesar de tan contundente advertencia dos días más tarde, la *Civil and Military Gazette* del 13 de abril de 1893 anunciaba en portada la boda secreta del maharajá de Patiala con Miss Florrie Bryan por el rito sij. Añadía la nota que el acontecimiento no podía esperar porque la novia estaba embarazada de cuatro meses. La nobleza de Patiala, el virrey y el gobernador ignoraron el acto. Los príncipes del Punjab también. Jagatjit Singh estaba en Europa, pero hubiera acudido sin falta a la boda de su amigo. En el fondo le admiraba porque se había atrevido a hacer lo que él deseaba en lo más profundo de su ser: conseguir casarse con una europea. Para aquellos compañeros de juergas, que habían esquilmado las montañas en busca de concubinas, expertos en el arte de amar, la mujer blanca era el más preciado de los trofeos —quizás porque era también el más difícil de obtener.

19

Para los príncipes, la mujer europea encarnaba todo el misterio, la emoción y el placer que ofrecía Occidente, un mundo nuevo que de alguna manera deseaban apropiarse. Además, el hecho provocador de seducir a una mujer blanca era como una metáfora de las relaciones ambivalentes —mezcla de admiración y rechazo— que mantenían con el poder británico. También entroncaba con la tradición india del amor romántico, donde los amantes eran capaces de desafiar las barreras impuestas por las castas y las religiones para satisfacer su pasión. Grandes historias de amor, que más tarde el cine trasladó a la pantalla para deleite de las masas, pueblan la mitología hindú desde la noche de los tiempos. Por si fuera poco, la mujer blanca tenía su lugar en el *Kamasutra*. Según esa Biblia del sexo, la mejor amante tiene que tener la piel muy clara y no debe buscarse en el propio país, allí donde viven las mujeres con las que uno se casa y cuyo pasado es conocido y avalado por sus familiares. La amante debe venir de lejos, de otro reino o, como mínimo, de otra ciudad. El peculiar concepto del amor de los indios separaba la mujer-madre con la que uno se casa, de la mujer-amante con la que uno se divierte y goza del sexo. Una dicotomía cuyas raíces se encuentran en la antigüedad de una sociedad poligámica, y a la que tampoco Europa es ajena. Pero en la mitología india proporcionar placer sexual eleva, mientras que dar a luz a niños, que a su vez son puros y sagrados, mancilla a la mujer, que tiene que someterse a constantes purificaciones. Para crear nuevas vidas, las mujeres indias se desprenden en cada parto de una parcela de su cuerpo y de su alma. Resulta entonces muy difícil, por no decir imposible, ofrecer con el placer una parte de sí mismas para convertirse en buenas amantes.

De modo que no es de extrañar que todos los indios de alta cuna, mecidos por las enseñanzas del *Kamasutra*, soñasen alguna vez en tener relaciones con mujeres europeas. Poseer una blanca era considerado un símbolo exterior de gran lujo y exótico esplendor.

* * *

La primera unión conocida entre un príncipe indio y una europea, el primer matrimonio, fue un rotundo fracaso. Florrie Bryan, alta, rubia de ojos azules y algo desgarbada —una «mujer-yegua» con ascendencia «mujer-elefante», según el *Kamasutra*— sólo fue feliz el tiempo que duró su luna de miel. En su ingenuidad, pensó que podía cambiar a su marido, pero poco a poco fue dándose cuenta de que aquello era imposible. La vida de Rajendar siguió girando alrededor de las copas, las mujeres y el deporte. Florrie empezó a sentirse cada vez más aislada, cada vez más sola. Sus compatriotas le hicieron el vacío, por ser de origen humilde y de una raza equivocada, y las mujeres del maharajá le hicieron la guerra. Tanto es así que al morir su hijo recién nacido a causa de unas fiebres, Florrie acabó convencida de que había sido envenenado. No había pruebas, y la inglesa conocía la India demasiado bien para saber que nunca las habría.

Dos años después, Florrie yacía en su lecho de muerte, víctima de una dolencia misteriosa. «Su cuerpo padecía una auténtica enfermedad física —acabaría concluyendo el informe de un oficial inglés, el teniente coronel Irvine— pero fue la afección que aquejaba a su alma la que acabó siendo el agente final de su destrucción.»

El millar de palomas blancas que Rajendar mandó sacrificar para honrar la memoria de Florrie eran una pobre compensación por todo el abandono y el rechazo que la mujer había tenido que soportar. Sus joyas fueron a parar al rajá de Dholpur. Ante las autoridades británicas Rajendar alegó que ése había sido el deseo de Florrie, pero las investigaciones revelaron que debía mucho dinero a dicho rajá.

Cinco años después de la muerte de Florrie, el primer ministro de Patiala anunciaba que el maharajá Rajendar Singh había sufrido una caída de caballo que le había causado la muerte. Un final glorioso para alguien tan amante de estos animales. Pero el anuncio oficial era mentira. El virrey lord Curzon explicó al rey Eduardo VII en una carta que el maharajá había sucumbido a un ataque de *delirium tremens* debido al alcohol. Tenía veintisiete años.

*   *   *

El hambre de mujer europea que tenían los príncipes hizo que algunos desaprensivos se dedicasen al negocio de intermediación matrimonial. Los primeros «agentes» fueron Lizzie y Park van Tassell, una pareja formada por una ama de llaves y un holandés que vivía haciendo demostraciones de vuelos en globo. Consiguieron casar a su hija Olivia con el rajá de Jind contra una suma de cincuenta mil rupias y el compromiso de un sueldo vitalicio de mil rupias al mes. Ante el éxito de la operación, la pareja de holandeses decidió conseguir más europeas para otros príncipes.

Los ingleses estaban desconcertados y furiosos. La súbita pasión por mujeres blancas trastornaba el orden social. La unión entre europeas y príncipes indios implicaba el reconocimiento de una igualdad física y emocional que cuestionaba la jerarquía racial y de clase del imperio. Y esa jerarquía era un reflejo del sistema indio de castas donde cada cual sabía cuál era su sitio y no lo cuestionaba.

El problema es que no sabían muy bien cómo reaccionar ante los enamoramientos de los príncipes. El virrey lord Curzon había intentado también impedir esta boda, pero el rajá de Jind le había dejado entender que no era asunto suyo. Curzon, un hombre poco proclive a que le llevaran la contraria, reaccionó prohibiendo que Olivia llevase el título de maharaní y que la pareja visitase Simla. Además, trasladó de puesto al teniente coronel Irvine por su incapacidad en impedir esta boda. Pero era un poco como poner puertas al campo. En realidad el gobierno colonial no sabía cómo lidiar con ese ejército de manicuras, bailarinas, colegialas y mujeres europeas y americanas de dudosos antecedentes que seducían a los príncipes de su imperio.

20

Si Rajendar Singh de Patiala había alcanzado cotas altísimas de extravagancia, su hijo Bhupinder le sobrepasaría con creces, convirtiéndose en un personaje de leyenda. Con sus ciento treinta kilos, los bigotes erguidos como dos cuernos, los labios sensuales y la mirada arrogante, Bhupinder era conocido por su enorme apetito respecto a la comida —era capaz de comerse tres pollos seguidos—, y al amor —su harén llegó a contar con trescientas cincuenta esposas y concubinas—. Era un hombre que ardía de pasión animal, un monarca absoluto con un apetito sexual insaciable, mayor que el de su padre. Un hombre que en una ocasión no dudó en ordenar una incursión armada en las tierras de su primo el rajá de Nabha para raptar a una joven rubia y de ojos azules a la que había avistado cuando cazaba.

Bhupinder y Jagatjit Singh acabaron haciéndose muy famosos en Europa. Por ser sijs, por ser los monarcas de dos Estados del Punjab y por su fuerte personalidad. La prensa aludía a una supuesta rivalidad entre ambos, pero dicha rivalidad nunca existió. A pesar de sus similitudes, eran personajes muy distintos. El número de concubinas de Jagatjit nunca se acercó al de Bhupinder. Éste era mucho más rico, más ostentoso y más guerrero. Bhupinder era un fanático del polo; Jagatjit lo era del tenis. Ambos reconocían a los británicos como la única autoridad, aunque ambos se resistían a hacerlo; si hubieran podido autoproclamarse reyes, lo hubieran hecho sin pestañear. El estilo de Bhupinder era el de un monarca oriental; Jagatjit quería parecerse más a los reyes de Francia.

A su manera ambos eran buenos padres. Los numerosos hijos de Bhupinder Singh vivían en un palacio llamado Lal Bagh. Eran atendidos por multitud de niñeras inglesas y escocesas, y todos tenían derecho a la misma educación e iban a los mejores colegios. Un visitante que pasó una temporada en Patiala contó un día cincuenta y tres cochecitos de niño aparcados frente a Lal Bagh. Lo mismo sucedía en Kapurthala, pero a una escala menor.

Tres mil quinientos sirvientes de todo tipo pululaban por el enorme palacio de Patiala. Bhupinder contrató a un mecánico inglés formado en la Rolls-Royce para que se encargara de sus veintisiete *Silver Ghost*, además de los noventa automóviles de otras marcas que iría adquiriendo. Aficionado al polo como su padre, mantuvo y mejoró la cuadra que había heredado, y siguió manteniendo al equipo de los Tigres en la cumbre del deporte nacional.

Si su padre había sido un mujeriego emérito, las aptitudes para el sexo que Bhupinder Singh manifestó desde niño eran extraordinarias y dejaban perplejos a los timoratos funcionarios ingleses. Coleccionaba mujeres como quien colecciona trofeos de caza, a diferencia de Jagatjit, que, aunque enamoradizo, era capaz de ser fiel durante un cierto tiempo. Además, el rajá de Kapurthala disfrutaba con la compañía de mujeres atractivas e inteligentes y procuraba mantener siempre su amistad aun después de que se acabara la relación sentimental.

A Bhupinder sólo le interesaba el sexo. Durante los tórridos veranos, invitaba a sus amigos a bañarse en su gigantesca piscina y les gratificaba con la presencia en el agua de jóvenes bellezas con el pecho desnudo, vestidas con un simple pareo de algodón. Bloques de hielo refrescaban el agua, y el monarca nadaba feliz, subiendo de vez en cuando al borde la piscina para sorber un trago de whisky o tocar un pecho al azar. Una vez, con el mero propósito de provocar, invitó a un oficial inglés, quien, al verse en semejante decorado, no supo cómo reaccionar. Por un lado, le apetecía zambullirse en aquella piscina tan «prometedora»; por otro temía el qué dirán. Finalmente optó por darse un chapuzón y así fue como el resto del mundo se enteró de lo que «se cocía» en la piscina de Patiala.

Tales eran las ansias de sexo de Bhupinder que, siendo aún muy joven, se inventó un culto para disfrazarlas. Lo hizo con la complicidad de un sacerdote hindú, Pandit Prakash Nand, seguidor de un oscuro culto tántrico llamado Koul, del nombre de una diosa a la que había que apaciguar con el dominio de ciertas prácticas sexuales. Dos veces por semana, Bhupinder organizaba «reuniones religiosas» en una sala apartada del palacio donde el sacerdote había erigido una estatua de barro de la diosa Koul, a la que había decorado con joyas prestadas por el maharajá. Por supuesto, las maharanís oficiales no estaban invitadas a esas celebraciones, siempre rodeadas de un gran secreto. El sacerdote conducía el ritual vestido con una piel de leopardo, y luciendo la cara pintada de rojo y la cabeza rapada, a excepción de una coleta que llevaba en medio de la cabeza. «Parecía feroz pero sereno y digno», contaría Jarmani Dass, primer ministro de Kapurthala. Empezaba por pedir a la audiencia, entre la que se encontraba un nutrido grupo de chicas jóvenes de las montañas, en su mayoría vírgenes, que cantaran en honor de la diosa. Después, servía vino mezclado con afrodisíacos a todos los asistentes y el maharajá pedía a las vírgenes que se acercasen al altar y que se desnudasen para rezar a la diosa. Ellas, ignorantes e intimidadas por el fasto religioso de la ceremonia, obedecían sin rechistar. A medida que avanzaba la noche y conforme el alcohol y las pócimas añadidas hacían efecto, el gran sacerdote rogaba a algunas parejas que copulasen frente a la estatua de la diosa, pidiéndoles que lo hiciesen despacio porque lo importante no era tanto el acto sexual como la manera de contenerse y de hacer durar el placer. «Una tras otra, las vírgenes del harén, que tenían entre doce y dieciséis años, eran llevadas frente al altar, en estado de intoxicación —contaría Jarmani Dass—. Las vírgenes habían sido compradas a las familias tribales de las montañas y se las mantenía en un ala del palacio destinada a los niños y adolescentes. Cuando estimaban que eran suficientemente maduras, las hacían participar en las ceremonias de la diosa y obedecer a las órdenes de su amo. El vino que el gran sacerdote vertía sobre la cabeza de las chicas se deslizaba entre los pechos hasta alcanzar el vientre y luego el pubis, donde el maharajá y otros invitados suyos ponían los labios para sorber algunas gotas del líquido considerado muy sagrado y purificador del alma.» Jarmani Dass no precisó nunca si su jefe el rajá de Kapurthala estaba presente en esas ceremonias. Probablemente no se hubiera prestado nunca a aquella farsa, que hubiera considerado de mal gusto. Era demasiado refinado para eso. Una carta confidencial de un funcionario inglés próximo al rajá y dirigida al gobernador del Punjab le exime de participar en dichas orgías: «Los ministros de su entorno hacen lo imposible para atraerle hacia las chicas rajput. Utilizan todos los medios de que disponen para apartarle de la fuerte atracción que siente hacia las mujeres europeas. Pero al rajá no le gustan las chicas rajputs. Su conducta previa ha mostrado que su mayor deseo es satisfacer su apetito sexual con mujeres de origen o parentesco europeo. El rajá habla y lee francés. Está suscrito a *La Vie Parisienne*, una revista cuyas ilustraciones son a veces censurables. Parece ser que en la pared de su habitación tiene colgada una ilustración muy indecente, aunque no he podido comprobarlo con mis propios ojos.»

*   *   *

En lo que ambos príncipes colaboraban —porque lo necesitaban para su ritmo de vida—, era en conseguir todo tipo de afrodisíacos. Como ambos eran un poco hipocondríacos, estaban siempre rodeados de numerosos médicos tradicionales indios y también europeos. Se los mandaban el uno al otro para que les trataran sus propias dolencias y las de sus familias. Un curandero ciego llamado Nabina Sahib visitaba asiduamente los palacios de los príncipes del Punjab. Tenía la habilidad de diagnosticar las enfermedades tomando el pulso a los pacientes. Como las mujeres del palacio no estaban autorizadas a dejarse ver, y menos a dejarse tocar por un médico varón, para reconocerlas dicho curandero les mandaba que se atasen una cuerdecita alrededor de la muñeca y, así, desde la distancia, poniéndose la cuerda en la oreja, les tomaba el pulso. Sus aciertos dejaban perplejos a los médicos europeos.

Las rondas en los palacios empezaban pronto por la mañana. Los doctores se daban cita en un salón y, después de comentar diversos aspectos de las dolencias de las mujeres, se dispersaban por las habitaciones. Vigilados muy de cerca por sirvientes de confianza del príncipe que en algunos casos, para mayor seguridad, eran eunucos, el médico conversaba con la enferma a través de la celosía o de una cortina. El contacto cara a cara no estaba permitido, aunque en ocasiones urgentes el médico estaba autorizado a pasar la mano debajo de la cortina para tomarles el pulso. «Hay algunas mujeres que fingen estar enfermas para tener la oportunidad de conversar con el médico y para dejarse coger la muñeca —había escrito Nicolao Manucci, un médico italiano que había atendido a las mujeres del harén del emperador Aurangzeb—. El médico estira el brazo por debajo de la celosía o de la cortina y entonces la mujer le acaricia la mano, la besa y se la muerde dulcemente. Algunas hasta se la colocan sobre el pecho...»

A principios del siglo XX, los médicos indios seguían sometidos a esas reglas estrictas de la *zenana*. En algunos Estados más progresistas, como en los sijs del Punjab, únicamente los médicos europeos y americanos podían tratar a las mujeres directamente y sin velo, pero sólo cuando había una urgencia. Era tal su prestigio que los príncipes confiaban en ellos.

Al terminar las consultas, y con sus notas en la mano, los médicos solían informar al rajá, siempre en presencia de los curanderos indios. En Patiala, como había más de trescientas mujeres, era imposible que los médicos escribiesen informes según el nombre de cada una de ellas. Por tanto, para facilitar el proceso, las enumeraban por orden alfabético. A las maharanís se las indicaba por letras: A, B, C, D, E, F, etc., y a las segundas esposas o ranis por orden numérico: 1, 2, 3, 4, 5... Finalmente a las otras mujeres que rodeaban al rajá se las clasificaba en el gráfico de los médicos alfanuméricamente: A1, A2, B1, B2, C1, C2, etc. Ése era el orden por el que el rajá se guiaba en la lista, que informaba del tipo de dolencia que las aquejaba, del pronóstico y del tratamiento recomendado.

Los rajás visitaban a las mujeres enfermas, tanto si eran esposas «oficiales» (hijas de familias aristocráticas), como concubinas procedentes de las tribus de las montañas. Una vez dentro de la *zenana*, todas eran merecedoras de las atenciones reales y todas tenían la seguridad de que, por muy enfermas que estuviesen, nunca las echarían a la calle. Para saber cuáles de sus mujeres tenían la regla, a Bhupinder se le había ocurrido una idea que pronto sería copiada por otros rajás: había ordenado a las que estuvieran menstruando que se dejasen el pelo suelto. Así podía saber a cuál evitar cuando al anochecer le entraban unas irreprimibles ganas de tener un encuentro íntimo.

Llevado por su adicción al sexo, Bhupinder utilizaba también a sus médicos para propósitos distintos a los de curar o sanar. Aparte de saber cuáles eran los mejunjes y las sustancias más eficaces para prolongar la erección, también le interesaba descubrir si existía alguna manera de devolver la juventud a una amante entrada en años para que siguiera atrayéndole como el primer día. Siempre según Jarmani Dass, consiguió que los médicos, a base de inyecciones vaginales, lograsen que las mujeres exhalasen olores corporales sensuales y provocativos. Gracias a los contactos que le había proporcionado su amigo el rajá de Kapurthala, contrató a médicos franceses, entre los que se encontraba el doctor Joseph Doré, de la Facultad de Medicina de París. Él se encargaba de las operaciones más serias, incluyendo las ginecológicas, a las que a Bhupinder, dato curioso, le gustaba asistir. Asimismo, los médicos franceses realizaban operaciones de cirugía plástica, sobre todo en los pechos. «Los médicos franceses eran expertos en este arte, y lo ejecutaban según los deseos exactos del rajá, quien unas veces los quería de forma oval, como los mangos, y otras en forma de pera. Cuando encontraba alguna dificultad para llevar a cabo el acto sexual con alguna de sus mujeres, los médicos siempre estaban dispuestos a realizar una pequeña operación para facilitar la penetración.» El maharajá convirtió un ala de su palacio en un laboratorio cuyas probetas y tamices producían una exótica colección de perfumes, lociones y filtros. Los médicos indios competían en su intento de elaborar combinaciones afrodisíacas a base de oro y perlas molidas, así como de especias, plata, hierro y hierbas. Consiguieron ser efectivos con una cocción de zanahorias mezcladas con sesos de gorrión. Pero eso no era suficiente para aumentar el vigor sexual a la medida de las necesidades del maharajá. Al final, los médicos franceses llevaron a palacio una máquina de radiaciones. Sometieron al príncipe a un tratamiento de radio, garantizándole que aumentaría «el poder espermatogénico, la capacidad de los testículos y la estimulación del centro de erección». Pero no era la pérdida de calidad de su esperma lo que afligía a Bhupinder Singh, sino otro mal que también afectaba a muchos de sus colegas: el aburrimiento y un monumental egoísmo. Cuando, años más tarde, un periodista le preguntó: «Alteza, ¿por qué no industrializa Patiala?», Bhupinder, como si le hubieran hecho una pregunta estúpida, respondió:

—Porque entonces no habría nadie que quisiera ingresar en las fuerzas del Estado, sería imposible conseguir cocineros y sirvientes. Todos se pasarían a la industria. Sería un desastre.

TERCERA PARTE

«SOY LA PRINCESA DE KAPURTHALA»

21

—Señora, han traído un paquete para usted.

—Ahora bajo.

Anita se despereza lentamente. Todos sus movimientos son pausados, a cámara lenta. Deja sobre la cama el abanico de plumas de avestruz y mira a través del ventanal de su habitación de la *Villa Buona Vista*. El cielo está casi blanquecino, apenas se distingue la línea del horizonte. Abajo, las flores de los parterres están marchitas, el césped ya no tiene el verdor de enero, los perros se acurrucan a la sombra de la veranda, y la cervatilla pasa el día entero tumbada a orillas del estanque. De repente ha llegado el calor. Y es un calor omnipresente, intenso, seco y abrasador. Un calor como el de Málaga en agosto. Con la diferencia de que corre el mes de marzo, y dicen que la temperatura seguirá subiendo hasta las lluvias de junio. Para Anita es duro porque está en el octavo mes de gestación. Su belleza es la de una persona adulta. La curva de su vientre bajo el vestido de seda la ha despojado de todo rastro infantil. Parece más alta, y tiene una tez de melocotón que da luz a su rostro. Sigue conservando su gracia, acentuada si cabe por una madurez prematura. Dice que no puede vivir sin los *punkas*,[1] sus

1. La palabra *punka*, que en principio designaba a los hombres que tiraban de la cuerda, ha pasado a designar también el aparato eléctrico, el ventilador.

«ventiladores humanos». Son viejos criados que se pasan el día tumbados en la veranda, tirando de una cuerda atada al dedo gordo del pie. La cuerda pasa por la ventana de la habitación y, por medio de una polea en el techo, hace girar una larga barra de madera de la que cuelga una tela humedecida en agua perfumada que mueve el aire. Alivia un poco, pero aun así hay que luchar mentalmente contra el calor. Hay que dosificar el esfuerzo físico, medir los pasos y prever la energía que se necesita para cualquier actividad. Por eso Anita se mueve lentamente. Baja los peldaños de las escaleras apoyando sus manos hinchadas en la barandilla. «¿Será otro regalo del rajá?», se pregunta. Le extraña, porque no hay nada que celebrar. El 5 de febrero pasado, el día de su cumpleaños, su marido la sorprendió con un maravilloso collar de perlas. Pero lo cierto es que a veces llegaban regalos inesperados, como el de un súbdito que mandó dos pavos reales porque estaba agradecido por una decisión judicial o el de un monarca amigo que anunció su visita enviando una caja de botellas de whisky.

El paquete está depositado en el salón y parece un pequeño féretro. Es una caja de madera, clavada y precintada, que viene de España. El mayordomo se encarga de abrirla haciendo saltar las tablillas. Pero de pronto el hombre suelta la herramienta y sale corriendo, con una mano en la boca. El paquete despide un hedor penetrante, un tufo a podredumbre que va directamente a la garganta. En pocos segundos se arma una revolución entre los sirvientes. Se quitan el turbante para cubrirse la nariz, y con ayuda de otras herramientas consiguen abrir la tapa. Anita hace de tripas corazón y empieza a desenvolver un bulto envuelto en papel y luego en tela. Le dan arcadas y al final no puede terminar lo que está haciendo; al ver unos gusanos verdes y brillantes lo suelta todo dando un grito. Un viejo criado se lleva la caja al jardín y empieza a sacar cosas que no ha visto en la vida, unas cosas que sólo Anita sabe qué son: un jamón de Jabugo, dos morcillas de Burgos y varios quesos manchegos llenos de gusanos. Tanta podredumbre no sorprende, teniendo en cuenta los cinco meses que ha durado el viaje hasta llegar a la India. El paquete viene acompañado de una carta cariñosa de la familia Delgado, que espera que esos manjares le permitan alimentarse mientras se acostumbra a la comida india. «¿Dónde pensarán que vivo?», se dice Anita, que decide escribirles enseguida un cable urgente pidiéndoles que no le manden nada más porque come muy bien, «a la europea», y que hasta bebe agua mineral francesa.

La carta también trae noticias inquietantes. Por fin su hermana Victoria anuncia boda con el cantamañanas de George Winans. Los padres no han podido evitarlo, y eso que han intentado por todos los medios alejar a la hija del americano, llevándosela a Málaga. Pero Winans ha aparecido en la casa un buen día, pidiendo la mano de la muchacha. Al negársela, el hombre montó un escándalo en la puerta misma de la vivienda, sacando una pistola y amenazando con suicidarse. Al final, y porque Victoria estaba muy enamorada, se ha salido con la suya. Siendo protestante, ha aceptado la última condición de los padres: convertirse al catolicismo porque, como dice Anita en su diario, «... a mis padres ya les bastaba con una hija casada con un infiel y no iban a permitir que todas sus hijas anduviesen perdidas en sus creencias».

Victoria se casará en mayo, y es una pena porque Anita no podrá asistir. Ni ellos han podido venir a su boda, ni ella podrá ir a Málaga a la de su hermana. El mundo es demasiado grande y la separación de los seres queridos es aún más dolorosa en los momentos importantes, en esas ocasiones que marcan la historia de las familias. ¡Cómo le gustaría contar con alguien de su familia en el trance final del embarazo! Tiene la compañía del rajá, siempre afectuoso y atento, y la de Mme Dijon, que sigue al pie del cañón, enseñándole francés y acompañándole. Sin embargo su criada Lola, malagueña como ella y de quien debería sentirse más próxima, la pone nerviosa. Es débil, protestona y no hace ningún esfuerzo por adaptarse. Es más una piedra en el zapato que una ayuda. Anita la mandaría de buena gana de vuelta a España, pero prefiere esperar al nacimiento del niño.

Aparte de ayudar a vestirla, Lola no hace nada; al contrario, hay que ocuparse de ella constantemente porque siempre le pasa algo, aunque la mayoría de las veces sólo en su imaginación.

Luego está el bueno del Dr. Warburton, con sus espesos bigotes blancos y su chistera. Vigila puntualmente su evolución y se esfuerza en quitarle el miedo al parto. Ha conocido a la comadrona, la mujer india que ha ayudado a nacer a los otros hijos del rajá, y que le recuerda a una gitana andaluza. Pero no puede hablar con ella por causa del idioma. Anita se siente rodeada, pero de seres extraños.

La vida en *Buona Vista* es sumamente tranquila, y aún más desde la llegada del calor. Lejos queda el aire cristalino y picante de las mañanas de Cachemira, donde han pasado unos días de luna de miel en uno de los palacios del maharajá Hari Singh, al borde del lago cubierto de lotos de Srinagar, la Venecia de Oriente, capital de un Estado tan bonito que parece imposible que «alguien pueda sentirse *desgrasiao* allí». Anita se lo ha dicho al maharajá como un cumplido y éste le ha contestado que podía considerar ese palacio como su casa. El maharajá, un indio con ademanes de emperador romano, reina sobre cuatro millones de musulmanes en un territorio grande como España y bello como el paraíso.

Es un valle inmenso de color esmeralda, enmarcado por las cumbres de nieves eternas del Himalaya y atravesado por caudalosos ríos donde los martines pescadores aletean antes de lanzarse sobre la presa. Los prados están cubiertos de flores violeta y de tulipanes color carmesí. Anita ha visto más frutas que en Francia: fresas, moras, frambuesas, peras, ciruelas y unas cerezas tan maduras que estallan al primer mordisco. Nunca ha olido tanta variedad de flores como en los jardines de Shalimar y el efecto al atardecer, echada en una tumbona y frente a una taza de té, era embriagador. Han sido unos días inolvidables, jugando al tenis, paseando por el campo, asistiendo a partidos de polo y contemplando sublimes puestas de sol sobre las aguas centelleantes del lago a bordo de una *shikara*, barquitos en forma de góndola que llevan nombres tan cursis como *Nido de enamorados* o *Dulce pájaro de primavera*. Para Anita, también ha sido su presentación en sociedad. Su comportamiento y su persona han sido el centro de atención de todas las miradas. Esplendorosa con sus vestidos indios, ha asistido a cenas en las que estaban presentes otros príncipes, como el nizam de Hyderabad, quien en todo momento se ha mostrado extremadamente atento y solícito con ella. Ese hombre tan pequeño —mide un metro cuarenta— reina sobre veinte millones de hindúes y cuatro millones de musulmanes en el Estado más grande de la India. Es el príncipe más rico de todos; dicen que en el cajón de su mesa, en su palacio de Hyderabad, tiene, envueltos en una revista vieja, varios diamantes, pertenecientes a su fabulosa colección de joyas y piedras preciosas con la que se podría llegar a tapizar aceras. Vive con tal temor de ser envenenado que Anita, durante la cena, ha podido observar cómo un criado suyo probaba antes que él todos los platos del menú. El nizam, seducido por la gracia de Anita, le ha prometido una bonita joya cuando ella y su marido acepten visitarle en Hyderabad. Los demás príncipes y parientes también han mostrado admiración hacia la joven española y han alabado el buen gusto del rajá, mientras las mujeres, tras las celosías, se han dedicado a hacer oscuras predicciones sobre el difícil futuro que la espera por ser «la quinta esposa».

El viaje ha estado marcado por un desaire inesperado. El Residente[2] inglés se ha negado a recibir al rajá después de que éste le anunciase que iría en compañía de Anita. Ha sido una afrenta para él, y no ha podido disimular su irritación respecto a los ingleses, «que se meten donde no deberían». Para ella ha sido una pena, porque le hubiera gustado conocer los jardines de la Residencia, famosos en toda la India por la colección de rosas con nombres tan ingleses como la *Mariscal Neil* o la *Do-*

2.   El Residente era el máximo representante de la Corona Británica.

rothy Perkins, capaces de perfumar el aire de toda una parte de la ciudad.

Sólo hace dos meses que han estado en Cachemira y, sin embargo, parece una eternidad. De vuelta en Kapurthala, han recobrado la rutina de la vida diaria, que se va enlenteciendo a medida que aumenta el calor. Nadie hace nada durante las horas centrales del día. Antes de que despunte el sol, Anita se une al rajá en la *puja* matinal, la oración de la mañana. Él lee párrafos del *Granth Sahib* y Anita le acompaña, pero rezando a la Virgen y pensando en los Santos porque mantiene intacta la fe. «Yo me entiendo directamente con Dios», le ha dicho en una ocasión, y él lo ha comprendido porque también es poco dado a los ritos, de forma que cada uno de ellos practica la religión a su manera. Juntos forman una pareja feliz, que parece flotar por encima de los escollos de la realidad.

Después de las oraciones, el rajá se va a montar a caballo y regresa antes de las ocho de la mañana, cuando el sol empieza a castigar. Pasa el resto del tiempo en su despacho atendiendo asuntos de Estado con sus ministros y consejeros. Discuten sobre el presupuesto y el estudio de las demandas de construcción de centrales eléctricas, escuelas, hospitales u oficinas de Correos, y lo hace como un monarca absoluto. El rajá pone y quita a los ministros; en sus tierras se desconocen las elecciones. Cuando termina con los asuntos de Estado, sale a visitar sus otros palacios.

A pesar de lo interesante que le resulta su nueva vida, Anita se siente sola en muchos momentos. Tanto formalismo choca con su educación andaluza. La tratan con tal respeto y marcando tanto las distancias que a veces se le hace imposible hablar con naturalidad. Además, el embarazo le impide moverse y la condena a la vida sedentaria. El rajá le ha aconsejado que aprenda el urdu para poder comunicarse con las esposas e hijas de los nobles o de los funcionarios de Kapurthala. «Dominar una lengua local te proporcionará una vida menos solitaria y más interesante», le ha dicho. Así que Anita permanece en su habitación, practicando francés con Mme Dijon, aprendiendo urdu con un viejo poeta, cosiendo, engarzando joyas, y acudiendo cuando le anuncian la llegada de algún vendedor ambulante que puede interesarle, como el zapatero chino, que coloca el pie del cliente sobre una hoja de papel para sacar la forma exacta y que a los dos días vuelve con un excelente par de zapatos hechos a medida. O el tendero de Cachemira, que inunda la veranda con bolsones enormes llenos de ropa interior de seda, de objetos de *papier mâché* y de alfombras. También pasa por la villa el encantador de serpientes para limpiar el jardín. Lo hace con su flauta y se lleva las serpientes cobrando una rupia por cada una. O el santón hindú —un hombre que vive solo en un templete cercano, siempre desnudo excepto por un cordón muy fino que lleva en la cintura y cuyo cuerpo está cubierto de ceniza blanca—, que viene a por agua sin atreverse a pedir limosna.

Al atardecer, Anita suele acompañar al rajá para visitar las obras del nuevo palacio que estará listo el año próximo. El palacio ya tiene nombre: *L'Élysée.* Es mucho mayor que la villa, ya que cuenta con ciento ocho habitaciones. A Anita le gusta perderse por los jardines. Se imagina sentada en la terraza de su faraónico dormitorio, contemplando cómo una de las niñeras empuja el carrito donde va su hijo. El rajá le ha cedido un trozo de jardín para que lo plante y lo arregle a su gusto porque ella quiere hacerse «un jardín de Cachemira». Como hay jardineros por doquier, no es algo que la vaya a cansar demasiado. Ése será su rincón y su refugio; su pedazo de paraíso particular.

De regreso a la villa se encuentran con los *bistis*, los aguadores que pasean por la casa con una bolsa de piel de cabra al hombro, salpicando agua contra el polvo. También mojan unos gruesos mantones con los que tapan las ventanas y puertas. Es la guerra contra el calor. En los salones penetra el inolvidable aroma del anochecer: un olor a hierba y a vegetación recién regada que se mezcla con el humo del incienso, eficaz a la hora de ahuyentar a los mosquitos. Algunos días una orquesta acompaña la cena. Anita se familiariza con las *ragas* y con los *ghazals*, poemas en urdu cantados como baladas de amor. Son emocionantes porque todos evocan destinos trágicos que el amor acaba por redimir.

Ya en la cama, cuando la temperatura nocturna se hace intolerable, Anita abandona el lecho conyugal y hace lo que le han enseñado: sale a la terraza, se enrolla una sábana mojada alrededor del cuerpo y se tumba en una cama de madera fina intentando conciliar el sueño. Pasa largas horas en vela sin llegar a dormirse, no ya por el calor, sino por el miedo. Piensa en el parto, en el niño y en las dolencias que se llevan a la gente de la noche a la mañana. En Europa nunca pensaba en la enfermedad ni menos aún en la muerte. Pero aquí es diferente. Anita ha sabido que su profesora de inglés, con la que sólo ha estado un día, cayó enferma con los primeros calores y falleció de golpe. Por la mañana daba clase y por la noche la enterraban; así, de repente. Dicen que semejante calor no permite conservar los cuerpos. La rapidez con que sobreviene la muerte es impresionante. ¡Es tan típico de la India...! En los meses que lleva aquí, dos criados han fallecido de ataques de malaria. ¿Cómo no tener miedo?

Cuida mucho lo que come, sobre todo en esa época del año. Procura evitar la carne desde que ha visto los enjambres de moscas en las carnicerías musulmanas del centro de la ciudad. Antes de comerla, lava la fruta en cuencos de agua a los que añade unas gotas de permanganato de potasio. Mme Dijon la ha advertido de que lo haga ella siempre personalmente, porque al cocinero se le puede olvidar y en temas de higiene no hay que fiarse del servicio. Es una lección que Anita tuvo que asimilar a la fuerza a los pocos días. Enseñó a uno de los cocineros a hacer «gazpacho indio», una variación local del andaluz, elaborado con aceite de soja y con el añadido de una pizca de curry para que le guste al rajá. Una mañana, al entrar en la cocina vio a uno de los quince pinches colando el gazpacho a través de un calcetín.

—Pero ¿qué estás haciendo? —le preguntó horrorizada—. ¡Si es un calcetín de Su Alteza!

—No se enfade, señora, he cogido uno que no está limpio —le contestó el pinche tan campante.

* * *

Estar encinta hace que todo el mundo te prodigue sus consejos, y a veces es difícil seguirlos todos. La comadrona le ha dicho que evite los platos picantes y especiados porque pueden dañar al recién nacido. El Dr. Warburton le ha prohibido montar a caballo, bailar, jugar al tenis y al badminton. Le ha leído un párrafo del *Tratado médico de los niños en la India*, una especie de Biblia para los ingleses, que aconseja «mantener el ánimo plácido y de igual humor, alegre y bien dispuesto» mientras se espera la llegada del retoño. Pero el doctor se ha abstenido de leerle otro capítulo de ese mismo libro que ofrece una lista estremecedora de las enfermedades comunes que padecen los niños en la India: abscesos, mordeduras de avispas, de escorpiones, de perros asilvestrados y de serpientes, cólera, cólicos, indigestión e insolación. Eso por no hablar de la malaria, las fiebres tifoideas y la viruela. Para prevenir tales desgracias, los sijs ofician una vez al mes un ritual de celebración del niño que aún no ha nacido, en el que un grupo de sacerdotes se reúne alrededor de Anita para rezar.

El 25 de abril por la tarde empieza a sentir las primeras contracciones fuertes. Una actividad febril se despliega en la *Villa Buona Vista*. Criados, enfermeras, comadronas y curanderos suben y bajan con una mezcla de excitación e inquietud ante los gemidos de la *memsahib*. La intervención de la comadrona no consigue más que transformar los gemidos en alaridos que laceran el aire impregnado de calor. Anita grita como una musulmana llorando a sus muertos. El niño viene de nalgas, y la comadrona no consigue enderezarlo, ni siquiera con la ayuda de las enfermeras. Por la noche llega el Dr. Warburton acompañado de otros dos médicos. Anita sigue sufriendo en un mar de sudor y de lágrimas, sacudida por estremecimientos sísmicos que le desgarran las entrañas. Su tez ha adquirido un color gris verdoso, está agotada y es incapaz de articular palabra. «Los doctores llegaron a temer por la vida de los dos —contaría Anita en su diario—. No paraba de rezar a la Virgen de la Victoria rogándole que me librase de un mal fin.» Siente como si tuviera que pagar por toda la felicidad que la vida le ha regalado, como si tuviera que expiar el pecado de su extraordinario destino.

El Dr. Warburton y sus ayudantes ejecutan hábiles manipulaciones para intentar cambiar la posición del bebé. No es la primera vez que se enfrentan a un parto difícil, pero éste resulta especialmente complicado. El calor no perdona. «Viendo que cada minuto la cosa se ponía más difícil, me encomendé a la Virgen y le prometí un manto de ceremonia si me concedía la gracia de salvar mi vida y la del hijo que venía.» Al final, el Dr. Warburton consigue sacar al niño, sucio de sebo y sangre, y con el cordón umbilical enrollado en el cuello. «Tras varias horas terribles que no quiero recordar, y medio muerta y dolorida, escuché el llanto del niño y las carreras de las *ayas* y criados que anunciaban la buena nueva.»

El rajá, que nunca había vivido el parto de una de sus mujeres tan de cerca, también ha llegado a temer por la vida de Anita. Pero su confianza ciega en los médicos ingleses le ha ayudado a sobrellevar la angustia de la espera. Ahora está tan feliz por el desenlace que da la orden de disparar los cañones de la ciudad con trece salvas de honor, anunciando así un día de fiesta en Kapurthala. A sus ministros les manda preparar una distribución gratuita de comida a las puertas de la Gurdwara, de la mezquita principal y del templo de Lakshmi para compartir con los pobres la dicha de ese gran día. A lomos de elefante unos sirvientes repartirán dulces y caramelos a los niños de la ciudad. Por último, fiel a la tradición, manda abrir las puertas de la cárcel, dejando en libertad a sus escasos ocupantes.

22

En el maravilloso Kamra Palace, el antiguo palacio del rajá donde viven sus otras mujeres, detrás de las puertas de madera labrada y las ventanas de celosía, la noticia no se recibe con la misma alegría. Su Alteza Harbans Kaur está muy preocupada. No se cuestiona la línea sucesoria porque su hijo Paramjit es el heredero legítimo al trono de Kapurthala; además, si éste no llegara a serlo por alguna causa de fuerza mayor, le siguen tres más, incluido el hijo de Rani Kanari, lo que asegura una descendencia de pura sangre india. No es que una esposa se sienta necesariamente humillada o rechazada cuando su marido toma otra mujer. Por sí mismo el hecho de casarse con otra mujer no provoca antagonismo, hostilidad o celos entre las demás esposas. Pero en este caso, como Anita es extranjera y además se ha negado a formar parte de la *zenana*, reina la desconfianza. Tanto es así que Harbans Kaur se ha negado a reconocer a la española como esposa legítima.

La idea de que el rajá se haya enamorado hasta el punto de abandonar el palacio e irse a vivir con «la extranjera» a la *Villa Buona Vista* se vive como una afrenta. No se corresponde con lo que se espera de él. Es cierto que Jagatjit las visita con regularidad, y que se preocupa por su bienestar tal como dicen los médicos y las *ayas* que circulan de un palacio a otro. No les falta de nada, pero ésa no es la cuestión. Lleva meses sin pasar una noche con sus mujeres, ni siquiera con sus concubinas preferidas. Meses sin compartir una velada con ellas y sin dedicar tiempo a su numerosa familia. El harén languidece. Su señor, el alma que le da vida, está bajo la influencia de una extranjera que le ha robado el corazón, que le ha despojado de su voluntad, y que ni siquiera se ha dignado a visitarlas una sola vez. Esto último es un detalle que las hiere más que ningún otro, porque, según la tradición, las mujeres más antiguas de la *zenana* se ocupan de las nuevas para hacerles la vida más cómoda. Todo en aras de una mejor convivencia, ya que en las grandes casas no existen fricciones o celos, a pesar de que la Primera Alteza disfruta siempre de un mayor grado de autoridad. Con su negativa a formar parte del harén, Anita se ha cerrado las puertas a la amistad de las otras mujeres del rajá, que se sienten ninguneadas por una muchacha que ni siquiera puede presumir de ser de buena cuna. Piensan que el hecho de que no muestre el más mínimo interés por ellas es una prueba de que tampoco lo tiene por el rajá. Porque ellas son su vida y su auténtica familia, y Anita, tan sólo una advenediza.

Tanto sorprende el enamoramiento del príncipe que en el Kamra Palace llegan a preguntarse si Anita tendrá algo de bruja, y si el rajá, en uno de sus viajes más allá del «charco negro», como se conoce el océano en la mitología india, no habrá sido víctima de algún hechizo o maleficio. Sólo eso explicaría su cambio de conducta y su distanciamiento. Pero si es así... ¿quién asegura que no le dé por nombrar sucesor al hijo de la española? Y aunque las mujeres saben que ésta es una posibilidad absurda que los ingleses nunca permitirían, el miedo es mal consejero y carcome la apacible seguridad de la *zenana*.

Anita percibe algo de todo esto cuando van a visitarla los videntes del reino, quienes de las observaciones de los astros deducen que el niño tendrá una larga vida, un gran atractivo personal «y que todo irá bien para él en cuanto no se aleje de la órbita de la estrella de su madre». Pero también hay otros adivinos que la someten a largas sesiones cantando interminables mantras, abriendo y cerrando libros, tirando unos dados sobre un tapete o recitando oraciones durante horas. Es demasiado para Anita, que aún no se ha repuesto de su agotamiento. Cuando uno de ellos la invita a beber un brebaje, que supuestamente alejará a los malos espíritus, Anita se opone tajantemente: «Me asusté. Tantas y tan raras profecías me hicieron sospechar que había una conjuración contra mi hijo con el objeto de negarle sus derechos hereditarios, por ser yo extranjera», dejó escrito en su diario. Anita, a través de frases captadas en las conversaciones que se mantenían en las cenas y en las *garden parties*, había llegado a conocer un poco la historia de Florrie Bryan. Pero la resistencia que había notado en Mme Dijon, cuando le pidió más detalles sobre el infortunado destino de la princesa inglesa, era lo que más la había puesto sobre aviso. Aunque Florrie Bryan había muerto hacía más de diez años, su historia planeaba ahora como una sombra inquietante sobre la vida de la princesa española de Kapurthala.

Los ingleses tampoco se sienten satisfechos ante el nacimiento del hijo de Anita, porque va en contra de todo lo que creen y defienden. Por primera vez, el rajá no ha recibido una felicitación ni del virrey ni, por supuesto, del rey emperador. Sólo ha llegado una nota del gobernador del Punjab, dándole la enhorabuena, muy escuetamente, por «tan feliz acontecimiento». Y es que los ingleses no han digerido todavía la boda. «*A mademoiselle Anita Delgado, de familia respetable aunque de origen humilde* —empieza diciendo un informe oficial de 1909—, *le repugna, como europea, el sistema indio de vivir en la* zenana, *lo que ha propiciado que el rajá esté dando vueltas a la cuestión de la posición de dicha señorita en la sociedad.*» La palabra «mademoiselle» revela que los ingleses no la han reconocido como esposa. O sea, que para el poder británico Anita ni es princesa, ni se la considera oficialmente mujer del rajá. Por eso no ha sido recibida por el residente en Cachemira. ¡Si lo supiera doña Candelaria...! ¡Menudo fiasco! La española vive en una especie de limbo legal, en tierra de nadie. No sospecha que ha sido la protagonista de innumerables discusiones en los despachos de los altos funcionarios del poder colonial, así como en la oficina del virrey, respecto a su estatus oficial. El rajá no le ha contado las sutiles muestras de desprecio que ha percibido entre los altos funcionarios, iguales en vileza a las que le han llegado de su propia familia. No quiere revelar lo que se cuece en las alcantarillas del poder porque teme que su hedor estropee su idilio. Aborrece que se metan tanto en su vida privada y que unos funcionarios ignorantes de las costumbres milenarias de la India tengan la capacidad de incidir en su vida. ¡Qué lejos quedan los tiempos de Ranjit Singh, el León del Punjab, el maharajá de los sijs, libre y fuerte, que no tenía que doblegarse ante nadie porque él era el poder absoluto! Ahora la presencia británica se siente en todas partes, hasta en los lugares donde no viven los ingleses. Es una presencia constante, como un cielo plomizo sobre la cabeza cuyas nubes están cada vez más bajas.

El rajá se ve en la obligación de aprovechar la primera oportunidad para tratar el tema con las autoridades de Delhi, y esto es algo que le molesta profundamente porque parece que esté mendigando algo que, según él, le corresponde por derecho. «El nuevo virrey y el gobernador general del Punjab han mostrado su simpatía por la causa de Su Alteza y le han dicho que el hecho de ser ellos los representantes directos de Su Majestad el rey de Inglaterra les impide mostrar cualquier signo de reconocimiento oficial u oficioso respecto a su mujer española. Los jefes provinciales y demás funcionarios británicos no están obligados a seguir estas restricciones.» Por lo menos ha conseguido que no la llamen «mademoiselle». Ahora es su «mujer española». Espera secretamente que, cuando conozcan a Anita y valoren su gracia y su sentido del humor, las cosas cambien. Quizás a los ingleses les acabe pareciendo tan bella, tan seductora y tan distinta del resto de la gente como a él; el rajá no llega a entender por qué no se sienten cautivados ante sus ademanes de bailarina andaluza, ni tampoco entiende que no se les conmueva el corazón con el vuelo de sus manos o el cristal de su risa. Tal como les ha ocurrido a los otros príncipes durante su luna de miel en Cachemira. Desde entonces les llegan sin cesar invitaciones desde los cuatro rincones del subcontinente. Nadie quiere perderse a la «mujer española» del rajá de Kapurthala.

El sufrimiento del parto y la posterior recuperación, todavía más lenta de lo acostumbrado por el calor aplastante y despiadado, unidos al sentimiento de responsabilidad al tener a su hijo en brazos, agudizan la sensibilidad de Anita. Intuye que su vida es tan frágil como un castillo de naipes y, al adivinar la inquina de las mujeres de la *zenana*, siente miedo por su pequeño. Por eso, insiste cerca de su marido para que el niño reciba el bautismo lo antes posible. No por el rito católico, porque eso ahora es impensable, sino por el rito sij. Sabe que, integrándolo en esta religión lo antes posible, también lo integra en el mundo del rajá. Es lo suficientemente inteligente para adivinar que para su hijo la religión es la mejor protección y hasta una garantía de futuro.

De modo que, a los cuarenta días del nacimiento, una impresionante comitiva compuesta por una caravana de elefantes y cuatro Rolls-Royce deja Kapurthala para emprender un viaje de sesenta kilómetros hasta Amritsar, la ciudad santa de los sijs y segunda ciudad del Punjab después de Lahore. Los elefantes apenas pueden pasar por las callejuelas estrechas que rodean el Templo de Oro. Anita, vestida con un sari de colores vivos y con la cabeza cubierta, se queda atónita ante el espectáculo de ese monumento, que refulge con los rayos de sol y cuya imagen se refleja en el agua del estanque sagrado.

Construido en medio de las aguas brillantes de un amplio estanque ritual salvado por un puente, el Templo de Oro es un edificio de mármol blanco cuajado de adornos de cobre, plata y oro. La cúpula, enteramente recubierta de panes de oro, cobija el manuscrito original del libro santo de los sijs, el *Granth Sahib*. El libro se guarda envuelto en seda y cubierto con flores frescas, y cada día se orean sus páginas utilizando un abanico de cola de yak. Sólo una escoba de plumas de pavo real es lo bastante noble para quitarle el polvo a un objeto tan venerado.

Alrededor del estanque circulan fieles siempre en la dirección de las agujas del reloj; caminan con los pies descalzos sobre el mármol brillante, llevan la cabeza cubierta con turbantes de colores, y lucen luengas barbas y florecientes bigotes. A veces van acompañados de sus mujeres y sus hijos, que llevan el pelo recogido en un moño. Unos se bañan en el estanque saludando a la divinidad con las manos juntas hacia el cielo. Otros pasan las cuentas de sus rosarios de madera perfumada mientras lo circundan. El ambiente de serenidad y la calma imperturbable del lugar son sobrecogedores. La limpieza también: «Aquí podría comer un huevo frito en el suelo», comenta Anita.

En este lugar santo no parecen existir las clases, ni las castas, ni las diferencias entre los hombres; es como si siguiese vivo el sueño del fundador del sijismo, un hindú llamado Nanak, que a los doce años sorprendió a sus familiares al negarse a que le colocasen el tradicional hilo blanco de los brahmines: «¿No son acaso los méritos y las acciones lo que distingue a unos de otros?», les preguntó. Convencido de que portar el hilo creaba falsas distinciones entre los hombres, se negó a llevarlo. Su rebelión contra la religión de sus padres le hizo conciliar las creencias del hinduismo de los mil dioses con las del islam monoteísta en una religión nueva, despojada de muchas de las contradicciones y de los sinsentidos de las otras dos. «No hay hindúes, no hay musulmanes; no hay más que un Dios, la Verdad Suprema», acabó proclamando Nanak, digno heredero de los místicos que siempre han formado parte del mosaico de la India. Curiosamente, a miles de kilómetros de su Punjab natal, en Europa, unos contemporáneos suyos también estaban impulsando un período de renacimiento religioso similar. Como Lutero y Calvino, Nanak condenaba la idolatría y en vez del dogma y la doctrina defendía la creencia básica en la Verdad. «La religión no reposa sobre palabras vacías —dijo Nanak—. Es religioso quien considera a todos los hombres como sus iguales.» Sus prédicas obtuvieron un eco cada vez más amplio en un país que sufría el abuso de las castas, y se fue rodeando de *shishyas*, vocablo sánscrito que significa «discípulo» y del que derivó la palabra *sij*. Nanak se convirtió así en su primer gurú, otra palabra sánscrita que significa «maestro». Él y sus sucesores lucharon contra el ritualismo excesivo, contra la desigualdad y contra la discriminación y el maltrato a las mujeres. Perseguidos por los mogoles, que profesaban el islam, los gurús supieron extraer de la tiranía de estos últimos el fermento de su vitalidad. El noveno y último sucesor del gurú Nanak transformó su religión en una fe militante, en una hermandad combatiente a la que dio el nombre de Khalsa, «los Puros». Como signo de distinción y para premiar su dedicación, a todos los sijs les otorgó el apellido *Singh*, que significa «León», merecido homenaje a un pueblo que ha tenido que luchar heroicamente por su identidad y sus creencias a lo largo de los siglos.

Si la primera vez que Anita vio a los sacerdotes sijs —esos «barbudos con pinta de matusalenes», como los llamó su criada Lola—, sintió una mezcla de temor e intimidación, ahora le sucede lo contrario: le inspiran simpatía y confianza. Junto a ellos se siente protegida. Tiene la impresión de que mientras esos hombres, que parecen sabios de la Biblia, estén cerca, nada podrá pasarle ni a ella ni a su bebé. En el Templo de Oro, la casa sagrada de los sijs, los sacerdotes imponen al niño el nombre de Ajit, y luego el apellido Singh, que compartirá con otros seis millones de correligionarios. La ceremonia, muy simple, consiste en hacer beber a los presentes, en una copa de metal, agua y azúcar mezclados por medio de un sable de doble filo. A esta mezcla de dulzura y acero la llaman *amrit*, «néctar de vida», del que se vierte una gota en los labios del niño. Mientras, un sacerdote entona los versos del bautismo: «Eres hijo de Nanak, hijo del Creador, el elegido... Amarás al hombre sin distinciones de casta o creencia. No adorarás ni piedra, ni tumba, ni ídolo. En tiempos de peligro o dificultad, recuerda siempre el santo nombre de los gurús. No reces a ninguno en particular; reza por el conjunto de la Khalsa.»

A partir de ahora Anita asume la responsabilidad de que su hijo guarde los cinco preceptos fundamentales de su religión. Para que no se le olvide, el rajá se los escribe, en francés, en un cuaderno forrado de color azul y que ostenta el escudo de Kapurthala.

23

Deciden pasar todo el primer año en la India en la *Villa Buona Vista*. Ni siquiera se desplazan a Mussoorie, la manera más segura de escapar del calor, por miedo a que el viaje repercuta en la salud del niño o en la de Anita. O quizás existe otra razón que el rajá no se atreve a confesar: el *Château Kapurthala* de Mussoorie está invadido por su familia india. Visto como está el ambiente, ha preferido quedarse en las llanuras ardientes del Punjab. Ahora entiende Anita por qué a los soldados ingleses se les castiga con catorce días de calabozo cuando les pillan sin el famoso *topi* que les cubre la cabeza y el cuello. Porque el calor de finales de mayo y principios de junio es un peligro de muerte. Cada vez que sale de casa, a mediodía, el sol es tan fuerte que lo siente como un golpe. La temperatura alcanza los cuarenta y dos grados a las once de la mañana. Esto ya nada tiene que ver con el calor que hace en Málaga en agosto. Los días son infernales y por las tardes el aire es tan denso que se puede cortar con un cuchillo. ¡Ojalá lleguen las lluvias a tiempo! Los campos están amarillos, la tierra agrietada y los animales exhaustos. Una docena de criados se encargan de regar los caminos, de tirar de los *punkas* y de mojar las persianas y las esterillas. Pero Anita está agotada y no consigue reponerse. Desde el principio ha insistido en darle el pecho al niño, y las noches pasadas en blanco —le da de mamar cada tres horas y, además, el aullido de los chacales que gritan como niños desesperados no la deja dormir— terminan por debilitarla aún más. Lola la ayuda como puede, pero el calor también la afecta. Le cuesta despertarse en mitad de la noche para acercarle el niño a su madre, lo que obliga a Anita a levantarse. Tan afectada se encuentra Anita por el calor y el esfuerzo que cae enferma, con fiebre que alcanza los treinta y nueve grados.

—Mastitis —diagnostica el Dr. Warburton, que ha acudido urgentemente al amanecer.

—¿Y eso qué es? —le pregunta Anita.

—Infección de las mamas. Debe dejar de darle el pecho al niño inmediatamente, porque, además, tiene un absceso. Y someterse al tratamiento que le voy a dar.

Para Anita el diagnóstico es como una puñalada del destino. Se hunde en profundos sollozos que nadie consigue calmar. De nada sirve el consuelo del médico, que le asegura que la suya es una afección muy común y fácil de curar, ni las palabras de su marido, que le cuenta que no es grave y que conseguirán una buena nodriza, ni las explicaciones de Mme Dijon, que se pone como ejemplo para intentar devolver a la princesa las ganas de vivir. Anita se siente frustrada en lo más profundo de su ser. Mancillada por ser una madre incapaz de alimentar a su hijo. Está asustada e inquieta por todo lo que sabe sobre las enfermedades que pueden cebarse en el pequeño Ajit especialmente en la época de calor. Se pasa un día entero bañada en lágrimas, conmocionada por la desesperación, mientras a su alrededor se agilizan las gestiones para encontrar nodriza. En la India, ésta es una elección de gran importancia porque existe la creencia de que, a través de la leche, la nodriza transfiere algunas de sus cualidades morales y espirituales al niño. Por eso es fundamental encontrar a una mujer que sea honrada, de buen carácter y de irreprochable reputación. Se han dado casos de nodrizas que dan opio al bebé para dormirle, o de otras que, como son tan pobres, poco a poco van dejando de dar de mamar al recién nacido para seguir alimentando al hijo propio.

LOS MAHARAJÁS CONSIDERABAN QUE POSEER UNA MUJER BLANCA ERA SÍMBOLO DE GRAN LUJO Y EXÓTICO ESPLENDOR

1. *A principios del siglo xx, 562 maharajás reinaban sobre un tercio del territorio de la India. Unos eran cultos, otros encantadores y seductores, otros crueles o ascéticos, otros muy burdos, otros un poco locos, casi todos excéntricos. Para ellos, ser extravagante era una forma de refinamiento. Y en eso alcanzaron cimas insospechadas: el nabab de Junagadh (arriba derecha) invitó a más de trescientas personas, incluido el virrey, a la boda de su perra favorita. El maharajá de Alwar enterraba sus Hispano Suiza en las colinas detrás de su palacio a medida que se cansaba de ellos... El nizam de Hyderabad se excitaba con el gemido de las parturientas; al de Patiala le gustaba asistir a las operaciones quirúrgicas de sus mujeres. Sin embargo, algunos dejaron un imborrable recuerdo de hombres justos y buenos gobernantes, como el maharajá de Kapurthala, un príncipe abierto y progresista que dotó a su reino de escuelas, hospitales y tribunales de justicia. Dos de sus esposas y casi todas sus amantes fueron europeas. (Arriba izquierda: maharajá de Jaipur; abajo izquierda: nabab de Bahawalpur; abajo derecha: maharajá Sindhia de Gwailor.)*

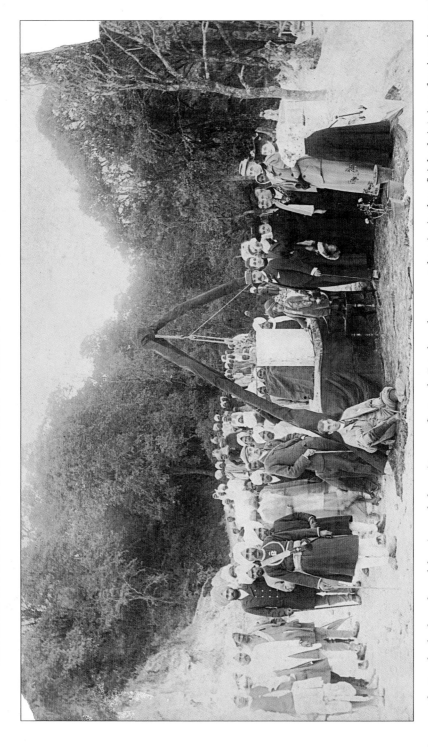

2. *Los cumpleaños, las bodas y las celebraciones de los rajás eran fiestas de Estado, a las que estaban invitados oficiales británicos, funcionarios y miembros de la corte. Para que el pueblo participase en la fiesta existía la costumbre de pesar al príncipe en una enorme balanza. El equivalente a su peso en monedas de plata y oro se distribuía a los pobres.*

3. *El maharajá de Kapurthala, circa 1880. Cada cumpleaños de Jagatjit Singh, maharajá de Kapurthala, le costaba al erario público una fortuna porque a los once años, el chico que más tarde se enamoraría de la española Anita Delgado rondaba los cien kilos de peso. Ese día, los pobres del Punjab comían hasta saciarse.*

4. *El maharajá de Kapurthala era un príncipe campechano, a quien le gustaba mantener un contacto cotidiano con su pueblo. Todas las mañanas, unos asistentes le paseaban por las calles de la ciudad en el último grito en medios de locomoción: un velocípedo francés al que el ingeniero inglés afincado en Kapurthala J. S. Elmore acopló una sombrilla.*

5. *Tantos tigres pululaban en las junglas de la India que el maharajá de Kotah mató su primer ejemplar a los trece años desde la ventana de su habitación. Otro deporte muy apreciado era el pigsticking, la caza del jabalí a caballo y con lanza. Era un ejercicio arriesgado que el joven maharajá de Kapurthala (a la izquierda en la foto) practicaba con asiduidad y cierto éxito, a pesar de su sobrepeso.*

6. Otro deporte al que se aficionó el maharajá fue el tenis. Al igual que el maharajá de Patiala se «especializó» en críquet, Jagatjit Singh terminó haciendo de Kapurthala la meca del tenis en la India, patrocinando a jugadores, organizando campeonatos e invitando a los grandes de la época, como el francés Jean Barotra, a su palacio del Punjab.

EL *KAMASUTRA* ERA LA BASE DE LA EDUCACIÓN SEXUAL DE LOS MAHARAJÁS

7. ... *Así como de todos los indios de buena cuna.* «*Resulta imposible hacer una lista de todas las maneras de hacer buen sexo porque hay demasiadas*» (Kamasutra, 2.1.33), *dice esta especie de manual técnico concebido por un sabio del siglo* IV, *un código que enseña los procedimientos y las estratagemas necesarias para conquistar a una mujer. Los adolescentes aprendían posturas como la «apertura del bambú» o la «posición del loto» antes que el álgebra o la geografía. Para príncipes que acabarían teniendo innumerables esposas y concubinas (350 tenía Bhupinder Singh de Patiala), el Kamasutra enseñaba la manera de preparar afrodisíacos y métodos anticonceptivos.*

8. *«Sólo la memoria de los justos deja una dulce fragancia en el mundo y florece en el polvo.» Con esta cita de un poema, el gobernador inglés de Punjab investía al maharajá de Kapurthala con todos los poderes para ejercer de gobernante de su Estado. Ocurría en 1890, el año en que nació Anita Delgado y en el que el maharajá de Kapurthala cumplía la mayoría de edad, 18 años. En la foto le vemos sentado en medio de su consejo de ministros del Estado, días después de la investidura.*

9. *Así lucía el maharajá de Kapurthala a los 36 años de edad. A los 20 había dejado de ser obeso. Su espléndida figura se daría a conocer en toda Europa. Con ese uniforme le vio un día Anita Delgado, en Madrid, cuando el maharajá acudió a la boda de su amigo Alfonso XIII. «Parece un rey moro, o cubano quizá» le dijo la española a su hermana. Estaba muy lejos de pensar que aquel encuentro cambiaría su vida para siempre.*

10. *Anita Delgado era una telonera del Kursaal cuando el maharajá de Kapur-thala se enamoró locamente de ella. Le enseñó idiomas, buenas maneras y la convirtió en princesa. Pero lo que empezó como un fabuloso cuento de hadas acabaría en uno de los mayores escándalos de la India británica.*

11. *Anita vivió a caballo entre Oriente y Occidente. Vestía el sari con la misma facilidad con la que se ponía los suntuosos vestidos diseñados por Worth o Paquin, los dioses de la moda parisina.*

12. *Anita era tan seductora y tan distinta del resto de las mujeres —ya fuesen indias o europeas— que hasta los británicos que la denostaban ardían en ganas de conocerla. Su belleza, su gracia y su sentido del humor le valieron ser aceptada en un mundo rígido y clasista.*

13. *En Kapurthala, Anita descubre que su marido tenía cuatro esposas, y un hijo con cada una de ellas (de izq. a dcha.: Karan [Charanjit], Amarjit, Paramjit y Mahijit). (En la foto inferior izq., la familia del maharajá alrededor de 1925: de izq. a dcha.: Paramjit, el heredero, de pie Mahijit, Amarjit, el militar, y Karan.) Anita se dio cuenta que era la quinta, y la más joven puesto que tenía aproximadamente la edad de los hijos. La primera esposa, Harbans Kaur, una india tradicional que vivía encerrada en el harén, se vio amenazada por la presencia de esta extranjera que no se atenía a ninguna regla o convención. Pero Anita tuvo una aliada incondicional en la persona de Bibi Amrit Kaur, una prima lejana de su marido, una mujer excepcional que acabó convirtiéndose en una heroína nacional (abajo, a la derecha).*

Versalles a los pies del Himalaya

14. Terminado en 1909, el palacio fue un capricho del maharajá de Kapurthala, enamorado de todo lo francés. Lo bautizó con el pomposo nombre de L'Élysée, en alusión al palacio de los presidentes de la república franceses. Con sus ciento ocho habitaciones, sus jardines esplendorosos, sus techos finamente esculpidos, el palacio tenía todas las comodidades modernas, incluida la calefacción central. Fue el hogar de Anita Delgado durante casi dos décadas. El primer piso había sido contruido a altura de elefante para poder montar cómodamente. Anita y su marido desfilaban por la ciudad a lomos de elefante en todas las fiestas y celebraciones importantes.

15. *Ajit Singh era su nombre, pero le gustaban los huevos fritos con chistorra y los toros tanto como a su madre, Anita. Ambos estuvieron muy unidos durante toda la vida (foto arriba izq., en 1914; foto arriba dcha., Ajit en la época en que estudiaba en el prestigioso colegio de Harrow; foto inferior: de vacaciones en Biarritz, de izq. a dcha. Jarmani Dass, que fue ministro de Kapurthala y hombre de confianza del maharajá junto a Victoria, sobrina de Anita, Ajit y Anita, aprox. 1930).*

16. *Maharajá Hari Singh, maharajá de Cachemira y su mujer la maharaní Tara Devi con ropa ceremonial. Fueron amigos de Anita y siempre la recibieron cariñosamente. Su indecisión está en el origen del conflicto actual sobre la región (1950).*

17. *Esta foto de Charanjit —al que todos llamaban Karan— la tuvo Anita Delgado en su mesilla de noche de su piso de Madrid durante toda la vida. Era la primera imagen que veía al despertar, y la última al acostarse. Anita no hablaba nunca de Karan. Era un secreto que compartía con muy pocos, y lo quiso guardar celosamente en su corazón hasta el final.*

18. *El autor ante el palacio de L'Élysée en Kapurthala.*

Paradójicamente, el llanto de Ajit es lo que devuelve las fuerzas a Anita. Un llanto que comunica directamente con su alma de madre y que aviva su sentimiento de responsabilidad. «¿Tendrá miedo a sentirse abandonado?», se pregunta inocentemente. Se da cuenta de que no puede permitirse el lujo de llorar por las zancadillas del destino cuando está en juego la vida de su hijo. Eso, unido al hecho de que se encuentra un poco mejor después de la medicación del Dr. Warburton, la obliga a sobreponerse, a ahogar sus penas y sus temores para enfrentarse a la tarea de ser madre a los dieciocho años en un país tan remoto, tan viejo y complicado como la India.

Hasta que no le presentan a Dalima —una joven hindú de piel oscura y grandes ojos negros, frágil y dulce como una gacela, y madre de una niña pequeña, y a la que se ha elegido entre otras treinta aspirantes a nodriza— Anita no despierta de la tristeza, ni sale del abismo de la desesperación. Dalima respira serenidad, equilibrio y sentido común. Siempre sonríe y al hacerlo muestra una hilera de dientes muy blancos y, aunque sea de familia pobre, tiene ademanes de princesa. Su pelo es muy negro y brillante por el aceite de colza, y lo lleva recogido en una coleta. Un punto rojo en la frente —el *tilak*— invoca el «tercer ojo», el que sirve para ver más allá de las apariencias. Dalima habla unas pocas palabras de inglés y, al contrario de Lola, sabe estar presente sin resultar agobiante. Y sobre todo sabe ocuparse de un bebé. Por la manera como lo coge en sus brazos, por su mirada tierna y por cómo le susurra al oído, Anita se da cuenta enseguida de que tiene enfrente a la persona que más necesita en esos momentos. Dalima es una bendición, otro regalo de su protectora, la Virgen de la Victoria, que le acaba de solucionar un problema que la tenía angustiada. Enseguida piensa en agradecérselo, y al acordarse de la promesa que había hecho cuando estaba de parto, le pide a Mme Dijon que la ayude:

—Quiero enviar una carta a París, a Chez Paquin —le dice a la francesa—, deseo encargar algo muy especial.

—¿Un nuevo traje de noche?

—No, no es para mí.

—¿Puedo preguntarle para quién es? —le dice Mme Dijon, abriendo mucho los ojos, como pensando que pueda ser ella la afortunada.

—Quiero que me hagan un manto bordado en oro y pedrería para la Virgen de la Victoria, la patrona de mi ciudad. Me han dicho que Paquin confecciona las capas de ceremonia del sha de Persia.

Mme Dijon la mira con los ojos muy abiertos. No da crédito a lo que oye. Anita, como disculpándose por haber dicho una barbaridad, prosigue:

—Ya sabe, cosas de España... y aún es poco para mi Virgen. ¡De diamantes la vestiría yo!

* * *

Dalima se convierte rápidamente en su compañera preferida, en su sombra. Todas las cualidades que la española ha intuido en ella se van confirmando. De la miríada de *ayas* y sirvientes, Dalima es la única que merece confianza plena, mucho más que la propia Lola, que ha pasado a un segundo término. La malagueña, que siente celos de la nueva favorita, come a todas horas para compensar el tedio que le produce su inactividad. Por ser extranjera, se le ha asignado un elevado rango en la jerarquía de los sirvientes, quienes la tratan con deferencia, como si fuese otra *memsahib*. Ella se aprovecha de la situación y está todo el día pidiendo comida. Está tan gorda que sus jadeos al subir las escaleras se confunden con los del perro del rajá.

La rutina que impone el calor pesa como una losa sobre todo el mundo, aunque a veces se vea interrumpida por alguna visita inesperada; la India, con todos sus extremos, es como una permanente caja de sorpresas. Una mañana, la algarabía que se forma en el jardín llama la atención de Anita, que sale a ver lo que pasa, acompañada de su inseparable Dalima. Prácticamente todos los sirvientes de la casa se han apiñado en la verja lateral de la entrada de servicio, unos riéndose, otros enfadados y todos muy nerviosos.

—¡Hermana, danos a tu hijo para que le demos la bendición y le deseemos suerte!

La grave voz de la mujer que se dirige a Anita por encima del grupo de criados, que forman barrera, contrasta con su aspecto. Lleva collares de pacotilla, un sari de color fucsia, los ojos pintados de *khol* y un clavel naranja en el pelo negro recogido en una trenza. La rodea un grupo muy llamativo y ruidoso de mujeres extravagantemente maquilladas que agitan panderetas.

—Señora, no les haga caso. Son *hijras* —le dice el mayordomo.

—¿Cómo dice?

La cara del mayordomo refleja su aprieto.

—Ni hombres ni mujeres... ¿Me entiende?

Anita ha oído hablar de los eunucos, la casta secreta y misteriosa, rémora del imperio de los mogoles, cuyas comunidades están diseminadas por toda la India. No se trata de travestidos, sino de castrados.

—¿Qué quieren?

—Bendecir al niño.

—¡Ni hablar!

—Es la quinta vez que vienen, ya sabe, la costumbre...

Por encima de la voz del mayordomo se oye el canto de los eunucos: «¡Tráenos a tu hijo, hermana, que queremos compartir tu alegría!»

El mayordomo se acerca a Anita.

—Señora, voy a llamar a la guardia del rajá para que los expulse.

—¡No! —dice tímidamente Dalima, avergonzada por haberse atrevido a participar en la conversación. El mayordomo la fulmina con la mirada, pero no por lo que ha dicho, sino por el simple hecho de haber abierto la boca.

—No hace falta, diles que se vayan...

—Es que nos están amenazando —replica el mayordomo.

—¿Amenazando? —pregunta Anita, muy sorprendida—. ¿Cómo?

—Como lo hacen siempre... —balbucea el mayordomo, de nuevo molesto por tener que explicar algo que le da vergüenza—. Amenazan según su costumbre, por eso el personal está tan revuelto...

—¿Y cuál es esa costumbre?

El pudor le hace bajar el tono de voz.

—Es terrible, señora —prosigue el mayordomo—. Amenazan con subirse el sari y enseñar sus partes... bueno, lo que queda de sus partes. Así hacen siempre que se les niega la entrada a una casa o una propina. Con tal de ahorrarse una visión tan espantosa, todo el mundo acaba cediendo...

Anita suelta una carcajada y apenas puede contener las lágrimas de risa. Dalima esboza una ligera sonrisa de compromiso, antes de añadir:

—Pero son buenos, *memsahib*, todos los niños de la India son bendecidos por ellos.

—¿Ah, sí?

—Traen buena suerte a los niños —prosigue Dalima—, tienen el poder de lavarles los pecados de sus vidas anteriores.

Anita se queda pensando, y se vuelve hacia el mayordomo.

—¿Sus hijos también han sido bendecidos por ellos?

—Sí, claro, *memsahib*. Nadie quiere ponerse a mal con los *hijras*.

Anita se queda pensando. ¿Y si tienen razón? Para alguien tan supersticioso como ella, cuantas más bendiciones reciba su hijo, mejor. «Alguna funcionará», se dice para sus adentros. En el fondo todo vale para proteger al pequeño Ajit. A nadie le sobra protección en esta tierra, y menos a él, el hijo de una extranjera. Además confía en Dalima, que habla con el corazón.

—Pues vamos a traerlo ahora mismo —dice, ante la mirada sorprendida del mayordomo.

Con el niño en brazos Anita se abre paso entre los criados, que la miran en silencio; luego se lo entrega al eunuco vestido de color fucsia. Éste lo coge delicadamente y de pronto se pone a bailar, dando vueltas y contoneándose al ritmo de los cascabeles que lleva cosidos en la falda y de las panderetas de los demás. «El bebé es tan fuerte como Shiva, y suplicamos al dios todopoderoso que nos entregue los pecados de sus vidas anteriores...», cantan todos en grupo mientras los otros se unen al baile. Al mismo tiempo, el eunuco vestido de fucsia coge un poco de pasta roja de una cajita y con su índice dibuja un punto en la frente del bebé. Con este gesto simbólico, las culpas anteriores del hijo de Anita pasan a los eunucos. Y ellos están contentos porque así cumplen con su misión: la que les ha encomendado la India de las mil castas al asignarles el papel de chivos expiatorios. Terminan bailando en honor a la madre, y lanzan granos de arroz sobre la cabeza de Anita. La agobiante temperatura no logra estropear el ambiente. Es una fiesta espontánea, improvisada, alegre y bulliciosa. Anita, a la que hacía escasos minutos aquellos individuos le parecían extraños, lejanos y temibles, ahora los ve como si fueran sus amigos. Después de coger al niño, el mayordomo se acerca tímidamente a ella:

—*Memsahib*, los eunucos suelen cobrar por sus servicios...

Anita vuelve la cabeza hacia Dalima, como para que ésta le confirme las palabras del mayordomo. Dalima asiente.

—Le daré cinco rupias —dice Anita.

—No, *memsahib*. Cobran caro y nadie se atreve a regatear con ellos por miedo a ser víctima de sus maldiciones.

Anita se acerca al grupo de eunucos, que la devoran con la mirada. Comentan el traje que lleva, las joyas, el maquillaje y la belleza de sus facciones. Sus amplias sonrisas dejan entrever una profusión de dientes de oro, que resaltan sobre sus labios rojos del betel.

—¿Cuánto quieres? —le pregunta Anita directamente al eunuco del traje fucsia.

—*Memsahib*, me permito contestarle con otra pregunta, y aceptaré de buen grado lo que nos dé después de que haya meditado su respuesta: ¿qué vale para usted el lavar los pecados de todas las vidas anteriores?

Anita se queda pensativa, y luego se vuelve hacia el mayordomo:

—Dale cien rupias; seguramente, mi hijo, como buen hijo de su madre, habrá pecado mucho.

*   *   *

A principios de junio ocurre algo que parece imposible: el calor se hace más intenso, si cabe. Todos escrutan el cielo a la espera de las primeras nubes del monzón. El sonido de los cánticos de los campesinos, que rezan a la diosa Lashkmi para que fecunde los campos, llega hasta Anita, tumbada en su terraza. También le llegan los jadeos de Lola, y el aleteo frenético de su abanico, como el de una polilla gigante alrededor del fuego. Lo mejor es quedarse quieto para no sudar a chorros. El rajá ha abandonado sus paseos matutinos a caballo y se refugia en la lectura.

—¿Cuánto tiempo durará este calorazo? —le pregunta Anita a Mme Dijon.

—Si todo va bien, si las lluvias llegan a tiempo, hasta el 10 de junio más o menos. El problema es que los últimos días se hacen eternos.

Hay veces en las que Mme Dijon parece profética. El 10 de junio, a eso de las cuatro de la tarde, de pronto se oye un ruido atronador; un torbellino de aire ardiente levanta nubes de polvo y arranca las hojas de los árboles y hasta algunas tejas sueltas que se estrellan contra el suelo. Es como si el viento huracanado fuera a engullir la villa entera. Todavía no llueve, pero los criados tienen una expresión alegre. La tormenta seca confirma la inminente llegada de las lluvias. Dalima, la joven sirvienta de Anita, llora de emoción. Sus padres son campesinos pobres que dependen del agua para las cosechas. Todos los indios comparten el mismo pánico a que el monzón no llegue, algo que a veces ocurre, provocando hambrunas apocalípticas que diezman a la población. La última vez fue en 1898, cuando el rajá mandó detener la construcción del nuevo palacio para utilizar los fondos en ayuda de su pueblo. Por este motivo esos días son cruciales en la vida del subcontinente: el fracaso de una cosecha de arroz puede significar la pérdida de un millón de vidas.

Las horas pasan y el aire seco y abrasador reseca las gargantas. Los ojos pican como si tuvieran arenilla. El jardín y los campos están recubiertos de una capa de polvo amarillento, que el viento ha traído del desierto del Thar. Gruesos nubarrones se amontonan en el horizonte. A medida que el cielo se va cubriendo con un manto negro, la presión se hace insoportable, pero la lluvia sigue sin caer. Son días peligrosos para los niños, porque el riesgo de deshidratarse es muy alto. Anita está anonadada, con las fuerzas justas para mantener a su bebé siempre húmedo utilizando un paño mojado. Tiene la impresión de vivir encerrada en un barco en medio de un enfurecido mar de polvo. La pesadilla dura varios días; de pronto, el viento se detiene y el mercurio sube de nuevo cuatro o cinco grados, hundiendo a todos en la desesperación. Es como una tortura sabiamente administrada por el dios del monzón, que no se decide a soltar su lastre.

Así, en vilo, pasan tres días hasta que Anita oye un traqueteo en el techo como si estuvieran lanzando piedras contra las tejas, pero los gritos de alegría que surgen de las habitaciones de su mansión, y hasta de la aldea más próxima que se divisa al otro lado del río, le devuelven la esperanza en que el infierno se acabe. Son las primeras gotas del cielo, tan gordas que hacen un ruido sordo al estrellarse contra el tejado. De repente, un trueno sacude la villa, despierta bruscamente al niño, y todas las tejas vibran con un temblor poderoso. «¡Ha llegado el monzón!», oye gritar desde abajo. Esa primera lluvia es de una intensidad excepcional. El ruido del agua sobre el tejado es ensordecedor. Al cabo de un instante, una brizna de viento atraviesa la cortina de agua caliente, aportando una caricia de frescor. Anita y Lola se precipitan al jardín. El rajá también ha salido y está frente a la fuente de la entrada, con los brazos en cruz, mirando hacia arriba y dejándose empapar, y con el turbante chorreando y riéndole al cielo que se vacía. Detrás de la casa, los criados también participan en la celebración del agua, saltando y cantando como niños. Es como si de pronto no existiesen las castas, ni las diferencias entre amos y sirvientes, entre ricos y pobres, o entre sijs y cristianos. Es como si, de pronto, la gente, tan abatida unas horas antes, resucitase a la vida. Hasta las palmeras parecen temblar de emoción. La explosión de alegría recorre todos los campos y las ciudades del Punjab. En los cuarteles militares, los hombres salen desnudos a dejarse empapar, bailando bajo la lluvia después de haber estado durante tanto tiempo paralizados para protegerse del calor.

Cuando deja de llover, el vapor sube del suelo y se detiene a unos treinta centímetros, cubriendo algunas zonas del jardín con jirones de algodón blanquecino. Es tal la humedad que Anita asiste a un fenómeno sorprendente: el jardinero mete la pala en uno de esos bancos de vapor, y en el cuenco de ésta puede verse una nubecita blanca. La levanta y se la lleva al otro lado del jardín, donde la acaba soltando al sacudir la pala. Cuando sale el sol, Anita y el rajá deciden ir al nuevo palacio, a comprobar los daños causados por la tormenta. Por el camino asisten a un espectáculo extraordinario: columnas de vapor suben de la ciudad de Kapurthala, que parece una gigantesca olla hirviendo. En las calles, los hombres se quitan las camisas, las mujeres se duchan vestidas bajo los caños de los tejados y enjambres de niños desnudos les persiguen gritando de alegría. Cuando regresan, después de haber dado las instrucciones pertinentes al jefe de obras y de haber comprobado que los daños son mínimos, se encuentran con el césped de la *Villa Buona Vista* reverdecido como por arte de magia. Ranas y sapos cruzan croando por los caminos inundados. Y los gritos de Lola vuelven a recorrer los amplios espacios de la mansión, porque la lluvia ha hecho resucitar todo tipo de insectos, incluidas unas grandes cucarachas marrones que la malagueña persigue a escobazos por las esquinas.

24

Después del alivio de las primeras lluvias, Anita se da cuenta de que sigue haciendo el mismo calor, aunque ya no es seco, sino húmedo. Llueve todos los días y varias veces al día, de modo que hay que cambiarse a menudo porque el sudor empapa la ropa. Ni siquiera una ducha o un baño consiguen detener la transpiración. La sensación de tener las manos siempre húmedas es constante. Una palabra nueva hace su aparición con los monzones: *flood*, «inundación». Está en boca de los sirvientes, que luchan con cubos para recoger el agua de las goteras, o con bayetas para secar los charcos. Al asomarse una mañana por la terraza, Anita ve la mansión rodeada de agua. El río ha crecido durante la noche y los jardineros se desplazan por el jardín en las barcas que normalmente están amarradas al pantalán de la ribera. Trasladan a la cervatilla, a los pavos, a los gatos y a los perros, que ponen cara de susto al encontrarse en ese arca de Noé improvisada. En la ciudad, las trombas de agua han estropeado la pequeña central eléctrica y las carreteras inundadas impiden el tráfico de los carros de bueyes. La primera consecuencia de todo ello es el aumento del precio de ciertos productos, como el arroz o las patatas, por las dificultades de aprovisionamiento. Son días en los que Anita es testigo del vínculo especial e íntimo que existe entre el rajá y su pueblo. En los recorridos en coche o a lomos de elefante, a las puertas del nuevo palacio o en la verja de entrada a la villa, los súbditos esperan a su soberano y se acercan sin temor alguno pidiendo *Dohai*, que significa «Mi señor, pido su atención». Los campesinos se quejan del precio de las cebollas y de los problemas provocados por las aguas. Se dirigen a él llamándole «padre» porque ven en él la personificación de las fuerzas protectoras y de la justicia benévola de un padre ideal. Es una curiosa relación, mezcla de confianza, respeto y familiaridad. A veces un campesino le detiene para simplemente preguntarle sobre su familia o para hablarle de la suya propia. El rajá ríe y bromea en punjabí con él, y lo mismo hace con los granjeros, los comerciantes o los niños, en una actitud que dista mucho del estilo rígido que mantiene con los ingleses, o hasta en palacio, con sus propios hijos, con quienes guarda cierta distancia porque en la India «un rajá es un rajá, hasta para su familia».

Los hijos tienen aproximadamente la edad de Anita y estudian en Inglaterra. El primogénito y heredero se llama Paramjit y está a punto de regresar a Kapurthala. Cuando tenía diez años el rajá apalabró su boda con la hija de una noble familia rajput del principado de Jubbal. Casa a sus hijos como le han casado a él, mezclando la sangre de Kapurthala con la más noble y antigua de los rajputs en vistas a mejorar la casta. Piensa celebrar la boda en cuanto el joven vuelva de Inglaterra, no vaya a ser que, contaminado por las ideas europeas, elija por su cuenta a una mujer. Porque el rajá, por muy abierto y occidental que parezca, en el fondo es un indio convencional. Como sabe que su hijo Paramjit es débil de carácter y de talante melancólico, está bastante seguro de que no se opondrá a la esposa que le ha elegido. En Harrow, el prestigioso colegio inglés donde cursa sus estudios con sus hermanos y con los hijos de la elite británica, tiene un compañero indio que pasará pronto a la historia. Su nombre es Jawaharlal Nehru: «Es un inadaptado, siempre desgraciado e incapaz de mezclarse con los demás compañeros, que se burlan de él y de su manera de ser», dirá un día del heredero de Kapurthala. En un informe confidencial, el departamento Político del Punjab no se queda atrás y le describe así: «El heredero es un irresponsable, poco interesado en los asuntos de Estado, nada preocupado por el bienestar del pueblo y obsesionado en pedir dinero a su padre y en gastarlo.» El segundo hijo del rajá, Mahijit, es más serio y mejor estudiante. El tercero, Amarjit, estudia en Oxford, y ha mostrado desde niño una fuerte inclinación por la carrera militar. Todos coinciden en que el más brillante es el más joven, Karan, el hijo de Rani Kanari, que ha estudiado en el prestigioso Lycée Janson de Sailly, de París, antes de ingresar también en Harrow. Es sociable, extravertido, buen orador, se interesa por todo y le gustan el campo, los caballos y la política. Anita arde en deseos de conocerlos a todos; al fin y al cabo son... ¡sus hijastros! Se ríe al pensarlo. Pero al mismo tiempo está secretamente inquieta porque teme que se dejen influenciar por sus respectivas madres, y que tampoco ellos la acepten. Anita empieza a darse cuenta del vacío al que parece estar condenada tanto por parte de las autoridades británicas como por la de la familia del rajá.

A pesar de los rigores del clima, esos primeros meses de vida en la India transcurren en la más absoluta felicidad. Al recuperarse físicamente del parto y al disfrutar de la tranquilidad que le proporciona la fiel y cariñosa Dalima, vuelve a descubrir los placeres del ejercicio físico, en particular de la equitación. Mientras duran los monzones, sale con su marido a las cuatro de la mañana a galopar durante horas. Cruzan arrozales y campos plantados de habas y de cebada, y sienten la fragancia embriagadora de las flores de la colza, puntitos amarillos que se extienden hasta el horizonte. Los grandes paseos a caballo llevan a Anita a lugares que no podría conocer de otra manera. Visitan aldeas donde los pavos reales la reciben a gritos y en las que los campesinos, siempre atentos y hospitalarios, les ofrecen un vaso de leche o un plátano mientras charlan de sus familias o del estado de las cosechas bajo las ramas de un mango. Cuando mejora el tiempo y amaina el calor, se dedica al otro gran deporte que el rajá ha puesto de moda en su Estado, el tenis. Existe una sutil competencia entre los príncipes indios respecto al deporte: el maharajá de Jaipur es un experto jugador de polo y atrae a su Estado a los mejores equipos del mundo. Bhupinder Singh de Patiala se ha especializado en el cricket y está consiguiendo convertir a su equipo en uno de alto nivel. Sin duda influenciado por los jugadores que ha conocido en Francia, Jagatjit Singh de Kapurthala ha optado por el tenis, deporte que juega ataviado con turbante, pantalones largos y camisa india hasta los muslos. Antes de empezar, troca su *kirpan* —el puñal de los sijs—, por una raqueta, se recoge los faldones y se los sujeta a la cintura. Piensa invitar al campeón de tenis Jean Barotra a que dé cursillos en Kapurthala, donde dos veces por semana ciertos nobles de la corte, algunos miembros de la familia o cualquier aficionado por este deporte acuden a jugar. Cuando acaba el partido, se sientan a tomar el té bajo una tienda levantada para la ocasión y, si se trata de un invitado de renombre, el rajá le invita a su mesa. Esas tardes de tenis han hecho mucho para mejorar el nivel de dicho deporte en el Punjab, que está produciendo jugadores de talla internacional. A Anita le sirven para mejorar su estilo y también para conocer gente nueva, porque el único requisito para participar es el de ser jugador de tenis. Así es como entra en contacto con Rajkumari Amrit Kaur, una excelente deportista. Amrit Kaur, «Bibi» para la familia, es una sobrina lejana del rajá, hija de la rama de la familia que aspiraba al trono de Kapurthala y que cuestionó la legitimidad de la coronación del pequeño Jagatjit. Es decir, la familia que se había convertido al cristianismo gracias a los buenos oficios de unos misioneros británicos y a la que los ingleses, hartos ya de sus pretensiones al trono, habían expulsado de la ciudad de Kapurthala e instalado en Jalandar, a quince kilómetros. Hija de un rajá destronado, Bibi se desplaza en su propio *rickshaw* tirado por cuatro hombres descalzos ataviados con turbantes azules y luciendo el uniforme de Kapurthala. También le gusta ir sola, a caballo, con las raquetas en las alforjas. Siempre va elegantemente vestida y peinada, con grandes bucles recogidos sobre las mejillas, y se la conoce por su generosidad. Ha vuelto de Europa con los baúles llenos de suntuosos regalos para todas sus sobrinas y primas, incluyendo vestidos franceses, collares de cristal tallado, estolas de piel, etc. Bibi goza de una envidiable libertad en un ambiente donde es prácticamente imposible tenerla. Por eso las mujeres de la *zenana* la miran con desconfianza, aunque en el fondo la admiran. No atiende a ninguna regla, y se permite hacer algo escandaloso en público, lo nunca visto, una auténtica provocación: fuma utilizando una larga boquilla negra y plateada. Las demás mujeres la disculpan por el hecho de ser cristiana. La consideran medio blanca, como si perteneciese a otra galaxia.

Enseguida se crea una corriente de simpatía entre Bibi y Anita. La india tiene un año más que la española y es protestante —presbiteriana—. Habla perfectamente francés e inglés, juega al bridge, y canta y toca el piano como una profesional. Anita la admira porque representa todo lo que ella hubiera querido ser: aristócrata, libre y rica. Su padre tiene fama de ser «un cristiano piadoso» y un hombre comprometido con la idea de una India independiente, actitud diametralmente opuesta a los pensamientos del rajá, por lo que no mantienen ninguna relación. Pero Bibi sí participa en la vida de palacio, especialmente cuando hay alguna recepción que le interesa o para participar en competiciones deportivas. Alta, con grandes ojos castaños y algo desgarbada, es muy aficionada al deporte, que ha practicado con asiduidad durante los años en que estuvo interna en el Sherbourne School for Girls, en Dorsetshire, estudiando el bachillerato. Aparte de ser la campeona local de tenis, es una joven culta, divertida y muy activa. Tiene un pie en cada continente y su mentalidad abierta y desprovista de prejuicios la hace especialmente atractiva para Anita.

El rajá ve con buenos ojos que su mujer haya entablado

amistad con Bibi, porque es una manera de contrarrestar el bloqueo de las mujeres de su familia y de romper su aislamiento.

—Pero ten presente que esa rama de la familia está contaminada por ideas revolucionarias y absurdas que no comparto en absoluto —le advierte.

Ella no responde y se hace la tonta, pero sabe muy bien a lo que se refiere el rajá. Bibi utiliza expresiones como «la India bajo el yugo de Inglaterra» y se muestra indignada ante las costumbres ancestrales y denigrantes que afectan a las mujeres, como las bodas arregladas entre niños o la vida de reclusión a que se ven sometidas. Al ser cristiana, ha tenido suerte de que sus padres no la hayan forzado a contraer matrimonio, pero aun así dice que siguen insistiendo en buscarle un candidato a esposo. Ella no quiere saber nada. Ha vuelto de Inglaterra con el ánimo revuelto y con ganas de cambiar la mentalidad milenaria de su país. Sueña con regresar a Londres y empezar los estudios universitarios. En Anita ha encontrado una buena interlocutora para dar libre curso a sus opiniones. Los largos paseos a caballo que ambas dan por las tardes son para Bibi la ocasión de mostrar a su amiga la otra cara de la India, la que nunca verá si permanece encerrada en las cuatro paredes de *Villa Buona Vista*. Anita descubre así la India del campo, se da cuenta de la pobreza en que viven los campesinos, y llega a sentir de cerca un país cuyo corazón late a un ritmo muy distinto del que se palpa en las altas esferas de la sociedad.

Una tarde, Bibi, vestida de amazona a la inglesa, con botas altas de cuero y bombín de terciopelo negro, llega montada a horcajadas sobre su caballo. Lleva falda pantalón, prenda que todavía resulta chocante en Kapurthala, aunque en otras partes de la India se haya aceptado después de que las hijas del virrey la pusieran de moda al pasear a caballo por el Mall de Simla luciendo la innovadora y escandalosa prenda.

—Hoy te quiero presentar a la princesa Gobind Kaur —le

dice a Anita—. Te gustará mucho conocerla. ¿Por qué no coges a *Negus* y vienes conmigo? Te llevaré a su palacio.

Negus es el caballo preferido de Anita, un ejemplar angloárabe negro como el tizón y con la falda reluciente de reflejos plateados; para la española, *Negus* representa la libertad. Juntas, las dos amigas cabalgan por el campo durante unos veinte kilómetros, hasta llegar a una aldea llamada Kalyan ubicada al otro lado de la frontera del Estado de Kapurthala. Se acercan a una choza de barro sobre cuyas paredes una mujer de cierta edad pone a secar plastas secas de vaca. La mujer gesticula con gran efusividad cuando reconoce a Bibi y ambas se funden en un abrazo. «Ésta no puede ser la princesa», se dice Anita. Pero se equivoca. Esa mujer de manos renegridas, vestida con un sari sucio de tierra y humo y desnuda de joyas es la princesa Gobind Kaur, prima tercera del padre de Bibi. El hombre que llega por el camino con el arado al hombro es su marido Waryam Singh, ex coronel del ejército de Kapurthala, ennoblecido por los gloriosos servicios prestados por sus antepasados.

—¿Y el palacio? —pregunta Anita.

—Estamos en él —contesta Bibi, riéndose y apuntando a la choza de barro.

«La India es sorprendente», piensa Anita. No hacía demasiados años Gobind Kaur vivía en un palacio de seis pisos de altura en la ciudad de Kapurthala, rodeada de todo el lujo y la sofisticación que le correspondían por su alta cuna. Casada a la fuerza con un noble de gran riqueza y posición, pero degenerado, débil y alcohólico, estaba perfectamente resignada a su suerte, aunque aburrida hasta la médula. Un día llegó a palacio el coronel Waryam Singh a inspeccionar la guardia. Entre ambos surgió el flechazo. No tardaron en hacerse amantes. Durante una larga temporada, se vieron con regularidad. Él entraba en el palacio por un sótano conectado con la calle y pasaba parte de la noche con la princesa. Hasta que un día fueron descubiertos y tuvieron que huir. Sin ropa, sin joyas y sin dinero. Waryam Singh fue deshonrado públicamente por los miembros de su familia y se le desheredó. No tuvieron que ir muy lejos, sólo necesitaban escapar de la jurisdicción del gobierno del Estado de Kapurthala. Se instalaron en Kalyan, al otro lado de la frontera, en territorio británico. Viven como campesinos, aunque un poco mejor porque tienen la seguridad de que nunca se morirán de hambre. Tanto Bibi como otros miembros de la familia les ayudan con dinero. Así han podido comprar las tierras. Bibi admira a Gobind Kaur con toda su alma. En la India, una mujer que renuncia a todo por el amor de un hombre es tan excepcional que dicha renuncia la convierte en una *rara avis* y en una heroína. Y si en Kapurthala nadie habla de Gobind Kaur porque todavía pesa el escándalo, lo cierto es que su historia ha corrido por toda la India y se ha visto recogida en canciones y estribillos populares.

—No digas al rajá que te he traído aquí —le ruega Bibi—, no lo entendería.

Anita asiente con la cabeza, mientras sorbe el té que la princesa le ha servido en una tacita de barro. Está pensativa, porque la historia de Gobind Kaur no la deja indiferente. Está viendo a una mujer que ha pagado muy caro el precio de su libertad. Y ella... ¿tendrá algún día que renunciar a todo para ser libre? ¿Durará eternamente el idilio con el rajá? ¿Será aceptada algún día por todos o seguirá siendo una intrusa? Siempre termina haciéndose la misma pregunta, la que su amigo el pintor Anselmo Nieto le hizo en París: «¿le quieres de verdad?». «Sí, claro que le quiero», se contesta a sí misma. Se lo confirma el hecho de que cuando días atrás su marido tropezó con los estribos y se cayó al suelo, se llevó un susto de muerte pensando que le había pasado algo malo. No fue nada, pero la angustia que sintió era amor, se dice para sus adentros. Mientras contempla cómo el astro solar se hunde en los campos de colza coronados por el aura de una bruma azulada, por un instante otra pregunta cruza por su cabeza: «¿Y si un día me enamoro perdidamente de otro hombre, como le pasó a Gobind Kaur?» Prefiere no responderla y enseguida la aparta de su mente, como obedeciendo a un reflejo de defensa propia, sin querer pensar a qué extremos la llevaría tal eventualidad. Además, la respuesta la obligaría a plantearse una nueva pregunta: «¿Acaso me he enamorado alguna vez?» Una cosa es querer al rajá, y otra haberse enamorado de él. Y sabe que en su caso no ha habido flechazo. Nunca ha conocido ese enamoramiento capaz de sacudir los cimientos de la persona, ese sentimiento de locura que tan bien describe el cante jondo... ¿Se puede vivir una vida entera sin ser triturado por el amor, aunque sólo sea una vez? ¿Sin dejarse arrastrar por el arrebato?

—¡*Ram, Ram!*

Unos campesinos que vuelven a la aldea la saludan juntando las manos. Es el momento mágico del día en los campos de la India. La gente lo llama «la hora del polvo de vaca», por las nubes de polvo que levantan los animales al volver a los establos. El cielo se tiñe de un color lila pálido. El olor del humo de la madera que sale de los infiernillos donde las mujeres empiezan a preparar la cena invade las callejuelas y se extiende por la llanura. Los hombres vuelven con sus aperos al hombro, y con los turbantes y los *longhis* sucios de barro. Los perros gimen y chillan mientras husmean buscando comida. Es un paisaje antiguo que parece eterno. «No hay nada tan bonito como un atardecer en una aldea india», se dice Anita.

25

A lo largo del año, Anita asiste a todos los actos cívicos y sociales en los que el rajá y ella son los principales protagonistas. Las fiestas religiosas se celebran en Amritsar, y muchas recepciones tienen lugar en la capital del Punjab, en Lahore, situada a tres horas de coche de Kapurthala. Quizás por haberse acostumbrado a la tranquila vida en *Villa Buona Vista*, Anita se siente fascinada por el contraste que ofrece la antigua capital del imperio de *Las mil y una noches*. Por la belleza de sus monumentos y la elegancia de sus palacios, por los tesoros que contiene y por su ambiente abierto y animado, Lahore es conocida como el París de Oriente. Más cosmopolita que Delhi, goza desde hace tiempo de la reputación de ser la ciudad más tolerante y abierta de la India. En los bufés del Gymkhana Club y del Cosmopolitan Club se mezclan sijs, musulmanes, hindúes, cristianos y parsis. Las mujeres de la sociedad visten un poco como las cortesanas francesas del siglo XVII, y los hombres como galanes del cine mudo. En las recepciones, cenas y bailes de la alta sociedad, que los nobles y los magnates del comercio ofrecen en sus suntuosas mansiones de los barrios residenciales, no hay discriminación excepto la impuesta por los ingleses en su lugar de cita favorito, el Punjab Club, donde un cartel en la entrada reza: «Sólo para europeos.» Para Anita, Lahore es el contrapunto ideal a la atmósfera pueblerina y asfixiante de Kapurthala.

Aquí no hay dimes ni diretes, ni intrigas fomentadas por las mujeres del rajá, «que es como tener cuatro suegras», dice, riéndose. En Lahore se respira un aire de gran ciudad. Los ingleses cuentan con un acantonamiento militar, y dirigen los asuntos del Punjab desde un antiguo palacio mogol, sede de la oficina del gobernador británico.

El viaje semanal a Lahore se ha convertido en una costumbre que Anita observa con puntualidad religiosa. Representa para ella, al igual que los paseos a caballo, una válvula de escape. El rajá suele llevarla consigo en uno de sus Rolls, que conduce personalmente porque siempre tiene alguna gestión que hacer o alguna visita que realizar en la ciudad más importante de la región. Pero a Anita lo que de verdad le gusta es ir de compras sola, es decir, sin su marido, acompañada únicamente de Dalima, de Lola y de dos o tres criados que llevan los paquetes.

—Ven a recogerme a la oficina del gobernador cuando hayas terminado —le pide el rajá al dejarla a la entrada de la calle de los joyeros un día en que Anita tiene intención de comprar regalos para su familia en previsión del inminente viaje a Europa.

Ella le contesta lanzándole un beso al vuelo, lo que hace sonreír al rajá por lo atrevido y a la vez espontáneo del gesto. Las mujeres salen del coche y se adentran en las callejuelas hasta perderse en un rompecabezas bizantino de tenderetes y talleres. A la española le encanta fundirse en el grandioso espectáculo del enrevesado bazar oriental, en el corazón de la ciudad, y fisgarlo todo para, horas más tarde, seguida de su cohorte de criados, emerger y pasear victoriosa por el Mall, una amplia avenida a la europea bordeada de cafés, de bares, de tiendas, de restaurantes y de teatros. Ante la inminencia del viaje, al que Anita piensa llevar al pequeño Ajit para que lo conozcan sus padres, la pulsión compradora se hace todavía más apremiante. Es tal su ilusión por volver a ver a su familia que quiere llevarles todo lo que ve, como si pudiese regalarles un trozo de la India atado con un lazo a la manera de una caja de bombones. Por eso recorre con fruición la calle de los joyeros con sus relumbrantes muestras de brazaletes de oro, cajas de laca y cofrecitos de madera de sándalo; luego, la calle de los perfumistas, con sus bosques de barritas de incienso y sus frascos llenos de exóticas esencias; pasea su mirada por los mostradores centelleantes de babuchas bordadas de lentejuelas; se detiene en una de las numerosas tiendas de la calle de las armerías, que venden fusiles, lanzas y *kirpans*, la daga ritual de los sijs que su hijo Ajit tendrá que llevar un día en la cintura. Los vendedores de flores están ocultos tras montañas de claveles y de jazmines; los de té ofrecen una docena de hojas diferentes, que van desde el color verde pálido hasta el negro. Los mercaderes de telas, descalzos y sentados en cuclillas sobre esterillas en sus pequeñas tiendas, la invitan a escoger entre los brillantes reflejos de sus mercancías. Hay tiendas donde las mujeres se deslizan ocultas bajo los *burqas*, con los ojos al acecho detrás de la estrecha visera del velo, como «monjas en la hora de vísperas», según Anita. Sólo venden velos: unos cuadrados y pequeños, otros como pañuelos, y otros grandes como bufandas; hay máscaras de Arabia que sólo tapan la frente y el principio de la nariz, o *burqas* con rejilla como los de las afganas; todo un muestrario de prendas para esconderse de las miradas lascivas de los hombres.

El palacio del gobernador es la antigua residencia del príncipe Asaf Khan, el padre de Mumtaz Mahal, la musa que inspiró el Taj Mahal. Grandioso y refinado a la vez, con elegantes ventanas largas y estrechas y grandes patios interiores, el palacio es una auténtica joya del arte indomogol.

Anita, seguida de sus sirvientas y de los criados cargados de paquetes, se presenta ante los guardias ingleses vestidos de uniforme caqui: «¿El despacho del gobernador, *please*?»

—Lo siento, señorita, pero no puedo dejarles pasar.

—Vengo a por mi marido, que está reunido con el señor gobernador.

—Tendrá que esperar a que terminen, señora.

—Soy la princesa de Kapurthala —añade la española.

—No lo dudo, señora, pero no puedo permitirle la entrada. Es el reglamento, lo siento.

Las vehementes protestas de Anita chocan contra la impasibilidad de los guardias.

—Si no me deja avisarle de que estoy aquí, por lo menos mande a alguien para hacerlo.

—No estoy autorizado a interrumpir una reunión del gobernador. Lo máximo que puedo hacer es indicarle la sala de espera...

Anita no tiene más remedio que ceder y callarse. De pronto se encuentra en una galería donde sólo hay mujeres, la mayoría ataviadas con el *burqa*, sentadas en incómodos bancos de madera. Por primera vez, y mientras espera a que su marido termine, se da cuenta de lo duro que resulta ser tratada como una mujer normal.

Cuando el rajá termina su entrevista y sale del despacho del gobernador se encuentra con Anita sentada en un banco de la sala de espera, mirándolo con aire de pajarillo. El rajá no está de buen humor. Ha tenido que soportar las impertinencias del gobernador, que le ha preguntado, como siempre, si el hecho de irse de viaje durante tanto tiempo a Europa no perjudicará la marcha de los asuntos del Estado, a lo que el rajá le ha replicado lo de costumbre: que deja los asuntos en buenas manos. Pero lo que más le ha molestado ha sido la comunicación oficial de que Anita no tiene derecho a llamarse Alteza, ni a utilizar el título de maharaní ni el de princesa fuera del ámbito estricto de Kapurthala. Ni siquiera tiene derecho a llamarse *Spanish Rani*, la rani española, como ya es conocida en la sociedad. «El Gobierno de la India no ha reconocido y no reconocerá el matrimonio de Su Alteza con la señora española», dice una carta de la oficina del virrey que el propio gobernador le ha leído en voz alta, en respuesta a una solicitud oficial del rajá pidiendo que los ingleses revisen el estatus de su mujer. La apostilla final del documento ha irritado sobremanera a Jagatjit porque le hace sospechar que su primera esposa tiene algo que ver. «Hay que tener en cuenta —reza el documento— que Su Primera Alteza se ha negado también a reconocerla (refiriéndose a Anita).» Aunque el documento admite que la española ha sido recibida en sociedad por altos funcionarios y sus esposas, recomienda que «ningún funcionario, ni siquiera un subordinado o un asistente de comisario de policía, debe en ningún caso frecuentar a la esposa española del rajá». Como si tuviera la peste.

—De haber sabido que las órdenes serían cada vez más restrictivas, lo habría pensado mejor antes de casarme con ella —le ha dicho el rajá al gobernador—. No me parece justo someter a mi esposa a la exclusión de la sociedad europea que nos gusta frecuentar y que en el Punjab está compuesta principalmente por funcionarios civiles y militares del gobierno.

—Lo entiendo, Alteza. Sabemos que por su personalidad y su atractivo su esposa española se está labrando un hueco en la sociedad, por lo que estas restricciones entran en conflicto con la práctica existente; y ya se lo he señalado al virrey.

—¿Y qué ha dicho al respecto?

—El problema es que no se pueden hacer excepciones. El matrimonio del rajá de Jind con Olivia van Tassel plantea el mismo problema. Ella no tiene derecho a llamarse «maharaní Olivia». Y tampoco el gobierno ha reconocido el matrimonio del rajá de Pudokkatai, quien se acaba de casar con la australiana Molly Fink. No podemos reconocer los matrimonios mixtos de los príncipes de la India, Alteza, a menos que se cumplan ciertas condiciones. Es una cuestión de sentido común...

—¿De sentido común? De sentido común es no interferir en la vida privada de los príncipes. Eso sí sería sentido común.

—Os ruego que comprendáis, Alteza. Nuestra postura es razonable y coherente. El gobierno podría reconocer el matrimonio de una mujer europea con un príncipe indio si se cumpliesen algunas condiciones: primero, que fuese la única esposa. Segundo, que el Estado donde se casa la reconociese como rani o maharaní, lo que no es vuestro caso porque la rani oficial de Kapurthala es vuestra primera esposa, Harbans Kaur. La tercera condición es que la descendencia de la esposa tenga derecho al trono. Cumpliendo esas condiciones, se podrían proteger los derechos de la mujer europea. De lo contrario, estaríamos reconociendo matrimonios morganáticos, es decir, matrimonios que exaltan el estatus del príncipe en detrimento del de la mujer. Y eso, como europeos, no podemos admitirlo.

La lógica explicación del gobernador no ha hecho mella en el rajá, que se ve en la desagradable posición de tener que enfrentarse a sus aliados naturales. Los ingleses lo han educado, le han asegurado el trono cuando una rama de la familia cuestionaba la legitimidad de su mandato, y lo han protegido garantizándole sus fronteras y su poder. Una parte de su corazón se siente inglesa, aunque haya momentos, como éste, en que no los soporta. Su orgullo no aguanta que le pongan límites, ni admite que un funcionario dicte sus normas de vida, a él, que ha cenado *tête-à-tête* con la reina Victoria en Balmoral.

—Me temo que estas reglas, que ustedes modifican según la conveniencia del momento, acaben por socavar las buenas relaciones que siempre han existido entre ustedes y la casa real de Kapurthala —concluye diciendo el rajá en tono amenazador.

—Eso sería lamentable, Alteza, y así se lo he señalado al virrey porque se trata de una eventualidad que hemos sopesado —le responde el gobernador, mientras se retuerce los mostachos grises; en tono conciliatorio, como queriendo quitar hierro al asunto, sigue diciendo—: Permitidme recordaros que estas restricciones sobre el papel son meras recomendaciones, y que, en la práctica, como sabéis por experiencia, no se aplican necesariamente. Podéis sin duda seguir haciendo la misma vida, Alteza, sin perjuicio para vuestra reputación o la de vuestra esposa.

—Las restricciones que me imponéis constituyen una interferencia inaceptable en mi vida privada. Sabéis muy bien que limitan mis movimientos y restringen mis contactos con la sociedad.

—Alteza, me permito pediros un poco de paciencia. Os propongo que esperéis a que llegue el nuevo virrey para que revise la situación y podamos volver a la anterior, menos restrictiva. Yo mismo cursaré la petición oficial para darle a su esposa todo el reconocimiento que sea posible. Estoy seguro de que ha sido el creciente número de matrimonios mixtos lo que ha propiciado el endurecimiento del reglamento.

Mientras conduce de regreso a Kapurthala, Anita le sonsaca el tema de la conversación con el gobernador.

—No te preocupes, *mon chéri*, me los voy a ganar a todos y a cada uno de ellos a pulso, con un poco de gracia.

Pero el rajá está preocupado. No está acostumbrado a la confrontación, ya sea con su familia —y los tiene a casi todos en contra—, ya sea con los ingleses, sus padres putativos. Su papel no es el de luchar, sino el de reinar sin tener que dar explicaciones a nadie. Es lo que ha hecho toda la vida. Y piensa seguir haciéndolo. Su intuición le dice que el paso del tiempo arreglará la situación que la presencia de Anita ha creado en su vida, pero ahora no quiere que nada ni nadie venga a turbar la armonía de su matrimonio. La mujer encantadora que está sentada a su lado es obra suya, y quizás sea lo único en la vida por lo que ha luchado de verdad. Es su compañera de viaje, mal que le pese a sus otras mujeres y a los ingleses.

—El lunes es mi cumpleaños —le dice el rajá—. Me gustaría que estés presente en la *puja* que hacemos todos los años en familia. Nos reunimos alrededor del libro santo para leer párrafos y recitar oraciones.

—Me dijiste una vez que preferías que no estuviera en esa *puja*, ¿te acuerdas? Para no herir la sensibilidad de las ranis...

—Tienes razón, pero he cambiado de opinión. Quiero que acudas a la *puja* para dejar claro que no pienso tolerar que te ninguneen. Estarás allí, en primera fila. Como la nueva maharaní de Kapurthala. Si así lo deseas, claro.

—*Mais bien sûr, mon chéri.*

26

Son tantos los criados y tan intenso el chismorreo que es difícil mantener la intimidad y la privacidad. Al final, todos se enteran de todo gracias a la intrincada red de comunicaciones que los sirvientes de los diversos palacios mantienen entre sí. En Kapurthala todo se sabe, incluso antes de que sea cierto. A la fiel Dalima le han llegado rumores de la furibunda reacción de Harbans Kaur al enterarse de que Anita participará en la *puja* del cumpleaños, una de las ceremonias consideradas íntimas por la familia. Esa nueva imposición del rajá hace que la guerra sea cada vez más abierta. Guerra entre el peso de la tradición, que reclaman sus mujeres, y la voluntad del soberano. ¿Qué podrá más, tres mil años de costumbres o el amor del príncipe por Anita?

La española hubiera preferido no asistir a la ceremonia, ahorrándose el mal trago de estar presente en un lugar donde su presencia levanta ampollas. No le gusta ser el blanco de todas las miradas y de todos los comentarios, sobre todo sabiendo que no pueden ser elogiosos. En esa guerra, ella es el campo de batalla.

Pero acude con su esposo al palacio de las mujeres, en el centro de la ciudad, un lugar que no ha vuelto a pisar desde su boda. Camina erguida, el porte altivo, vestida de princesa oriental con un sari que le oculta parte del rostro, y adornada con las joyas que le ha ido regalando el rajá. Lleva en la frente una espléndida esmeralda en forma de media luna. «Como todo se pega con la convivencia, a mí se me contagió la afición que tenía mi marido por esas chucherías y poco a poco me iba haciendo con un joyero de bonitas piezas», escribiría en su diario. La esmeralda ha sido el último de los regalos, un capricho de Anita, que intuye que las joyas son su única seguridad. Esta piedra se utilizaba para adornar al elefante más viejo de la cuadra de palacio, hasta que Anita, al asistir a su primer desfile, se fijó en ella: «Era una pena que un elefante luciese una esmeralda tan hermosa, así que se la pedí al rajá.»

—Ya puedes decir que has conseguido la Luna —le dijo su marido al ofrecérsela, envuelta en papel de seda sobre una bandeja de plata que portaba un viejo tesorero—. Me ha costado trabajo dártela.

Y es verdad, no ha sido fácil. Quitarle la joya al elefante para dársela a Anita ha supuesto un desafío a la tradición, un gesto que seguramente ha provocado cascadas de rumores. Pero lo ha hecho adrede, para apoyar a su mujer, a sabiendas de que todo lo que hace se escudriña y comenta milimétricamente en la corte. «¡El rajá le ha regalado la luna del elefante!» La noticia no ha tardado en extenderse. El mensaje subrepticio que conlleva su decisión quiere dejar bien sentado que es capaz de cualquier cosa por su mujer. Más que un regalo, ha sido un acto político.

Anita, discreta y presente a la vez, le sigue el juego. Para la *puja* del cumpleaños, ha cuidado su atuendo y su maquillaje con esmero. Quiere estar resplandeciente, porque inconscientemente sabe que ése es su mejor argumento. ¿Cómo negarle al príncipe el placer de estar unido a una mujer tan bella? ¿Qué esposa sería tan cruel para hacer algo así? Anita va entendiendo la lógica del harén, que gira en torno al bienestar y al placer del señor de la casa.

La ceremonia transcurre en la más absoluta normalidad, en una sala cuyas paredes están decoradas con trocitos de espejos que forman figuras de flores. La luz de las velas colocadas en pequeños altarcitos empotrados se refleja en los miles de espejitos centelleantes. Las mujeres han evitado saludarla, excepto Rani Kanari, la única que siempre se muestra afable y cálida con ella. Le pregunta por el pequeño y Anita, que ya entiende un poco de urdu, le contesta que se lo traerá un día de visita. Kanari sigue siendo una mujer atractiva, a pesar de las bolsas que tiene bajo los ojos y de su rostro hinchado por tantos *dry martini*. Sentadas alrededor del sacerdote y del rajá en colchones de seda cubiertos de cojines de brocado y apoyadas en grandes almohadas de terciopelo rojo, las mujeres leen los textos sagrados e invocan al Altísimo para que su amo, dueño y señor disfrute de larga vida y prosperidad. Es una imagen que evoca una armonía doméstica digna de un emperador mogol, pero, sin embargo, en el fondo de ese mar aparentemente tranquilo hay corrientes violentas y amargos sentimientos de abandono. Las miradas que a hurtadillas se cruzan las mujeres en los reflejos de los espejitos están llenas de curiosidad y resentimiento. «Hoy tan joven y lozana —parecen pensar—, pero ¿y mañana? ¿Qué pasará mañana cuando esa tez tan lisa pierda su resplandor, cuando esa piel de porcelana empiece a mostrar los estragos de la edad, cuando del fuego del amor sólo queden brasas, si es que quedan?...» Harbans Kaur sabe que es cuestión de tiempo: Anita caerá como un mango demasiado maduro. Es ley de vida. Conoce a su marido, y sabe de sus caprichos y de su gusto por la lujuria. Sólo espera que, mientras dure su idilio con la extranjera, no haga demasiadas barbaridades. «¿Qué le habrá regalado que nosotras no sepamos?», parece preguntarse al observar la media luna del elefante sobre la frente marmórea de la española. «¿Por qué se empeña en llevarla a todas partes, en mostrarla como si fuera un animal de feria? ¿No se da cuenta de que pierde casta al actuar así?» Harbans Kaur piensa a la antigua y, aunque es cierto que su marido «pierde casta» al actuar así, eso sólo sucede entre los círculos más tradicionales, entre las familias de rancio abolengo que viven aisladas del mundo en los valles del Himalaya, en las montañas del Sur o en el desierto de

Rajastán. La India ha cambiado, pero la mujer del rajá no lo sabe porque no ha podido comprobarlo. El único viaje que ha hecho en su vida ha sido el que realizó con motivo de su boda: de la casa de sus padres, en las profundidades del valle del Kangra, a la *zenana* del rajá.

Harbans Kaur no sabe que Anita llama la atención allí donde va, que los príncipes pugnan por sentarse a su lado en las cenas y por escuchar su risa de paloma joven, y hasta que algunos han quedado prendados de su encanto, como afirman las malas lenguas refiriéndose al nizam de Hyderabad. Su fama de mujer bella, graciosa y original la precede en los principados vecinos, que ella y el rajá visitan en su primer año en Kapurthala. Anita es la mujer que muchos quisieran tener: joven, divertida y llena de frescura. Amiga y amante a la vez. Lo contrario de una india a la antigua usanza como Harbans Kaur, que tiene prohibido por la ley del purdah[1] el mezclarse socialmente con hombres que no sean su esposo.

Anita es bastante desinhibida. No le da vergüenza preguntar lo que no entiende, como hace con el nabab de un Estado vecino, que recibe a los esposos en visita protocolaria en un banquete de setenta comensales servido en platos y cubertería de oro:

—Alteza —se atreve a preguntarle al nabab, que la ha sentado a su derecha, lejos del lugar que ocupa el rajá—. ¿Por qué os servís jamón asado y champán, siendo ambos alimentos prohibidos por vuestra religión? ¿No sois acaso musulmán chií?

Sus maneras, el acento con que intenta expresarse en urdu y la pregunta, ingenua pero atrevida, hacen estallar de risa al nabab, quien, sorprendido, le responde en voz baja, con complicidad:

—Sí, Anita, pero ejerzo mis poderes: bautizo los alimentos y les cambio el nombre. Al cerdo le he puesto el nombre de fai-

---

1. La ley del purdah alude a la costumbre de origen musulmán de llevar velo.

sán y al champán el de limonada, de manera que no puedo pecar al consumirlos.

Y el anfitrión, a carcajada limpia, da órdenes a los criados para que les llenen, a él y a su vecina de mesa, el plato y la copa. Como muchos de sus colegas, este nabab vive por encima del bien y del mal. ¿Qué significan las restricciones religiosas para unos soberanos que se creen de origen divino? Los ritos y las prohibiciones son para los hombres, no para los dioses.

También Bhupinder Singh «El magnífico», el maharajá de Patiala, es sensible a los encantos de Anita y, cuando la recibe en la fiesta que da en honor de los nuevos virreyes, hace como si la conociese de toda la vida. Quiere rendirle los máximos honores, y que en la mesa se siente a su lado, pero los responsables ingleses del protocolo no se lo permiten. Bhupinder y Anita tienen la misma edad y ambos son blanco de la ira de los ingleses; Anita por haberse casado con un príncipe y Bhupinder por su fama de consumado mujeriego. Las fiestas eróticas de su piscina se han hecho famosas hasta en Inglaterra, y los rumores sobre las vírgenes de las montañas y el culto sexual a la diosa Koul tienen a los ingleses muy preocupados. Tanto es así que han suspendido su entronización «hasta que se comporte mejor». Temen que acabe como su padre, sucumbiendo a las malas influencias y a su amor por el alcohol y las mujeres: «Cuando empiezan a torcerse —reza una carta del gobernador del Punjab al jefe del departamento Político—, los hombres de esa familia corren hacia su ruina.» Los ingleses han decidido posponer un año la entronización, hasta que sea capaz de demostrar que puede llevar las riendas de su Estado. Bhupinder ha reaccionado «haciéndose el bueno», e invitando al nuevo virrey lord Minto y a su mujer a Patiala, así como a numerosos amigos y príncipes, entre los que se encuentran Anita y el rajá. Para ella, Patiala es como Kapurthala multiplicado por cien; las dimensiones del palacio —«que no se acaba nunca», como lo describió Kipling—, el tamaño de los parques, del lago y de la piscina, el centenar de automóviles de lujo, los animales salvajes encadenados a la sombra de mangos centenarios, etc., despiertan su admiración. Es el reino de la desmesura y por eso Bhupinder Singh, «El magnífico», no desentona en él. Al contrario, es un personaje a la medida del lugar donde vive.

Impresionados por ese «muchacho que mide casi dos metros, pesa cien kilos y luce ropas de brocado y joyas de ensueño», los Minto son agasajados con un desfile de medio millar de soldados sijs a caballo, espectacularmente uniformados y pertrechados; con un partido de polo al que asisten diez mil personas, y con cacerías y cenas celebradas en el palacio. Paseándose alrededor del lago, a lady Minto no le pasa inadvertida la estatua que ha mandado colocar Bhupinder en el parque. Representa a la reina Victoria con una inscripción que reza: «Victoria, Reina de Inglaterra, Emperatriz de la India, Madre del Pueblo.»

—No se puede ser más leal —comenta la mujer del virrey, empezando así el proceso de rehabilitación del díscolo maharajá.

Los oficiales ingleses encargados del protocolo hacen todo lo que pueden para ocultar a la española y sobre todo para alejarla del contacto con las damas inglesas de alto rango. Las órdenes son las órdenes. Pero tanto celo tiene un efecto contraproducente: azuza la curiosidad. Resulta que las señoras, que de palabra desprecian a la española, en el fondo se mueren de ganas de conocerla, o por lo menos de echarle un vistazo: «¿Qué tendrá para que se hable tanto de ella? ¿Será tan guapa como dicen los príncipes? ¿Qué le habrá encontrado el rajá a esa chica? ¡Otra que sigue los pasos de Florrie Bryan!», comentan, mientras la buscan con mirada afilada. Hay tantos invitados y europeos trabajando allí que a Anita no le afectan los esfuerzos que unos y otros hacen para marginarla, observarla, disecarla y analizarla. Ella los ignora porque en el fondo se siente libre. Si este mundo se desmoronase, tiene otro en el que apoyarse: el de su familia y sus amigos en España. Pensar en ellos es el mejor refugio contra el sentimiento de soledad que la acecha, como un tigre en la rama de un baniano. Además, el hecho de saber que despierta tan intensa curiosidad halaga su vanidad femenina. En el fondo le gusta ser objeto de tanta atención. Tiene algo de estrella la antigua Camelia.

De modo que hace como si nada y se dedica a jugar al tenis con Sister Steele, jefa de las niñeras de palacio, una corpulenta anglo-india, dicharachera y con carácter cuya misión es lidiar con los hijos que el maharajá, a sus dieciocho años, tiene ya con sus cuatro mujeres, sin contar los que ha tenido con cada una de las doncellas de sus esposas. También hay un inglés al que llaman Tweenie, un mecánico de la Rolls-Royce que vive permanentemente en palacio, y cuyo trabajo consiste en dirigir los talleres donde se revisan los coches que componen la flota del príncipe. Se le conoce por la fuerza de su saque al tenis y por su adicción al té: bebe más de treinta tazas al día. El fotógrafo oficial, un alemán llamado Paoli, un individuo taciturno con el pelo cortado a cepillo y con gafas de montura metálica, se pasea todo el día entre la multitud con su enorme cámara y su trípode, retratando a familia e invitados. Pero el más formidable de todos es un español, el teniente coronel Frankie Campos, una sorpresa que Anita no esperaba encontrar.

—Llámeme Paco —le dice enseguida.

Paco ostenta el importante cargo de Nazaam Lassi Khaana, jefe de las cocinas reales. Hermano de un cardenal español que vive en Roma, es un hombre divertido y práctico, pero cuyo mal genio le convierte en el terror de las cocinas. Le bulle la sangre con facilidad. Y no es raro, ya que tiene a noventa y cinco cocineros a sus órdenes, que preparan comidas para unas mil personas cada día, más los invitados a palacio y los almuerzos para las cacerías. Y las comidas tienen que ser para todos los gustos y religiones: vegetariana para los hindúes, con carne para los musulmanes, cocina internacional para los europeos, etc. A esto hay que añadir la organización de los cocineros que viajan con los príncipes hindúes más ortodoxos, obsesionados en elaborar los alimentos de una manera precisa para evitar que se contaminen al entrar en contacto con una casta inferior. Campos se convierte entonces en un auténtico jefe militar, imaginando estrategias, dictando planes de acción y dando órdenes de ataque. Cuentan de él que, si por casualidad encuentra un solo pelo en un plato de comida, lo compara minuciosamente con las cabelleras de cada uno de los pinches de la cocina. Cuando descubre al culpable, hace que le afeiten la cabeza, aunque el pinche pertenezca al equipo de cocina de otra casa real. Con él no vale la diplomacia.

Campos ha recalado en Patiala después de haber trabajado como cocinero en el hotel Savoy de Londres, el preferido de los maharajás. Allí conoció a Bhupinder y aceptó el jugoso contrato que éste le ofreció. Casado con una inglesa de la que sigue muy enamorado, sufriría la mayor decepción de su vida al enterarse de que su mujer se había liado con un militar inglés en el barco que la conducía a la India para reunirse con él. Desde entonces, Campos vive entre la esperanza de que ella aparezca un día en su bungalow para pedirle perdón y la ansiedad de la espera. Con el tiempo se le va agriando el carácter, y sus enfados desembocan a veces en unas crisis de llanto que dejan a todos perplejos.

—Princesa, mañana voy a hacer paella india en su honor...
—le anuncia a la española.

Encontrarse con Paco le sirve a Anita para darse cuenta de que está olvidando su lengua materna. No consigue hablar castellano de corrido, sin intercalar palabras y expresiones francesas o inglesas. Tanto es así que esa misma noche escribe a sus padres para que le lleven a París, donde van a verse pronto, un ejemplar de la *Historia de España* y otro de «Don *Quihote* pues yo creo que sino mi español voy a perder la costumbre de *ablar* no teniendo *practica* con nadie aquí», escribe textualmente.

Al rajá, que ha solicitado una entrevista con lord Minto, le indican que acuda «sin compañía». Es una entrevista corta, protocolaria, en la que escucha las nuevas ideas del virrey respecto a las medidas que quiere adoptar para que los indios participen más activamente en los asuntos de gobierno. Al final, el rajá saca a colación el tema del estatus de su mujer. Lord Minto le promete que hará lo que pueda, aunque le asegura que la ley dictada por su predecesor, lord Curzon, que anula cualquier derecho sucesorio de los hijos nacidos de la unión entre un príncipe indio y una europea, permanecerá en vigor por orden del emperador.

—Esa ley no me preocupa, Excelencia; en mi caso, no hay problema de sucesión, ya que tengo un hijo primogénito de mi primera esposa. Sólo quiero que se reconozca mi matrimonio con mi mujer española y que se anulen las restricciones impuestas.

El virrey le responde con evasivas hasta que el rajá, crispado, le recuerda las palabras del príncipe de Gales durante su visita de 1906, en la que públicamente mostró su reprobación por la actitud condescendiente y altiva de los funcionarios ingleses hacia los príncipes indios.

—Excelencia, me permito recordarle lo que dijo vuestro futuro emperador, que los príncipes de la India debemos ser tratados como iguales, y no como colegiales.

Y dicho esto, se despide del nuevo virrey, que se queda retorciéndose la punta de sus canosos mostachos, sorprendido ante tanta vehemencia. Como siempre, el rajá sale de la entrevista desengañado y furioso. Esos ingleses, fríos como el acero, están imbuidos de una superioridad cada vez más irritante. Su arrogancia no parece tener límite. ¿Hasta dónde piensan llegar por ese camino?

Pero su mujer, contra viento y marea, gana batallas insospechadas. El último de los actos sociales a que asisten antes de su viaje a Europa responde a una invitación del gobernador del Punjab en Lahore, que ha decidido organizar un Durbar para los príncipes de la región. Conrad Corfield, joven funcionario del Indian Civil Service, la institución que forma a la flor y nata de los administradores y altos funcionarios, recibe el encargo de organizar la reunión de manera «que la rani española quede lejos de la vista de los miembros del gobierno presentes», como reza textualmente la orden. «Había unos palcos en la sala del Durbar donde las damas debían sentarse —contaría más tarde Corfield—, así que mandé colocar unos enormes tiestos con palmeras en el palco que correspondía a Anita para esconderla de los demás. Pero cuando llegó y vio las palmeras, se metió en otro palco. Cuando la mujer del gobernador hizo su entrada, estaba tan interesada en conocerla por lo mucho que había oído hablar de ella que la saludó en público con una reverencia. Anita estaba encantada. Yo me llevé una reprimenda por no haber sabido controlar la situación.»

27

El rajá sabe que no ha sido siempre así. Hubo una época en la que los ingleses no vivían como una minoría encerrada en sus cuarteles, sus fuertes, sus palacios y sus barrios, horrorizados ante la idea de mezclarse con los demás, o que los demás se mezclasen entre ellos. Hubo un tiempo en que los virreyes británicos no ponían en práctica medidas que alejaban a los indios de los europeos, como ahora. Hubo un tiempo, al principio de la colonización inglesa, que era al revés: las ideas y las gentes se mezclaban libremente. La frontera entre las culturas era borrosa.

Los ingleses que al principio se afincaron en la India no eran individuos arrogantes, imbuidos de superioridad racial, como estos virreyes y gobernadores con mentalidad victoriana capaces de invertir una considerable energía en cercenar los movimientos de una española de 18 años casada con un rajá. Eran hombres que venían de una sociedad más puritana, más áspera y dura que la India. No llegaban a un mundo virgen poblado de tribus analfabetas recién salidas del neolítico; la India no era América. Venían a un país que arrastraba una civilización de miles de años, fruto de una intensa mezcla de culturas, religiones y etnias. Una civilización con un alto grado de refinamiento y tolerante en las costumbres.

Aquellos ingleses adoptaban hábitos de la nobleza local

como el de coger una compañera, una *bibi*, como se la llamaba. Las *bibis* procedían de todo el espectro social, desde cortesanas y mujeres de la alta sociedad a ex esclavas y hasta prostitutas. En un territorio inmenso trufado de reinos y principados, no faltaban cortesanas. Algunas eran muy sofisticadas, como Ab Begum, que en el siglo XVII aparecía desnuda en las fiestas de Delhi, pero nadie lo notaba porque se pintaba de los pies a la cabeza como si estuviera vestida con pantalones, y hasta las pulseras eran dibujos.

El rajá mantiene con los ingleses una relación de amor-odio. Los admira y le repugnan a la vez. Piensa que han perdido la memoria, que se niegan a recordar lo rudos y salvajes que eran porque no quieren reconocer todo lo que la India les ha enseñado. Empezando por la higiene. De las *bibis* que ahora tanto desprecian aprendieron a lavarse, lo que nadie hacía en la Europa de aquella época. Empezaron con abluciones como los indios, es decir vertiendo cántaros de agua sobre el cuerpo y más tarde se aficionaron al baño o la ducha diarios. Han olvidado que la palabra «champú» viene del hindi, y que significa «masaje». Han olvidado lo enamorados que estaban de sus *bibis*, que les atendían la casa, mantenían orden entre la servidumbre, y les cuidaban cuando estaban enfermos. De ellas aprendieron hasta a hacer el amor, gracias a la inagotable fuente de prácticas sexuales del *Kamasutra*. Muchas posturas consideradas normales por ellas eran o bien desconocidas por la mayoría de los británicos o consideradas depravadas o malsanas en Europa. A ellas les parecía que los ingleses no sabían hacer el amor, que lo hacían a lo bruto y precipitadamente, no como los jóvenes indios que conocían las mil maneras de prolongar el juego amoroso y los placeres del coito. ¿Acaso no comparaban a los soldados británicos con «gallitos de pueblo», incapaces de ganarse el corazón de una india a causa de su brusquedad sexual? Gracias a las indias, los ingleses pudieron dar rienda suelta a las fantasías eróticas más sofisticadas.

Los ingleses de la India han olvidado que en aquellos tiempos sus compatriotas trocaban las botas de cuero y los cascos de acero por sofisticadas sedas, aprendían algún idioma de la India, disfrutaban escuchando recitales de cítara en el desierto y comían con los dedos. El arroz sólo con la mano derecha, reservándose la mano izquierda para la higiene personal, a la manera de hindúes y musulmanes. Dejaban de mascar picadura de tabaco y pasaban a tener la boca enrojecida por el hábito de masticar nuez de betel. De aquella época viene la expresión «hacerse nativo».

El caso más extremo fue sin duda el de Thomas Legge, un irlandés que, al morir su mujer, se apartó del mundo y se convirtió en faquir. Acabó viviendo de las limosnas como los santones hindúes y durmiendo en una tumba en el desierto de Rajastán. Hacía prácticas espirituales conteniendo la respiración, totalmente desnudo y con el tridente de Shiva en la mano.

Otro caso muy sonado fue el de George Thomas, arquetipo del aventurero europeo. Después de servir a los rajás del norte de la India, consiguió labrarse su propio reino en el Punjab occidental convirtiéndose en el rajá de Haryana.[1] En Inglaterra le llamaban el «rajá de Tiperrary». Se construyó un palacio, acuñó su propia moneda y se hizo con un harén nada despreciable. Tanto se indianizó que olvidó su lengua materna y al final de su vida sólo hablaba urdu. Su hijo anglo-indio se convirtió en un famoso poeta que declamaba versos de Omar Khayyam en las *mushairas*[2] de la vieja Delhi. La gracia es que se llamaba Jan Thomas.

Los más altos representantes del imperio también se transformaban. ¡Cómo le gustaría al rajá recordarle al virrey que sir

---

1. Su historia sirvió de inspiración para el personaje de Kipling en *El hombre que quería ser rey*.
2. Recital de poesía al aire libre.

David Ochterlony, máxima autoridad británica en Delhi en los últimos tiempos del imperio mogol, recibía tumbado en un diván, chupando un narguile, vestido con un faldón de seda, tocado de un gorro mogol y siendo abanicado por criados con plumas de pavo real! Todas las noches, sus trece mujeres le seguían en procesión por la ciudad, cada una montada en su propio elefante lujosamente enjaezado. Aunque vivía como un príncipe oriental, defendía a capa y espada los intereses de la compañía. En aquellos tiempos, lo que era bueno para Inglaterra lo era también para la India, y viceversa.

Pero hubo un momento en que los ingleses se dieron cuenta de que la aculturación y la mezcla de razas era perjudicial para el afianzamiento del imperio. La mezcla amenazaba con crear una clase colonial de anglo-indios capaces de desafiar al poder británico, como les ocurrió en Norteamérica, para su gran humillación. La supervivencia del Raj no podía admitir que hubiera «criollos al estilo indio». De modo que la mentalidad fue cambiando, poco a poco, y un sentimiento de superioridad moral e individual fue apoderándose de la sociedad británica. La conciencia racial, el orgullo nacional, la arrogancia y el puritanismo reemplazaron a la curiosidad y a la tolerancia. El ambiente se fue haciendo cada vez más irrespirable para los hombres que mostraban demasiado entusiasmo por sus mujeres indias, sus hijos mestizos y las costumbres locales. Una batería de leyes prohibió que los hijos de las uniones entre europeos e indias fuesen empleados por la Compañía de las Indias Orientales. Más tarde, otra ley vino a prohibir que cualquier anglo-indio se alistase en el ejército, excepto como «músicos, gaiteros o herradores». También se les prohibió ir a estudiar a Inglaterra. Un poco más tarde, una ley prohibió que los funcionarios fuesen a trabajar vestidos de ropa no estrictamente europea: adiós a las cómodas babuchas, a los pijamas que acabaron convirtiéndose en prenda de dormir exclusivamente, a las anchas *kurtas* perfectamente adaptadas a los rigores del clima indio. El ejército británico emitió una serie de ordenanzas para prohibir que oficiales europeos participasen en el festival de Holi, la fiesta de los colores, la mayor celebración del calendario hindú. A un relojero escocés, fundador del Colegio Hindú de Calcuta y que murió de cólera, le negaron un entierro cristiano, alegando que se había hecho más hindú que cristiano.

El número de *bibis* indias incluidas en los testamentos empezó a declinar hasta desaparecer por completo. Y los ingleses que habían adoptado costumbres indias comenzaron a ser ridiculizados por los nuevos representantes de la compañía. Hasta el hábito que tenían los blancos de fumar narguile se extinguió. Los europeos dejaron de interesarse por la cultura india, como si estuvieran convencidos de que ya nada les podía aportar. La India se había convertido en un Eldorado, en una tierra para conquistar sin dejarse conquistar por ella. William Palmer, un banquero inglés casado con una *begum* y que vivía como un príncipe mogol, tuvo una premonición cuando escribió a principios del XIX: «Nuestra arrogancia y nuestra injusticia van a traernos la venganza de una india unida. Ya ha habido algunas insurrecciones...» Cincuenta años después de haber escrito esas palabras, el motín de 1857 dio la puntilla final a la confianza mutua que había existido entre ambos pueblos, entre ambos mundos.

Desde entonces, Oriente y Occidente han seguido alejándose el uno del otro, y ahora el rajá y Anita son víctimas del abismo que se ha ido creando. Que un indio quiera vivir en Europa y se vista con traje y corbata no sorprende a nadie, pero que una europea se case con un indio, vaya a vivir a la India, se vista como una princesa oriental y viva a su antojo es considerado un escándalo. Que los franceses se lleven los templos de Angkor a París está bien visto, pero que el rajá quiera importar estatuas francesas para su parque se considera una excentricidad. ¿Tendrá razón Kipling cuando dice «oriente es oriente, occidente es occidente y los dos nunca se encontrarán»? El rajá quiere pensar lo contrario. El eco de un pasado más liberal alberga la esperanza de que ambos mundos se reconcilien. Ésa es la vocación profunda que ha sentido siempre, desde que volvió fascinado de su primer gran viaje a Europa y América. Y, en su pequeña y modesta escala, piensa dedicar su vida a ello.

28

Por fin llega el día de la partida, del primer viaje a casa, a Europa. Lola, la doncella, lleva varios días en un estado de continuo nerviosismo, yendo y viniendo sin ton ni son; de repente se excita tanto que parece que vaya a levitar, cosa harto difícil debido a su volumen y peso. Vuelve a Málaga, de donde no piensa salir en lo que le queda de vida, o por lo menos eso dice. Ha olvidado lo que es ser sirvienta en España: mal pagada, poco respetada y sin futuro. Pero desde la distancia lo ve todo de color de rosa. Odia la India, el picante de las comidas, el calorazo, el aislamiento y los bichos. Por lo demás, vive como una reina. ¡A ver si en España las doncellas disponen de criados que les preparan la comida y les lavan la ropa...! Hace tiempo que Anita ha tirado la toalla con Lola; sólo le interesa perderla de vista. También viajará, como parte del séquito, Mme Dijon, que regresa a Francia hasta que el rajá no solicite de nuevo sus servicios. A Anita le va a costar desprenderse de la francesa, que le ha enseñado tanto y cuya presencia siempre reconfortante le ha proporcionado seguridad y confianza. Sin ella, la vida en Kapurthala será mucho más solitaria e infinitamente más dura.

El marido de Dalima, la nodriza, se ha opuesto a que su mujer acompañe a Anita a Europa. Los demás criados dicen que la nodriza tiene problemas en casa, pero ella es tan discreta que no quiere contarlo. O quizás no pueda. Parece ser que su marido hasta ha llegado a amenazarla con repudiarla si se va. Pero Anita la necesita, y sobre todo el pequeño Ajit, para quien Dalima es una segunda madre. De modo que la española ha solucionado el problema ofreciéndoles una cantidad de dinero que una pobre familia hindú no puede rechazar. Como Dalima no quiere separarse de su hija, la pequeña formará también parte del séquito, integrado por treinta y cinco personas en total.

Dos días antes de emprender el gran viaje, Bibi va a verla para despedirse. Su aspecto desaliñado y su humor sombrío hacen sospechar a Anita que le ha ocurrido algo. Tiene la mirada perdida, como de náufrago:

—¿Qué te pasa, Bibi? —le pregunta la española, que está ordenando ropa desperdigada en montones sobre los muebles de su alcoba. No sólo hay que organizar los baúles para el viaje; hay que dejarlo todo listo para la mudanza al nuevo palacio. A su regreso de Europa, no volverán a vivir en *Villa Buona Vista*. Ocuparán, por fin, *L'Élysée*.

Bibi, sentada al borde la cama, se dispone a responder, cuando, de pronto, se le hace un nudo en la garganta y rompe en sollozos.

—Bibi... ¿ha ocurrido algo malo? —Anita piensa en lo peor, en una enfermedad, en una muerte.

—No tengo derecho a estar triste por algo así... —le replica Bibi—. Me había hecho a la idea de que mis padres me mandarían de vuelta a Inglaterra para ingresar en la universidad, pero me acaban de decir que no... Definitivamente, no quieren.

Bibi llora desconsoladamente. Anita está compungida, sin saber muy bien cómo reaccionar. No parece propio de una chica tan fuerte y tan vital como Bibi echarse a llorar por algo que a Anita le parece tan trivial.

—¿Y no puedes estudiar en Lahore?

—No admiten chicas en los *colleges*, y, además, no hay universidades. Mi padre dice que una chica no tiene por qué hacer estudios universitarios. Quieren que me case y que deje de incordiar...

Se hace un silencio que Anita no se atreve a interrumpir.

—... Pero yo no quiero esa vida, Anita. Quiero hacer algo por mí misma. ¿Qué hay de malo en ello?

—Pues que tu padre no quiere.

—Ya.

Bibi se queda pensativa y hace un esfuerzo por calmarse. Anita le da un pañuelo.

—He estado interna diez años en Inglaterra, Anita. Aunque me siento india soy también de allí. ¿Qué voy a hacer con mi vida en este agujero? Me encanta el Punjab, soy una privilegiada, pero aquí me ahogo.

—¿Quieres que le diga al rajá que intervenga cerca de tu familia?

—¡Huy, no! Eso sería peor y no serviría de nada. No hay nada que hacer. Conozco a mis padres y no cederán. Para ellos, mi formación ha terminado. Sé tocar el piano, jugar al tenis y hablo inglés con el acento debido. Con eso, se dan por satisfechos. Pero yo no. No creen que lo que he aprendido sirva para algo. ¡Lo que es útil a los demás les parece vulgar!

—En mi tierra dicen que no hay mal que por bien no venga —añade Anita, sin saber que ese refrán, en el caso de Bibi Amrit Kaur, adquirirá un significado cuyo alcance ninguna de las dos pueden sospechar ahora—. No te sulfures tanto, hija, ya saldrás adelante...

—Que tengas un buen viaje, Anita. Te echaré de menos —le dice Bibi al abrazarla.

Bibi es desconcertante, una mezcla de india y europea, de aristócrata y de mujer sencilla, de señorita y de samaritana a la vez. «¡Pobre! ¡Qué sola se encuentra!», se dice Anita al verla desaparecer montada en su caballo por la verja de la villa. La española la comprende perfectamente porque también vive entre dos mundos, sin pertenecer del todo a ninguno. Nada une tanto a dos personas como el hecho de sentirse marginadas, distintas a las demás, desarraigadas; nada cimienta más la amistad que el hecho de entender la soledad del otro.

* * *

¡Qué distinto parece Bombay en este viaje! En su última estancia, a su llegada a la India, Anita se sentía intimidada por el bullicio de la ciudad. Hoy la encuentra imponente, con sus sólidos edificios frente al mar, sus mansiones coloniales, su puerto lleno de vida y sus bulliciosos mercados cuyos olores le son ya familiares. Reconoce la fragancia de los nardos al pasar frente a un altarcillo, el olor picante de los chiles fritos en salsa de curry, los efluvios dulzones del *ghi*, la manteca que usan los confiteros, o el inconfundible aroma de los *bidis*, los cigarrillos de los pobres hechos con una hoja de tabaco rellena de picadura. Hoy sabe distinguir a un indio del sur de otro del norte, a un brahmín de un *marwari*,[1] a un jain de un parsi, o a una musulmana *bohra* de una chií. Sabe lo que es una mezquita, una Gurdwara o un templo hindú. Sabe quién es un mendigo de verdad y quién finge ser deforme para ablandar corazones. Sabe regatear en los puestos cercanos al hotel Taj, donde compra las últimas baratijas para regalar en Europa. Cuando se le ocurre soltar una frase en urdu o en hindi, el tendero abre los brazos, como si estuviera frente a una diosa del panteón hindú, ya que es muy raro encontrarse con una blanca que sepa unas palabras en alguna de las lenguas del país.

Bombay es la auténtica puerta de la India, a sólo veinte días de navegación de Europa. Para protegerse lo máximo posible del sol, el rajá ha reservado los mejores camarotes del *S.S. America* —de la naviera inglesa P&O (Peninsular and Oriental)—, es decir, los que dan a estribor. La navegación es tran-

1. Casta de mercaderes.

quila, sin la mala mar de aquel primer viaje. Los conciertos al atardecer, las partidas de bingo y las charlas con los demás pasajeros —ilusionados ante el regreso a casa— hacen que el viaje parezca corto.

Al llegar a Marsella se sorprenden al ver que se han convertido en una pareja famosa en Europa, vistos los fotógrafos y periodistas que les esperan al pie de la pasarela del barco. Aunque el rajá está molesto debido a la impertinencia de las preguntas que les formulan, Anita hace un esfuerzo para intentar responderlas, aunque a veces le cueste hacerlo. «Princesa, ¿es cierto que come carne de serpiente todos los días?» «¿Será su hijo rey de la India algún día?» «¿Es verdad que vive encerrada en un harén?» «¿Qué tal se lleva con las otras esposas de su marido?» Las respuestas pausadas de Anita, que revelan la normalidad de su vida, les parecen decepcionantes. Les encantaría escuchar que almuerza serpiente adobada a diario, que su hijo será emperador y que ella es la reina del harén. Aun así, la historia de la andaluza convertida en princesa de *Las mil y una noches* despierta pasiones.

A la llegada a París, el andén de la estación de Austerlitz está igualmente poblado de periodistas que les lanzan una lluvia de preguntas indiscretas, pero entre el gentío, entre los maleteros cargados de bultos y los carritos llenos de los baúles del impresionante séquito, Anita vislumbra la silueta un poco encorvada de su padre, el bueno de don Ángel Delgado acompañado de doña Candelaria y de su hermana Victoria, que vive en París con su marido americano. Los Delgado han viajado desde Madrid para la reunión familiar, porque Anita y el rajá no podían desplazarse a España por falta de tiempo. «Parece como si hubieran encogido», se dice Anita sorprendida. Los ve más enjutos y más frágiles, aunque muy bien vestidos, su padre tocado con una chistera de fieltro gris y doña Candelaria luciendo un abrigo de astracán y un sombrero de plumas de avestruz. Detrás de ellos está su hermana Victoria, con el vientre abultado. «Mis padres no paraban de abrazar y de besar al pequeño Ajit, al que llamaban "mi *indiesito*". Victoria no hacía más que mirarlo y achucharlo como si fuera un juguete, tal vez pensando que pronto tendría a otro parecido en sus brazos, pero de su propia carne...»

Teniendo a su familia en París, la vida social se le hace cuesta arriba. Las cenas en casa de los aristócratas amigos de su marido la cansan. Preferiría mil veces cenar con sus padres, después de haber bañado y acostado a su hijo con la ayuda de Dalima. Los pequeños placeres de la maternidad le sirven para compensar la agitación y la frivolidad de su vida social. Pero éste es el precio que tiene que pagar por formar parte de la pareja más solicitada del *tout Paris*. El rajá está feliz porque se siente el centro de atención y porque en las cenas con marquesas y duques se codea con los grandes personajes del momento: los escritores Marcel Proust, Émile Zola y Paul Bourget, el gran coreógrafo ruso Sergei Dhiaghilev, etc. Sentirse parte de ese mundo le proporciona una íntima y profunda satisfacción. Pocos príncipes indios pueden presumir de ello, y menos aún de poner a la India de moda en Europa. ¿No le acaba de anunciar Dhiaghilev el próximo estreno de su ballet *El dios azul*, cuyo tema, inspirado en la India, se le ha ocurrido después de haberle conocido?

El rajá hace de su vida social el centro de su existencia, porque, además de gustarle, tiene grandes planes para el futuro inmediato: la boda de su hijo Paramjit, el heredero de Kapurthala, con la princesa Brinda, que ahora termina sus estudios en París. Dicha princesa es hija de un viejo amigo suyo venido a menos, el maharajá de Jubbal. En Cartier le compra a su hijo el reloj de moda, el *Santos Dumont*, llamado así en homenaje al aviador brasileño famoso por haber conseguido volar en un aparato más pesado que el aire, y al que, además, ha tenido el placer de conocer en un viaje anterior. A su nuera le compra otro reloj de pulsera, hexagonal, con brillantes incrustados. Y seis más para su propia colección.

El rajá quiere que la boda sea un acontecimiento social de primer orden. Será también la ocasión de inaugurar el nuevo palacio donde residirá con Anita. Sus primeras gestiones van encaminadas a fletar un buque de pasajeros para transportar desde Marsella a Bombay a los quinientos ingleses y a los trescientos franceses invitados, a quienes piensa agasajar a lo grande. Quiere que sea una celebración brillante, original y suntuosa, como suelen ser las bodas de los herederos en los principados indios.

—Te voy a presentar a Brinda, la prometida de mi hijo —le dice un día a su mujer—. Ella será un día la primera maharaní de Kapurthala. Quiero que os hagáis amigas.

La futura nuera tiene la edad de Anita. Aunque parece una francesa por sus gestos y su manera de hablar, es una hindú rajput de alta casta. Con el pelo castaño claro recogido en bucles, grandes ojos negros, una boca fina y bien dibujada y la tez color del trigo, Brinda es una joven de maneras desenfadadas que estudia en el exclusivo convento de L'Ascention, donde se han educado generaciones de niñas de la buena sociedad parisina. El rajá ha insistido en que su nuera tuviera una educación francesa —y es él quien corre con los gastos—, contratando además los servicios de una dama de compañía llamada Mlle Meillon. Los tres cenan en Maxim's y cuando el rajá se pone a hablar de sus faraónicos planes con respecto a la boda, a Brinda se le abren mucho los ojos. ¿Sorpresa, ilusión o espanto? Anita no sabe muy bien cómo interpretar esa mirada. Brinda dice que es muy feliz en París y que le gustaría que esa etapa de su vida no acabase nunca. No parece tener ningunas ganas de volver a la India, ni siquiera para ser princesa. Algo en ella le recuerda a Bibi, quizás su facilidad para desenvolverse en ambos mundos. Pero Brinda es más india y mundana, y carece de la vena rebelde que hace a Bibi tan singular. Por eso es difícil saber qué piensa o conocer sus sentimientos. Las indias están acostumbradas desde la infancia a seguir el camino que les han marcado sus padres, sin oponerse a ello ni cuestionarlo. Cuando se quedan solas, Brinda le cuenta a Anita que ha visto a su futuro marido una única vez, cuando tenía diez años y él doce, con motivo de la presentación formal, porque ya estaban prometidos desde su primera infancia. Le pareció un muchacho serio, tenso y con aire sombrío. No se dijeron nada y desde entonces no se han vuelto a ver.

Lo que ni el rajá ni Anita pueden sospechar es que Brinda está viviendo un auténtico calvario de amor y que quizás no aparezca en Kapurthala el día de la boda. La idea de regresar a la India para casarse con un hombre al que ni conoce ni entiende se le hace ahora insoportable. Brinda «se ha dejado contaminar por Occidente», como dirían las malas lenguas. Está locamente enamorada de un oficial del ejército francés, un individuo alto y rubio llamado Guy de Pracomtal, con quien mantiene un secreto y apasionado romance. El encuentro con su suegro y Anita le hace darse cuenta de que el momento de embarcar en el viaje más largo de su vida se está acercando inexorablemente. Y es un viaje que le repugna emprender. Sufre porque no se siente tan europea como para sacrificarlo todo por amor, ni tan india como para aceptar el destino que le han trazado. Está pensando seriamente en huir y en desaparecer en brazos de su amado. ¿Tendrá el coraje de hacerlo?

Entre las visitas a grandes joyeros, a quienes encarga nuevos diseños con las piedras traídas de la India, las cenas en los mejores restaurantes y los paseos a caballo por el Bois de Boulogne, en cuyo club hípico el rajá sigue manteniendo su cuadra, el tiempo pasa volando. Anita, a pesar del placer que le proporciona montar a *Lunares*, sólo piensa en estar con los suyos. Quiere aprovechar al máximo el poco tiempo de que dispone. Las noticias que llegan de Madrid son entrañables: los tertulianos, que ahora se reúnen en la Horchatería de Candelas, insisten en ser condecorados por Su Alteza, especialmente Valle-Inclán, que no quiere morirse sin visitar Kapurthala. El gran autor de zarzuelas Felipe Pérez y González le ha dedicado a la insigne pareja un poema, que aparecería impreso por las calles de Madrid en enero de 1908:

> *Un rajá que de la India vino aquí,*
> *a cierta bailarina conoció,*
> *que es una malagueña de mistó,*
> *más linda y más graciosa que una hurí...*

Anita se ríe de buena gana con todas esas noticias de un Madrid cuyas calles se muere de ganas de volver a pisar. Mientras, se esfuerza por contestar a todas las preguntas que sus padres le hacen sobre su vida. Intenta explicarles cómo transcurre su existencia de princesa, pero le resulta difícil contarles cómo es la India. ¿Cómo describir la devoción del pueblo de Kapurthala cuando entró en la ciudad a lomos de elefante después de la boda? ¿O el calor previo a los monzones, el bautizo en Amritsar, las *garden parties,* las fiestas en Patiala, los atardeceres en el campo, la miseria y el lujo? Es un mundo demasiado lejano y demasiado distinto para que puedan imaginárselo; además, Anita no quiere entrar en detalles para no preocuparlos. No desea hablarles del trato que recibe de los británicos, ni de sus malas relaciones con las mujeres del rajá.

—¿Pero el niño está bautizado o no?

Doña Candelaria está obsesionada por la salud espiritual de su nieto. Es como una idea fija que no consigue quitarse de la cabeza.

—Ya te he dicho que sí. Está bautizado en la religión de su padre.

—En mi vida he oído hablar de esa religión *síh*. Yo quiero saber si está bautizado de verdad.

—¿A qué te refieres? ¿A que un cura lo haya bautizado en una iglesia? Pues no, madre... Allí ni hay curas ni iglesias, y si los hay son para los ingleses.

—Pues eso me parece muy grave, Anita. A este niño hay que bautizarlo en serio. Si le pasa algo así, de pagano, está condenado al fuego del infierno de manera perpetua. Hay que salvarlo.

Una mañana, aprovechando que su hija y el rajá se han ido de viaje a Biarritz y han dejado el niño a su cargo, doña Candelaria lo coge en brazos y sin decirles nada ni a Dalima ni a don Ángel se lo lleva a la calle. Ni corta ni perezosa, se mete en la Catedral de Notre-Dame: «En un tris tras —contaría Anita en su diario—, sin preámbulos ni rezos, cristianó a su nieto en la misma pila de agua bendita de la entrada.»

Cuando a su regreso de Biarritz doña Candelaria le dice a su hija que ya puede dormir tranquila, que Ajit está salvado como cristiano, y le cuenta los detalles de lo que ha hecho, Anita se asusta.

—Madre... ¡Por Dios! ¡Como se entere el rajá!

—No he hecho nada malo.

—Como se entere, va a enfadarse mucho.

—Total, no creo que un poco de agua bendita pueda hacerle ningún mal a un *síh*.

—Me tienes que prometer que no vas a abrir la boca... Ni papá ni Victoria tampoco.

—No tiene por qué enterarse nadie, hija... Te lo prometo.

Después de un silencio, Anita se queda mirando fijamente a su madre, como queriendo preguntarle algo, pero sin atreverse:

—Oye... ¿y cómo le has llamado? —dice por fin, carcomida por la curiosidad.

—Ángel, como su abuelo. Por si las moscas, que vete tú a saber.

Para Anita Biarritz ha sido el escenario de otro desagradable incidente con los ingleses. Por un error de protocolo, la suite donde se han alojado en el Hôtel du Palais era contigua a la del rey de Inglaterra, Eduardo VII. Parece ser que el monarca, que no es precisamente conocido por la rectitud de sus modales, no ha hecho ningún comentario, pero sus ayudantes de campo han elevado una enérgica protesta ante la dirección del hotel. ¡Menudo escándalo tener como vecino a un rajá amancebado con una bailarina española! La anécdota ha sido la comidilla de las damas de la nobleza y de los miembros del séquito. Pero por otro lado esos mismos que se dedican a escupir veneno se quedan mudos de admiración ante la curiosa pareja cuando ambos hacen su aparición en la cena de gala: él luciendo un broche de tres mil diamantes y perlas en los pliegues del turbante, y ella espléndida con su media luna de esmeralda en la frente. Ambos se mueven en sociedad con tanta soltura que parece que han nacido para ello. Anita tiene tanta facilidad para tratar con desconocidos que deja perplejos a todos, y además posee un talento misterioso para entenderse en cualquier idioma con quien sea y en cualquier parte. No es extraño, pues, que los fotógrafos y reporteros, como perros de caza, estén al acecho del más mínimo de sus movimientos.

Antes de partir hacia Londres para luego embarcarse de regreso a Bombay, Anita le entrega a su madre un paquete grande y pesado envuelto en papel de regalo.

—Madre, quiero que lleves esto a Málaga. Es una promesa que le he hecho a la Virgen de la Victoria por haberme salvado en el parto.

Al desenvolverlo, doña Candelaria lanza un suspiro de exclamación. El manto de la Virgen, salpicado de piedras preciosas, es una obra de arte.

—Los obreros de los talleres de la rue de la Paix han tardado más de un año en confeccionarlo. Quiero que le digas al obispo que es un donativo que les hago a mis paisanos y a la Virgen, para que en su fiesta luzca como la más guapa de España.

Las despedidas son tristes, como siempre. Anita no está segura de que pueda volver el año próximo. Se lleva los libros —la *Historia de España* y *El Quijote*— que les había pedido a sus padres para no olvidar el español. Siente una gran nostalgia de Madrid, de Málaga y de sus amigos, así como de los olores, los colores y los ruidos de España. De sus raíces. Como presintiendo lo que en ese momento está cruzando por la cabeza de su hija, su madre le dice:

—Por cierto, ¿sabes que Anselmo Nieto se ha casado?

Ella recibe la noticia con una leve punzada en el corazón. Anselmo, el pintor con aire de torero, el eterno aspirante, se ha cansado de esperarla. Es lógico, pero en el fondo a Anita le gustaba saber que en la distancia alguien se moría de amor por ella. Vanidad de mujer, aunque, si se hubiera detenido a pensarlo, hubiera apartado ese sentimiento de su cabeza tildándose de egoísta.

—Su mujer se llama Carmen —prosigue doña Candelaria—, y acaban de tener una niña. Él volvió de París al poco de marcharte tú a la India. No le va mal, participa en muchas exposiciones con un grupo de jóvenes que se hacen llamar «independientes».

—Me alegro de que le vaya bien —contesta Anita con una punta de tristeza en la voz, reflejo de vanidad herida más que de pena por haber perdido a un hombre que para ella tan sólo había sido una ilusión. A nadie le gusta perder un pretendiente.

CUARTA PARTE

LA RUEDA DEL KARMA
GIRA PARA TODOS

29

La pasión del rajá por el lujo es cada vez mayor, como si quisiese compensar la pequeñez de su Estado con más y más pompa. Al turbante celeste que lucen los miembros de su guardia, a juego con una chaqueta azul marino de solapas plateadas, le ha añadido un pompón rojo en homenaje a la marina francesa. Así, con la borla bailando en sus turbantes, los dignos guerreros sijs escoltan la calesa que transporta a la flamante pareja, ya de vuelta de Europa, por las calles de Kapurthala. A su paso, la muchedumbre los saluda incesantemente, y en el centro de la ciudad la aglomeración de quienes pugnan por darles la bienvenida es tan densa que la comitiva se ve forzada a detenerse varias veces. El rajá ha instaurado esa especie de ritual cada vez que vuelve de viaje: hace un recorrido por los principales templos sijs, hindúes y musulmanes para agradecer a los dioses el feliz retorno y para retomar el contacto con su pueblo.

Después, la comitiva se aleja un poco de la ciudad y se dirige hacia la parte más alta, hasta llegar a la verja de entrada del nuevo palacio, *L'Élysée*, que será su residencia de ahora en adelante. Una doble hilera de elefantes jalona la avenida que conduce al porche de la entrada, en perfecto orden de formación, para darles la bienvenida. Con sus cipreses, su césped, sus matorrales esmeradamente podados y sus macizos llenos de flores mantenidos por quinientos jardineros, con sus farolas de hierro fundido, sus balaustradas de estilo renacentista y sus estatuas alegóricas, entre las que destaca la de un tigre en posición de ataque, obra del escultor francés Le Courtier, el jardín es tan desconcertante que por un instante Anita piensa que no ha salido de Francia. Enmarcado por las montañas nevadas que se perfilan en el horizonte, el edificio estucado en color rosa con bajorrelieves en blanco es el sueño del rajá hecho realidad: «He conseguido transplantar un pedazo de Francia a los pies del Himalaya», dice con orgullo. Con su tejado abuhardillado y cubierto de pizarra, su porche sostenido por parejas de columnas y sus ciento ocho habitaciones, el palacio es descomunal para el tamaño de Kapurthala. Sólo guarda proporción con la vanidad del príncipe y con su deseo de emular a los grandes de este mundo. No obstante, los cortesanos aplauden el hecho de que el rajá haya decidido mudarse a ese edificio situado en las afueras de la ciudad, ya que están convencidos de que así refuerza su aura de divinidad ante el pueblo. Pero sus detractores piensan lo contrario; para ellos, es un símbolo ineluctable del creciente abismo que separa a los príncipes de la India de sus súbditos.

En el interior, seiscientos obreros han tardado nueve años en tenerlo todo a punto. Los muros del Durbar Hall (salón de audiencias) están decorados en el más puro estilo indio, con bajorrelieves de madera que combinan motivos franceses y orientales. El techo finamente esculpido y con una vidriera en la cúpula, está iluminado por lucecitas en forma de estrella. A media altura, con balaustres a intervalos regulares, hay una galería reservada a las damas de la corte para cuando se celebren ceremonias oficiales. El blasón de Kapurthala —un elefante a la izquierda y un caballo a la derecha de un escudo de armas, sosteniendo una coraza con un cañón grabado y una inscripción que reza: *Pro Rege et Patria*—, está dibujado en el parqué con maderas de distintos colores para darle relieve. Brilla tanto de lo pulido que está que los sirvientes se miran en él para ajustarse los turbantes. Enormes porcelanas de Sèvres, copias de tapices de los gobelinos, muebles de época y alfombras Aubusson,[1] encargadas a la medida de las habitaciones, muestran la desbocada admiración del rajá por el estilo francés del siglo XVIII. Excepto dos estancias inspiradas en otros países —el cuarto japonés y el salón de fumar de estilo turco— cada una de las ciento ocho suites reservadas a los invitados lleva el nombre de una ciudad francesa o de alguna celebridad gala. La mesa del comedor principal puede acoger a ochenta comensales. Una caldera de carbón proporciona agua caliente veinticuatro horas al día para mayor confort de los residentes, invitados, empleados y trabajadores. Porque el palacio también se convierte en sede del gobierno. Las oficinas de las distintas administraciones ocupan los sótanos. El despacho y los aposentos de Su Alteza están en la primera planta, desde donde se divisa una bellísima vista del parque y, al fondo, la ciudad. Su alcoba está separada de la de Anita por un vestidor amplísimo. Los aposentos de la española, que incluyen la habitación del niño y las de sus doncellas, dan a una amplia terraza. El lugar carece de la intimidad y el bucólico encanto de la *Villa Buona Vista*, pero es amplio, cómodo y grandioso. Los primeros días, Anita se siente un poco perdida, porque, además, se ha quedado sin los únicos lazos que tenía con el pasado, Mme Dijon y Lola. No es que eche de menos a su doncella, al contrario, pero sí añora el contacto con lo suyo. En un próximo viaje, se traerá a otra, a ser posible andaluza, aunque sólo sea para que le recuerde de dónde viene. Necesita una referencia en este mundo ilusorio.

Las mujeres del rajá han decidido oponerse a las aspiraciones de su marido de trasladar la *zenana* a un ala de *L'Élysée*.

1. Alfombra rasa, aterciopelada, fabricada en la ciudad de Aubusson.

—Nos quedaremos en el viejo palacio, Alteza —le ha dicho Harbans Kaur, su primera esposa, con el tono decidido de quien ha meditado sus palabras.

—¿Y puedo saber la razón de vuestra persistente negativa? Os ofrezco el palacio más moderno y lujoso de la India, y lo rechazáis.

—Sabéis bien nuestra razón. Nos mudaríamos de buen grado al nuevo palacio si la española aceptase integrarse en la *zenana*.

—Eso es imposible y lo sabéis. Ella no está acostumbrada a vivir así. Vivirá en sus propios aposentos.

—Alteza, no nos parece bien vivir en purdah en el nuevo palacio mientras compartís la vida con una extranjera cuyo comportamiento es insultante para la tradición precisamente porque desprecia las normas mismas del purdah... Os ruego comprendáis nuestra postura.

Ante la firmeza de esos propósitos, el rajá no ha querido alargar la discusión. Su mujer ha venido a recordarle el principio que desde siempre ha regido a la sociedad india: cada uno en su sitio.

—Nuestro mundo se hundirá si no se mantienen las tradiciones —ha concluido Harbans Kaur en tono grave.

Dicho de otro modo: o todas o ninguna. Quizás han creído que tendrían éxito presionándole, y que el rajá acabaría poniendo a Anita en su sitio. «Son unas ingenuas —piensa él— nadie presiona al rajá.» ¿O quizás el ingenuo es él? En esta peculiar guerra de nervios, sus mujeres cuentan con el tiempo a su favor. Mientras, se oponen a todo lo que pueden, sabotean sutilmente los proyectos del rajá y boicotean sus intentos para que Anita sea aceptada algún día.

Él opta por no relatarle nada de la conversación a su mujer Ni siquiera se le ha pasado por la cabeza pedirle que se integre en la *zenana*. Sabe que es inútil, y además tampoco a él le gustaría. Significaría que Anita «se ha hecho nativa», y precisamente lo que le atrae es que no sea como las demás. Que tenga su personalidad, su criterio y su propia voz, siempre que no cause demasiados trastornos en su vida.

El rajá reacciona como suele hacer siempre: utilizando su poder para responder con una afrenta aún mayor al desaire que le han hecho sus mujeres. ¿No queréis vivir bajo el mismo techo que la española? ¿No queréis aceptarla? Pues ella será la encargada de organizar la boda del heredero de la casa de Kapurthala. «Al que no quiera caldo, taza y media», piensa Anita, seriamente preocupada por el cariz que están tomando las cosas:

—Me odiarán cada vez más, *mon chéri*. ¿No es más lógico que sea Harbans Kaur la que se ocupe de la boda? Al fin y al cabo, quien se casa es su hijo.

—Quiero que tú lo organices todo. Mis esposas se ocuparán de atender a las mujeres de nuestros invitados indios y nada más. Sólo sirven para eso.

—Ya tengo ganas de que tus hijos estén aquí —añade ella con un suspiro.

Anita los ha conocido a su paso por Londres durante una cena. Paramjit, el heredero, le ha parecido un chico introvertido, muy serio e intimidado por la figura paterna. Lo contrario de su prometida Brinda, chispeante y llena de vida. Mahijit le pareció más divertido, aunque algo distante y muy frívolo. Amarjit, el militar, el más joven, todo un caballero, un hombre que parece digno de confianza. Y a Karan, del que todos dicen que es el más simpático y abierto, no ha podido conocerlo porque estaba de viaje por Suiza. «Si estuvieran viviendo en Kapurthala —piensa ella—, tendría amigos, habría ambiente, y la vida sería más normal y menos solitaria.» Curiosamente, confía en sus hijastros para que logren disipar un poco la atmósfera hostil que se ha creado hacia ella. Tienen más o menos su misma edad, han vivido en Europa mucho tiempo y sólo ellos pueden ejercer influencia en sus madres y, de paso, romper su aislamiento. La boda de Paramjit podría significar el principio de un cambio. Ella dejaría de ser la intrusa y la «mal querida».

El rajá ha decidido gastar la mitad de los ingresos anuales de su Estado en los fastos del casamiento de su hijo. Una suma colosal para organizar el transporte, la manutención y el entretenimiento de los invitados. Como los monarcas medievales, invita a todo el mundo. Y, como éstos, quiere que su pueblo participe en la celebración: «Para subrayar el recuerdo de este venturoso acontecimiento, tengo el honor de anunciar a todos mis súbditos que de ahora en adelante la educación primaria será gratuita dentro de los límites del territorio estatal.» Pero la última frase de su discurso va a suscitar una oleada de comentarios: «Gratuita para los chicos y también para las chicas.» En 1911, la mera idea de que las chicas estudien es revolucionaria, y así se lo hacen saber los representantes de la comunidad musulmana a los altos funcionarios del Estado, quienes piden la inmediata derogación de la medida. Pero el rajá se mantiene firme y no cede.

Decidido a hacer de su Estado un faro de civilización y progreso, Jagatjit quiere pasar a la historia como un monarca ilustrado. A pesar de ser conocidos por sus excentricidades, muchos príncipes han conseguido para sus súbditos en sus reinos unas condiciones de vida y unas ventajas sociales desconocidas en la India administrada directamente por los ingleses. Como el maharajá de Baroda, no sólo famoso por su tropa de loros amaestrados capaces de caminar sobre un alambre o de montar en bicicletas de plata en miniatura, sino también porque en 1900 instauró la enseñanza gratuita y, además, obligatoria. O Ganga Singh, el maharajá de Bikaner, que ha transformado ciertas zonas del desierto de Rajastán en oasis de cultivos, de lagos artificiales y de prósperas ciudades. O el de Mysore, que ha financiado una universidad de ciencias que se está haciendo famosa en Asia. O el rajá del diminuto Estado de Gondal, hombre sencillo donde los haya, que derogó los impuestos a los campesinos, incrementando las tarifas aduaneras para compensar la merma de los ingresos del Estado. El rajá sueña con ir más lejos, quiere rivalizar directamente con las naciones occidentales. Por lo pronto, la boda de su heredero es una oportunidad perfecta para dar a conocer al mundo entero los avances de Kapurthala. «El rajá tenía mucho interés en impresionar favorablemente a sus invitados europeos. Quería que se llevasen el recuerdo de que su Estado era un lugar exótico y moderno a la vez», escribiría Anita en su diario.

Fueron meses de febril actividad. Todo debía estar perfectamente planificado, estudiado y hasta cronometrado. En una de las visitas a Patiala, Anita solicita el experto consejo de Frankie Campos, Paco, el jefe de las cocinas, quien la ayuda a diseñar los menús, a encargar las viandas, a contratar cocineros y a planificarlo todo. Un tren especial encargado por el rajá, repleto de botellas de agua Évian, de whisky, de vino de oporto, de jerez y de champán llegará de Bombay, con lo que el capítulo de las bebidas estará asegurado.

Las decisiones más espinosas son las relacionadas con el protocolo. Con tantos rajás, nababs, aristócratas y funcionarios, es un rompecabezas planificar dónde duermen, qué comen, qué programa se les propone, y quién se sienta al lado de quién. Hay que tener en cuenta el rango, la religión, la edad, los títulos y las afinidades.

—Las mujeres, sobre todo las inglesas, son muy puntillosas en cuanto al protocolo —le cuenta Paco—. Si se produce un error, quizás el marido acepte el que no se le haya colocado en la posición debida, pero os aseguro que su mujer reaccionará muy indignada. Les importan mucho esas cosas, hija..., será porque no tienen otra cosa en que pensar.

Paco sabe de lo que habla. Le ha traído un librito de unas diez páginas —conocido como el *Libro Rojo*— que indica el orden de precedencia de todos los puestos civiles y militares.

—Si necesita saber si un inspector de humos contaminantes está un poco más abajo en el escalafón que un registrador de la propiedad sólo tiene que mirarlo en el libro.

Paco es una valiosísima ayuda para Anita, que pone todo su empeño en la labor de organizar los preparativos. Su reputación está en juego, más aún sabiéndose en el punto de mira de las mujeres del rajá. No puede fallar.

Paco le ha aconsejado que viaje a Calcuta para abastecerse. Sólo allí se pueden conseguir los metros de tela necesarios para confeccionar los cientos de manteles, servilletas, juegos de sábanas y de toallas que habrá que preparar, más las cincuenta tiendas que se alzarán en el parque del palacio para acomodar a todos los invitados. Es preciso comprar más cubertería y cristalería y disponer un sinfín de detalles, que van desde los saleros o el insecticida, hasta el papel higiénico, del que Anita, muy previsora, prevé importar un vagón entero.

El rajá decide aprovechar el período previo a la Navidad para acompañarla. Es la temporada del polo y de las carreras de caballos, a las que acude puntualmente la elite de toda Asia. Calcuta, que en 1911 está a punto de perder la capitalidad del Imperio británico de las Indias a favor de Delhi, sigue siendo la ciudad más importante del subcontinente, su capital comercial, artística e intelectual. A pesar de estar un poco deteriorados por tantas décadas de monzones, los edificios públicos, el centro de negocios, los monumentos y las residencias con balaustradas y columnas aún conservan su antiguo esplendor.

Anita y el rajá pasan unos días inolvidables en Calcuta: paseos matutinos en calesa por el inmenso parque del Maidan, a la sombra de los banianos, las magnolias y las palmeras; almuerzos con destacados magnates del comercio, como Mr Mullick, cuyo palacio en el centro de la ciudad encandila al rajá porque es un auténtico museo de arte europeo; veladas de teatro clásico en el Old Empire Theatre; recital de ópera en la mansión de Mrs Bristow, una gran dama inglesa que consigue que las mejores divas y tenores de Europa acudan a cantar a su casa; por las tardes degustación de helados en el restaurante Firpo's «mejores que en Italia», como reza la publicidad; cenas en el Tollygunge Club seguidas de bailes al son de grandes orquestas... La vida en Calcuta es lo más parecido a la de Londres sin estar en Inglaterra. Las señoras van a la última moda, utilizando los soberbios brocados y tejidos de Benarés y Madrás y dedicando la mayor parte de su tiempo en mandar copiar a los sastres indios los últimos modelos de París y Londres. Después de pasar horas «saqueando» grandes almacenes, como los Army and Navy Store, Hall and Andersons y Newman's, que ofrecen todo lo que se produce en Europa y en América, Anita recala por las tardes en la peluquería francesa de los señores Malvaist y Siret, quienes se extasían ante la lustrosa cabellera de *notre rani espagnole*. La ilustre pareja de Kapurthala apenas da abasto para acudir a todas las cenas, conciertos y recepciones a los que se la invita. Al ser una gran ciudad, en Calcuta parece haber menos restricciones que en el resto de la India. Un día, estando en las carreras —y para la satisfacción de Anita y del rajá— el gobernador de Bengala lord Carmichael presenta a Anita a su esposa y, de paso, la invita a cenar a la Government House, la sede del gobierno. Es la primera vez que acuden juntos a una recepción oficial. Sólo en una ciudad cosmopolita como Calcuta pueden encontrarse personajes como este lord: modesto, de ademanes suaves, siempre pensando en agradar, aficionado al arte, apicultor en sus ratos libres y autor de una monografía sobre el ciempiés. «No es un inglés como los demás», piensa Anita. Decididamente, Calcuta es el paraíso de la libertad.[2]

2. Años más tarde, el rajá se enteraría de que lord Carmichael recibió una «severa reprimenda oficial» por haber infringido las restricciones impuestas a Anita.

Pero una noticia viene a romper el alegre frenesí de esos días de compras, preparativos y fiestas. La joven Brinda, la novia, no ha embarcado en el buque que debe traerla a la India.

—¿Hay que suspender la boda? —pregunta Anita, horrorizada.

—No. Déjame averiguar qué ha ocurrido.

30

A seis mil kilómetros de Calcuta, la princesa Brinda está enferma de amor. Desgarrada entre el sentimiento y el deber, se enfrenta a la elección más dura de su vida. Al enterarse de que la familia católica de su pretendiente, el oficial Guy de Pracomtal, se muestra reacia a la idea de que su hijo se case con una hindú, Brinda ha querido romper las relaciones.

—Olvidas las diferencias que hay entre nosotros —le ha dicho a Guy.

—No existen diferencias entre dos personas que se quieren —le ha contestado él.

—En tu familia son muy católicos, y yo soy hindú. Una cosa es que me acepten socialmente, y otra que permitan que su hijo se case conmigo. Yo tengo que regresar a la India a cumplir con mi deber.

—No puedo dejarte marchar. Eso es pedirme demasiado.

Brinda quiere apagar el fuego de la pasión que la consume por dentro y no la deja vivir. Quiere recuperar la paz espiritual y volver a ser ella misma. Pero no puede: «¿Cómo dejarle cuando le quiero tanto? —se pregunta una y otra vez—. ¿Cómo podré vivir en un lugar donde estaré medio velada tanto física como emocionalmente?»

—Venga, vayamos al registro y casémonos. Una vez hecho, todos tendrán que aceptarlo: mi familia y la tuya.

En los días posteriores a esa conversación, Brinda viviría torturada por las dudas. En un impulso, ha decidido ganar tiempo, no embarcarse en la fecha prevista y quedarse unas semanas más en Francia para, quizás, acabar quedándose toda la vida. Pero el conflicto la ha hecho enfermar. No ha podido ni dormir ni comer, y cada vez que sonaba el timbre se sobresaltaba.

Desde Calcuta, el rajá consigue ponerse en contacto con Mlle Meillon, la dama de compañía que ha asignado a su nuera. Dicha señora, a pesar de estar al corriente de la verdad, no cuenta nada por temor al escándalo, y sobre todo porque teme que la hagan responsable de la situación. Al fin y al cabo Brinda sólo tiene dieciséis años. Mlle Meillon se limita a decir que los nervios de la chica están «delicados», que pasa por un momento de gran ansiedad debido a los exámenes y que no ha podido embarcarse por encontrarse enferma. Pero le asegura que llegará a tiempo para la boda porque ella misma la meterá en el próximo barco con destino a Bombay.

—Por defenderte —le dice Mlle Meillon a Brinda— me he jugado mi puesto y el respeto del príncipe, pero no estoy dispuesta a continuar con esta mentira mucho más tiempo.

Brinda se confiesa incapaz de tomar una decisión. «Me eché a llorar —contaría más tarde—, y vacié mi corazón. Todas las emociones que durante aquellos meses había logrado contener salieron a borbotones.»

—No hay futuro para las historias de amor como la vuestra —ha terminado por decirle Mlle Meillon en tono seco, pero franco—. Déjalo y olvídalo de una vez. No podréis ser felices si causáis infelicidad a vuestro alrededor.

Lo que dice su dama de compañía tiene mucho de verdad, piensa Brinda. Dispuesta a seguir su consejo, al día siguiente intenta romper con Guy, «pero estábamos demasiado enamorados para ser fuertes y no lo conseguí. Aquella noche, en mi dolor, hice algo que nunca había hecho antes. Recé, pero no a los dioses del hinduismo, sino a la Virgen de los cristianos. Tenía que tomar una decisión ya; es decir, o coger el siguiente barco hacia Bombay o escaparme y casarme en secreto con Guy».

Al final, con todo el dolor de su corazón pero dejándose guiar por los sabios consejos de Mlle Meillon, Brinda se embarca en Marsella. Lo hace con una amiga francesa del rajá, Mme de Paladine, y sus dos hijas, que habían sido invitadas a la boda. Dos de los hijos del rajá, Mahijit y Amarjit, también forman parte del pasaje.

Mlle Meillon acompaña a Brinda hasta su camarote, quizás para asegurarse de que no se arrepentirá en el último momento.

—Una mujer rajput nunca incumple sus compromisos —le dice Brinda con sorna al despedirse—. Vuelvo a mi país a casarme con un hombre que ni tan siquiera conozco. Hace unos años me parecía algo normal, y ahora, una aberración.

—Es mejor así. Si te hubieras casado con Guy, serías una mujer sin país, ni raza, ni cultura y toda tu familia estaría avergonzada de ti.

—Sí, tiene razón —responde con aire triste—. Pero no puedo dejar de quererle.

Le parece extraño regresar a la India. En Bombay se siente como una extranjera. Los ruidos y los olores son tan distintos a los de Francia... Sus compatriotas le parecen ahora gentes de otro planeta. El viaje en tren hasta Kapurthala se le hace eterno porque en el fondo no quiere llegar nunca. Ya no se detiene el convoy en Jalandar, como antes. El rajá ha financiado la construcción de una línea de vía estrecha hasta la ciudad misma de Kapurthala, para poder llegar en su vagón a los aledaños del nuevo palacio. En la estación, una cohorte de sirvientes con librea y chóferes conducen a Mme de Paladine y a sus hijas a una mansión dispuesta para los invitados; los hijos del rajá van al palacio nuevo, y a Brinda la dirigen a un carruaje cerrado, con cortinillas en las ventanas, que la llevará al palacio de las mujeres. Por primera vez en muchos años, está de nuevo en el purdah.

A la preocupación inicial por la salud de la novia le siguen la irritación y el consiguiente alivio cuando por fin aparece, delgada como un palillo y con el rostro enjuto, la tez grisácea y los ojos irritados de tanto llorar. Como excusa por el retraso, alega que se ha puesto enferma por la presión del examen final, y, al decirlo, no falta del todo a la verdad. Ha sido el examen de su vida. El problema es que quizás nunca sabrá si lo ha aprobado o no. «¡Qué importará un examen cuando se va a casar con el heredero de un reino!», comenta la madre de Paramjit. «Yo necesitaba a alguien que me dijese unas palabras de alivio y consuelo, que me dijese que todo iría bien, que, al cumplir con mi deber, la desesperación y la inquietud me abandonarían. Pero no había nadie que pudiera decirme eso», diría Brinda.

Anita está ausente cuando llega Brinda. Ha acabado tan agotada con los preparativos que ha decidido ir a Mussoorie, al *Château Kapurthala*, para pasar una semana de descanso disfrutando del frescor de la montaña. También ha huido del ambiente irrespirable de Kapurthala, donde los nervios de todos han estado a flor de piel debido al retraso de la novia. Cuando vuelve, las tiendas blancas, redondas y con forma de cúpula oriental se alzan en el inmenso parque del palacio, como una ciudad de tela. Anita se encarga de los últimos retoques, mientras empiezan a llegar invitados del mundo entero. Nueve príncipes han anunciado su visita, entre los que destaca el maharajá de Cachemira, que les había recibido en Srinagar durante su luna de miel. El Aga Kan es el invitado musulmán de mayor rango. Los demás mandan a sus primogénitos en representación. Las mujeres de la *zenana* mantienen ocupada a Brinda día y noche, en un intenso proceso de «reindianización». «Tuve que reaprender mi idioma y recordar las viejas costumbres que durante los años pasados en el extranjero se habían borrado de mi mente. Estuve tan ocupada que conseguí mantenerme en un estado en el cual no me sentía ni feliz ni infeliz.»

En la India, además de a los invitados, una celebración de tal importancia atrae a multitud de curiosos. Mendigos, santones, curanderos con recetas infalibles para la fertilidad y vendedores de milagros afluyen a Kapurthala en tren, a pie o en carros tirados por bueyes. La tradición dice que son tan importantes como los príncipes invitados y manda que se les reciba con cordialidad. El rajá, generoso y magnánimo, ha ordenado a sus cocineros que les distribuyan comida a discreción, la misma que comen los trabajadores de palacio. Más allá de las tiendas blancas, toda esa población sin techo acampa bajo las estrellas para disfrutar de unas festividades que, al marcar la celebración de la boda de un príncipe heredero, marcan también el orden inmutable de las cosas.

Unos fuegos artificiales como nunca se habían visto en el Punjab señalan el comienzo del Gran Durbar, una enorme audiencia pública en la que el rajá da la bienvenida a los invitados, anunciados por voceros y toques de trompeta. Los cortesanos y altos funcionarios del Estado presentan sus regalos y sus parabienes bajo el porche de entrada al palacio. Entre los invitados europeos, está el príncipe Antonio de Orleans, así como el príncipe Amadeo de Broglie. El rajá ha querido que Anita esté presente en todo momento junto a él. Ejerce la española de señora de la casa con todos los honores, y el gobernador del Punjab, la mayor autoridad británica presente en la boda, acompañado de su esposa, no tiene más remedio que saludarla. Es la pequeña venganza del rajá contra las restricciones inglesas. A pesar de estar recluidas en su palacio, sus otras esposas se enteran de todo; como es lógico, la destacada posición de Anita las llena de aflicción. Brinda vive con ellas, haciendo grandes esfuerzos para reconciliarse con su nueva vida, aunque le dan ganas de rebelarse cuando oye los ecos de la fiesta a través de las paredes.

La cena para ochocientos comensales se sirve en el parque y, después de los postres, los cañones de palacio lanzan trece salvas de honor. Entonces, la orquesta, compuesta por cincuenta músicos, empieza a tocar. El rajá se acerca al otro lado de la mesa de honor, hacia la esposa del gobernador británico, que está sentada junto al maharajá de Cachemira, le toma la mano y la conduce hacia el centro de la rotonda del parque, transformada en pista de baile. Al son de un vals de Strauss, el rajá y la esposa del representante del Raj abren el baile. Después, los demás invitados y los hijos del rajá les siguen en la pista, iluminada por el fuego de antorchas sostenidas por altivos guardias sijs, por la luz de la luna y el fulgor de las estrellas.

De repente suena una música y Anita se yergue en su silla. La ha escuchado por primera vez en el último viaje a Europa, y le pone los pelos de punta. Tiene un no sé qué que le remueve las entrañas, que la hechiza y le llega a lo más profundo de su ser. Es el ritmo que Sudamérica ha lanzado al mundo en 1910 y que despierta pasiones: el tango.

—¿Bailas conmigo?

Anita se sobresalta al oír una voz cálida que, en un inglés aristocrático, le pregunta si quiere bailar. Levanta la cabeza para mirar a su interlocutor. Es un indio alto y joven, tocado con un turbante de color salmón sujeto por una esmeralda, de la que sale un elegante plumón. Su sonrisa revela una hilera de dientes muy blancos y perfectos. Sus ojos, clavados en el rostro de Anita, están al acecho de su reacción. Es una mirada tan envolvente que ella la rehúye y mira al suelo.

—No sé bailar el tango.

—Yo tampoco, pero podemos aprender juntos.

De pronto se encuentra en sus brazos, siguiendo sus pasos en la pista.

—¡Pero si lo bailas perfectamente!

—Lo he aprendido en Londres —le contesta—. He oído hablar mucho de ti.

—¿Ah, sí?

—Soy Charamjit, el hijo de Rani Kanari. Me llaman Karan.

Ahora cae. Esos dientes tan relucientes, la forma oval del rostro, la mirada directa, el porte altivo... Todos esos rasgos a los que no ha sabido poner nombre son los del rajá.

—¡El que me quedaba por conocer! ¡Por fin has llegado!

Karan poco tiene que ver con sus hermanos. Actúa con Anita como si la conociese de toda la vida. Sin prejuicios, ni tabúes, con una naturalidad que sorprende a la española porque ya no está acostumbrada a ello. Está encantada con el descubrimiento de este hijastro simpático, afectuoso y divertido. ¡Por fin una luz al fondo del túnel en la familia del rajá! Con su *kurta* de seda y su triple collar de perlas, su barba bien arreglada, sus ojos en forma de almendra color de la miel y sus ademanes de príncipe, Karan parece sacado de uno de los cuadros de los antepasados que adornan los muros del *Château Kapurthala* en Mussoorie.

—Mi madre te manda sus mejores recuerdos.

—Supongo que la veré mañana, en la fiesta oriental.

—Me manda decirte que su corazón está contigo y que siente no poder tratarte más. Sabe que no tienes la culpa de nada, y quiere que lo sepas.

¡Pobre Rani Kanari, tan buena, y sin embargo tan impotente! Quizás por ser de un linaje rajput menos puro que las otras, o quizás porque su afición a la bebida ha hecho que las demás le pierdan el respeto, el caso es que su opinión tiene cada vez menos peso. Es una pena. En lugar de consolarla, sus palabras de solidaridad transmitidas a través de su hijo la inquietan porque vienen a recordarle su condición de marginada. Una condición que el propio rajá es incapaz de resolver, porque no depende de él, sino de las leyes imperturbables de la tradición.

El día de la fiesta oriental acuden más de dos mil invitados; Anita no ve a Rani Kanari porque las mujeres indias celebran la fiesta entre ellas, observando las reglas del purdah, en un extremo de *L'Élysée*. Pero sí las ve el día de la boda, porque es tradición que las mujeres acudan al palacio a preparar al novio para la ceremonia. Cientos de ellas ocupan el patio principal donde sólo se autoriza la presencia de dos hombres: el novio y el sacerdote. El heredero viste un simple *dhoti*, un paño envuelto alrededor de la cintura, pasado entre las piernas y sujeto en las caderas. Después de la ceremonia del fuego, en la que el chico da vueltas a una hoguera mientras el sacerdote recita sus oraciones, comienza el ritual en cuyo transcurso las mujeres arreglan al futuro esposo. La madre, Harbans Kaur, acompañada de dos tías, se dedica a frotarle el cuerpo con jabones y agua perfumada, cubriéndolo de espuma. Es un espectáculo con el que las indias disfrutan mucho, quizás porque es el único momento en sus vidas en el que llevan la voz cantante. Cuando Paramjit pide clemencia y suplica que dejen de frotarle estallan las carcajadas. Una vez que le dejan tan reluciente como un bebé, entra de nuevo en el palacio para vestirse, y las mujeres permanecen juntas mientras esperan a la novia.

Brinda llega a lomos de elefante, encerrada en una torreta para que no la vea nadie, fiel al purdah. Su cortejo avanza lentamente entre los gritos, los cánticos y el murmullo de miles de personas. En el porche de entrada a *L'Élysée*, cuando el elefante se agacha sobre las rodillas y Brinda abre las cortinillas de seda, la luz deslumbrante del sol es tan cegadora que por unos instantes cierra los ojos. Cuando los abre, reconoce a su padre acompañado del sacerdote, vestido de blanco impoluto; ambos la ayudan a bajar. Dos años ha costado confeccionar su traje de muselina bordado con seda roja e hilos de oro puro. Sobre su cabeza flota un velo también de seda y alrededor del cuello lleva un collar de dos hileras entrelazadas de perlas color crema, parte del tesoro del Estado de Kapurthala.

El rajá está exultante de felicidad. Va vestido con un traje de brocado de oro, su cuello, pecho y muñecas centellean por el fulgor de los diamantes y las perlas; Jagatjit luce majestuoso en la boda de su hijo. Bajo el turbante coronado por una tiara de esmeraldas, sus negros ojos brillan con la satisfacción del soberano y del padre que ha cumplido con su deber al dar continuidad a su linaje. Resuelto a que la boda de su hijo pase a la historia, ha contratado los servicios del único cineasta indio del momento, que filma para la posteridad los fastos de Kapurthala con una cámara comprada directamente a los hermanos Lumière.

También consigue que la boda de su hijo pase a la historia de la India, pero por otra razón. De nuevo decide romper la tradición, que manda que los recién casados abandonen la ceremonia por separado, la mujer envuelta en su velo y metida en un palanquín tapado con cortinillas. Esta vez, la pareja desfila sentada en una carroza que lleva el blasón del Estado, escoltada por la guardia uniformada a caballo. Recorren las calles de Kapurthala entre el frenesí de la multitud, saludando al pueblo al pasar, hasta llegar al palacio de las mujeres, donde reciben la enhorabuena de los cientos de invitadas indias. Para Harbans Kaur, este nuevo gesto de desprecio a la tradición es un ultraje. «Para mi suegro, fue un golpe audaz contra el purdah, un golpe que generó considerables comentarios en el Estado —diría Brinda—. Después siguió desafiando los convencionalismos. Nunca me pidió que observara el purdah, excepto cuando las mujeres más ortodoxas de la familia estaban presentes.»

Brinda acaba agotada al final del día de su boda. Sueña con retirarse a sus habitaciones y meterse en un baño caliente preparado por su doncella. Es un sueño de soltera, que pertenece al pasado. La realidad es otra: ella y su marido son conducidos de nuevo al palacio, donde los criados les acompañan hasta la puerta del dormitorio. Después de atenderlos, los sirvientes inclinan la cabeza y desaparecen. Es el momento en que Brinda se enfrente al destino que le han trazado, y que ella ha terminado por aceptar. «Por primera vez me di cuenta de que íbamos a estar solos el resto de nuestras vidas. Y me sentía abrumada por la idea de que mi marido era un completo desconocido para mí.»

31

Nada más apagarse los fastos de la boda del heredero de Kapurthala, un acontecimiento considerado de capital importancia apunta en el horizonte: el Gran Durbar de Delhi, la ceremonia de coronación del rey Jorge V y la reina María como emperadores de la India. Para conmemorar la primera visita de unos soberanos británicos al subcontinente, los ingleses han levantado un arco de triunfo de basalto amarillo sobre el promontorio que domina la rada de Bombay. Bautizado con el nombre de Puerta de la India, su poderosa silueta es la primera visión que los reyes-emperadores tienen de la India. A su sombra son recibidos con todos los honores el 2 de diciembre de 1911. Es la primera escala de un viaje que les llevará a Delhi para ser los principales protagonistas del mayor acontecimiento de la historia del Raj, un acontecimiento que marcará el apogeo del Imperio británico.

Nadie habla de otra cosa en los palacios de la India, que se preparan febrilmente para asistir a lo grande a la ceremonia de su rey-emperador. El príncipe más rico, el nizam de Hyderabad, abre la veda del fasto y el derroche, encargando al orfebre Fabergé una réplica en oro y piedras preciosas de la fachada de su palacio para adornar el pabellón de su casa real en el Durbar de Delhi. El maharajá Bhupinder de Patiala consigue que Jacques Cartier viaje hasta la India para que le diseñe, con las gemas del tesoro de la corona, entre las que se encuentra el famoso diamante De Beers de 428 quilates, un gran collar ceremonial que pasará a la historia de la joyería.

Para Kapurthala, el Gran Durbar adquiere una transcendencia especial porque Su Alteza recibirá el doble honor de recibir la condecoración de Gran Comandante de la Estrella de la India de manos del mismísimo emperador, quien al mismo tiempo le otorgará el título hereditario de maharajá —gran rajá—. Y todo ello en virtud de su lealtad al Raj, y por contribuir a la estabilidad y prosperidad de Kapurthala. A pesar de las diferencias que mantiene con las autoridades británicas, ninguna otra noticia podía hacerle más feliz.

Pero éste no es el caso de sus mujeres, incluyendo a Anita. ¿Cómo las tratará el protocolo? Harbans Kaur está segura de que los ingleses, que son los organizadores de este magno evento, respetarán su destacado lugar de primera esposa. Será una nueva ocasión para imponer la tradición y, de paso, medir fuerzas con la española. Anita teme que la humillen, y por otro lado está un poco cansada de batallas que no desea librar. Aunque ha ido ganando algunas gracias al constante apoyo de su marido, tiene serios motivos para temer que acabará perdiendo la guerra. La boda del heredero no ha servido para mejorar las relaciones en el seno de la familia, al contrario. Excepto Karan, que ha vuelto a Inglaterra justo después de la boda para proseguir con sus estudios de ingeniero agrónomo, los demás hijos se han mostrado fríos y distantes con ella. Karan y Rani Kanari son sus únicos aliados, pero son demasiado débiles para poder imponer su criterio.

Anita ha sido una ingenua al pensar que los hijos, por ser jóvenes y haberse educado en Inglaterra, ejercerían influencia en sus madres. Ha sucedido todo lo contrario: ellas han sido quienes les han influenciado. Ahora resulta que también sus hijastros le hacen el vacío. Y eso le duele porque viven bajo el mismo techo. Hay detalles hirientes. Por ejemplo, varias veces, a la hora del almuerzo en familia, falta un plato en la mesa: el suyo. Anita se ve forzada a reclamarlo. Otras veces, en las *garden parties*, las meriendas a las que acuden los ingleses residentes en Kapurthala, como el médico o el ingeniero civil, en compañía de sus esposas, los hijos del rajá ofrecen bebida a todos menos a ella. No la presentan y nunca se dirigen a ella en las conversaciones. Hacen como si no existiera. Todo vale para poner en evidencia a la intrusa.

¿Y Brinda? Sus prejuicios de casta y raza, enterrados en algún lugar de su mente durante los años pasados en Francia, han rebrotado con más fuerza aún, como un árbol al que hubieran podado las ramas. Ya no ve el mundo desde el prisma de una mujer occidental. Para ella, su suegro es un viejo libidinoso que se ha dejado seducir por una vulgar «bailarina española». Al imponerla al resto de la familia, el rajá contribuye a rebajar la categoría —la casta— de todos los demás. Por eso no quiere la amistad de Anita y por la misma razón decide que no quiere vivir en *L'Élysée*: «Ya no somos niños —le ha dicho a Paramjit—. Necesitamos nuestra propia independencia.» Le ha costado convencer a su marido para que hable con el maharajá. «Mi suegro le trataba siempre, aun después de la boda, como a un niño pequeño.» El soberano ha accedido a su petición sin poner trabas y les ha ofrecido residir en su nido de amor de los últimos años: la *Villa Buona Vista*. «Me sorprendió mucho que accediera tan rápidamente a nuestros deseos —contaría Brinda— porque era un hombre dominante acostumbrado a imponer siempre su voluntad. Más tarde me di cuenta de que lo había hecho para granjearse mi simpatía. Necesitaba todos los amigos y aliados posibles para contrarrestar lo mal que en su familia y en su entorno se vivía su relación con la española.»

Pero esta táctica no le funciona al maharajá. Brinda, como las demás mujeres, está molesta por el papel de «señora de la casa» que desempeña Anita.

—Pretende que la traten como la maharaní oficial —se atreve a decirle un día a su suegro.

—Te he mandado a Francia para que te conviertas en una mujer moderna y me estoy dando cuenta de que he tirado el dinero —le responde el maharajá, enfadado y desengañado por la actitud de su nuera—. Tus años en Europa no te han hecho más abierta. No han servido para nada.

«No le contesté, pero le hubiera dicho de buena gana que me chocaba la actitud fría e insensible con que trataba a sus mujeres. Había sorprendido llorando a Harbans Kaur en más de una oportunidad con ocasión de los preparativos de la boda. Si yo había tenido que hacer un enorme sacrificio para aceptar las responsabilidades de mi matrimonio y de mi posición, como máxima autoridad del Estado, él debería ser capaz de hacer lo mismo.»

En medio de todas estas intrigas palaciegas, Anita intenta conservar la calma y no perder el norte. Quisiera pasar desapercibida, ser invisible si ello fuera posible, pero su marido no la deja. La necesita, como ha quedado probado durante la boda. Temerosa de que la ira de las mujeres acabe por repercutir en su hijo, Anita se preocupa por la seguridad del pequeño Ajit. Por las noches vuelve a sufrir crisis de insomnio y de ansiedad. Es víctima de pesadillas en las que siempre se ve huyendo con su hijo en brazos, huyendo de un peligro borroso que acaba por aprisionarle la garganta y que la despierta de golpe, en un mar de sudor y lágrimas. Sólo la presencia dulce y serena de Dalima consigue que vuelva a conciliar el sueño. El cuento de hadas de la telonera del Kursaal se está agriando. No sabe qué hacer para detener el curso de los acontecimientos. Las armas de que dispone, su franqueza y su espontaneidad, no sirven en esa guerra.

Por primera vez en la vida Paramjit, hasta entonces un hijo dócil y acomplejado por la figura paterna, decide enfrentarse a su padre.

—Mi madre me ha pedido que interceda ante ti para que le restituyas su posición.

—Nadie le ha quitado su posición.

—Sabes a qué me refiero. La española actúa como si fuera la maharaní de Kapurthala. Mi madre se siente amargamente rechazada. Te pido que te comportes según nuestra tradición, como todos lo hacemos.

—Esa mujer a la que llamas con desdén «la española» es mi esposa. Estoy tan casado con ella como tú lo estás con Brinda.

—Es tu quinta esposa.

—¿Y qué? Es la mujer con la que comparto mi vida. Y le he otorgado el título de maharaní. Tu madre es fiel al purdah, y no se lo reprocho, pero hemos evolucionado de distinta manera. Te lo he explicado mil veces, pero no quieres entenderlo. ¿Crees acaso que tu madre hubiera sido capaz de organizar tu boda, por ejemplo? ¿De atender a todos nuestros invitados europeos? Necesito a mi lado a una mujer que esté libre de las ataduras del purdah. Pensé que mi hijo tendría la capacidad necesaria para comprenderlo. Pero veo que no, que sólo es capaz de meterse en los asuntos privados de su padre con objeto de criticarle.

«Mi marido y yo discutimos el problema muchas veces —contaría Brinda—. Como princesa educada en la tradición hindú, no podía admitir el comportamiento de mi suegro. Como mujer, me conmovía el sufrimiento de la madre de mi marido, que tenía el corazón partido por el rechazo del maharajá. Al final de todas nuestras deliberaciones, se impuso una decisión: no podíamos admitir su matrimonio con la española. Hicimos saber a mi suegro que en lo sucesivo nos negábamos a tratar a Anita y que no estaríamos presentes en las funciones y recepciones a las que supiéramos que asistiría.»

Tan drástica decisión es un humillante varapalo para el maharajá. Su hijo ha tomado el partido de su madre. Hasta cierto punto es lógico, pero no era preciso hacerlo. El maharajá no está contra su primera esposa. Que no comparta la vida con ella ni con sus otras mujeres no significa que las abandone. Nunca lo haría, y por eso le irrita que le acusen de ello. Conoce bien a su hijo y sabe que es incapaz de enfrentarse de esa manera con él, por lo que achaca la insolencia de su comportamiento a la influencia de su nuera. Las princesas hindúes de alta casta, imbuidas de prejuicios sobre su superioridad, se toman muy en serio el origen divino de su linaje. Del sijismo y de sus preceptos sobre la igualdad entre los hombres no han aprendido nada.

Pero la vida da muchas vueltas, y de la misma manera que ha puesto todo su empeño en convertir a Brinda en la futura maharaní de Kapurthala, Jagatjit confía en que un día le llegue la oportunidad de resarcirse de tanta ingratitud.

* * *

Durante las dos semanas de festividades que rodean el Durbar, príncipes, jefes de clan, representantes de los gobiernos provinciales, aristócratas indios, la comunidad británica, y los invitados extranjeros más ochenta mil soldados invaden la ciudad de Delhi cuya población aumenta de doscientas cincuenta mil a medio millón de personas. Es un prodigio de organización. Los ingleses han alzado cuarenta mil tiendas, han construido 70 kilómetros de nuevas carreteras, 40 kilómetros de ferrocarril, 80 kilómetros de canalización de agua y un gigantesco anfiteatro con un aforo para cien mil personas. El pabellón del emperador cuenta con 233 tiendas, equipadas con chimeneas de mármol, paneles de caoba labrada, vajillas de oro y lámparas de cristal. Los demás, igual de lujosos, albergan las distintas casas reales con sus propios séquitos de cortesanos, ayudantes, invitados, criados, palafreneros, etc. Cada pabellón es distinto. La tienda del rajá de Jamnagar está recubierta de conchas de ostras, símbolo de su Estado a orillas del mar de Arabia. A la entrada del pabellón del rajá de Rewa montan guardia dos espléndidos tigres amaestrados. El permiso que dicho rajá ha solicitado para ofrecérselos al emperador en el momento de la ceremonia le ha sido prudentemente denegado.

Alrededor de las tiendas se extienden jardines en los que se han plantado rosas del color de cada Estado, céspedes con avenidas perfectamente cuidadas, piscinas, parques, campos de polo, cuadras de caballos y de elefantes, aparcamientos de landós, carruajes y automóviles, y las treinta y seis estaciones de ferrocarril para los trenes privados de los príncipes. Anita está impresionada: «Nunca en mi vida había visto tantos tronos de oro, tantos elefantes enjaezados de piedras preciosas, tantas carrozas de plata maciza. ¡Y los Rolls!... Jamás, en ningún acontecimiento se ha visto un número tan elevado de Rolls-Royce aparcados juntos. Sólo Dios sabe cuánto dinero costó semejante despliegue con tanto rey, a cada cuál más preocupado por parecer el más rico y poderoso de todos.»

Las fiestas se suceden a un ritmo vertiginoso: *garden parties*, reuniones en purdah para las damas, partidos de polo y diversiones públicas y privadas de toda índole. A la recepción ofrecida por la reina María acude Harbans Kaur acompañada de su nuera Brinda, que le sirve de intérprete cuando la soberana les hace unas preguntas de cortesía. A Anita, por supuesto, no se la invita a las funciones oficiales. Esto no es Calcuta y, aunque quisiera saludar al gobernador de Bengala y a su esposa, ni siquiera podría acceder a ellos. De nuevo, su caso ha suscitado un copioso intercambio epistolar entre diversos funcionarios. Al final, una carta del virrey al secretario de Estado para la India, en Londres, ha resuelto la situación de la manera siguiente: «No se enviará a Prem Kaur de Kapurthala invitación a la *garden party* que ofrecerá Su Majestad la Reina a las esposas de los príncipes, pero en cualquier función donde no exista la posibilidad de encontrarse, o de ser presentada a Sus Majestades, se le proveerá acomodación. En cuanto al Durbar, se le dará un asiento en el fondo del anfiteatro y podrá presenciar la ceremonia de coronación como cualquier espectador no oficial.»[1]

El Durbar propiamente dicho tiene lugar el 12 de diciembre de 1911. El espectáculo es inolvidable para todos los que asisten, para el campesino que ha caminado durante días para ver a su emperador, para los muchachos vestidos con paños de algodón blanco encaramados en las ramas de los árboles, para las chicas de doce años con sus bebés en brazos, y también para los propios emperadores, que se encuentran frente a un océano de turbantes verdes, amarillos, malvas, azules y naranjas que se extiende hasta el horizonte. «Es lo más maravilloso que he visto en mi vida», declararía Jorge V, sentado junto a su mujer en un trono de oro macizo sobre un estrado situado muy por encima de la multitud, cubiertos los hombros por una capa de armiño y protegido del sol abrasador por un toldo púrpura y oro. Es la visión del que sabe que, sin la India, Gran Bretaña no sería el imperio más colosal que el mundo ha conocido, ni la primera potencia mundial.

Los lugares de honor están ocupados por los príncipes, seguidos por sus parientes y miembros de la nobleza, ataviados con sus vestidos de gala de brocado y tejidos de oro. Cada uno de los maharajás luce las joyas más célebres de su tesoro: Jagatjit Singh lleva su espada de esmalte adornada de piedras preciosas y una esmeralda gorda como una ciruela en el broche del turbante; Bhupinder de Patiala, una pechera de diamantes; el de Gwalior, un cinturón de perlas, etc. Jorge V aparece luciendo la nueva corona imperial de la India, centelleante de zafiros, rubíes, esmeraldas y diamantes, obra del joyero Garrard, que ha cobrado sesenta mil libras por ese regalo de los indios a su rey-emperador. Para que la ceremonia no parezca una segunda coronación, lo que implicaría un segundo servicio de consagra-

1. Proceedings of the Foreign Department n.º 46 (Biblioteca Británica, Londres).

ción religiosa, poco apropiado por la presencia de tantos hindúes y musulmanes, la casa real ha tomado la decisión de que el rey aparezca con la corona puesta y que reciba el homenaje de los príncipes sentados frente a su trono.

Uno a uno, los rajás y nababs se acercan al estrado, suben las escaleras, hacen una reverencia ante el emperador y se lleva a cabo un breve intercambio de regalos y «honores». Los primeros son los soberanos más importantes: Hyderabad, Cachemira, Mysore, Gwalior y Baroda, cuyos Estados tienen derecho al supremo honor de veintiuna salvas. Luego vienen los de diecinueve, y a continuación los de diecisiete, quince, trece, once y nueve cañonazos. La soberana de un pequeño Estado musulmán situado en el centro de la India, la begum de Bhopal, es la única mujer entre tanto príncipe. A pesar de su aspecto, cubierta de los pies a la cabeza con un *burqa* de seda blanca, tiene fama de ser justa y progresista y ha convertido a Bhopal en uno de los Estados más avanzados de la India.

El espectáculo es largo y magnífico, y se desarrolla a un ritmo lento, como la cadencia de un elefante. Esta vez, Anita no está junto a su marido. Mejor así, es preferible a tener que estar junto a Harbans Kaur y las demás. Para irritación de los oficiales ingleses encargados del protocolo, el maharajá de Cachemira la ha invitado a presenciar la ceremonia en el lugar reservado a su familia. Ningún británico se atreve a molestar al maharajá de uno de los Estados más importantes de la India debido al problema generado por el lugar que ocupa la española, que es su invitada. De manera que se da la paradójica situación de que Anita se encuentra más cerca de los emperadores y en mejor posición que la delegación de Kapurthala.

Los británicos han querido destacar la ocasión con algo más que un grandioso espectáculo. A la primera visita de un rey inglés a la India, han querido añadir algo capaz de capturar la imaginación del pueblo, algo que marque una nueva era en la historia del país. Han mantenido la idea en secreto hasta el último momento. Sólo doce personas en la India están al corriente. Ni siquiera la reina lo ha sabido hasta su llegada a Bombay. En la clausura del Durbar el rey-emperador desvela la sorpresa: la capital del imperio se trasladará de Calcuta a Delhi. Volverá a ser como en tiempos de los grandes emperadores mogoles. Añade que ha encargado al urbanista y arquitecto Edwin Lutyens el diseño de una ciudad imperial a las afueras del casco antiguo. Esa nueva capital se llamará Nueva Delhi, y será el orgullo de la India, el nuevo astro que lanzará sus destellos hasta el último rincón del subcontinente.

Los artífices de la *Pax Britannica* concluyen la celebración del zenit del Imperio declarando la guerra a los animales, practicando el más exclusivo y prestigioso de los deportes, que es además la prerrogativa de los príncipes, la caza del tigre. El emperador, que va a pasar el fin de año a Nepal, mata a veinticuatro felinos y, como prueba de su inmejorable estado físico, consigue la proeza de disparar simultáneamente a un tigre con una escopeta en un brazo y a un oso con otra en el otro. Y acierta con ambas. Como coletazo final, deja tras su paso a dieciocho rinocerontes abatidos.

El flamante maharajá de Kapurthala envía a toda su familia y a gran parte de su séquito de vuelta a casa, y se va con Anita a Kotah, en Rajastán, invitados por el maharajá Umed Singh, famoso por las partidas de caza que organiza. ¡Qué grata sorpresa para la española encontrarse ante un ascensor para subir los cinco pisos del palacio medieval de la ciudad donde el príncipe les aloja! «El maharajá de Kotah es un hombre muy inteligente y de ideas bastante liberales —dice Anita de este individuo capaz de incorporar en su palacio un moderno elevador eléctrico, aunque, al conocerlo más íntimamente, añade—, pero todavía es demasiado ortodoxo para sentarse a comer en compañía de personas que no pertenecen a su casta.» Kotah es conocido por ofrecer un espectáculo único, la lucha entre un jabalí y una pantera, en la que los nobles llegan a apostar fuertes cantidades de dinero. Anita y su marido asisten al espectáculo desde lo alto de una fosa, pero ella se disculpa antes del final, porque la atroz sangría de las bestias le revuelve las tripas. Con lo que de verdad disfruta es con la cacería de panteras, a la que asiste al amanecer y desde la cubierta de un barco de vapor que navega lentamente por las aguas de un río en medio de un paisaje agreste y pedregoso. Su marido dispara a una pantera y consigue matarla: «La emoción de Su Alteza era indescriptible y la alegría de los ojeadores tan grande que incluso se acercaron para besarle los pies.» Para los príncipes, matar un tigre constituye siempre un momento de intenso regocijo. Es una rémora de los tiempos antiguos, cuando los príncipes practicaban ese deporte, considerado el más elitista de todos, para saber defenderse y mantenerse preparados para la guerra. Hoy, para los jóvenes aristócratas, matar el primer tigre constituye un rito de iniciación a la vida adulta. El maharajá de Kotah mató su primera pieza a los trece años, desde la ventana de su habitación, lo que da una idea de la cantidad de fauna que puebla las selvas de la India. Se hizo famoso por ser capaz de conducir un vehículo con una mano y disparar con la otra, acertando siempre.

Para Anita, el *shikar*[2] —una actividad de la que no están excluidas las mujeres— es una revelación. La emoción de sentir cómo se acerca la presa, y el miedo a fallar y dejar herido al animal es menos importante que todo lo que rodea a la cacería. La vida de los campamentos al aire libre, las charlas por la noche alrededor de la hoguera, la calma total y la tranquilidad del campo y de la jungla son la imagen de otra India, en la que los hombres y las mujeres se relacionan con sencillez, como si la naturaleza fuese un antídoto contra las trabas sociales.

2. Ir de *shikar* es ir de caza en hindi.

32

Después de la agitación de Delhi, Anita está feliz de volver a la vida tranquila de Kapurthala. Con la marcha de Paramjit y Brinda a *Villa Buona Vista* y la de los demás hijos a Inglaterra, en el palacio sólo queda el pequeño núcleo familiar compuesto por Jagatjit, a quien desde el Gran Durbar todos llaman maharajá, Anita y el pequeño Ajit. Los paseos a caballo, las excursiones para ir de compras a Lahore y los partidos de tenis vuelven a marcar el ritmo de una vida apacible y lujosa. A pesar de su tamaño, el palacio no da la impresión de ser frío ni agobiante porque es un hervidero de actividad. Todos los ministros acuden diariamente a presentar sus informes o sus problemas al maharajá, que los recibe en su despacho. Se conceden entrevistas, se toman decisiones y se organizan reuniones y conferencias. El sótano rebosa de contables, financieros, tesoreros y administrativos de toda índole.

Anita cuida su rincón del jardín con mucha atención. Lo ha sembrado de plantas aromáticas, de flores y de tomates para el gazpacho. A la sombra de su rosaleda escribe todos los días su diario, en unos cuadernos de cuero, con letra alta y picuda. Lo hace porque se lo ha pedido su marido, y escribe en francés para que él pueda leerlo. Se ha acostumbrado al amor paternal que le profesa el maharajá y, aunque a veces ha estado tentada de reprocharle el mercadeo de su matrimonio, ahora entiende que es un hombre acostumbrado a mandar y a comprar todo lo que le viene en gana: palacios, pisos, coches, caballos, ministros, mujeres... Le quiere un poco como se quiere a un banquero que te abre los sótanos de su fortuna. Le ha ofrecido joyas espléndidas para que esté todavía más guapa y más resplandeciente, y también para justificar el capricho de su amor repentino ante su familia y su mundo. La ha querido guapa, chispeante, atractiva e irresistible. Juntos conforman una nueva imagen de Kapurthala. Pero Anita no valora demasiado el lado sentimental de los presentes: su marido es tan rico que el hecho en sí no debe de suponer un gran sacrificio para él. Además, ha perdido un poco el concepto del dinero. Para ella, los colgantes, pendientes, broches y anillos constituyen su seguridad y quizás un día su libertad, aunque viva en un mundo donde esa palabra no signifique gran cosa para una mujer.

Aparte de escribir su diario, donde no anota ningún pensamiento íntimo, Anita mantiene correspondencia con su antiguo profesor de declamación de Málaga, Narciso Díaz. Él le manda largas cartas llenas de preguntas sobre la vida en la India. Una de las veces, respecto a las costumbres hindúes, Anita le cuenta: «Hay príncipes que cuando se les da la mano se van corriendo a lavársela por miedo a contaminarse por haber tocado a alguien de casta inferior.» Esquiva las respuestas sobre las otras mujeres del maharajá, y ya no firma, como en los primeros tiempos, «Anita Delgado, hoy princesa de Kapurthala». Ahora es «Prem Kaur de Kapurthala».

Las noticias que recibe de su familia no son buenas. Su hermana Victoria, madre de dos hijos, vive una existencia difícil en París con un marido mujeriego que la maltrata. Ya se veía venir, pero aun así Anita se angustia porque la distancia exacerba su inquietud. También por esas fechas recibe noticias del manto de la Virgen que regaló a sus paisanos. Resulta que su amoroso presente está guardado en el cajón de la sacristía de una iglesia de Málaga, y que nunca lucirá sobre la estatua de la Virgen de la Victoria. El obispo, con muy mala fe, ha querido tirarlo al mar, alegando que podía haber sido usado por un infiel en algún culto pagano. Ha lanzado una insinuación hiriente: «Viniendo de donde viene...» Menos mal que el cura ha ordenado poner el manto a buen recaudo. A Anita, la alusión del obispo de su ciudad le ha llegado al alma. Le ha dolido más que todos los desaires de la familia del maharajá y de los ingleses juntos. Ha sido un golpe inesperado, con el agravante de que viene de casa, del lugar que más confianza le inspira. Está claro que la beatería, los prejuicios y la intolerancia no son patrimonio ni de los aristócratas indios, ni de los ingleses.

Pero a pesar de todo son tiempos felices. O así los recordará Anita, cuando eche la vista atrás. Es feliz porque, a pesar de los inconvenientes causados por su marginación, sólo por el hecho de haber nacido pobre, disfruta del apoyo y del amor de su marido. Es feliz porque se siente apreciada por bastantes personas que la aceptan en su círculo de amistades. Le produce una íntima satisfacción que el magnetismo de su personalidad sea capaz de derribar por sí solo las barreras artificiales impuestas por los censores de la moral victoriana. Es cierto que añora a los suyos, y que la soledad y el aburrimiento llegan a pesar, pero los viajes que realiza con frecuencia compensan la inmovilidad tediosa de Kapurthala. De hecho, la vida de palacio se convierte pronto en un continuo trasiego de equipajes y todo se vuelve, como lo escribe en su diario, en «un ir y venir de viaje en viaje». El niño se queda a cargo de Dalima y de sus *nannies* y sus criados, mientras sus padres recorren la India, invitados por distintos maharajás; en estas salidas Anita descubre un país siempre exótico y a veces surrealista.

Invitada por el maharajá Ganga Singh a la más extraordinaria de las cenas, en el palacio de Bikaner, cuando Anita le pregunta a su anfitrión la receta de tan suculento plato, él le contesta muy serio: «Prepare un camello entero, despellejado y limpio, meta a una cabra en su interior, y dentro de la cabra un pavo y dentro del pavo un pollo. Rellene el pollo con un urogallo, dentro meta una codorniz y, finalmente, un gorrión. Luego sazónelo bien, ponga el camello en un agujero en el suelo y áselo.»

En Gwalior, mientras cenan en el comedor famoso por el tren de plata que transporta comida y bebida a los invitados, la conversación se centra en la reciente gira emprendida por Jorge V y la reina María para celebrar el Durbar. La pobre soberana no había podido estrenar la nueva bañera de mármol construida especialmente para ella en el palacio de Gwalior porque, nada más poner un pie en ella, se había derrumbado. Resulta que en la misma gira, en otro Estado del centro de la India, los obreros tampoco llegaron a tiempo para hacer funcionar la cisterna de un inodoro último modelo importado de Londres para la regia visita. Para solucionar el problema se colocó a dos *sweepers*[1] en el techo, uno sujetando un cubo de agua y el otro para que fuera siguiendo la acción del cuarto de baño a través de una pequeña rendija. Cuando llegaba el momento y la reina tiraba de la cadena, uno de los *sweepers* daba la señal para que el otro vertiese agua a la cisterna. Los ingleses nunca descubrieron el subterfugio.

Anita disfruta con esos viajes, consciente de que es una privilegiada por poder vislumbrar un mundo tan exclusivo y cerrado. Los colegas de su marido la aceptan y llega a sentirse casi como una mujer normal. Son viajes en los que no para de tomar notas. Acaricia la idea de escribir un libro sobre su vida en la India, aunque sólo sea para que lo lean sus amigos de España. ¡Cómo le gustaría compartir sus vivencias con su familia! Cuando regresa al palacio, siempre lo hace extenuada, pero con la cabeza llena de paisajes, de historias y de sensaciones que se apresta a plasmar en una hoja de papel para que no desaparezcan como la luz del atardecer.

1. Significa literalmente «barrendero». La casta más baja de los criados de una casa.

33

Al regresar a Kapurthala después de uno de esos viajes, Dalima no está. Hay tantos sirvientes que la falta de uno de ellos no repercute en el día a día de la vida en palacio. Y aunque las *nannies* y criadas son perfectamente capaces de ocuparse del pequeño Ajit cuando Anita está ausente de casa, Dalima ocupa un lugar especial en el corazón de la española. Dicen que la joven hindú ha recibido la noticia de que su marido ha caído enfermo y que ha vuelto a su casa para cuidarlo. Desde entonces no se sabe nada de ella. Ningún criado ha tenido noticias suyas. El mayordomo, tampoco.

Todas las mañanas, al despertarse, Anita pregunta por Dalima. Y siempre recibe la misma respuesta negativa. El largo silencio y la ausencia prolongada la preocupan. Conoce a Dalima, y sabe de su devoción por Ajit. Desaparecer de golpe no va con ella. Y menos durante tanto tiempo. No lo haría nunca por propia voluntad. Algo ha pasado.

Como siempre hace en estos casos, Anita recurre a la que considera su única amiga verdadera en Kapurthala, a Bibi Amrit Kaur. Anita considera que, al contrario de Brinda, que al regresar a su país ha seguido fiel a su clase, Bibi sigue siendo fiel a sí misma. Es la única mujer libre y sin prejuicios que conoce; una mujer que tiene la desgracia de vivir en un mundo demasiado estrecho para su gran corazón. Bibi se ha hecho miembro del Partido del Congreso, y asiste a sus reuniones. Se trata de una federación de grupos que, en todo el país, luchan por los derechos de los indios en el seno del Raj. Allí Bibi ha encontrado gente como ella, la mayoría educados en instituciones inglesas, atrapados en las mismas preguntas. ¿Cómo ser indios británicos sin tener los mismos derechos que los ingleses? ¿Cómo vivir toda la vida entre el lujo y la miseria? Representan el fermento de una nueva India, muy distante de la del Gran Durbar de Delhi. Pero todavía son escasos.

Anita y Bibi se dirigen en busca de Dalima, a su aldea, que se encuentra a unas tres horas de distancia de la ciudad. Hacen el recorrido a caballo, en una mañana soleada. Cuando llegan al pueblecito, un grupo de niños las rodea, intimidados y curiosos al ver que alguien acude a un lugar a donde nunca va nadie. La casa de Dalima es un pequeño edificio de ladrillo que destaca entre tanta choza de barro. Menos pobre de lo que pensaba Anita.

—Dalima está en la clínica —dice tímidamente la voz de una joven campesina.

—¿En qué clínica?

—En Jalandar.

En la casa les recibe la familia del marido. Una mujer al borde del llanto, la suegra, les dice que su hijo murió hace un mes, de fiebre roja,[1] tras una agonía de varios días.

—¿Y Dalima?

—La cobra siempre muerde dos veces —prosigue la mujer, aludiendo a que una desgracia nunca llega sola—. Ha sido una pena muy grande —añade mirando a la pared del fondo de la habitación. El muro está ennegrecido, como si hubiera habido un incendio. Hay ceniza en el suelo.

—Dalima estaba preparando la cena, y de pronto la oímos gritar. Acudimos para salvarla, pero estaba envuelta en llamas.

1. Tuberculosis.

—¿Dónde está la pequeña? —pregunta Anita.

—Con nosotros. Nos haremos cargo de ella —responde la mujer con un suspiro.

Anita busca a la pequeña con la mirada y la encuentra en un rincón, jugando con trocitos de madera y un retal de tela. Al ver a Anita, le sonríe. Y la española siente una punzada en el corazón.

Las dos amigas regresan a Kapurthala. Van al paso por un camino polvoriento a orillas de un río. Se cruzan con mujeres vestidas con saris multicolores que llevan cántaros de cobre llenos de agua sobre las cabezas. Bibi está pensativa, con el ceño fruncido.

—¿Qué piensas, Bibi?

—Que el incendio ha sido intencionado. Que han querido matarla.

—¿A Dalima? ¿Quién querría matarla, si es un ángel?

Anita sólo ha visto de la India una imagen parcial, la del fasto, el poder y la elite. De la India rural sólo conoce los paisajes idílicos.

—Es muy fácil que la vida de una mujer se convierta en un infierno —le dice Bibi—, especialmente cuando muere su marido. ¿Has oído hablar del *sati*?

Todos los extranjeros han oído hablar de esa práctica ancestral del hinduismo, por la que las viudas deciden subir a la pira funeraria de sus maridos para sacrificarse, convencidas de que así vivirán juntos una vida eterna. Además, la mujer que hace *sati* está convencida de que une su alma a la de la diosa Sati Mata, lo que aportará buena suerte a su familia y a su pueblo durante siete generaciones.

—Algunas veces las mujeres que hacen *sati* lo hacen de manera voluntaria y se las venera como a santas —prosigue Bibi—, pero la mayoría de las veces las fuerzan a hacerlo... ¿Y sabes quiénes las obligan?

Anita se encoge de hombros, y niega con la cabeza.

—La familia del marido. Es una manera de quedarse con los bienes de la viuda, especialmente las tierras, la casa, las joyas si las hay, etc. Hay otra forma más directa de deshacerse de una viuda que no quiere hacer *sati*, y es provocando un incendio... Hacen pasar por un accidente lo que es un asesinato puro y simple.

—¿Estás segura de lo que dices?

—Bastante segura, sí. Los médicos con los que he hablado en mis visitas a los hospitales están muy sorprendidos del alto número de mujeres hindúes que mueren quemadas en accidentes domésticos. Siempre lo dicen. Veinte veces más que las musulmanas. ¿No te parece raro...? Lo malo es que es un crimen muy difícil de probar, y casi siempre los culpables salen impunes.

El día siguiente hacen el trayecto en el coche de Bibi hasta el hospital público, un pequeño edificio destartalado a las afueras de Jalandar. A la entrada hay dos carros apoyados contra el suelo, pintados de blanco y con una cruz roja. Son las ambulancias. Las dos mujeres pasan por un pequeño despacho donde una enfermera bebe té en medio de paquetes de papeles atados con cuerdas. Algunos papeles deben de estar allí desde hace varios monzones porque se han desintegrado. La enfermera las acompaña a otra sala, un poco más grande, con unas veinte camas. Pasan delante de un viejo aprisionado de la cabeza a los pies por un caparazón de escayola. Otros heridos intentan agarrarse al sari de la enfermera. Huele a éter y a cloroformo. Dalima está en una cama metálica, al fondo de la habitación, con una botella de suero como centinela. Tiene la cabeza, el rostro y gran parte del cuerpo vendados. Está dormida, o quizás inconsciente.

—Tiene quemaduras por todo el cuerpo —dice la enfermera—. Todos pensamos que no sobreviviría, pero poco a poco está saliendo adelante. Sufre muchos dolores.

—Quiero llevarla al hospital de Lahore —dice Anita.

—No la admitirán. Es india.

—Ya nos encargaremos de que la admitan —añade Bibi.

El hospital inglés de Lahore es un edificio blanco, como una gran villa colonial. Es el lugar más cercano para atender los casos graves. Bibi, con toda su energía y determinación, convence a las monjitas para que acepten a Dalima. No es europea, pero la paciente trabaja para el maharajá de Kapurthala: un argumento de peso.

Durante semanas, Anita y Bibi visitan a Dalima casi todos los días hasta que la mujer recupera la conciencia. La primera palabra que pronuncia es el nombre de su hija.

—No te preocupes de nada. Cuando estés recuperada, iremos a buscarla.

Pero Dalima llora, y lo hace desconsoladamente. Las lágrimas brotan a través de las costras de su rostro, desfigurado para siempre. Nunca quedará como antes, porque las quemaduras le han afectado el sesenta por ciento del cuerpo. Pero está viva, eso es lo que importa.

Poco a poco, a través de las breves conversaciones mantenidas con Dalima, se va confirmando la idea que había apuntado Bibi. El incendio no ha sido accidental, sino provocado. Y la historia viene de lejos. Tiene su origen en las conversaciones previas a la boda, cuando el padre de Dalima, un campesino paupérrimo, prometió una dote que luego no fue capaz de satisfacer. Varias veces los suegros y cuñados de Dalima la habían amenazado para que su padre terminase de pagar la dote. ¿Cuándo llegarían las dos vacas y las dos cabras prometidas? ¿Y los platos de latón, y los cántaros de cobre? El marido de Dalima, espoleado por su familia, se la reclamaba muchas veces; en realidad, siempre que deseaba imponer su voluntad sobre su mujer. En las discusiones más agrias, llegó hasta amenazarla con repudiarla y con robarle a su hija. La pobre Dalima vivía un infierno en su casa, por eso le gustaba tanto quedarse en el palacio. Y Anita no sabía nada.

—¿Por qué no me lo dijiste? Hubiera comprado yo las dos vacas y las dos cabras y ellos te hubieran dejado en paz...

—No, *Madam*. Mi marido tenía dinero de sobra. Su familia hubiera inventado otra cosa para deshacerse de mí... Querían casarle con la hija de un *marwari*,[2] por eso me hacían la vida imposible, para que yo desapareciese.

Dalima era un obstáculo para el enriquecimiento de su familia política. El sueldo que recibía de Anita distaba mucho de compensar lo que hubieran ganado casando de nuevo al hijo. Ha tenido la mala suerte de caer en una familia sin escrúpulos. Anita, empeñada en llevar a los culpables ante la justicia, se enzarza en las primeras discusiones que tiene con su marido.

—No hay pruebas —le dice el maharajá—; además, es mejor no meterse en los asuntos internos de una comunidad. Los hindúes se las arreglan entre ellos, al igual que los musulmanes. Cada comunidad tiene sus leyes.

—¿Entonces para qué sirve el tribunal de Kapurthala?

El maharajá ha instaurado un sistema judicial parecido al que rige en la India británica, con dos jueces formados en el Indian Civil Service, donde se fragua la elite de los administradores. El tribunal dirime conflictos de deudas impagadas, de lindes de tierras, de herencias, de robos, etc. Los casos de sangre son prácticamente desconocidos y el maharajá nunca ha utilizado el exclusivo derecho que los ingleses le confirieron en 1902 en lo referente a imponer la pena capital.

—Los casos como el de Dalima los juzgan los propios ancianos de las aldeas, los *panchayats*. Y es mejor que sea así.

2. Miembros de la casta de comerciantes, en general, adinerados.

—Allí nadie les juzgará porque la familia del marido es la más rica de la aldea y tiene a todo el mundo atemorizado.

—Para llevar el asunto a los tribunales, es preciso que exista un caso claro, una denuncia policial, unas pruebas... ¡Y no hay nada de eso!

—¡Como en el caso del juez Falstaff!... ¡Me río de las pruebas!

La alusión de Anita hiere al maharajá. Se refiere al anterior juez de Kapurthala, un inglés llamado Falstaff, un hombre rígido que se hizo famoso por una anécdota ocurrida durante la vista del caso de un musulmán, que alegaba haberse casado con una mujer sij y haber tenido varios hijos con ella. El argumento del musulmán se basaba en que ella se había convertido al islam, y como símbolo de su conversión, se había depilado todo el cuerpo, algo prohibido por la fe sij. El abogado del marido aportó una prueba que consideraba irrefutable, guardada dentro de un sobre que colocó sobre la mesa del juez. El sobre contenía el vello púbico de la mujer. «¡Quite eso de aquí!», gritó el juez, escandalizado. La anécdota sirvió para dar a conocer el Tribunal de Justicia de Kapurthala en toda la India. Pero al maharajá la anécdota ha dejado de hacerle gracia.

—Me parece indigno por tu parte que ridiculices a la justicia de nuestro Estado. Al burlarte de ella, te burlas de mí.

—Perdona, *mon chéri*. Pero me exaspera mucho esta historia.

—Pues cálmate y olvídate del asunto. Es lo mejor que puedes hacer.

Anita guarda silencio, y después vuelve a la carga.

—Puedo hacer que Dalima ponga una denuncia.

—No lo hagas —le dice su marido en un tono que no admite discusión—. El Estado no va a ganar nada con ello. Y tú, tampoco.

—¡Se hará justicia!

—Anita, vivimos en un Estado donde hay tres comunidades. Nosotros, los sijs, somos minoría y gobernamos a más de la mitad de la población musulmana y a los hindúes, que representan una quinta parte. Nos interesa no causar fricciones y que reine la armonía entre todos. ¿Entiendes? Si no, sería el caos, y con el caos perdemos todos. Mantener el equilibrio es mucho más importante que hacer justicia en un caso tan turbio como el de Dalima. Así que sigue mi consejo: recupera a tu doncella y olvídate del resto.

Es inútil insistir. La lección que Anita saca de la discusión con su marido es bien clara: la justicia es un lujo al alcance de muy pocos. Ahora se trata de recuperar a Dalima. Más que el dolor insoportable de las llagas purulentas, más que las cicatrices y los nervios en carne viva, más que la soledad del hospital o la desesperación de saberse mutilada, la española sabe que lo que más la hace sufrir es la suerte que pueda correr su hijita, un año mayor que el pequeño Ajit. Ni siquiera hace falta que se lo pregunte, lo sabe. Inmovilizada y con la mirada fija en las aspas del ventilador colgado del techo, Dalima sólo piensa en la pequeña. ¿Le darán bien de comer? ¿La tratarán con dulzura? Y sobre todo, ¿cuándo la volveré a ver? ¿Cuándo podré abrazarla contra mi cuerpo? El sufrimiento moral le resulta más difícil de soportar que el físico.

Anita lo intuye, y está dispuesta a ayudarla hasta el final. Sabe que sin el apoyo de su marido nunca conseguirá llevar a los agresores ante un tribunal, pero por lo menos quiere quitarles a la pequeña y devolvérsela a su madre. Pero tiene que hacerlo sin escándalo, sin que ello repercuta en el maharajá para no irritarle aún más.

De nuevo es Bibi quien se presta a colaborar. ¿Pero qué hacer? ¿Plantarse de nuevo en la aldea, discutir con la familia y llevarse a la niña a la fuerza? Eso es imposible.

—Tengo una idea —dice Anita—, les daré dinero por llevarme a la niña. ¿No es dinero lo que quieren?

—Encima de lo que han hecho, ¿vas a pagarles?

Bibi tiene razón. Sería el colmo. Al final, llegan a la conclusión de que no pueden hacerlo solas, como la última vez. Tienen que ir acompañadas, tienen que ir con alguien que sirva de fuerza intimidatoria.

—Hay que meterles miedo, es la única manera de que devuelvan a la niña.

Anita se queda pensativa. Hay alguien que siempre se ha mostrado solícito y servicial con ella, alguien sin cuyos buenos oficios quizás hoy no sería la mujer del maharajá. A lo mejor Inder Singh, el capitán de la escolta, el imponente oficial sij que un día fue a verla al pisito de Madrid, les haría ese favor.

Inder Singh trabaja en palacio, pero vive en una aldea, en una casa amplia de planta baja en compañía de su mujer, de sus dos hijos y de sus padres. Bibi y Anita aprovechan una salida a caballo para ir a visitarle al atardecer. Se lo encuentran en el porche de su casa, bebiendo té, calzado con babuchas y vestido con un longhi y una camiseta. Aun así, relajado, desprende un aire de cultivada elegancia. Las mujeres le explican el caso con todo lujo de detalles y él las escucha con detenimiento. Conoce el problema de las dotes impagadas entre las familias hindúes. Está al corriente de los «incendios domésticos» porque lo ha leído en la *Civil and Military Gazette*, a la que está abonado. Está dispuesto a intervenir. ¿No pregona el sijismo la lucha contra la discriminación de la mujer? Él es un sij practicante, que realiza el recorrido alrededor del Templo de Oro una vez al mes en compañía de su familia. ¿No dice el libro sagrado que, si se presenta una oportunidad para hacer el bien, hay que aprovecharla? Una sola duda cruza su mente.

—¿Lo sabe el maharajá?

Anita se muerde los labios. Vacila en el momento de responder, pero enseguida añade:

—Sí, claro.

De modo que, al día siguiente, Anita y Bibi, escoltadas por cuatro guardias uniformados y armados con lanzas con el banderín triangular de Kapurthala en la punta, y por Inder Singh, abriendo la marcha con su aspecto habitual de gran señor, llegan a caballo a la aldea de Dalima. Esta vez la sorpresa de los niños del pueblo es mayúscula. Que lleguen dos mujeres foráneas ya es extraño, pero que lleguen los soldados de la escolta personal del maharajá es todo un acontecimiento. En la casa del ex marido de Dalima cunde el nerviosismo. «¿Vendrán a detenernos?», parecen preguntarse. Sus miradas de miedo son la confirmación de que el golpe de efecto ha funcionado. Entregan a la pequeña sin rechistar, sin oponerse y sin librar batalla, con una parsimonia sorprendente, como si hubieran estado esperando ese momento. Su tranquilidad e impasibilidad dejan perplejas a las dos amigas.

—En lugar de luchar por quedarse con la niña, parece que se quiten un peso de encima —comenta Anita.

—¡Una menos que tendrán que casar! —dice Bibi—. Ésa es la lógica de esta gente.

Cuando, al cabo de dos días, Dalima ve entrar a su hija en la habitación del hospital, seguida de Anita, su rostro se ilumina con la primera sonrisa que logra esbozar después de todo lo que ha pasado. Es la sonrisa de quien sabe que va a sobrevivir y que, después de haber tocado fondo, de nuevo va a emerger lentamente a la vida porque ése es su deber de madre. La rueda del karma gira para todos, lenta e inexorablemente.

34

Anita está muy lejos de pensar que los cuidados que dispensa a Dalima con todo su cariño ésta se los va a devolver con creces, y muy pronto.

Al principio, cuando siente los primeros dolores, Anita piensa en un nuevo embarazo. Son dolores agudos, que atacan por sorpresa y la dejan exhausta. Es fácil achacarlos a la incipiente ola de calor. En la India, al verano, incluido el monzón, los médicos lo llaman «la temporada insalubre». Es cuando se disparan las infecciones, se despiertan los males y se desperezan los dolores. Como si el calor fuese el catalizador de todos los enemigos del cuerpo humano.

El Dr. Warburton se ha jubilado y ha vuelto a Inglaterra; ahora es el Dr. Doré, un francés, el encargado de velar por la salud de la familia real de Kapurthala. El médico no duda en su diagnóstico: Anita tiene quistes en los ovarios. No es grave, pero desaconseja operar. Se reabsorberán con el tiempo.

Los calambres que Anita sufre en el vientre, acompañados de fiebre algunos días al atardecer, la dejan abatida. No tiene ganas ni fuerzas para montar a caballo ni jugar al tenis. Pero lo peor, lo que le provoca una fuerte tensión interna, es que el amor ha dejado de ser fuente de placer para convertirse en un orgasmo de dolor. Ni siquiera soporta una caricia en la «casa de Kama». Al principio, se esfuerza en disimular. Sus gemidos son parecidos a los del amor, pero son de puro sufrimiento. Busca con la mirada el reloj de leontina que siempre aparece brillando entre la ropa de su marido desperdigada por el suelo, como si el hecho de tomar conciencia del tiempo y de la rapidez del amor le aliviase los dolores. Pero acaba sudando y jadeante, con las entrañas en carne viva, encerrada en sí misma y aguantándose las lágrimas. El «amor de los lotos» o las «fases de la luna», que tanto le gustan al maharajá, se convierten en un suplicio para ella. No se atreve a confesar su dolencia por miedo a perder su lugar de privilegio en la órbita de su marido. Por miedo a caer. Entonces se hace experta en esquivar los encuentros íntimos, en inventar excusas, y toma la iniciativa para adelantarle el placer.

Un día, de pronto, desaparece la presión y él deja de buscarla. «Algo raro ha notado en mí —dice para sus adentros—, ¿habré dejado de gustarle?» Su miedo le resulta familiar, es el mismo que sintió en París, cuando el maharajá demoraba su regreso tras dejarla un año sola allí. Es un poso de la ancestral sabiduría femenina, que teme que la estrella se apague cuando el cuerpo se marchita. El miedo a convertirse en flor de un día. «El Dr. Doré me ha dicho que no te conviene hacer el amor.» Así, con esa frase tan sencilla que bien hubiera podido pronunciarla ella, su marido la libera de la esclavitud del dolor.

—Sólo durante un tiempo —añade Anita.

La mujer cuenta los días para el traslado anual a Mussoorie, a las montañas, donde acostumbran pasar los cuatro meses de verano en el magnífico *Château Kapurthala*. Espera que el cambio de aire la vivifique. El viaje es toda una operación de logística, ya que también se traslada allí la sede del gobierno del Estado. Es una mudanza comparable a la que hace el gobierno del Raj una vez al año de Delhi a Simla, pero en miniatura. El director general de los mayordomos controla que todo esté en orden porque suele ser necesario alquilar casas adicionales para poder acomodar a tanta gente. Este año, por primera vez, Anita tiene que compartir el *Château* con las demás mujeres. Aunque el sitio es grande, no deja de ser una experiencia aterradora. La ola de calor se prevé tan intensa que nadie quiere permanecer en Kapurthala. El equipaje ocupa varios vagones porque también se llevan consigo a los mejores caballos, a los perros y a algunas de las aves más delicadas incapaces de soportar el calor de la llanura, como los faisanes japoneses del maharajá, que viajan en jaulas especiales, cada uno con su cuidador.

En Mussoorie no existen los automóviles y el tráfico se compone exclusivamente de caballos, *rickshaws* y peatones. Anita y el maharajá se sientan en su *dandi* (silla llevada por porteadores) y son transportados por cuatro criados uniformados por el camino que sube por la montaña. Poco a poco va surgiendo la magnífica vista de los torreones cubiertos de pizarra brillando al sol y del tejado típico de los castillos franceses. *Château Kapurthala* es el edificio más importante de Mussoorie. El aire cristalino y los rododendros en flor evocan una eterna primavera.

Pero el estado de Anita es melancólico y otoñal. Sus constantes molestias impiden que disfrute de la atmósfera desenfadada de este lugar de veraneo. No está de humor para asistir a ninguno de los bailes de disfraces y, si acompaña a su marido a alguna cena o recepción, lo hace por seguir en la brecha de su papel de esposa. Pero está inapetente, desganada y mustia. Él se muestra paciente y comprensivo, como siempre. Ni siquiera le ha reprochado que hubiese organizado el rescate de la hija de Dalima, ni que hubiera involucrado a Inder Singh haciéndole creer que contaba con su aprobación. Nada más enterarse, quiso regañarla, irritado por tanto atrevimiento, pero como el mal ya estaba hecho optó por callar. Evitar la confrontación directa —siempre que puede— constituye un rasgo de su carácter.

Otro rasgo de su carácter lo constituye su insaciable hambre de vida social, y Mussoorie en verano es una fiesta, sólo comparable a Simla. El torneo de tenis estival es un acontecimiento deportivo de primer orden y los paseos a caballo son magníficos.

Las fastuosas cenas permiten conocer a gente nueva y los bailes de disfraces son el escenario ideal para seducir, o dejarse seducir. Un arlequín y un hada con capirote, un fantasma y una bruja con escoba, un dandy y una amazona... Los disfraces esconden a oficiales británicos, altos funcionarios, señoras inglesas, indios de la alta sociedad, incluidos maharajás y maharanís, que disfrutan a fondo con este ambiente de galanteo. Algunos acaban la fiesta en un rincón del jardín, otros siguen hasta el amanecer. En unas aguas tan frívolas y excitantes, un personaje vistoso y amante de la lujuria como el maharajá cae fácilmente en la tentación: «La conoció en una cena en la mansión de Bhupinder Singh de Patiala, a la que el maharajá acudió solo porque Prem Kaur, su esposa española, estaba convaleciente —cuenta Jarmani Dass, que por entonces era su ayudante de campo, pero que llegaría a ser primer ministro de Kapurthala—. Enseguida le gustó, estuvo mirándola un buen rato y, en cuanto pudo, se puso a hablar con ella. La inglesa iba acompañada, quizás por su novio o por su marido, pero, como era una apasionada de la equitación, el maharajá supo entretenerla durante toda la velada.» Acabó prestándole dos caballos, uno para ella y otro para su marido, un préstamo que ella aceptó con gran entusiasmo. Pero a los quince días mandó que se llevaran los caballos y, tal como había pensado, la inglesa fue a suplicarle que se los prestase de nuevo. El maharajá accedió, pero le puso una condición: que le acompañase al baile de disfraces que iba a dar un amigo suyo, el rajá de Pipla. Ella aceptó. «Estuvieron toda la velada bailando y, al final, el maharajá pasó una noche gloriosa con ella», diría Jarmani Dass. Luego se supo que el maharajá la obsequió con un par de sus mejores caballos y con joyas. Desde entonces, fueron amantes durante muchos veranos.

Anita está demasiado cansada para sospechar los devaneos de su marido. A través del circuito de los sirvientes, la noticia no tarda en llegar a oídos de Dalima, pero ésta no abre la boca. Está volcada en procurar el bienestar de su señora, que languidece y apenas disfruta jugando con su hijo como en otros veranos. Ajit, a sus cinco años, es un niño feliz, rodeado de amiguitos y de primos. Se mueve libremente por todo el palacio, y siempre es bien recibido en la *zenana* cuando las mujeres del maharajá dan una merienda o festejan algún cumpleaños infantil. Que Harbans Kaur le haga la guerra a Anita no significa que se la haga a su pequeño. Al contrario, siempre se muestra cariñosa con él, ya que, al fin y al cabo, es hijo de su dueño y señor.

A partir de ese verano de 1913, en Mussoorie, Anita nota cambios en el comportamiento del maharajá. Ella se culpa a sí misma, achacándolo a su pobre estado físico y emocional, al peso de los cinco años de matrimonio y la presión constante a que la familia y los ingleses la someten. Aunque siempre dice que no le afecta personalmente, sin embargo piensa que forzosamente ha de repercutir en su marido. «Debe de estar harto de tener que defenderme —se dice—, de tener que pelearse por mí.» Es así como interpreta la petición que le hace el maharajá, ya de vuelta en Kapurthala, al acercarse su cumpleaños. «Preferiría que no acudieses a la *puja* —le pide el rajá— para evitar tensiones con la familia. Además de Paramjit y Brinda, este año también asistirán Mahijit y su novia.» La familia se ha unido en bloque, y esta vez el maharajá prefiere ceder para mantener la paz.

—Dentro de nada, te vas a deshacer de mí, como de una concubina más... —le dice Anita.

—No digas tonterías.

Mientras la familia está reunida con los sacerdotes, ella pasa el cumpleaños sentada en un rincón de su jardín de palacio, escribiendo en su diario «después de lo de ayer, me siento un poco dolida».

A pesar de la belleza idílica del palacio, de la cervatilla que pasea por el parque, de las ovejas abisinias que pastan un poco más lejos, de la risa de su hijo jugando con otros niños en el jardín y del agua que corre en las fuentes, Anita se siente invadida por un sentimiento de tristeza, como si adivinase la fragilidad de cuanto la rodea y como si intuyese que no puede durar. Es un sentimiento insidioso, que brota cuando cree descubrir cambios en su marido. Lo encuentra cada vez más evasivo, más lejano y más propenso a la exasperación. Cuando están juntos, ya no es el hombre tranquilo de antes, sino que más bien parece un león enjaulado. Anita empieza a sospechar. ¿Qué hace tanto tiempo fuera del palacio? ¿A quién visita? En su fuero interno, está convencida de que su marido vuelve a frecuentar sus concubinas.

Con esta perspectiva y sin poder moverse, ni hacer deporte, ni pasear, la vida en Kapurthala es muy tediosa. El niño no precisa de cuidados constantes como en su primera infancia, y, aunque ella se encarga de enseñarle español, tiene sus propios tutores y una *nanny* inglesa para las demás materias. En el palacio siempre hay niños, ya sean hijos de antiguas concubinas o hijos de funcionarios, de modo que Ajit nunca está solo. Se juntan y juegan con los perros y con la cervatilla, o se divierten con los loros del aviario, porque el parque es una fuente inagotable de distracciones. Conocen el palacio como la palma de su mano y, cuando se cansan de estar fuera, bajan a los sótanos a pedir un lápiz, o papel, o cinta para jugar, y los empleados, que les tienen muy mimados, acceden a todos sus caprichos. Les gusta perderse en las profundidades del edificio, llegar al cuarto de la caldera, siempre lleno de misterio, o visitar los almacenes con botellas de champán, de vodka o de ginebra, las bodegas repletas de los mejores caldos franceses y los cuartos de la ropa, cálidos y perfumados, donde las criadas ordenan por números de habitación la ropa de cama que luego colocan en distintos armarios. Cuando hay recepciones y bailes, se escapan de sus dormitorios para espiar tras la balaustrada del Durbar Hall a sus tíos y parientes bailando al son de la orquesta. Corren el riesgo de volverse tremendamente caprichosos, como lo han sido los cuatro hijos del maharajá. Un verano, cuando tenían doce años y su padre les dejó solos en un palacio de las tierras de Oudh, salieron de cacería y se dedicaron a matar todo lo que se ponía a tiro. Una noche ordenaron a los criados que les llevaran comida y bebidas alcohólicas a un cuarto cuyo suelo estaba lleno de colchonetas, como se lo habían visto hacer a su padre. Al enterarse de ello, una de las niñeras inglesas les mandó devolver la comida y las bebidas bajo la amenaza de contárselo todo al maharajá. Los niños, furiosos, decían que la iban a despedir.

—No, *darling*, no podéis echarla —les decía la otra niñera, que era india—. Vuestros padres la han contratado y vosotros no la podéis despedir.

—Pues entonces le voy a pegar un tiro —zanjó uno de los hijos.

—Con eso no conseguirás nada, *darling*... —seguía diciéndole el *aya* para apaciguarle.

Así de caprichosos eran los hijos de los maharajás.

Anita no está dispuesta a que su hijo acabe igual. Pero es difícil impedirlo a causa de las numerosas ausencias que provocan sus frecuentes viajes. Siempre que vuelve a casa, lo encuentra un poco más salvaje que cuando lo dejó. Las indias, Dalima incluida, son demasiado blandas y condescendientes con los hijos de los amos, quizás por un miedo atávico, heredado de la ley del karma, que les hace pensar que un día esos niños pueden llegar a ser sus jefes y a mandar sobre ellas o sus familias.

La boda de Mahijit con una india de alta alcurnia no es un acontecimiento tan ostentoso como fue la de su hermano mayor Paramjit, pero aun así se celebra con una fiesta para dos mil invitados. Anita vuelve a ser la encargada de coordinar los preparativos. Ha recuperado poco a poco la salud, tal y como había previsto el Dr. Doré, y se encuentra de nuevo con fuerzas para lidiar con todos los detalles. Pero no tiene el mismo entusiasmo que en la boda anterior, cuando pensaba que su estatus en la familia cambiaría. Ahora no se hace ilusiones. La India es un país compartimentado y estratificado en el que todos ocupan un lugar definido. Excepto ella, que vive en una especie de limbo social. De la mujer de Mahijit no espera nada. Es una chica rajput de las montañas, escogida por el maharajá por su nobleza de sangre. Pero es una joven muy tímida, apocada, que no habla nada de inglés y que acabará encantada en el interior de las cuatro paredes de la *zenana* haciendo coro contra la española. Anita augura a los nuevos esposos un escaso porvenir como pareja.

Los dioses también opinan lo mismo, a juzgar por la señal que mandan el primer día de la celebración. Los fuegos artificiales, que se lanzan desde un lugar demasiado cercano al campamento de los elefantes, causan tanto pánico que, entre barruntos, los paquidermos tiran de sus cadenas y las rompen. En la estampida, mueren aplastados tres cuidadores. Aunque el efecto del accidente se minimiza en palacio, en la calle la gente está asustada porque varios animales se han escapado. El director de las cuadras del Estado organiza una batida en toda regla y los recupera, uno a uno, ya tranquilizados. Según el pueblo, es un mal augurio para los recién casados.

Anita es responsable de otro incidente, sin mayores consecuencias, y que se hará famoso en toda la India. Su marido, siempre solícito, le ha pedido que haga todo lo posible para satisfacer los gustos de sus invitados más importantes, en este caso el nuevo gobernador del Punjab y su mujer lady Connemere. Dicha lady es conocida por su afición sin límites al color malva y él mismo, en un gesto de suprema cortesía, piensa llevar en su honor un turbante de ese color. Anita redecora la suite de los gobernadores mandando confeccionar colchas estampadas en tonos lila, cortinas a juego, y hasta consigue un papel pintado inglés, el último grito en decoración, con motivos florales en tonos azules y morados. Llena los floreros de violetas y, colmo del refinamiento, se le ocurre cambiar el papel higiénico blanco por otro de color lavanda. Después de numerosas pesquisas, resulta que no hay papel de ese color en toda la India. Como no hay tiempo para encargarlo a Inglaterra, se le ocurre solicitar los servicios de la compañía del ferrocarril, cuyas sofisticadas instalaciones de Jalandar son capaces de hacer milagros. Y en efecto, consiguen teñir varios rollos de papel blanco de color morado. Satisfacer la pequeña obsesión de la esposa del gobernador le proporciona a Anita un inmenso placer.

Cuando el día de la boda, el maharajá saca a bailar a lady Connemere después del banquete nupcial, la inglesa se deshace en agradecimientos y elogios: «Todo es maravilloso en la suite que nos habéis ofrecido, Alteza —le dice—, pero pasa algo raro con el papel del baño porque tengo todo el cuerpo morado.»

El maharajá no puede parar de reír cuando, terminada la boda, le cuenta a Anita su conversación con la dama. «No se puede ser tan perfeccionista», le dice cariñosamente.

35

A principios de 1914, Anita y su marido responden por fin a la invitación del nizam de Hyderabad, el hombre pequeño y enjuto que reina sobre el Estado más extenso y poblado de la India. El mismo que se quedó prendado de Anita nada más conocerla durante la luna de miel en Cachemira. De todos los exóticos y singulares príncipes, éste es sin duda el más sorprendente. Erudito y piadoso musulmán, descendiente de Mahoma y heredero del fabuloso reino de Golconda, está considerado el hombre más rico del mundo. Dispone de once mil criados, de los que treinta y ocho se dedican exclusivamente a quitar el polvo de los candelabros. Acuña su propia moneda, y su legendaria fortuna sólo es comparable a su no menos legendaria avaricia. Posee una colección de joyas tan fantástica que se dice que puede tapizar con ellas las aceras de Piccadilly. Guarda maletas llenas de rupias, de dólares y de libras esterlinas empaquetadas en papel de periódico. Una legión de ratas, para las que esos billetes son su alimento favorito, deprecian la fortuna en varios millones cada año. Dicen que cuando está solo, sin invitados, se viste con miserables pijamas y sandalias compradas en el bazar local y que lleva siempre el mismo fez, endurecido por el sudor y la mugre. Si los calcetines que usa tienen algún agujero, ordena a los criados que los remienden.

Sus aficiones consisten en tomar opio, en escribir poesía en urdu y, al igual que el maharajá de Patiala, en contemplar operaciones quirúrgicas como quien asiste a un partido de cricket. También cultiva una pasión por una terapia más benigna inspirada en la Grecia antigua y conocida como *Unani*, que consiste en administrar infusiones de hierbas mezcladas con piedras preciosas molidas. Según el nizam, una cucharadita de perlas molidas mezcladas con miel es un remedio infalible contra la hipertensión. En consecuencia, Hyderabad se ha convertido en el único lugar del mundo con un hospital gratuito especializado en *Unani*.

Pero el nizam también ha conseguido convertir a su Estado en un importante centro de cultura y arte. La Universidad Osmania fue la primera en la India en enseñar una lengua indígena y, en general, la educación en todo el Estado es ahora mucho mejor que la del resto del país. Hyderabad es el mayor centro de producción de literatura en urdu, y sus pobladores han desarrollado costumbres sofisticadas en el vestir, en el idioma, en la música y en la comida.

Cuando Anita y el maharajá llegan a la cena de bienvenida que se va a celebrar en el Palacio del Rey, a las ocho en punto, el nizam los espera en lo alto de la escalera con todos sus oficiales colocados a ambos lados como manda el protocolo. Para satisfacción del maharajá, entre una multitud de invitados también están presentes el residente inglés, el señor Fraser, y su mujer. El nizam les presenta a Anita como si fuese la maharaní, y la inglesa no duda en hacer la reverencia ante la española. ¡Qué momento tan dulce! Ante este soberano, el más poderoso de todos, los ingleses se doblegan. El nizam es quizás el único que no necesitaría el paraguas británico para gobernar. De hecho, sueña con la independencia de su Estado.

Tras las presentaciones, el secretario particular del nizam se acerca misteriosamente a Anita y le ruega que haga el favor de seguirle un momento. «¡Cuál no sería mi asombro cuando me mostró un magnífico joyero de terciopelo azul, que me entregaba en nombre del nizam en calidad de regalo, rogándome que lo aceptase y que no dudara de sus buenas intenciones!», cuenta Anita en su diario. En su interior, descubre una soberbia gargantilla antigua de perlas, esmeraldas y diamantes. Permanece un instante dubitativa. Ese gesto le trae a la memoria las cinco mil pesetas que un día le ofreció el maharajá. Su primera reacción es rechazarlo. Pero un segundo después cambia de opinión: ¿acaso no sería un pecado desestimar algo tan maravilloso? Sabe que no es habitual que un monarca musulmán agasaje a la esposa de otro monarca en público y en presencia de su marido. Cuando Anita levanta la cabeza, se encuentra con la mirada del maharajá clavada en ella, con el ceño fruncido, como si estuviera pidiéndole que no aceptara el regalo. Pero Anita vuelve a revivir toda la angustia de los últimos tiempos en Kapurthala, sus sospechas sobre la infidelidad de su marido, la desazón que le provocan sus cambios incomprensibles y la desagradable sensación de fragilidad de su propia posición, de modo que no se lo piensa más y se pone la gargantilla. Aferrarse a las joyas es una manera de luchar contra su permanente sensación de inseguridad.

«Cuando regresé al salón, el nizam me recibió con una sonrisa de satisfacción.» Ya en el comedor, a Anita le toca el inmenso honor de ocupar la silla situada a la derecha del soberano. «Quiero que disfrutéis de la fiesta, por eso he invitado a unos pocos amigos», le dice al sentarse. Anita echa un vistazo a la mesa, donde cerca de cien personas toman asiento.

El nizam parece tan fascinado por Anita como el primer día, cuando la conoció en Cachemira. Se siente cautivado por su independencia, por lo que le cuenta de España, por su visión de la India y por su gracia.

—Estoy segura de que le encantaría Europa —le comenta la española.

—Me gustaría hacer el viaje —contesta sobriamente—, pero dicen que es muy caro.

A Anita se le abren mucho los ojos. Pasea la mirada por el comedor, decorado con candelabros de cristal de Bohemia, lleno de gente enjoyada que cena en platos de oro. Al notar su sorpresa, el nizam le explica:

—Dicen que, al viajar como soberano de Hyderabad, debo trasladarme con mi propio séquito.

—Pero seguramente os podéis permitir dar varias veces la vuelta al mundo.

—Sí, puedo permitírmelo —dice con un suspiro—, pero es caro. Mis consejeros dicen que costaría unos diez millones de libras.

Ante la expresión afligida de Anita, el nizam se echa a reír con ganas.

—Es bastante dinero, ¿no os parece?

Al levantarse de la mesa, el nizam anuncia a sus invitados que desea mostrar el palacio a la española. Abandonan el comedor ante el ceño fruncido del maharajá, que se dedica a hacer aros con el humo de su cigarro puro. Anita y el nizam atraviesan pasillos interminables, caminando en silencio. Suben y bajan escaleras, y pasan bajo bóvedas y puertas labradas. «Había poca luz y la humedad empezaba a molestarme los ojos. Tenía escalofríos. ¿Adónde me llevaba? Llegué a preguntármelo con una punta de inquietud. Pensaba en lo furioso que debía de estar mi marido al ver que me había ido a solas con el nizam.»

Al final, llegan a un porche que da a un enorme patio donde está aparcada la flota de automóviles del nizam. Hay filas y filas de Rolls-Royce y de espléndidas limusinas «en purdah», con las persianas venecianas bajadas. A Anita no le da tiempo a preguntarle qué hacen tantos coches allí cuando ya se encuentran al otro lado del patio, en la puerta de una sala enorme, del tamaño de una estación de ferrocarril. Ante lo que están viendo sus ojos, la pregunta se le va de los labios. Permanece de pie, en el umbral de la puerta, paralizada por el asombro.

Frente a ella hay doscientas mujeres mirándola. Todas atractivas, con grandes ojos negros, bonitos cuerpos y piel dorada como el satén. Van exquisitamente ataviadas con brocados y sedas centelleantes. Llevan pulseras de oro en brazos y muñecas y anillos en los dedos de los pies. A Anita le parecen las mujeres más guapas que ha visto jamás. «¡Menudo harén!» —se dice para sus adentros, mientras se aparta de la puerta. Prefiere no entrar para no verse obligada a enfrentarse a las doscientas mujeres de un mismo hombre. Su primer reflejo es alejarse de esa cárcel dorada. Pero el nizam la agarra del brazo: «Entre —le dice— quiero que mis mujeres la vean.» La acompaña a través de hileras e hileras de deslumbrantes señoras hasta llegar a la begum Sahiba, Su Primera Alteza, un poco mayor que las demás. «Me recibió con una sonrisa y respondió con mucha amabilidad a las pocas palabras que le dirigí en indostaní. Se mostró encantada al verme con el traje indio, que llevo a veces en las veladas oficiales.»

Nada más abandonar la sala, suspira de alivio. Mientras regresan para reunirse con los demás invitados, Anita le pregunta al nizam:

—¿Cuántas mujeres tenéis?

—Unas doscientas cincuenta, aunque no estoy seguro del número exacto.

Ante el expresivo gesto de Anita, éste prosigue:

—Mi abuelo tenía tres mil mujeres. Mi padre, ochocientas. Ya ve, en comparación, soy un hombre modesto.

Regresan al salón donde los demás invitados disfrutan de un espectáculo de baile. El nizam y Anita se acercan al maharajá, que se halla nervioso e impaciente.

—He querido hacer un regalo a mis mujeres presentándoles a Anita —le explica el soberano—. Se aburren un poco. Les gusta ver un rostro diferente de vez en cuando.

El maharajá acepta la explicación del nizam, aunque sabe que la desaparición de su mujer será objeto de todo tipo de especulaciones. Al sentarse, Anita nota que es el blanco de miradas furtivas. Pero está acostumbrada a ser objeto de toda clase de habladurías, y no hace demasiado caso. Prefiere divertirse con el espectáculo. Un viejo sij, miembro del séquito de Kapurthala, está embelesado por las amables sonrisas y los gestos de la bailarina. Al final, y ante su gran decepción, resulta que la que se contonea en la pista no es una chica, sino un eunuco. El chasco le deja aturdido, mientras los demás irrumpen en una carcajada general. Anita saca un pañuelo para secarse las lágrimas de risa.

El desenfado, la alegría de la velada y el ambiente de juerga y de música son como la metáfora de una época que llega a su fin. Ninguno de los que están presentes esa noche puede imaginar que la noticia que están a punto de recibir va a modificar sus vidas y a cambiar el mundo. Al filo de las diez, la orquesta enmudece, los bailarines se apartan del estrado y las miradas se dirigen hacia la silueta del residente inglés, el Sr. Fraser, que se ha puesto de pie con gesto grave. Golpeando una copa de cristal con un cuchillo, pide silencio. Los eunucos miran entre sorprendidos e irritados al *sahib* que les ha aguado la fiesta.

—Un mensajero acaba de llegar de la Residencia con una noticia muy grave —anuncia Fraser en tono preocupado—. Inglaterra ha declarado la guerra a Alemania, en unión de sus aliados, Francia y Rusia. En esta hora solemne, os pido que colaboréis con el esfuerzo que la nación demanda al Imperio en defensa de la civilización contra la barbarie. Altezas, señoras y caballeros, levantemos las copas para brindar por Su Majestad. ¡Larga vida al Rey Emperador! ¡Viva Inglaterra!

El nizam da orden a la orquesta de que toque el himno británico. Los nobles de Hyderabad y los enturbantados sijs del séquito de Kapurthala forman una piña cantando al unísono el *God Save The King*. En días sucesivos, una misma ola de solidaridad va a recorrer los demás palacios de la India. Defender el Raj es defenderse a sí mismos, piensan los príncipes. Porque si el imperio que les protege acaba derrumbándose... ¿Qué será de ellos?

El nizam insiste en que el maharajá se quede un día más en Hyderabad. Ha organizado una fabulosa cacería, típica de su reino, que consiste en soltar un gatopardo, que se lanza a una persecución desenfrenada contra unos antílopes, mientras los huéspedes contemplan la escena desde puestos bien protegidos. Es la primera vez que los de Kapurthala asisten a un espectáculo semejante, mezcla de emoción, belleza y crueldad. Cuando los huéspedes regresan al palacio para almorzar, les espera una especialidad de Hyderabad: un plato de arroz con especias cubierto por finas hojas de pan de oro y plata, que habitualmente se comen. Esta vez Anita encuentra entre los pliegues de su servilleta doblada un par de pendientes de rubíes. «Casi no me atreví a aceptarlos», dejó escrito en su diario. Pero los guarda en su bolso, sin sospechar que eso es sólo el aperitivo. Lo que le ocurrirá esa misma tarde, a la hora en que debería partir el tren especial de Kapurthala, lo guardará como un secreto durante muchos años.

«El nizam encontró la forma de hacerme llegar un soberbio traje de dama musulmana de parte de Su Primera Alteza, quien al mismo tiempo solicitaba mi presencia en el harén una última vez.» Unas *ayas* la conducen al palacio de las mujeres, y en la puerta de entrada Anita se encuentra al nizam, esperándola.

—Quiero solicitar un favor de vuestra parte —le pide el soberano—. Quisiera que posaseis para el fotógrafo de palacio, con ese vestido de musulmana. Me lo ha pedido la *begum* Sahiba; como le gustó mucho verla con sari, ahora le gustaría verla con *sherwani*. Es un favor que os recompensaré con creces.

«¡Qué revoltijo y qué montaje hubo que hacer para que todo pareciese real en tan poco tiempo! —escribiría Anita—. ¡Y a mí sólo me quedaban unos minutos para trasladarme hasta la estación, donde el maharajá me estaba esperando!» Después de la foto, cuando Anita piensa que ya puede reunirse con su marido, un *aya* va a buscarla.

—El nizam quiere despedirse...

Esta vez, la mujer guía a Anita por otros pasillos oscuros y húmedos en un interminable recorrido por las entrañas del palacio. La española está nerviosa, el juego le parece demasiado largo, y el nizam, demasiado caprichoso. ¿Qué quiere ahora? Sabe que su marido estará furioso, esperándola en el tren.

—Enseguida llegamos —le dice el *aya*, que parece adivinar la impaciencia de la española.

De pronto se encuentran en un pequeño patio frente a unas puertas blindadas. El nizam mira a Anita fijamente, y le sonríe.

—Os dije que os recompensaría con creces... —dice entregándole un cofrecito vacío de madera. A continuación manda abrir las puertas blindadas y acompaña a Anita al interior de un almacén, débilmente iluminado. Cuando Anita se acostumbra a la oscuridad, empieza a darse cuenta de que se encuentra en una especie de cueva de Alí Babá. Como si del firmamento se tratara, las piedras preciosas amontonadas en cubos y pequeños barriles emiten impresionantes destellos. Hay cajones llenos de joyas, lingotes de oro y plata, piedras sin tallar y otras pulidas. Es lo más increíble que ha visto en su vida.

—Llenad el cofrecito hasta arriba. Es mi regalo a la más encantadora de mis invitadas.

A Anita ni siquiera se le pasa por la cabeza la idea de rechazar el ofrecimiento. Poco a poco, como hipnotizada, va metiendo piedras preciosas en el joyero hasta que éste rebosa. Luego, el nizam la acompaña hasta uno de sus automóviles con persianas venecianas.

—Aquí me despido —le dice, llevándose la mano a la frente como hacen los musulmanes.

—*Salam Aleikum* —le contesta Anita, haciendo el mismo gesto y metiéndose en el coche—. Y gracias.

Mientras tanto, el maharajá aguarda en su vagón particular. No está acostumbrado a esperar, y aún menos a dejarse humillar de semejante manera. Cuando por fin llega Anita y le cuenta lo de la fotografía vestida de musulmana como favor a las mujeres de la *zenana*, el maharajá monta en cólera. Que su esposa reciba reiteradamente regalos en público es ya una afrenta, pero que el nizam mande un fotógrafo para retratarla vestida de musulmana, mientras él y la comitiva esperan en la estación para la despedida oficial, es absolutamente intolerable.[1] Menos mal que Anita no le cuenta lo del cofrecito lleno de joyas.

—Cálmate. El nizam lo ha hecho con la mejor intención.

—No deberías haberte prestado a su juego.

—Pero *mon chéri*... —Anita no quiere discutir.

El cielo está nublado y amenaza tormenta. Se marcha con pesar por las felices horas que ha pasado, pero también con su vanidad femenina avivada. El hombre más rico de la Tierra la ha tratado como a una reina, y, de paso, la ha hecho rica. Ha conseguido despertar los celos de su marido. Entiende que él esté irritado, pero está contenta porque el nizam la ha realzado en un momento en que lo necesita. Está segura de que, a través del séquito, en Kapurthala se enterarán de su éxito ante el monarca más poderoso de la India.

—No vale la pena discutir —le dice a su marido—, ¿qué importancia tiene todo esto al lado de la tragedia que se le viene al mundo encima?

El tren avanza lentamente, rebasando los elegantes mausoleos de Malakhpet donde está enterrado un general francés que quiso ganarse los favores del antepasado del nizam; de haber tenido éxito, su marido estaría encantado porque toda la India hablaría francés. Luego divisa a lo lejos los cuatro minaretes del

1. Unos meses más tarde, el nizam mandó un telegrama al maharajá anunciándole que tenía la intención de devolverles la visita, pero el maharajá le respondió que estaba a punto de viajar a Europa y que no podría recibirle. A partir de ese momento, la ruptura de relaciones entre ambos soberanos fue total.

Charminar con su fuente y su reloj; el magnífico edificio entre inglés y mogol de la Residencia, construido por un diplomático inglés, Kirkpatrick, que se enamoró perdidamente de una sobrina musulmana del primer ministro del nizam, y todos los frágiles palacios en medio de jardines silenciosos por los que pasean ancianos con fez que siguen lamentando la pérdida de Granada. Palacios que se desgranan como las notas de un *ghazal*, baladas en urdu que cantan amores imposibles.

36

Nunca ha estado la India tan unida como en el verano de 1914. Como si las viejas tensiones y las animosidades se hubieran evaporado. Representantes de cada raza, religión y casta declaran públicamente su lealtad al Rey Emperador y su voluntad de luchar contra Alemania, la potencia que amenaza la *Pax Britannica* y, por ende, el orden imperante en la India. El maharajá es el primero en ofrecer al virrey el Regimiento Imperial de Kapurthala, compuesto por más de mil seiscientos hombres. A esto añade un donativo de cien mil libras. Ricos o pobres, devotos o depravados, decadentes o progresistas, los príncipes se vuelcan en el esfuerzo que demanda la guerra sin escatimar ni su dinero ni la sangre de su pueblo. El diminuto principado de Sangli realiza una donación de setenta y cinco mil rupias e invierte otro medio millón en bonos de guerra. Nawanagar contribuye con el equivalente a seis meses de recaudación de impuestos, y Rewa ofrece su reserva entera de joyas. Bhupinder Singh de Patiala se lanza a recorrer los 5.000 kilómetros cuadrados de su Estado y consigue reunir una tropa de 16.000 soldados sijs, altamente valorados por los ingleses por su fama de excelentes guerreros. Ganga Singh de Bikaner, que ostenta el cargo de general del ejército británico, envía a sus camelleros al asalto de las trincheras alemanas. La aportación del nizam de Hyderabad es fundamental desde el principio. El virrey le ruega que, en su calidad de líder de la comunidad musulmana suní de la India, intente convencer a sus correligionarios para que ignoren la *fatwa* —el llamamiento a la guerra santa— efectuada por el califa otomano de Turquía, que se ha aliado con los alemanes. Inmediatamente, el nizam emite un llamamiento conminando a los suyos a luchar en el bando de los aliados. Gracias a esta primera intervención, los lanceros de Jodhpur arrebatarán Haifa a los turcos en septiembre de 1917. Su vanidad de soberano se verá recompensada al final de la guerra, cuando los ingleses accedan a una vieja reclamación suya que hará que destaque sobre todos los demás príncipes. Le conceden el título, único en el mundo, de Su Alteza Exaltada. En tan sólo dos meses la India consigue poner a un millón de soldados en pie de guerra.

En Kapurthala, las intrigas palaciegas también se nutren de la Gran Guerra. Al enterarse de que Anita se ha lanzado a recaudar fondos, Brinda, espoleada por las mujeres del maharajá, anuncia su intención de hacer lo mismo. ¿No es el deber de una futura maharaní servir a su Estado? Pronto se da la paradójica situación de que hay dos funciones benéficas organizadas el mismo día y en la misma ciudad, pero en palacios distintos. Anita, furiosa por lo que considera una injerencia, irrumpe en el despacho de su marido:

—Me voy a Europa.

—¿Te encuentras bien?

—No.

—¿Qué te pasa?

—Brinda y tus mujeres están organizando los mismos actos de caridad que yo... Incluso escogen las mismas fechas para eventos similares..., hacen todo lo que pueden con tal de que yo desista. Pues bien, desisto. Me vuelvo a Europa, mi hermana me necesita.

—Alto ahí. Yo también te necesito, Kapurthala te necesita.

Hay un silencio. Anita procura calmarse.

—No me necesitas, *mon chéri*. Al contrario, soy como una piedra en tu zapato. Los funcionarios ingleses me utilizan para humillarte, y nunca conseguirás que haya paz en tu familia mientras yo esté aquí.

—Después de estos años... ¿no sientes nada por esta tierra? ¿Te irías así, sin más?

—Claro que siento. Una parte de mi corazón está aquí. Tú eres de aquí; mi hijo es de aquí. Pero si no puedo hacer nada en Kapurthala, si tengo que vivir con pies y manos atados, prefiero regresar a Europa. Ya sabes que mi hermana Victoria lo está pasando muy mal con su marido y sus tres hijos pequeños. Si no puedo ser útil aquí, al menos déjame que lo sea allí, con los míos.

—Tranquilízate, *ma chérie*. Nadie se va a meter más en tu terreno, te lo aseguro. Iremos a Europa juntos, como tenemos previsto, dentro de unos meses. Iremos a España, veremos a tu familia y en Gibraltar embarcaremos para América. Pero ahora te pido por favor que sigas con lo que tan bien estás haciendo.

La inefable ley del karma. Todo vuelve. ¡Qué pronto se le presenta al maharajá la oportunidad de poner a Brinda en su sitio, de darle una merecida lección! Cuando él le pidió ayuda para que la familia aceptase a Anita, Brinda reaccionó como una hindú convencional y llena de prejuicios. Sin embargo, ahora quiere ser libre como una europea y participar en la ayuda bélica, asumiendo el papel de maharaní. A su nuera le gusta jugar con dos barajas. Según le conviene, quiere que se la trate como a una occidental, o como a una india. Quiere lo mejor de ambos mundos. De un plumazo, el maharajá da órdenes estrictas para que su nuera no ejerza actividad alguna en conexión con los asuntos de Estado. Asimismo, le prohíbe dedicarse a actividades de caridad. Brinda sólo debe ocuparse de sus dos hijas pequeñas. Todavía falta para que sea la reina del lugar. Ante la severa reacción de su suegro, Brinda convence a su marido para instalarse fuera de Kapurthala. Lo que de verdad le gustaría es volver a Francia, pero mientras dure la guerra eso es imposible. De modo que eligen irse a Cachemira, donde el clima es mejor y la gente es hospitalaria. Por lo menos hasta que el maharajá y Anita se vayan a Europa. Entonces regresarán para que Paramjit, por primera vez, ejerza de regente en ausencia de su padre.

Despejado el terreno, Anita se embarca en una frenética actividad, organizando *garden parties*, rifas y cenas benéficas; lo hace con tal éxito que consigue recaudar importantes cantidades de dinero. Cuando asiste a uno de los desfiles de la fuerza expedicionaria, se da cuenta de que el uniforme que llevan los soldados es totalmente inadecuado. El frío del invierno en Europa no tiene nada que ver con el frío benigno del Punjab.

—Estos soldados necesitan prendas de abrigo —le dice a su marido—. Esos trajes están pensados para la India.

—Estoy de acuerdo, pero no vamos a cambiar ahora el uniforme.

—Deja que por lo menos intente confeccionarles unos abrigos.

—Si te puedes encargar de ello, yo pagaré los costes.

Quizás no lo hubiera dicho tan alegremente de haber sabido que Anita transformaría los porches y las verandas del palacio en talleres de confección de ropa y que por todas partes se amontonarían los fardos, los cortes de tela, los paquetes, los telares y las máquinas de coser. Gracias a las giras que efectúa por el Estado para reclutar sastres y costureras, la actividad del palacio da pronto sus frutos: guantes, calcetines, bufandas, gorras y abrigos destinados a los soldados que partirán al frente francés.

En las expediciones que hace por los pueblos, y en los paseos a caballo con Bibi, ha conocido a muchos de esos soldados, y a Anita se le parte el alma al pensar en que van a ser carne de cañón. Los ve tan ingenuos con su sentido del honor medieval, sus bravuconadas de muchachos y su armamento desfasado... «Si muero iré al paraíso», le dice un soldado musulmán, «Nuestro deber de *Kashtris*[1] es matar al enemigo y convertirnos en héroes», le dice un hindú. Al verlos tan delgados y enfundados en uniformes demasiado grandes, Anita se pregunta cómo van a poder contra los cañones alemanes si en lugar de ir protegidos con un casco llevan turbante.

Desgraciadamente, el tiempo le da la razón. Las primeras cartas que los soldados mandan desde el frente tienen un tono bien distinto a las bravuconadas de antes de la partida. Son cartas que dejan ver el asombro de los combatientes ante la intensidad de los combates y por el gran número de bajas causadas por la artillería alemana. En los pueblos, en las aldeas y en los rincones del centro de Kapurthala las cartas se leen en público, ya que, por lo general, las familias de los soldados son analfabetas y necesitan que los escribanos o cualquier persona instruida se las lean. También es una manera de compartir las noticias. Los rostros de los familiares —en su mayoría pobres campesinos— muestran perplejidad ante las cartas de los hijos, los nietos o los sobrinos: «El mundo entero está siendo llevado a la destrucción —dice una carta—. Tendrá mucha suerte quien pueda regresar a la India.» «Esto no es la guerra —dice otra—, es el fin del mundo.» A principios de 1915 llega la noticia de que, en la batalla de Ypres, el 571 regimiento de los gharwalis ha sufrido 314 bajas, incluidos todos los oficiales, lo que supone más de la mitad de los efectivos que lo componen. Para los pobres punjabíes, que han respondido como un solo hombre al llamamiento de su rey emperador, estas noticias son un duro golpe que siembra el desconcierto y la tristeza.

1. Casta de guerreros.

Ante esa situación, el maharajá decide dar otro golpe de efecto y visitar el campo de batalla. Quiere ser el primero en hacerlo, el primer príncipe de la India que se ensucie las botas con el barro de las trincheras. Hay que estar con el pueblo, y el corazón del pueblo está con sus soldados. Además, en Europa viven tres de sus hijos, con quienes quiere coordinar los esfuerzos bélicos; por otro lado, su hijo menor, Ajit, ya tiene edad de ingresar en un colegio en Inglaterra. Los aristócratas indios han adoptado la costumbre inglesa de mandar a sus hijos a un internado cuando cumplen siete años. Anita sabe que la separación va a ser dura, pero quiere apartar a su hijo de la atmósfera cerrada y opresiva de Kapurthala. Mientras el pequeño curse el primer año escolar, sus padres viajarán por América y, a su regreso, lo traerán de vuelta a la India para que pase ahí las vacaciones. Anita sentirá su ausencia, pero prefiere saber que se halla a buen recaudo en un colegio inglés, donde le inculcarán un poco de Europa a su alma de *indiesito*. Además, hay otra razón que Anita no quiere confesarle a su marido. Está convencida de que su hijo ha sido víctima de un intento de envenenamiento. Nada más regresar ellos de Hyderabad se ha puesto muy enfermo, y ningún médico había sido capaz de establecer un diagnóstico claro. Sufría cólicos que le desangraban. Hubo que llevarlo al hospital de Lahore, donde estuvo grave durante varios días, hasta que se recuperó con la misma rapidez con que se había puesto enfermo. Y por si fuera poco se había producido otro incidente que la había asustado mucho. No quiere darle demasiada importancia, pero cada vez que piensa en ello se le ponen los pelos de punta. Una mañana, al vestirse, encontró un escorpión en el zapato; el grito que dio retumbó por todo el palacio. Es muy posible que estuviera allí por casualidad, y en ciertos momentos Anita así lo cree. Pero en otros, no. ¿Estará volviéndose loca? Quizás, pero el hecho es que tiene miedo. Es un miedo recurrente que nunca la ha abandonado del todo desde que pisó la India por primera vez. Es un miedo a lo desconocido, el miedo a saberse «mal *quería*» por demasiada gente, el miedo a que le hagan pagar la osadía de ser la maharaní *de facto* de Kapurthala. Aunque su marido la ha apoyado ante Brinda, sabe que lo ha hecho más por darle una lección a su nuera que por ayudarla a ella. En el fondo siente que, a pesar de que ella vence batalla tras batalla, las mujeres del maharajá están ganando la guerra.

A pesar de la escasez de plazas y de lo difícil que resulta viajar, el maharajá consigue pasajes especiales para su familia y su numeroso séquito —compuesto por doncellas, escoltas, sirvientes y mozos— en el *S.S. Caledonia*, que zarpa de Bombay el 2 de marzo de 1915. Dalima, por supuesto, forma parte del pasaje, así como el capitán Inder Singh, que actúa como embajador oficioso del maharajá allí donde va. La guerra se siente en alta mar, porque las luces del buque deben mantenerse apagadas y a los pasajeros se les conmina a tener los salvavidas siempre a mano. «Hasta el clima era adverso y todos comentaban que la mar parecía notar la tragedia de Europa», escribiría Anita. Al llegar al Mediterráneo, un zepelín alemán sobrevuela el barco. Los pasajeros temen lo peor, pero el artefacto pasa de largo.

Marsella no es la que era. La ciudad está gris, deslustrada, espectral... Es una ciudad ocupada por el ejército, con soldados que deambulan por las solitarias calles, y militares con uniformes de otros países de Europa que desfilan al son de aires marciales. Las tiendas están desabastecidas, los cafés, medio vacíos y no se ven niños en las calles. El ruido de los camiones que trasladan a las tropas hacia el frente se mezcla con el de las botas de los soldados sobre los adoquines y con el de las sirenas de los barcos. «¡Qué diferente a la alegre Marsella que tan bien conocía y recordaba!», diría Anita.

Por su conocida francofilia y por representar la imagen misma de la India, el maharajá y la española son recibidos en el frente del Oeste por el gran estadista y presidente del Consejo de Ministros, Georges Clemenceau, y por el Mariscal Pétain. A Clemenceau le han apodado «el Tigre» por su talento de estratega, y desde las trincheras muestra al maharajá y a Anita cómo dirige las operaciones. La impresión general, en los primeros meses de la contienda, es que la guerra va a durar poco, y que la victoria está al alcance de la mano. Pero ésta es una guerra como los combatientes indios no han conocido jamás, con ofensivas fallidas, soldados atrapados en las alambradas, o ahogándose en el barro enrojecido por la sangre de los muertos, artillería pesada, bombardeos aéreos, gases asfixiantes, ratas, piojos y enfermedades. Es como si todo estuviera permitido y como si no rigiera ningún código de honor; por otro lado, las víctimas pueden ser tanto civiles como militares. Y a pesar de que el ejército sij es especialmente eficaz en la lucha a caballo y con sable, y sus hombres son invencibles en el cuerpo a cuerpo..., aquí, a escasos metros de las trincheras enemigas, ni siquiera ven a los soldados alemanes, sólo los adivinan. El campo está sembrado de osamentas de caballos reventados a cañonazos, el frío se mete en los huesos y una llovizna constante tiñe de miseria el horizonte de las trincheras. Pero lo soportan con estoicismo, quizás por su fe religiosa que pone los designios del destino en manos de la providencia.

El encuentro con los soldados, en un hospital de campaña de la Cruz Roja, es muy emotivo. Se lanzan a los pies del maharajá y de Anita, agradeciéndoles en el alma que los dioses de carne y hueso se hayan dignado bajar al infierno para compartir unos momentos con ellos. Algunos no consiguen reprimir las lágrimas. El capitán inglés Evelyn Howell, responsable del departamento de Censura, es el encargado de guiarles durante la visita.

—He observado que cada día crece el número de hombres en la tropa que se dedican a escribir poesía —les explica, seriamente preocupado—. Es una tendencia que también se observa en algunos regimientos ingleses en primera línea de fuego; me inclino a considerarlo como un signo inquietante de perturbación mental.

—¿Perturbación mental? Quizás sea así en el caso de los ingleses, en el nuestro es tan sólo nostalgia —contesta el maharajá con sorna.

—¿Componen poesía en urdu? —pregunta Anita.

—En urdu, en punjabí, en indostaní... Mire ésta... —le dice, mostrándole una hoja de papel escrita en urdu.

Anita lee: «*La muerte aparece como una libélula silenciosa, como el rocío en la montaña, como la espuma sobre el río, como la burbuja en la fuente...*»

Son versos que evocan el Punjab, los campos y los ríos de una tierra lejana que para ellos sólo existe en la memoria. No es tanto el miedo a la muerte, ni el hecho de no estar preparados para librar una guerra moderna, lo que llena de angustia a los soldados indios, que sólo encuentran refugio en la poesía.

—Maharaní, si me permitís... —un viejo guerrero herido en la pierna, con barba blanca y turbante, se acerca a Anita.

Para los soldados, ella es su verdadera princesa, porque ha venido a verles y a escucharles, y no las que se han quedado entre los muros de la *zenana*. Para ellos los vínculos del espíritu son más importantes que los de la sangre.

—No quiero morir aquí —le dice el anciano—. No piense que soy un cobarde, no. No me asusta el enemigo y tampoco temo a la muerte. Pero me da miedo que mis reencarnaciones no sean tan buenas como deberían. Soy un buen sij, *memsahib*, toda la vida he cumplido con mis deberes de buen sij... ¿Qué va a ser de mi vida futura si no queman mi cuerpo al morir y esparcen mis cenizas? No quiero que me entierren, *memsahib*. Ninguno de los sijs del regimiento lo queremos.

—Ya sé, ya sé... aquí no hay piras funerarias.

—Maharaní —le dice otro—, me llamo Mohamed Khan y soy de Jalandar. Nosotros también queremos morir según nuestros ritos, que nos amortajen y nos sepulten directamente en la tierra con la cabeza orientada a La Meca.

Anita está conmovida. Esos hombres, con los que quizás se ha cruzado alguna vez en sus recorridos a caballo por el campo, asumen que van a morir. Pero no es la muerte lo que les asusta, sino la vida eterna.

Entonces Anita se pone a hablarles en urdu, y los hombres se acercan formando corro. Todos quieren oír, aunque sólo sea un poco, el idioma de los reyes, que en boca de Anita les suena como un *ghazal* y les hace soñar con sus campos y aldeas enmarcados por las cumbres lejanas del Himalaya.

—Primero quiero deciros que Su Alteza ha tomado las disposiciones necesarias para aumentar la ayuda económica a vuestras familias en el Punjab... —un suspiro de satisfacción recorre la tropa—. También os anunciamos que está en camino un cargamento de especias, curry, papadums y todo tipo de condimentos punjabíes para que no tengáis que utilizar la pólvora de los cartuchos como aderezo... —Una franca risotada recibe sus palabras—. Y os prometo, en nombre de Su Alteza y el mío propio, que vamos a tomar las disposiciones necesarias para enviaros a un pandit y a un muftí a fin de que atiendan a los moribundos. No temáis por vuestra vida eterna. Os la habéis ganado ya.

Una salva de aplausos saluda el discurso de la española. «Esta guerra es más que una masacre —escribirá en su diario—. Quisiera que nuestros hombres estuvieran de nuevo en casa.» Anita se identifica con «sus» soldados, y sufre por ellos porque ha aprendido a conocerlos. Les ha visto vivir, cultivar sus campos, criar a sus hijos, celebrar el fin del monzón y el inicio de la primavera. Sabe cuán ingenuos son, y conoce la intensidad del sentimiento religioso que les anima y el valor que dan a la familia. Se han convertido en su gente.

Anita está deseando llegar a París para ver a su hermana Victoria. París tampoco es lo que era. Sigue siendo un lugar bellísimo, pero triste y solitario. Las anchas avenidas están medio vacías, excepto por las colas de gente que pugna por canjear sus bonos de racionamiento por comida. Su hermana Victoria está igual que la ciudad: agotada, con los ojos tristes y la mirada abatida. Y embarazada por cuarta vez. Su aspecto es deplorable; Anita no esperaba verla tan ajada. A pesar de la escasa diferencia de edad que hay entre ambas, Victoria parece diez años mayor. Y sólo tiene veinticinco años. Anita viste como una gran dama; Victoria, con una falda sucia. Sus tres hijos corretean por el raquítico piso, mientras Carmen —la joven criada española peinada con trenzas y vestida con un delantal—, se afana en colocar unos cubos para recoger las goteras del techo. Desde el salón recibidor, que recuerda al del pisito de la calle Arco de Santa María, se ven los tejados de París, pero aquí hace frío y la casa es incómoda.

—Me da muy mala vida —le confiesa Victoria después de haber dado un repaso a todo lo que ha pasado desde la última vez que se vieron—. No vuelve a casa antes de las doce de la noche, y siempre borracho.

—¿Te ha pegado?

—Una vez... Estaba bebido.

—Y a los niños, ¿cómo los trata?

—Bien. Le he dicho que como le ponga la mano encima a alguno, ese día me voy de casa. Pero los quiere.

—¿Por qué no vuelves a Madrid, con nuestros padres? Allí estaréis mejor. Cuando me lleve a los niños una temporada, aprovecha para venir con nosotros.

Para aliviar a su hermana y ante la inminencia del próximo parto, Anita le ha propuesto llevarse a sus hijos mayores a España, para que estén con los abuelos.

—No puedo, Ana. No puedo abandonar a mi marido así por las buenas. Hay que esperar a que termine esta cochina guerra. Dicen que será pronto. Luego, si las cosas siguen igual, ya veremos...

—¿Y por qué crees que van a cambiar? ¿Acaso crees que se producirá un milagro, y que de la noche a la mañana se convertirá en un marido ejemplar?

Victoria no aguanta la mirada de Anita y baja la vista.

—Es que..., es que le quiero. A pesar de todo, a pesar de que me dé esta vida tan miserable... No sé cómo explicártelo, pero estoy convencida de que un día va a cambiar... —Anita no insiste. Victoria, como si no se atreviese, termina por preguntarle—: ¿Y tú? Pareces una auténtica princesa, como las de los cuentos que leíamos de pequeñas. Serás muy feliz, supongo...

—A ratos, pero estoy muy sola. ¡Estoy tan lejos, Victoria! Y ahora que Ajit ingresa en el internado todavía estaré más sola.

—¡Pero si siempre estás rodeada de gente!

—Ya ves... Lo uno no quita lo otro.

Anita saca de su bolso un paquetito envuelto en tela y se lo da a su hermana, intentando que la criada no se dé cuenta.

—Guarda esto por si hay una emergencia y necesitas dinero con rapidez —le dice en voz baja—. Escóndelo y no digas a nadie que te lo he dado.

Victoria saca la gargantilla de diamantes, esmeraldas y perlas que el nizam le ha regalado a su hermana.

—¡Qué preciosidad! —exclama, mirando cómo brilla en el cuenco de su mano—. Cuando acabe la guerra, me la pondré para salir contigo.

—¡Eso, cuando acabe la guerra! Quizás a la vuelta de nuestro viaje a América haya terminado todo.

—¡Dios te oiga...!

Anita se despide de su hermana cubriéndola de besos y estrechándola contra su cuerpo, porque en el fondo le parte el corazón dejarla en ese estado y a merced de su marido. Disimula su congoja mostrándose alegre y confiada, pero nada más llegar a la calle, no puede aguantarse las lágrimas y se echa a llorar.

37

Mientras los soldados de Kapurthala mueren como moscas en el frente del Este, en París, su comandante supremo, el maharajá, recibe la más alta distinción del Estado francés por su contribución a la guerra. La ceremonia tiene lugar en la sede del gobierno de la nación, en el palacio de *L'Élysée*, cuyo nombre ha inspirado el de Kapurthala, en el centro de la capital. Asisten Anita y tres hijos del maharajá, en uniforme de gala: Amarjit, el militar, que sirve como capitán en la tercera división de Lahore que lucha en el frente del Oeste; Mahijit, que trabaja como corresponsal de guerra para diversos periódicos indios y Karan, que sigue estudiando en Londres. La ceremonia es sobria y corta. El propio Georges Clemenceau prende en la solapa de Jagatjit Singh la condecoración que le distingue como Caballero de la Legión de Honor. Anita recibe un diploma de Colaboradora de la Cruz Roja. No es gran cosa, pero ella está feliz porque por primera vez en su vida se reconoce su labor. Nunca en la India, ni por supuesto en Inglaterra, le sucedería tal cosa.

Para celebrarlo, el maharajá invita a los suyos al club de un amigo de la familia, un rico magnate argentino llamado Benigno Macías, un apuesto caballero con el pelo engominado y fama de don Juan, propietario de varias compañías de *varietés* argentinas. Si para las clases humildes París es una ciudad dura y triste, para los ricos sigue siendo voluptuosa y divertida. Los cabarets, restaurantes y salas de fiestas están a rebosar de gente enriquecida por la guerra. Anita pasa una velada inolvidable, porque el club de Macías está exclusivamente dedicado al tango. Nada más sonar los primeros acordes del bandoneón, Karan la saca a bailar, previo permiso del maharajá, que accede con un gesto cansino de la cabeza.

—¡Ahora ya sé dónde has aprendido a bailar tan bien el tango!

—¿Y tú? ¿No será en Kapurthala? —le pregunta Karan en broma.

—¿Yo...? Yo lo llevo en la sangre. No olvides que he sido bailarina.

—Es verdad... ¡*the Spanish Dancer!* —le suelta en tono de guasa—. ¡Anda que no se lo han echado en cara a mi padre montones de veces!

—Para muchos, me moriré siendo una *Spanish Dancer*, lo que equivale a llamarme algo así como mujer de la vida.

—Para otros, eres una maharaní...

—Sí, para los que van descalzos y los que caen en el frente. A este paso, no va a quedar ninguno para llamarme maharaní.

—Para mí también lo eres, porque estás al pie del cañón y te ocupas de todo. Mi pobre madre, con todos los respetos, no podría hacer lo que tú haces.

Anita le sonríe, sinceramente agradecida por sus palabras, que, viniendo de uno de los hijos del rajá, cobran un significado especial. Le gusta que Karan siga comportándose como el día en que se conocieron en la boda de Paramjit, con naturalidad y afecto. Es el único de los hijos del rajá que siempre actúa de la misma manera, tanto aquí como allí. Los otros, así como su marido, son occidentales en Occidente, pero indios cuando vuelven a su país, como si no consiguiesen integrar bien ambos mundos. En su cabeza Oriente y Occidente son como el agua y el aceite. Aquí, en París, sin el peso de los prejuicios de casta y religión, y sin la influencia de sus madres y del entorno, se comportan como los amigos que Anita un día imaginó que podían llegar a ser. Baila con todos ellos, se ríe y disfruta. Durante unas horas consigue olvidarse de Victoria, de la inminente separación de Ajit y de la guerra. Pero sabe que cuando los vuelva a ver, allá, en Kapurthala, serán de nuevo extraños, pasando a convertirse en enemigos que urdirán intrigas para desalojarla del palacio. Todos, excepto Karan. En él sí puede confiar.

En Londres, el maharajá recibe la Gran Cruz del Imperio Indio de manos del emperador Jorge V, un premio por una nueva aportación a la causa de la guerra: su negativa a cobrar la suma que le adeuda la Corona y que ronda el millón de libras. A Anita le prohíben asistir a la ceremonia y se queda en la suite del Savoy, ultimando con Dalima los preparativos para dejar a Ajit en el colegio. En el último momento el maharajá hace que la avisen de que no podrá acompañarla a dejar al niño. No tiene tiempo: ha concertado importantes citas con los militares ingleses. A Anita eso le huele a mentira. Lo conoce demasiado bien para creerse semejante excusa. En los tres días pasados en Londres, el maharajá apenas ha aparecido por el Savoy. A Ajit no parece importarle mucho que su padre no vaya a despedirse de él, pero Anita se sabe engañada y se siente herida de muerte. Por la noche se despierta sobresaltada, va hacia la habitación de su marido y una vez ahí se detiene frente a la puerta; teme que, si gira el pomo, su vida también dé un vuelco definitivo. A esas horas y medio dormida no sabe a ciencia cierta dónde termina la realidad y dónde empiezan las elucubraciones. Vuelve a notar la misma sensación que en Kapurthala: una desagradable impresión de que no tiene el control de su propia vida, de que no pisa terreno firme y de que acaso se esté volviendo loca. Cuando por fin se arma de valor y abre la puerta, encuentra la habitación vacía. Casi hubiera preferido descubrir a una mujer en la cama de su marido para tener la confirmación de sus sospechas. Aunque le asuste la verdad, más dolorosa es la duda.

—Dalima —le dice después de haberla despertado—, tú

que siempre estás enterada de todo, dime qué está haciendo mi marido a estas horas...

—Madam, yo no sé...

—No te hagas la ignorante. Vosotros los sirvientes lo sabéis todo. Dalima, confiésame lo que sabes...

—Madam, yo...

Dalima baja la vista. Las quemaduras han convertido su piel aterciopelada en una superficie rugosa. El pelo le ha vuelto a crecer, aunque ya no es el mismo de antes, sedoso y brillante. Pero su mirada sigue siendo tierna y cálida.

—Piensa en lo que he hecho por ti, Dalima. ¿Acaso no merezco la verdad? Sé que sabes algo.

Dalima mascull a unas palabras ininteligibles. Después levanta la vista, como implorando que termine ese suplicio. Sabe que se debe a Anita, pero ¿cómo traicionar al maharajá? Eso no puede ser bueno para el karma. Pero Anita, que busca la verdad con un ansia sólo comparable al temor de encontrarla, no suelta a su presa.

—Está bien, Dalima. En cuanto volvamos a Kapurthala, prescindiré de tus servicios. Puedes volver a tu habitación.

Dalima la saluda uniendo las manos a la altura del pecho; sin embargo, antes de salir de la habitación, se vuelve hacia Anita. Quizás en esos pocos segundos haya pensado en su hija, en su incapacidad para ganarse la vida en la aldea, en su triste condición de mujer deforme y viuda. Porque el karma también es cruel. Si a Dalima le ha pasado lo que le ha pasado será que algo habrá hecho, en alguna de sus vidas anteriores, para merecerlo. Así piensan sus correligionarios. Quizás por eso se da la vuelta y se dirige a Anita, pero mirando siempre hacia el suelo, como avergonzada de sí misma.

—He oído a los criados de Mussoorie decir que allí conoció a una *memsahib* inglesa...

Anita no necesita más. Se tumba en la cama, con un suspiro.

—Gracias, Dalima, puedes ir a acostarte.

Anita nunca habría imaginado que pudiera sufrirse tanto

por algo que parece ser lo contrario del amor. Pero así es. Tendida sobre las sábanas de hilo y corroída por los celos, siente cómo el mundo se deshace bajo los pies de la cama.

Al día siguiente Anita, Dalima y Ajit se desplazan a Harrow, el prestigioso establecimiento donde han estudiado los tres hijos mayores del rajá ubicado en las afueras. El pequeño no se sentirá fuera de su ambiente porque el colegio está lleno de hijos de funcionarios ingleses cuyos padres ocupan despachos en Calcuta, Delhi o Bombay. Muchos de esos niños viven todavía con el trauma de haber tenido que separarse de sus familias a una edad muy temprana. El cambio es brutal: pasan de un mundo rico en colores y emociones a otro frío y sombrío. En la India eran niños mimados; en la Inglaterra imperial están inmersos en un proceso en el que se les inculca lo inglés a grandes dosis para hacerles olvidar todo lo indio. De pronto se encuentran en una sociedad que no tolera que los niños hagan ruido. Anita tiene suerte porque puede viajar siempre que lo desee, pero la mayoría de las madres ven a sus hijos una vez cada cuatro años. No es de extrañar que muchos se sientan abandonados y reaccionen odiando a sus padres y a la India. Anita ha conocido hombres y mujeres ya maduros que culpan a la India de haberles separado de sus familias.

Por mucho que la separación sea sólo por unos meses, hasta que vuelvan de Estados Unidos y regresen todos a Kapurthala, donde Ajit pasará sus vacaciones, el momento es desgarrador. Todas las certezas del pasado van cayendo una tras otra: la felicidad de su hermana y de sus padres, la compañía del pequeño, el amor incondicional de su marido.

Pero al verlos juntos nadie lo notaría. La llegada a Madrid es triunfal. Viajan con un séquito de treinta personas y doscientos treinta baúles, que contienen, entre otras cosas, legumbres y especias de la India para condimentar las comidas del maharajá. Un auténtico enjambre de periodistas y fotógrafos les reciben en la estación del Norte. Entre ellos Anita reconoce a un viejo compañero de las tertulias, el Caballero Audaz, que les hace una entrevista para *La Esfera*. «Extraordinariamente bella esta princesita de leyenda —empieza el artículo—. Sus dientes son como los ricos collares de perlas que resbalan sobre las deliciosas turgencias de su pecho, muy descotado y muy blanco. Sus manos, salpicadas de piedras preciosas, parecen dos serpientes de armiño hechas para acariciar.» Cuando al príncipe le pregunta si sigue muy enamorado de su mujer, él contesta:

—Sí, mucho. Hace de la vida una filigrana de felicidad. En Kapurthala es muy querida y comprendida por mi pueblo.

—Y dígame, príncipe, ¿Su Alteza tiene varias mujeres?

—¡Sí! Muchas mujeres. Pero la princesa es la princesa.

«Anita no pudo reprimir un gesto de amargura —sigue escribiendo el Caballero Audaz— y en una explosión de celos, deploró: "Sí, muchas mujeres. Son costumbres de allí... Ellas le esperan desde hace ocho años que no se separa de mi vera."»

«¿Por qué estoy tan celosa?», se pregunta de noche en la suite del Ritz, desde donde divisa el paseo del Prado y la estatua de Neptuno iluminada por la luz de la luna. Un poco más lejos, al fondo de ese amasijo de calles, empezó todo. ¡Qué casualidad que este momento les pille en Madrid! Ni siquiera han pasado diez años desde que él la viera por primera vez... Ahora ella escucha sus ronquidos, rítmicos y pausados. Duerme como un viejo elefante indio, sin sospechar que unos ojos cargados de resentimiento lo miran en la oscuridad. Anita, como sucede siempre que algo la perturba, no consigue conciliar el sueño. Es como si también estuviera presente en la habitación el fantasma de la inglesa de Mussoorie de la que no sabe ni el nombre. Le bullen en la cabeza sentimientos contradictorios. ¿Tiene realmente derecho a sentirse celosa? ¿Por qué siente celos de una extraña y no los ha sentido de sus mujeres o de sus concubinas? Se ha casado con un hombre que ya se había casado muchas veces, y ahora que conoce la cultura erótica de la India y el culto que se da a la poligamia, ¿por qué le sorprende tanto la revelación de Dalima? ¿Acaso no se lo esperaba? ¿Acaso está tan enamorada que la idea de que él tenga una amante se le hace intolerable? No, no es eso lo que tanto la perturba. Lo que de verdad le sacude el corazón es que ha perdido su condición de favorita. Nunca ha conseguido ser la maharaní oficial de Kapurthala, pero sí reinar en el corazón del maharajá. Sentada en ese trono se sabía protegida de las maldades de las demás, se sentía fuerte como el Raj británico, y era capaz de aguantarlo todo sin perder la sonrisa. Sin ese trono... ¿qué sentido tiene su continua presencia al lado de su esposo? ¿Qué sentido tiene permanecer en la India? Intuye que el hecho de que él la relegue al banquillo de sus otras mujeres es tan sólo una cuestión de tiempo. Y entonces, ¿qué será de ella? ¿Podrá acostumbrarse a una vida de señora «normal», de las que por las tardes van al café con las amigas? Tendrá que prescindir de los cigarrillos de sándalo que le fabrican en El Cairo especialmente para ella, de estar siempre rodeada de una nube de criados y de ser tratada como una diosa viviente por el pueblo de la India. Tendrá que renunciar al lujo y al dinero. Pero a lo que no piensa renunciar por todo el oro del mundo es a la custodia de su hijo Ajit. «Paciencia, tienes que tener paciencia», se dice para sus adentros. En la India, todo se basa en la paciencia y en la tolerancia. Rebelarse no sirve de nada.

Pero una joven andaluza de sangre ardiente no tiene paciencia. Es como pedirle a un toro bravo que sea dócil y manso. Durante el interminable viaje en tren hasta Málaga, adonde van a ver a sus padres y a dejarles los hijos de Victoria, Anita, sin poder contenerse más, aparta las agujas de hacer punto y le pregunta a su marido:

—¿Quién es esa inglesa que has conocido en Mussoorie y que has convertido en tu amante?

El maharajá, sumergido en la lectura de la novela que hace furor en Europa, *El extraño caso del doctor Jekyll y Mr Hyde*, levanta la mirada por encima de las gafas y se encuentra con los ojos de fuego de Anita.

—¿De quién hablas?

—Lo sabes mejor que yo.

Él intenta medir mentalmente cómo reaccionará respecto a su infidelidad una mujer tan impetuosa como la suya, con tanto sentido de la dignidad y con un carácter tan fuerte. Después de sostenerle la mirada, baja los ojos para disimular su desasosiego. No es hombre acostumbrado a rendir cuentas, ni a la confrontación. Pero está acorralado, convencido de que la tigresa de su mujer no le va a quitar las garras de encima hasta que le haya dado una explicación.

—Sabes que tengo muchas amigas, pero eso no significa nada. Esa inglesa es la mujer de un cómico que se gana la vida mostrando películas de cinematógrafo. Los he conocido a los dos, les he dejado unos caballos y nada más.

Anita mira por la ventana. Atrás queda la dura llanura de Castilla que ha dado paso a los campos de olivos de Andalucía. Su tierra. Siente una punzada en el corazón. El maharajá prosigue:

—Por el hecho de estar casado contigo no pretenderás que renuncie a tener amigas.

—No, eso no. Pero dicen por ahí que sigues viendo a esa inglesa.

—¿Y tú prefieres creer a las malas lenguas antes que a tu marido?

—Mi marido desaparece y se ausenta; ya no lo siento como antes.

—No debes creer todo lo que se dice. Los que propagan esas calumnias son los que nos quieren hacer daño. No debes entrar en su juego. Si he estado muy ocupado últimamente, se debe al esfuerzo que requiere la guerra. Pero te sigo queriendo como el primer día.

Ante su tono pausado, tan serio y convincente, Anita siente que se le quita un peso de encima y piensa que quizás su mente calenturienta le ha jugado una mala pasada. En el fondo, él ha hecho lo que ella esperaba con el alma en vilo; o sea, que lo negara todo y que se mantuviera imperturbable. Ha reaccionado como hacen los hombres: negándolo todo a pesar de la evidencia. Le ha dicho lo que quiere oír. Peor hubiera sido que hubiese confesado, con aire contrito. La verdad puede ser demoledora.

Málaga les recibe con todos los honores. La prensa local siempre ha seguido muy de cerca la historia de la hija de la ciudad convertida en princesa de un reino oriental. Al maharajá le han preparado un programa a su gusto, con mucho flamenco. La prensa inmortalizará uno de los saraos a los que asiste, que tiene lugar en el bar de una hostería, presidido por una cabeza de toro y decorado al estilo andaluz; ahí, el soberano, frente a una gigantesca jarra de sangría y rodeado de sus magníficos sijs enturbantados, escucha complacido unos tientos y unas soleás.

Anita pasa con sus padres el mayor tiempo posible. Aunque parecen felices por el hecho de ver a su hija y de recibir a sus nietos, los ve muy preocupados por la situación de Victoria.

—¿No has podido convencerla para que viniese con vosotros? —le pregunta doña Candelaria, cuyo rostro crispado refleja su profunda inquietud.

—No, cree que la guerra es cuestión de semanas. Y no quiere dejar a su marido.

—Siempre dijiste que era un cantamañanas, pero te has quedado corta. Es un sinvergüenza. Y lo peor es que ella sigue sin darse cuenta.

—El amor es ciego, mamá.

—Tú sí que has tenido suerte. Este príncipe tuyo es un encanto. Aunque nos veamos de Pascuas a Ramos, nos da mucha tranquilidad saber que estás bien. ¿Por qué os vais a América tan pronto...? ¿No os podéis quedar más tiempo con nosotros?

—No podemos, mamá. Pero el año que viene Ajit y yo vendremos a pasar las vacaciones.

Anita no está prestando demasiada atención a las palabras de su madre. Tiene la cabeza en otra cosa, y una pregunta le quema los labios.

—Mamá —le dice interrumpiéndola—, es muy importante que respondas con toda sinceridad a la pregunta que te voy a hacer... Cuando trataste y decidiste mi boda con el maharajá, ¿te dijo que estaba casado... y que ya tenía cuatro mujeres?

Doña Candelaria se siente incómoda. Aprieta la correa de su bolso con los dedos. La pregunta la importuna.

—Me lo dijo. No sólo me lo dijo, sino que insistió en que te lo dijera. Pero yo no lo hice. Me dijo que él no abandonaría nunca a sus mujeres porque se debía a ellas, pero que te trataría como a una esposa europea, que no te faltaría de nada y que haría todo cuanto pudiera para hacerte feliz.

—¿Por qué no me lo dijiste?

—Para no asustarte, hija.

Ante la mirada de tremenda decepción de Anita, doña Candelaria se apresta a darle explicaciones:

—Tu padre y yo estábamos en una situación desesperada y...

—Déjalo, mamá. Es mejor que no sigas.

Anita no quiere oír más. Se queda mirando a su madre como si no la conociera, como si en ese mismo momento la descubriese por primera vez. Ni siquiera le guarda rencor, de repente sólo siente un tremendo cansancio. Cuando por la noche se mete en la cama, se seca las lágrimas con la funda de la almohada. Le queda un regusto amargo en la boca: el sabor de la soledad. Hasta hoy pensaba que sólo podía sentirlo en la India y que tenía que ver con el desarraigo, pero acaba de darse cuenta de que lo lleva dentro, como un mal incurable.

QUINTA PARTE

EL DULCE CRIMEN DEL AMOR

38

La guerra se alarga. No es cuestión de semanas ni de meses, como pensaba la hermana de Anita y hasta el mismísimo Clemenceau, sino de años. Los que han augurado una victoria relámpago de los aliados han tenido que moderar su ímpetu ante la feroz ofensiva de los alemanes. De viaje por Estados Unidos, a Anita le llegan noticias muy preocupantes de París: a su hermana la ha abandonado el marido. El americano la ha dejado tirada en el peor momento, cuando Francia vive bajo la amenaza de la hambruna, y cuando está a punto de dar a luz a su cuarto hijo. Por si fuera poco, se ha fugado con Carmen, la chica que la ayudaba en las tareas de la casa, una andaluza menor de edad y protegida de los Delgado. Y para redondear la faena, la chica está embarazada. Todo un caballero, míster Winans.

Las noticias llegan con mucho retraso a Hollywood, donde Anita y el maharajá son recibidos por los grandes del cine. Charles Chaplin les invita al rodaje de *Charlot el vagabundo* y un cineasta llamado Griffith les muestra la reconstrucción de la antigua Babilonia para una película que está rodando y que pretende denunciar «la conducta poco tolerante de la humanidad». Han estado en Nueva York, donde Anita ha conseguido un editor para publicar un libro que ha escrito sobre sus viajes por la India,[1] y

---

1. El libro está escrito en francés bajo el título *Impressions de mes voyages en Inde* (Sturgis & Walton Co., Nueva York, 1915).

luego en Chicago, donde el maharajá ha compartido con Anita sus recuerdos de la Exposición Universal de 1893. Han vivido unas semanas muy dulces, lejos del ambiente infernal que se respira en Europa.

Pero ahora Anita está angustiada. ¿Cómo ayudar a su hermana en este trance? Poco pueden hacer sus padres desde España. Ni siquiera Mme Dijon, la única que podría echarle una mano, está en París. La francesa ha regresado a la India, donde se ha vuelto a casar con un inglés, un director de escuela como su primer marido. Ante la falta de alternativas, Anita piensa en interrumpir el viaje e ir a París para reunirse con su hermana. La simple idea de planteárselo al maharajá le quita el sueño, pero al final puede más la zozobra que atenaza su corazón.

—*Mon chéri*, creo que debería volver a París... Victoria debe de estar pasándolo muy mal.

—No podemos interrumpir el viaje en este momento. Y no puedes viajar sola, es demasiado peligroso.

—Si le pasa algo a mi hermana, nunca me lo perdonaría.

—No va a pasarle nada. Intentaremos ayudarla desde aquí.

—Necesita a alguien que le eche una mano, alguien que pueda mandarla a España en cuanto tenga el bebé.

—Escribe a Karan. Todavía debe de estar en París. Él puede ayudarla.

—Para cuando reciba la carta, la guerra habrá terminado... —dice Anita, alzando los hombros.

—No, porque vamos a utilizar la vía diplomática. Le haremos llegar la carta a través de la valija del Foreign Office.

Están en Buenos Aires cuando reciben una respuesta de Karan, quien no ha tardado en ponerse en marcha. En el mensaje dice que se ha puesto en contacto con Benigno Macías, el magnate argentino amigo de la familia, que se ha prestado de buen grado a socorrer a Victoria. «Con sus influencias está intentando sacar a la familia del país. La situación en París es muy difícil.

Mañana me marcho a Londres...» La respuesta de Karan es un alivio. Macías es buena persona y no la dejará sola.

Anita, más tranquila, se siente con ánimo para disfrutar con lo que más le gusta de Argentina: el tango. Esos días todo el mundo habla de un joven cantante que tiene tanto éxito que hasta le han sacado a hombros por las calles del barrio tras su primer recital en el Armenonville, el cabaret más lujoso de la ciudad. Como si fuera un torero. Se llama Carlos Gardel y tiene una voz que a Anita le llega al alma:

> *Golondrinas con fiebre en las alas,*
> *peregrinas borrachas de emoción...*
> *Siempre sueña con otros caminos*
> *la brújula loca de tu corazón...*

Viajar es cada vez más arriesgado, ya sea por tierra o por mar. Cuando regresan a Europa, la guerra ha pasado a ser mundial. En Londres, el rey lanza un llamamiento a los príncipes de la India para que aumenten su participación. La ofensiva aliada en la región de Alsacia y Lorena ha sido un fracaso. Los ejércitos franceses se repliegan hacia el Sena. El desabastecimiento de las grandes ciudades obliga a implantar un racionamiento severo. La situación es grave para los aliados.

Inmediatamente, el maharajá reacciona comprometiéndose a reclutar a cuatro mil soldados más para mandarlos al frente francés, estabilizado a lo largo de una línea de 750 kilómetros. El maharajá Ganga Singh de Bikaner, aprovecha la ocasión para exigir mayor autonomía para los Estados indios y plantea el que puedan alcanzar el autogobierno. La respuesta británica, contrariamente a lo previsto, es positiva. Las demandas del príncipe se aceptan y los ingleses se comprometen a desarrollarlas. Sólo falta que los maharajás se pongan de acuerdo en la manera de alcanzar dicho autogobierno, algo que, desgraciadamente para ellos, nunca conseguirán.

Después de recoger a Ajit, que se ha convertido según su madre en «todo un caballerete inglés», marchan a Francia con la intención de embarcar desde Marsella en el *S.S. Persia* con destino a Bombay. Pero antes, pasan por París. La ciudad de las luces se ha convertido en la ciudad de las tinieblas. Esta vez, ni siquiera los ricos se divierten. Todo está cerrado, incluido el cabaret de Benigno Macías. Con los alemanes a menos de cien kilómetros, la ciudad, debilitada por el hambre y la penuria, se debate entre la miseria y el miedo. Anita, con el corazón encogido ante tanta desolación, se dirige a casa de Victoria. El edificio parece abandonado. Al empujarlo, el portal chirría. Dentro, se oye el aleteo de pájaros que parecen haber encontrado refugio en el hueco de la escalera. Nada más subir los primeros peldaños, le interrumpe una voz.

—¿Dónde va?

—Soy la hermana de la Sra Winans...

—La señora Winans no está —dice con aplomo una mujer mayor, con el pelo blanco alborotado, ligeramente encorvada—. Soy Madame Dieu, la portera... No queda nadie en el edificio. Todas las familias se han marchado al campo ante el avance de los *boches*.[2] Un caballero argentino vino a por su hermana y los niños y se los llevó...

—¿Sabe dónde han ido? —pregunta Anita.

—Cerca de Orleans, pero no dieron ningunas señas. Creo que no lo sabían ni ellos mismos.

—Gracias —dice Anita empujando el portal, mientras la portera sigue hablando sola antes de meterse en su vivienda: «¡Pronto seré yo la única persona que quede en París para recibir a los boches...!»

«Benigno Macías ha sido una bendición —se dice Anita— pero yo tenía que haber obligado a mi hermana a volver a España»,

2. *Boches*, apelación peyorativa para designar a los alemanes.

añade enseguida, carcomida por la culpa. Por las calles circulan coches fúnebres, ambulancias y camiones militares, y de pronto Anita tiene el presentimiento de que esa guerra acabará por pasarle factura. «¿Por qué la he abandonado en un país invadido, a la merced del desgraciado de su marido?», se pregunta una y otra vez, mientras regresa hacia el hotel, donde el maharajá y su séquito la esperan para continuar viaje.

Marsella es un caos. Las recientes incursiones de submarinos alemanes en el Mediterráneo han alterado el tráfico marítimo. Varios buques han retrasado su salida; otros la han cancelado. La silueta del *S.S. Persia*, de la naviera inglesa Peninsular & Oriental, con su casco negro y sus dos altas chimeneas también negras, es una visión familiar para el maharajá. Ha realizado varias travesías en este elegante vapor de 7.500 toneladas, que dispone de una primera clase de auténtico lujo. En la última, en 1910, coincidió con el equipo de pilotos y mecánicos que transportaban dos aviones biplanos con los que realizaron el primer vuelo de exhibición aérea que jamás se hizo en la India. Tuvo lugar a orillas del Ganges durante un multitudinario festival religioso que se celebra cada doce años. Más de un millón de fieles, haciendo sus ofrendas en el río sagrado, vieron volar, por primera vez, un objeto más pesado que el aire y que no era un pájaro. Fue prodigioso. La noticia alcanzó los más recónditos rincones del subcontinente.

El día de la partida, mientras supervisa junto a Inder Singh el cargamento de sus más de 240 baúles en el vientre del buque, un hombre vestido de civil y que se identifica como agente británico, se dirige al maharajá:

—Alteza, permítame informarle que el servicio secreto ha interceptado un mensaje cifrado del ejército alemán, según el cual el *S.S. Persia* podría ser un objetivo militar. Estamos aconsejando a todos los pasajeros con pasaporte británico que no hagan el viaje en este barco.

—Pero está a punto de zarpar...

—Sí, el barco zarpará, aunque desviará su ruta por precaución. También es posible que sea una falsa alarma. Pero mi deber es informarle. Su Alteza es libre de tomar la decisión que estime más conveniente.

Esta noticia de última hora trastoca todos los planes y sume en la consternación al numeroso séquito del soberano. ¿Qué hacer? En el mismo barco está previsto que viaje una pareja amiga. Son ingleses, él es un aristócrata y militar llamado lord Montagu, que va a tomar el mando de una unidad del ejército británico en la India. Conocido por su pasión por los coches, es director de la revista *The Car* y, a pesar de estar casado, viaja con su secretaria, Eleanor Velasco Thornton, de origen español, que también es su amante. Excepto un círculo restringido de amigos, entre los que se encuentran el maharajá y Anita, ambos mantienen su relación en secreto, sobre todo en la alta sociedad londinense. Eleanor es una mujer inteligente y de inigualable belleza. Lo tiene todo, como diría Anita, excepto el estatus social adecuado para casarse con el hombre de quien se ha enamorado. Así es la Inglaterra victoriana. La misma Inglaterra que también margina a Anita; quizás por eso ambas mujeres se han hecho amigas.

Pero sin que nadie sepa que se trata de ella, la figura de Eleanor se ha hecho muy popular desde que adorna las parrillas de los radiadores de todos los Rolls-Royce. La idea ha sido de su amante, el lord, que ha encargado a su amigo, el afamado escultor Charles Sykes que ideara una mascota para su *Silver Ghost*. Sykes ha utilizado a Eleanor como modelo para una estatuilla que muestra a una mujer joven envuelta en ropas vaporosas que flotan al viento con el dedo índice colocado sobre los labios, símbolo del secreto de su amor. La ha llamado *Spirit of Ecstasy* —espíritu del éxtasis—, y ha tenido tanto éxito que la Rolls-Royce ha decidido incluirla en todos sus modelos.

Después de dos horas de serias deliberaciones sobre las posibles decisiones que pueden adoptar, Inder Singh, el capitán de la escolta, propone una solución salomónica, que no implica el desembarco de la carga y que preserva la seguridad de Su Alteza. Lo mejor será que él, junto a la mayoría del séquito, embarquen en el barco amenazado a fin de custodiar el cargamento, y que mientras tanto el maharajá y su familia esperen en Marsella la salida del buque holandés *Prinz Due Nederland* que zarpará dentro de dos días para Egipto. De allí pueden hacer trasbordo al *S.S. Medina* que cubre la ruta de El Cairo a Bombay. Es más incómodo y más largo, pero más seguro. Lord Montagu prefiere no separarse de los oficiales británicos que viajan en el barco, de modo que él y Eleanor deciden salir en el *S.S. Persia*.

El maharajá, Anita, su hijo, Dalima y un reducido séquito de doncellas y escoltas salen dos días después. «Fue un viaje peligroso y cansado —escribiría Anita— las noches a bordo eran tristes e inquietas, siempre al acecho del ruido de los aviones que nos podían bombardear. El peor momento tuvo lugar cuando se nos notificó el hundimiento del *S.S. Persia*.»

El 30 de diciembre de 1916, a la una y diez de la tarde y mientras navega a setenta millas de la costa de Creta, el buque es alcanzado por un torpedo lanzado desde un submarino alemán, el U-38. El misil perfora la proa, del lado de babor. Cinco minutos después la caldera del motor explota y el barco se hunde con quinientos un pasajeros a bordo. La prensa mundial se hace eco de la tragedia, y en Aujla, la aldea de Inder Singh en el corazón del Punjab, los vecinos están muy afligidos. Los ulteriores boletines de noticias lamentan la pérdida de veintiún oficiales británicos, destacando la figura de lord Montagu, la del cónsul de Estados Unidos en Aden, la señora Ross, esposa del director del colegio escocés de Bombay y las de cuatro monjas escocesas que iban a Karachi. De los demás sólo menciona que eran pasajeros de segunda y tercera clase.

Encerrada en el camarote que sólo abandona para comer, Anita escribe su diario: «Después de la preocupación de no saber nada de Victoria, ahora perdemos a Inder Singh, que siempre se ha comportado como un gran señor, y a nuestra servidumbre. También nos quedamos sin los Montagu. ¡Pobre Eleanor! Han desaparecido dieciocho personas de nuestra confianza, amén del grueso de nuestro equipaje, baúles y algunas joyas poco importantes. Me vienen a la memoria aquellas cartas escritas por los primeros soldados indios que fueron al frente y que decían que eso no era una guerra, sino el fin del mundo. Empiezo a pensar que tenían razón.»

Pero a medida que van surgiendo detalles del naufragio, llegan también noticias esperanzadoras. Diez horas después del hundimiento, un carguero chino, el *Nung Ho*, ha conseguido rescatar a un centenar de supervivientes. Entre ellos está lord Montagu, que reaparece con la mirada asustada de quien ha rozado a la muerte. Quizás su tristeza se deba a que no ha podido salvar a Eleanor porque estaban en lugares separados en el momento de la explosión, ya que él la esperaba en el comedor de cubierta mientras ella se arreglaba en su camarote. Llega a Londres el mismo día en que su obituario aparece publicado en los periódicos. Otro superviviente digno de mención es el capitán del Tercer Batallón de los Gurkhas E. R. Berryman, al que se le concedería una condecoración por haber ayudado a mantenerse a flote una pasajera francesa mientras se acercaba el carguero a rescatarles. Pero la mejor noticia para el maharajá y Anita es que Inder Singh ha sobrevivido. Ha estado flotando tres días a la deriva agarrado a un trozo de madera y después de ser rescatado se lo han llevado a un hospital de Creta donde se recupera favorablemente. «Recé a la Virgen para agradecerle el doble milagro, el de habernos salvado a nosotros y al querido Inder Singh», escribió Anita.

Cuando días más tarde, los habitantes de Aujla ven aparecer en el Rolls-Royce del maharajá al gran Inder Singh, muchos de ellos se asustan pensando que se trata de un fantasma que vuelve del otro mundo. Otros están convencidos de que los poderes sobrenaturales del maharajá le han devuelto la vida. Inder Singh, sentado en el porche de su bungalow, explica a sus atónitos vecinos los pormenores de su aventura, y ellos le escuchan embelesados. Cuando termina de contar la historia, todos quieren estrecharle la mano o abrazarlo como para asegurarse de que no son víctimas de una alucinación. Después, todos juntos lo celebran de un modo nunca visto hasta entonces en la pequeña aldea. «Me dieron mi primer whisky a la edad de once años —contaría el nieto de Inder Singh— el día en que mi abuelo regresó al pueblo después de que todos le creyeran muerto.» Para marcar tan insigne recuerdo, el maharajá adoptará la costumbre de desplazarse todos los años a Aujla en esa misma fecha a cazar perdices.

39

Cuando su hijo Ajit vuelve a marchar a Inglaterra después de las vacaciones en Kapurthala, a la angustia por el hecho de que el niño viaje solo por primera vez se le suma a Anita el peso de una soledad aún mayor. Para mantenerse a flote, se dedica a vestir y a animar a la tropa. Odia esta guerra, que se está llevando por delante a los hijos más jóvenes de la India en un conflicto ajeno. Después de lo que ha visto en el frente francés, le parece una crueldad seguir reclutando campesinos que por el hecho de ir a la guerra se creen protagonistas de una epopeya mitológica como las que sus padres les cantaban de pequeños. Sin embargo, todos los líderes indios abogan por seguir ayudando a Inglaterra, incluido un abogado que acaba de llegar de Sudáfrica, un hombre pequeño, valiente e indiscreto, que vive como un pobre y que defiende a los desheredados frente a los ricos. Anita ha oído hablar de él por primera vez por boca de Bibi, que lo ha conocido en Simla. Se llama Mohandas Gandhi. A pesar de ser un ferviente independentista, ha declarado que la India no sería nada sin los ingleses y que ayudar al Imperio es ayudar a la India, y que los indios sólo podrán aspirar a la independencia, o por lo menos al autogobierno, en caso de victoria de los aliados.

Anita y el maharajá conocen a Gandhi ese mismo año, en la inauguración de la Universidad Hindú de Benarés, la ciudad santa a orillas del Ganges. ¡Pero qué chasco! Invitados por el virrey junto a lo más granado de la aristocracia a los tres días de celebraciones, las palabras que Gandhi pronuncia en el auditorio de la universidad no se han oído nunca antes en la India. Ante una multitud de estudiantes, notables, maharajás y maharanís —ataviados con esplendorosos uniformes—, Gandhi aparece vestido de un paño de algodón blanco. De escasa estatura, y con sus brazos y piernas desproporcionadamente largos con relación al torso, orejas separadas del cráneo, nariz chata sobre un fino bigote gris y gafas de montura metálica, a Anita le recuerda a una vieja ave zancuda: «La exhibición de joyas que ustedes nos ofrecen hoy es una fiesta espléndida para la vista —empieza diciendo el campeón de la no-violencia—. Pero cuando la comparo con el rostro de los millones de pobres, deduzco que no hay salvación para la India hasta que os quitéis esas joyas y las depositéis en manos de esos pobres...»

Anita se pone la mano al pecho, como para asegurarse de que el collar de esmeraldas —uno de sus regalos de boda— sigue estando en su sitio. Parte de la audiencia está indignada. Sobre el murmuro de reprobación general, se alza la voz de un estudiante.

—¡Escuchadle! ¡Escuchadle!

Pero varios príncipes, juzgando que ya han oído bastante, abandonan la sala. Anita y el maharajá, colocados en la fila del virrey, no se atreven a irse. Muy a su pesar, se quedan aguantando el chaparrón.

—Cuando me entero de que se construye algún palacio en alguna parte de la India, sé que se hace con el dinero de los campesinos. No puede existir espíritu de autogobierno, ni de independencia, si robamos a los campesinos el fruto de su labor. ¿Qué tipo de país vamos a construir así?

—¡Cállese! —grita una voz.

—Nuestra salvación sólo vendrá del campesino. No vendrá

ni de los abogados ni de los médicos ni de los ricos terratenientes.

—Por favor, pare —le pide la organizadora del evento, una inglesa llamada Annie Besant, conocida por sus ideas progresistas y fundadora de esa primera universidad hindú de la India.

—¡Sigue! —gritan unos.

—¡Siéntate, Gandhi! —exclaman otros.

La conmoción es total. Para los príncipes y dignatarios no tiene sentido permanecer allí, aguantando los insultos de semejante hombrecillo. Todos, empezando por el virrey, abandonan la sala, mientras los estudiantes les dedican un abucheo que se oye en toda la ciudad.

Hasta ese momento a los príncipes de la India nadie se había atrevido a decirles la verdad a la cara, tal cual. Gandhi no es todavía una figura nacional. Los cientos de millones de indios no le conocen aún. Pero su fama empieza a extenderse. La India eterna, que siempre se ha inclinado ante el poder y la riqueza, también adora a los humildes servidores de los pobres. Las posesiones materiales, los elefantes, las joyas, los ejércitos han conseguido su obediencia; el sacrificio y la renuncia van a conquistar su corazón.

* * *

Para Anita, después de haberle conocido en Benarés, Gandhi es «el *chalao* ese». No así para Bibi, que ve en él al salvador del país, un hombre que a base de gestos sencillos es capaz de llegar al alma de la India. Ella se ha convertido en una de sus seguidoras. «Los que quieran seguirme —dice Gandhi— deben estar dispuestos a dormir en el suelo, a vestir ropas rudimentarias, a levantarse antes del amanecer, a vivir con un alimento frugal y a limpiarse ellos mismos los retretes.» De modo que Bibi se ha despedido de los bucles en las mejillas y se ha cortado el pelo, trocando sus bellísimos saris de seda por otros de *khadi*, el algodón crudo tejido a mano en la rueca. Se ha despedido del *bridge* para siempre, del peluquero suizo que en Simla acudía todas las tardes a peinarla, de los atardeceres pasados sorbiendo jerez y vermut mientras mimaba a su perro, un terrier llamado *Tofa*, dándole un par de chocolatinas, siempre suizas, claro está. Ahora se ha convertido en una vegetariana estricta y se ha lanzado por los caminos de la India, siguiendo a su líder descalzo. Dicen que, cuando descansa, pasa las tardes sentada frente a la rueca hilando algodón, símbolo de una nueva India dispuesta a deshacerse del yugo de los ingleses —y de la elite de los brahmines hindúes.

Si para la familia de Bibi lo sucedido ha supuesto una gran conmoción, para Anita, el hecho de que su amiga se haya convertido al movimiento nacionalista es un duro golpe. Se queda aún más sola, sin la única amiga con la que podía contar. Piensa en Bibi todas las mañanas cuando sale a cabalgar, porque ella es quien le ha mostrado los caminos, las aldeas y los atajos por donde pasa. Gracias a ella sabe cuál es la casta y la religión de un hombre por el modo como se enrolla el turbante. Aunque no entiende las razones que la han llevado a tomar una decisión tan extrema, siempre ha pensado que de alguien tan inquieto, tan sensible y tan extravagante como su amiga se puede esperar todo, excepto que se quede dócilmente en su palacio con los brazos cruzados, aguardando a que un pretendiente venga a cortejarla. Sus padres, que no han querido que vaya a estudiar a Inglaterra porque en el fondo desean casarla, ahora están perplejos: Bibi se ha casado con la causa de la independencia.

¿Y a Anita, qué porvenir la espera en ese mar de soledad en el que se ha convertido Kapurthala? ¿Se quedará de brazos cruzados en su palacio cuando haya terminado la guerra y no tenga que ocuparse de vestir y animar a la tropa? ¿De dónde sacar fuerzas para salir de la cama todas las mañanas, ahora que no tiene a su hijo, ni a Bibi, con un marido cada vez más ausente, con la familia en contra y los ingleses también? ¿Es posible vivir en el vacío? ¿Vivir en un lugar con la única esperanza de salir de él? Si por lo menos pudiera tener otro hijo... pero la idea del parto la aterra, y no siente a su marido con el mismo ardor amoroso de antes. «¿Cuál es la salida?», se pregunta a sí misma, encerrada en su cárcel dorada, envidiada por pocos, ninguneada por muchos, odiada por algunos.

Una mañana de finales de 1917, Anita se despierta en su habitación al son de una melodía familiar. Es una música estridente, mal tocada, probablemente ejecutada por algún músico de la banda estatal. «¿A quién se le ocurrirá tocar a semejantes horas?», se pregunta desperezándose. Cuando baja las escaleras, se da cuenta de que la música no viene de fuera, sino de uno de los salones. Karan, sentado en un sofá, está intentando tocar un tango en un viejo bandoneón.

—¡Sólo podías ser tú! —le dice Anita.

—Soy como el encantador de serpientes... Toco un tango y salís de la madriguera.

Karan ha vuelto a Kapurthala a petición de su padre, que necesita ayuda para llevar los asuntos del Estado y los que se derivan de la administración de las tierras de Oudh. Para Anita, es una gran noticia. La presencia siempre amable de Karan es un bálsamo contra la soledad. ¡Por fin alguien con quien hablar como una persona normal! Y tienen mucho que decirse, porque Karan fue de los últimos en ver a Victoria.

—He sido débil —le confiesa Anita—. Me quedé en Argentina, escuchando a Carlos Gardel...

—Un prodigio.

—Sí, pero tenía que haber acudido en ayuda de mi hermana, aunque a tu padre no le hiciese gracia.

—No te eches la culpa de lo que le ha pasado a Victoria.

Aunque hubieras estado en París, no creo que hubieras podido cambiar las cosas.

—Quizás... pero siempre queda la duda.

—Macías no la dejará tirada.

—Dios te oiga...

La vida en palacio y en Kapurthala cambia con la presencia de Karan. El hombre es un volcán de actividad cuya vitalidad choca con la desidia y la lentitud de los asuntos tal y como se llevan tradicionalmente en la India. Muchas veces se oyen sus gritos de protesta que suben desde las oficinas del sótano. Como le pasaba a Bibi al principio, como les pasa a tantos, reajustarse a la vida en la India no es fácil después de tanto tiempo pasado en Inglaterra. Aquí las gestiones se siguen haciendo al ritmo aletargado de siempre y de nada sirve salirse de las casillas. Al contrario, uno se desgasta y acaba siempre en el mismo punto de partida, y encima frustrado.

La India de 1917, la que encuentra Karan, es aún más pobre que antes. La escasez de alimentos y la inflación provocada por el esfuerzo de la guerra crean un ambiente de descontento y agitación entre la población.

—Tengo la impresión de que nuestro pueblo ha perdido confianza en el hombre blanco que tanto admiraba —le dice Karan a su padre—. La guerra ha puesto en evidencia que los europeos pueden ser tan salvajes e irracionales como los demás. Y si el pueblo desconfía del Raj, lo hará también del orden establecido. Los principados indios estarán en peligro.

—Exageras. Los príncipes asumirán todo el poder si algún día los ingleses deciden marcharse, pero eso no ocurrirá nunca.

—Yo no lo creo así, Alteza.

—Cuando acabe la guerra, verás cómo todo vuelve a su curso —concluye el maharajá.

En el fondo, Jagatjit Singh también piensa que algo va a cambiar, pero no piensa en el pueblo, sino en los de su propia clase, en los príncipes. Todos sus esfuerzos están abocados a la preparación de una cumbre de maharajás, prevista en Patiala para finales de 1917, para dar respuesta al ofrecimiento que el Secretario de Estado para la India ha anunciado en la Cámara de los Comunes: Londres está dispuesto a tomar medidas tan pronto como sea posible para preparar la transición en la India hacia el autogobierno. Los príncipes han visto en ello la oportunidad de cobrar su contribución a la guerra. Se consideran «líderes naturales» con la capacidad otorgada por Dios de detectar «los pensamientos y sentimientos más profundos del pueblo indio». En consecuencia, piden ser tomados «mucho más en serio» como políticos y exigen «una participación definida en la administración del país». Londres está de acuerdo, pero ¿cómo poner de acuerdo a los miembros de esta aristocracia tan fuera de lo común sobre la forma que debe tomar el autogobierno? ¿Cómo poner de acuerdo a más de quinientos príncipes, unos pobres y otros ricos, unos progresistas y otros feudales, todos imbuidos en la creencia de que su poder emana de un orden divino? Es algo imposible. Karan, que asiste a la conferencia de Patiala, se da cuenta de que no hay manera de que los príncipes se organicen. Hay demasiadas rencillas, envidias, tensiones y rivalidades. Los más liberales —Baroda, Mysore y Gwalior— abogan por participar en una asamblea de gobierno junto al virrey y por que los principados creen una cámara federal de representación. Pero una gran parte de delegados encuentran inaceptable esa solución e invocan todo tipo de razones. Karan, que conoce bien la mentalidad de los rajás, sabe que la razón de tan vehemente negativa no es otra que el rechazo por parte de la mayoría de los príncipes a tener que compartir escaño con miembros de la Cámara —en otras palabras, con plebeyos—. A esos tigres de papel sólo les queda un orgullo inconmensurable, y eso no basta para gobernar la India.

19. *La «Gran Vía» de Kapurthala, una calle repleta de puestos y de tiendas. Defensor a ultranza del progreso, el maharajá quiso dotar a su ciudad de alumbrado eléctrico y esta calle fue una de las primeras en Punjab en disfrutar de semejante innovación.*

20. *Cada vez que el maharajá llegaba de viaje, una orquesta y un grupo de altos funcionarios del Estado le daban la bienvenida en la estación de tren. Antes de ir a palacio (cuya superficie, incluidos los jardines, era mayor que la de la ciudad), tenía la costumbre de recorrer el centro de Kapurthala en calesa. Decía que era su manera de volver a tomar contacto con su pueblo.*

21. *En el centro de la ciudad, la sala central del palacio del Durbar era la sede del gobierno. Aquí el maharajá, acompañado de ministros y consejeros, escuchaba a representantes gremiales, jefes de aldeas, líderes religiosos y comunitarios y a todo el que necesitase la intervención del gobierno. El maharajá dirimía conflictos, promulgaba leyes, lanzaba edictos, alentaba al debate y daba consejos.*

22. *El maharajá de Kapurthala y su hijo mayor Paramjit subidos en uno de los elefantes de las cuadras reales. La sombrilla era símbolo de realeza en los principados indios. La foto debió de haber sido tomada alrededor de 1895.*

23. *Ambos estaban fascinados por Europa y sus avances técnicos. En la foto, el maharajá de Kapurthala a los mandos de un hidroavión.*

24. *Los maharajás de Punjab eran muy famosos en Europa, porque eran los que viajaban con mayor asiduidad al viejo continente. La prensa aludía a una supuesta rivalidad entre ambos, pero esa rivalidad nunca existió. A pesar de las similitudes, eran personajes muy distintos. Bhupinder Singh «El magnífico», maharajá de Patiala (a la izquierda en la foto) era un monarca absoluto con un apetito sexual insaciable que reinaba sobre un principado diez veces mayor que el de Kapurthala. Tenía 350 mujeres y concubinas. Jagatjit Singh de Kapurthala era enamoradizo y disfrutaba de la compañía de mujeres inteligentes. A Bhupinder de Patiala sólo le interesaba el sexo: genio y figura hasta la sepultura, nueve meses después de su muerte (día por día) nació el último de sus retoños.*

25. *A pesar de que las autoridades británicas le llamaban la atención por lo mucho que viajaba, el maharajá de Kapurthala nunca dejó de recorrer el mundo. En la foto, se encuentra entre Alfonso XIII y su hijo y heredero Paramjit durante una visita al monasterio de El Escorial a principios de los años treinta.*

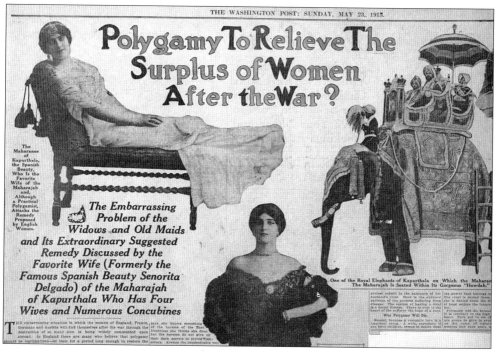

26. *La prensa del mundo entero se hacía eco de las visitas del maharajá y su mujer Anita, viajeros incansables. El titular de este artículo del* Washington Post *de 1918 pregunta con sorna: «¿Puede la poligamia solucionar el problema del excedente de mujeres después de la guerra?»*

27. *El maharajá a los 18 años junto a una de sus primeras mujeres, Rani Kanari, una india de buena familia oriunda de un valle cercano al Himalaya. Como las autoridades británicas le prohibieron ir acompañado por ninguna de sus mujeres durante su primer viaje a Europa, decidió llevarse a Rani Kanari de incógnito, disfrazada de criado. Rani Kanari fue la única de las mujeres del maharajá en mostrarse cariñosa con Anita Delgado.*

28. *El maharajá junto a la española, en el hotel Savoy de Londres, en 1924.*

29-30. *En 1911, la pequeña ciudad de Kapurthala recibió a más de tres mil invitados que venían a asistir a la boda de Paramjit Singh con la princesa Brinda Mati. El maharajá fletó un paquebote para traer desde Londres a sus invitados europeos y Anita se encargó de organizarlo todo.*
Arriba, los invitados europeos antes del baile, en el Durbar Hall del palacio de L'Élysée.
Abajo, Anita, en el centro, vestida con sari, entre otros invitados.

31. *En la foto (1911), el maharajá de Kapurthala en uno de los días más felices de su vida cuando casó a su hijo Paramjit (a la derecha en la foto) con la princesa Brinda (a la izquierda), convencido de que daba así continuidad a su linaje y a la monarquía kapurthalense. Pero la Historia se encargaría de truncar sus planes.*

32. *En Nueva Delhi en 1925, poco tiempo antes de que Anita regresase definitivamente a Europa. La tensión entre ambos ya es palpable en la foto.*

33. *Ella lo negaba y prefería llamarle su «secretario». Pero los allegados sabían que eran amantes. Ginés Rodríguez Fernández de Segura era un malagueño de buena familia, viudo de una prima de Anita Delgado. Agente de bolsa, hombre culto que hablaba a la perfección varios idiomas, se convirtió en inseparable compañero de Anita. En esta foto, tomada a principios de los cincuenta, caminan por una calle de Biarritz.*

40

Noviembre de 1918. El fin de la guerra. Kapurthala lo celebra por todo lo alto, con fuegos artificiales y una magna recepción en *L'Élysée*, adonde acuden oficiales y funcionarios británicos, así como los hijos del maharajá. Han regresado todos a la India, después de haber desempeñado «una ingente labor en pos de la victoria», según palabras del maharajá.

Para Anita, el final de la guerra no es el final de una quimera, sino al contrario. De Victoria sabe que ha regresado al pisito de París, y que está a punto de dar a luz. Pero nada más. Lo inquietante no es que su marido George Winans siga sin dar señales de vida, o que necesite dinero porque Macías seguramente se ha encargado de que no le falte de nada. Lo que de verdad le asusta es que otra guerra ha estallado en Europa, mucho más devastadora y mortífera que la que acaba de terminar. Es una guerra insidiosa, que ha empezado entre los soldados españoles que luchan en África. El enemigo es virulento, se cuenta por billones y, además, es infinitamente pequeño. El virus de la «gripe española», llamada así porque primero se diagnosticó en España, va a provocar uno de los mayores desastres de la historia de la humanidad. El asesino más rápido que haya existido jamás acabará causando cuarenta millones de muertos, casi el triple de las víctimas de la contienda.

Anita cuenta los días para regresar a Europa. Irá con su marido, que ha sido invitado por el mismísimo Clemenceau a la firma del armisticio en el palacio de Versalles. Pero la espera se le antoja interminable. Ya no tiene nada que hacer en Kapurthala, excepto consolar a las familias de los soldados que no han regresado. Siente que ahora su lugar está en París, junto a su hermana. Desde que supo que había regresado al pisito con los niños, no ha vuelto a tener noticias. De Benigno Macías tampoco. Como si se lo hubiera tragado la tierra.

Los días previos al viaje son días turbulentos en el palacio de Kapurthala. Por primera vez en mucho tiempo, los hijos vuelven a estar todos juntos. Los roces y las peleas son inevitables porque cada uno ha evolucionado de manera distinta. Quizás por no ser el heredero directo del trono, quizás porque es un hombre más moderno que sus hermanos, con una mentalidad más abierta, con mejor formación, Karan está convencido de que los príncipes —así como los ingleses— tienen los días contados. El tema es motivo de agrias discusiones familiares. Paramjit, primogénito y heredero, piensa que Karan está contaminado por ideas nacionalistas. Llega a ver a su hermano como un enemigo potencial, un rival que podría representar un peligro cuando él asuma el trono. El maharajá, que adivina el ansia de Paramjit por copar parcelas de poder, termina por apartarle de los asuntos de Estado. Prefiere que su heredero no haga nada hasta que le toque el momento, y que por ahora se divierta, gaste dinero, consiga un hijo varón para asegurar el futuro de la dinastía, pero sobre todo que no le incordie. A los demás, les asigna tareas según la capacidad de cada cual. A Amarjit le encarga reorganizar el ejército, a Mahijit la supervisión de las obras de alcantarillado y de abastecimiento de agua de la ciudad, y a Karan, como ingeniero agrónomo, la administración de las tierras de Oudh así como la mejora de la productividad del campo de Kapurthala.

Apasionado por la equitación, Karan sale todas las mañanas a cabalgar. Visita las aldeas, habla con los ancianos, con los campesinos, toma el pulso al pueblo y vuelve con nuevas propuestas para mejorar la producción. Consigue convencer a su padre para crear la primera cooperativa agrícola de Kapurthala y un sistema de créditos blandos para los campesinos. Lo cierto es que a pesar de la sangría que ha supuesto la guerra, Kapurthala prospera en todos los órdenes. Sin prisa pero sin pausa, en veinte años la renta per cápita se ha duplicado. La ciudad es limpia, coqueta, y poco a poco va pareciéndose a su amo, dueño y señor, cuya afición por construir edificios inspirados en distintas culturas crece con el tiempo. Proyecta edificar una mezquita inspirada en la de Fez, en Marruecos, y un cine con columnas dóricas en el más puro estilo griego. Con el palacio francés y el parque de Shalimar —llamado así en honor a los jardines de Lahore— Kapurthala se transforma poco a poco en un muestrario de estilos, una especie de parque temático *avant l'heure* que exhibe edificios del mundo entero y muestra el cosmopolitismo de su rey.

Pero la guerra ha dejado también su rastro de miseria humana en los caminos del Punjab. Una mañana, durante uno de sus paseos a caballo, que constituyen su momento favorito del día, después de vadear un río, Anita se ve sorprendida por unos harapientos ex soldados que se abalanzan sobre su caballo y se hacen con las riendas.

—¡Desmonte, *memsahib*, desmonte! —le gritan.

Anita mantiene su sangre fría y les hace frente.

—¡Soltad mi caballo! —les grita en punjabí, blandiendo la fusta a derecha e izquierda. ¡Por nada en el mundo va a permitir que le roben a *Negus*! El hecho que esa *memsahib* tan indómita a la que creían inglesa hable tan bien su idioma intimida a los asaltantes. Y cuando encima ella les amenaza con decírselo al maharajá en persona, entonces los asaltantes, que llevan uniformes militares de Kapurthala hechos jirones, la dejan marchar. Pensaban robarle el caballo a una europea, pero no a una de las mujeres del jefe supremo.

Anita no le cuenta a nadie el incidente porque sabe que su marido le pondrá escolta y no quiere ver cercenada su libertad. De todas maneras estaba sobre aviso, porque la *Gazette* no ha cesado de reportar noticias de robos y asaltos, y de publicar estadísticas que aseguran que el crimen en el Punjab se ha multiplicado por diez desde el final de la guerra. Era tan insignificante el número de delitos que aun multiplicado por diez sigue siendo irrisorio. Pero es cierto que la cárcel se hace pequeña y el sistema judicial amenaza con bloquearse a causa de los numerosos soldados que han vuelto de los frentes de guerra y que asaltan a la gente porque no tienen ni para comer.

A pesar del percance, Anita sigue montando a caballo todos los días. Pero no lo hace por necesidad de estar sola, como a veces le sucedió en el pasado, o por deseo de encontrarse a sí misma, o por simples ganas de hacer ejercicio físico. No es consciente de la razón que la empuja a hacerlo y aunque lo supiera, no se atrevería a admitirla. La verdad es que lo hace porque en sus paseos por el campo suele encontrarse con Karan y entonces el día adquiere otro cariz. Estando con él, tan lleno de vitalidad, se olvida de sí misma, como si su único problema —el de la soledad— se desvaneciera. El joven le muestra un país poblado por campesinos que desean fervientemente salir de la pobreza.

—Siempre se dice que los indios somos fatalistas, pero no es verdad... —dice Karan—. Si nos dan la oportunidad de mejorar, la cogemos al vuelo.

Karan es el único de la familia que disfruta mezclándose con la gente del pueblo. Su extravagancia, muy denostada en palacio por sus hermanos y los miembros de la corte, consiste en quedarse a dormir en las aldeas, en la choza de algún campesino pobre, cuando le viene en gana. Dice que le tratan como a un rey, y que es la manera más rápida de viajar muy lejos sin recorrer muchos kilómetros. Disfruta hablando con ellos de las siembras y las cosechas, de los abonos y las plagas; en definitiva de la tierra, que es lo suyo.

Quizás por eso sea más directo, asequible y franco que sus hermanos, cuya verdadera vocación se centra en todo lo que tiene que ver con el lujo y la pompa. La simple idea de mezclarse con los que no son de su condición les repele. Karan es un extraño entre los suyos. Su sinceridad y sus ansias por introducir ideas modernas, ideas que han surgido en las conversaciones mantenidas con sus amigos ingleses en Harrow o Cambridge, todavía no encajan demasiado en la estrecha sociedad de Kapurthala. Pero tiene el ánimo resuelto, una manera de ser campechana, pestañas de soñador y una risa clara que hacen suspirar a Anita. Junto a él, ella se ríe, siente y vibra como lo que es, una mujer que aún no ha cumplido los treinta. En la India, casi no ha tenido amigos. ¡Qué lejos queda esa sensación tan familiar, mezcla de soledad y tedio, cuando sabe que va a ver a Karan! ¡Qué buena es la complicidad, el entenderse con alguien sin necesidad de explicarse, el estar a gusto por el solo hecho de estar acompañada...! Durante los meses anteriores a su viaje a Europa, no pasa un solo día sin que se vean. Por primera vez en muchos años, y porque Karan se lo ha pedido, Anita ha entrado al palacio de las mujeres para visitar a Rani Kanari. Es el único que parece sensible al bienestar de los demás, y el único que parece adivinar la soledad a la que su madre y Anita parecen estar condenadas. Invariablemente, la española sale de las visitas a Rani Kanari con el paso vacilante y la mirada extraviada. Hace mucho tiempo ya que Rani Kanari ha elegido la bebida como antídoto contra la soledad de la *zenana*.

En mayo de 1919, el maharajá, Anita y su séquito llegan a París. A la ciudad, que sigue teniendo un aspecto fantasmal, ahora le toca defenderse de un virus que ataca a sus desprevenidos habitantes con saña. Desde el coche de caballos que la lleva a casa de su hermana, Anita ve cómo unos empleados del ministerio de sanidad entran y salen de los portales. Los hombres llevan máscaras de tela blanca en el rostro. A la entrada del edificio de Victoria, han colocado un cartel avisando de que está contaminado. Pero Anita no hace caso y se precipita escaleras arriba. Al llegar al rellano del piso de su hermana, se encuentra con otro precinto en la puerta. Allí no hay nadie. El silencio es aterrador. Los pájaros ya no aletean en el hueco de la escalera, como si ellos también hubieran huido.

En el instante de siglos que dura la bajada de Anita por las escaleras hasta que llega a la portería, le asalta de pronto la certidumbre de que nunca más verá a su hermana Victoria, ni volverá a tener el consuelo de sus cartas ni gozará de la alegría de su risa. Con el corazón en un puño, sin atreverse a preguntar pero al mismo tiempo ardiendo en deseos de saber, llama a la puerta de madame Dieu.

—Soy la hermana de...

—La reconozco —le interrumpe la portera—. Pase...

La casa es pequeña, modesta, oscura. Mme Dieu, aún más encorvada, la invita a sentarse en un sofá en el que hay un gato dormido. Y entonces Anita recibe la peor noticia que hubiera podido imaginar.

—Primero murió el tercero de los hijos —dice pausadamente la mujer—, luego el bebé, a escasos días de nacer. Ambos de gripe española. Victoria duró quince días más. Dicen que también murió de gripe, pero yo creo que fue de tristeza.

Anita se queda muda, con la mirada perdida y el habla paralizada.

—Desde que su marido la abandonó, se dejó ir... No se cuidaba nada. Cuando volvió del campo, al terminar la guerra, estaba esquelética. Y en eso surgió la gripe.

Hay un silencio largo, puntuado por el tictac del reloj de pared.

—Esta gripe es peor que los boches —continúa la mujer—.

Yo he perdido a mi hija y a una cuñada. Y las autoridades no dan la voz de alarma para que no cunda el pánico. Es indignante.

—¿Dónde están enterrados?

—Madame, entierran a los muertos muy rápidamente para evitar la propagación de la enfermedad. A su hermana la enterraron en menos de veinticuatro horas... Ella y los niños están en el cementerio del Père Lachaise.

—¿No les acompañó nadie? —pregunta Anita cuya mirada se nubla por los gruesos lagrimones que ruedan sobre sus mejillas.

—No dejan que vaya nadie, madame.

—¿No había ni siquiera un cura? ¿...Nadie?

—Sí, madame, había un sacerdote. Pero muere tanta gente que los curas se limitan a lanzar a toda prisa agua bendita sobre los cadáveres. Ellos tampoco quieren caer enfermos, es comprensible.

—Claro... —Anita hace esfuerzos para contener los sollozos.

—Llore cuanto quiera, nada alivia tanto como el llanto —le dice la mujer, levantándose a por un pañuelo. Anita se echa a llorar en silencio—. Pero déjeme darle un consejo, madame... Váyase de París lo antes posible. Aquí estamos todos condenados.

A Anita le queda el pobre consuelo de que el «caballero argentino», como lo describe la mujer refiriéndose a Benigno Macías, la había estado visitando regularmente hasta el final. Siempre aparecía con paquetes de ropa y de comida, y con noticias de un viaje a España que estaba organizando para trasladar a Victoria y a los pequeños. Pero un día, pocos días antes de caer Victoria enferma, el caballero argentino dejó de venir.

Enfrentada de bruces con el horror de la muerte, le viene a la mente la misma pregunta, machaconamente. ¿Por qué no sacó fuerzas para enfrentarse al maharajá, interrumpir aquel viaje y acudir en ayuda de su hermana? Atormentada por el espectro de la culpa, siente brotar en su interior un caudal de rabia hacia sí misma por no haber sabido imponerse en un momento crucial, y hacia su marido por no haber intuido la gravedad de la situación. Mentalmente le echa en cara su egoísmo de viejo caprichoso, su manera de exigir, su vanidad de príncipe de papel que antepone sus deseos a todo lo demás. En lugar de meterse en el carruaje que la espera frente a la casa de Victoria, despide al cochero y echa a andar por las calles, esperando que la rabia se le pase y quede sólo la pena. Sola frente a su destino, por primera vez toma conciencia del peso del drama que ella misma ha provocado cuando apenas tenía diecisiete años, y que ahora la perseguirá toda la vida. Prefiere no regresar en ese estado a su hotel de lujo. Necesita sosegarse, volver a ser ella misma, pero no puede porque le falta algo que era una parte tan intrínseca de su vida que sin ello ya no es la misma. Le vuelve a la memoria una conversación con el Dr Warburton mantenida en Kapurthala; el médico le había contado que los amputados sienten dolores en los miembros que ya no tienen. Así se siente Anita sin su hermana, sintiéndola estar donde ya no está.

Ver pasar los camiones del ministerio de sanidad le devuelve a la urgencia del presente. Sabe que no va a salir rápidamente del lodazal de dolor que la atrapa, pero es consciente de que hay que huir de la ciudad cuanto antes. La portera tiene razón. Por mucho que le tiente dejarse mecer por el sufrimiento, tiene que irse, aunque sólo sea por los vivos que le quedan. No ha podido ayudar a Victoria, pero por lo menos ayudará a sus padres a llevar el duelo.

Mientras Anita viaja a España, el maharajá y su séquito llegan a Versalles en junio de 1919, como parte de la delegación del gobierno británico para asistir a la firma del Tratado de Paz entre los alemanes y los aliados. Llegar a ese lugar que tanto ha admirado, y esta vez no como simple visitante sino como actor de la Historia, le llena de satisfacción y orgullo. Es un honor que comparte con Ganga Singh, maharajá de Bikaner y un restringido número de príncipes indios, todos más importantes que él. Pero en eso consiste su habilidad, en ser tratado como uno de los grandes sin serlo de verdad. Ha conseguido que se hable tanto del minúsculo Estado de Kapurthala como de otros Estados indios mucho más extensos y poderosos.

La puesta en escena de la ceremonia es impresionante. Clemenceau, el héroe de Francia, está sentado entre Wilson, presidente de Estados Unidos y Lloyd George, primer ministro de Inglaterra, en una mesa en forma de herradura de caballo, situada en la galería de los espejos, una inmensa sala de 73 metros de largo por diez de ancho, donde el rey Luis XIV, el rey sol que tanto admira el maharajá, acostumbraba recibir a los embajadores. Los invitados están sentados en taburetes.

—Hagan entrar a los alemanes —pronuncia solemnemente Clemenceau.

Se hace un silencio absoluto. Dos oficiales del ejército alemán, con el cuello abrochado y gruesas gafas de montura metálica, entran escoltados por ujieres. Nadie se levanta para recibirles. En una mesa bajo un estandarte de Luis XIV que reza «El Rey gobierna por sí mismo» los alemanes firman la paz en gruesos libros, seguidos por los representantes de las potencias aliadas. La ceremonia dura poco y al terminar, el estruendo de los cañonazos y de aviones volando bajo lo invade todo. Los tres grandes, Clemenceau, Wilson y Lloyd George caminan juntos hacia la terraza donde son aclamados por una multitud alegre y desenfrenada. Por primera vez desde que empezara la guerra, en 1914, las fuentes de los jardines vuelven a funcionar.

41

El maharajá está feliz por el hecho de entrevistarse con presidentes y hombres de Estado durante las fiestas del armisticio primero en París y luego en Londres. «Magnificencia oriental y confort americano conviven en la décima planta del Savoy, donde el maharajá ocupa la décima planta —escribe un periodista inglés—. Cuando le pregunto por el auge del movimiento nacionalista en la India, el maharajá me contesta que no le gusta hablar de política.» Jagatjit Singh prefiere enumerar las condecoraciones obtenidas por sus militares, citar la promoción de su hijo Amarjit al grado de capitán y sobre todo glosar el extraordinario reconocimiento que supone la concesión por parte de Su Majestad el Emperador, de un aumento de dos cañonazos en el saludo oficial de Kapurthala. De esa forma, su Estado sube de categoría, pasando de trece a quince salvas. ¡Todo un honor!, un honor que le llena de mayor satisfacción que si hubiese recuperado el dinero invertido en la guerra. Porque esos cañonazos son el símbolo indeleble de la superioridad de su estatus en la nobleza india.

Mientras, Anita está en Málaga, acompañando a sus padres en su dolor. Pero no es la misma de antes. Hasta entonces, la muerte era para ella como una desgracia que le pasa a los demás, a las hermanas de los otros, a los padres y a los hijos de los otros, pero no a los suyos. Esa súbita revelación, unida al dolor que le causa la pérdida de su hermana, a la falta de alguien que le alivie la conciencia, la sumen en un estado de profunda melancolía. Quizás la vida sea eso, un continuo desprenderse de los que uno quiere hasta enfrentarse a la muerte propia. Un desgarro constante. La guerra, con su cortejo de muerte y destrucción, le ha hecho darse cuenta, por primera vez, de la fragilidad y la brevedad de la vida. Ni siquiera ha podido dar las gracias a Benigno Macías por la ayuda prestada a Victoria, porque también él ha fallecido a causa de una infección en las piernas después de haber sido atropellado por un camión militar. El accidente —estúpido, como son todos los accidentes— ha tenido lugar muy cerca de la casa de Victoria, probablemente cuando la visitó por última vez. La noticia le ha llegado de Londres, por medio del maharajá. Desesperada, Anita busca consuelo en la religión. Frente a un altarcito improvisado en su habitación, presidido por una imagen de la Virgen de la Victoria y una foto de su hermana y sus sobrinos, imágenes de los gurús sijs y un ramillete de bastoncitos de incienso se abandona a sí misma, rezando a todos los dioses e intentando volver a encontrar un sentido a la vida. Inmóvil, con el rosario entre los dedos y los ojos cerrados, se ausenta, buscando palabras de consuelo entre todo lo que ha escuchado a tantos sacerdotes, pandits, mullahs y monjes como ha conocido a lo largo de su vida.

Anita permanece en España el tiempo necesario para organizar el cuidado de sus dos sobrinos supervivientes. Le apetecería llevárselos a la India, pero sabe que no debe. Bastante difícil es su situación allá como para complicarla aún más. Así que los deja a cargo de sus padres, aunque se compromete a asumir todos los gastos. Si no se queda más tiempo con los suyos, es porque la sensación de impotencia por no haber podido hacer más por su hermana y el sentimiento de culpabilidad la atosigan. Por mucho que intente quitárselos de la cabeza, se siente en parte responsable de la muerte de Victoria, y eso duele todavía más estando en presencia de sus padres y de sus sobrinos. Además, el maharajá reclama su presencia en Londres.

Lo primero que hace Anita al llegar a Inglaterra es visitar a su hijo en Harrow. El chico prefiere tocar el saxo y escuchar jazz a estudiar. Aprueba a trancas y barrancas, de modo que el maharajá le ha amenazado con cambiarle de colegio. Ajit se opone con virulencia, porque sabe que otro colegio será aún más duro. Añora la vida complaciente y dulce de la India, y los inviernos ingleses se le hacen interminables. Su madre pasa horas tranquilizándolo y consolándolo, pero al despedirse de él se le parte el corazón y le cuesta reprimir las lágrimas. «¿Qué clase de vida es esta —se pregunta— en la que ningún miembro de la familia es feliz porque todos están separados, y se sienten solos?» Al igual que otras veces en el pasado, echa de menos la vida sencilla de una familia normal, como la que tuvo de pequeña. Le gusta imaginar lo que hubiera sido su existencia junto a alguien como Anselmo Nieto, por ejemplo... Quizás menos interesante, pero a la postre más feliz. Cada uno tiene su karma, como dice Dalima. «¿Adónde me llevará el mío?», se pregunta Anita, que intuye unos gruesos nubarrones en el horizonte de su vida.

Ahora sólo piensa en regresar a Kapurthala. Nunca le había pasado antes. Y nunca pensó que algo semejante pudiera ocurrirle. Siempre se ha sentido viviendo una vida prestada por su marido, como si fuese la soberana de un vasto imperio de felicidad, pero edificado por él y sólo por él. Nunca ha encontrado realmente su lugar. Y sin embargo, ahora quiere volver.

Durante aquella estancia en Inglaterra, Anita empieza a asustarse con la voracidad del fuego que ella mismo ha encendido en su corazón. La verdad es que está obsesionada con Karan. Desea estar con él no por gusto o por placer, sino por necesidad pura y simple. Se ha convertido en una droga para ella. El amor que ha llegado a sentir hacia su marido se ha visto siempre cercenado por el trato excesivamente paternal que éste le ha dispensado y que ha terminado por marcar una distancia infranqueable entre ambos. Karan es directo, y tan cercano que le siente en la lejanía. «Quizás no sepa ser feliz —se dice para sus adentros—. Rechazo lo que tengo y prefiero lo que no tengo. ¿Será puro capricho?»

No es capricho, es amor, acaba por confesarse, asustada por la magnitud del descubrimiento, sin querer pensar en las consecuencias. Esa fuerza arrebatadora que siempre ha soñado conocer, es la que ahora la arrastra y le hace perder la razón. «¡Insensata! —se dice en sus momentos de lucidez—. No puedo dejarme llevar así. ¿Habré perdido la cabeza?» Pero luego deja flotar su mente en el placer de la ensoñación, y se acuerda de la princesa Gobind Kaur, cuya aburrida vida junto a su marido se vio rescatada por la audacia y el amor del capitán Waryam Singh. ¡Qué felices parecían en aquella choza, libres de las ataduras del mundo, solos el uno para el otro! Se deja llevar por el sueño loco de que Karan puede hacer lo mismo con ella, de que siempre existe una salida para la gente que se ama. Amores imposibles que triunfan en la adversidad... ¿Acaso los libros y las canciones no están llenos de historias así?

Sí, pero en este caso es distinto. Karan no es un extraño, es el hijo del maharajá. Eso debería bastar para alejarla de tan peligrosa tentación. Cuando se detiene a pensarlo, se convence de que es una ofensa a Dios, que le ha dado la vida, y al mismo tiempo es una traición al esposo. Peor aún, es una traición al pequeño Ajit. Entonces aparta de su cabeza el recuerdo de Karan, porque es un amor incestuoso, imposible y abocado al fracaso. Una fuente de desgracias, de vergüenza y de infamia.

Pero es difícil controlar los latidos del corazón a medida que el tren se acerca a Kapurthala, ya de regreso de Europa. No quiere pensar en él, y, sin embargo, lo percibe en los rasgos de su padre, sentado frente a ella. No hay huida posible. Cuando descubre a Karan en el andén de la estación, vestido de gala para recibir al maharajá junto a la guardia real, los miembros del gobierno y la orquesta del Estado, Anita quiere disimular su emoción, pero se le van los ojos como si lo que está viendo no fuese real. Al saludarla, Karan pasa tan cerca de ella que alcanza a percibir la brisa de su olor, respondiendo a su saludo con una sonrisa.

En Kapurthala, hay otra persona golpeada por la guerra, que vive su duelo en silencio. El amor secreto de Brinda, el oficial Guy de Pracomtal, ha caído en combate en el frente del Este de Francia. Se ha enterado al recibir una carta con una moneda india usada en su interior, un recuerdo que Brinda le había regalado en París. «La hemos encontrado en el bolsillo de la camisa de Guy, cuando yacía en el campo de batalla, a mediados de 1917», dice la carta firmada por el hermano de Guy. A pesar de la tristeza que la embarga, ahora sabe que ha tomado la decisión adecuada al volver a la India a casarse con Paramjit. De haber seguido la llamada de su corazón, ahora sería una pobre viuda extranjera en un país devastado.

*   *   *

El caballo. Galopar por los campos. Dejarse invadir por la sensación embriagadora de la libertad. Soñar con encontrarse a Karan en una aldea, en un camino, en una reunión de campesinos, en las cuadras del palacio. Y encontrárselo. Sentir entonces en las venas una llama sutil que recorre el cuerpo. El sueño se hace realidad, y la vida deja de ser un cúmulo de preguntas sin respuesta. Es como si todo encontrase su orden natural. No hay necesidad de palabras. Basta con dejarse acunar por la dulce sensación de estar junto a él. Los días se llenan así de pequeños momentos, de tesoros íntimos, más valiosos para Anita que todas las joyas del maharajá y las del nizam reunidas. Pero se está metiendo en un túnel sin fondo, y quizás sin salida.

∗ ∗ ∗

—Tengo una buena noticia para ti, mira esto —le dice un día el maharajá entregándole una carta oficial del Departamento de Asuntos Exteriores del Gobierno de la India. Anita abre el sobre y lo primero que lee, en letra negrilla, es: «Reconocimiento de la esposa española de Su Alteza el maharajá de Kapurthala.» Es una nota oficial que dice que «Su Excelencia el Virrey ha decidido aflojar las restricciones aplicadas a esta *"particular lady"*...»

—¿Has visto como me llaman... *particular lady*?

Anita se ríe y luego sigue leyendo: «de modo que pueda ser recibida por todos los funcionarios en todas las ocasiones que ellos deseen». ¡No me lo puedo creer! ¿Qué les ha pasado por la cabeza?

—Sigue leyendo —le dice el maharajá.

—«Excepto por el Virrey y por los gobernadores y vicegobernadores.»

—¡Ya me extrañaba a mí! —dice Anita visiblemente decepcionada— me reconocen, pero sólo un poquito, no vaya a ser que les contagie...

—Es un avance.

—Hace unos años, hubiera saltado de alegría. Hoy, para decirte la verdad, me da un poco igual. ¿Cuándo llega el virrey?

—El día 14.

—No te preocupes, *mon chéri*. Me encargaré de que todo esté a punto.

«Quienes os conocen, honran en Su Alteza no sólo al gobernante eficiente y progresista, sino también al buen deportista, al hombre culto, al anfitrión generoso y al amigo de corazón.» Así termina el virrey su discurso después de la cena de gala en el palacio de Kapurthala. Una cena que Anita ha cuidado en sus más mínimos detalles, pero a la que no asiste. Se lo ha pedido su marido, como un favor especial, para no enturbiar las perfectas relaciones que existen ahora entre él y los ingleses. Además, el virrey viene solo, sin su esposa, probablemente para no causar problemas a la hora del protocolo. Doce años después de su boda, Anita cena sola, en su habitación, como si fuese una extraña en su propia casa.

Poco después, la visita de Clemenceau viene a compensar un poco la desazón que la recepción del virrey le ha provocado. «Tuvimos el enorme placer de recibir a este hombre extraordinario y a su mujer en nuestro palacio y disfrutar de unas deliciosas semanas en su compañía cazando fieras y aves», escribe Anita en su diario. En el banquete de recibimiento, el héroe de Francia se deshace en elogios hacia Kapurthala, «cuna de la civilización en oriente como Atenas lo fue en occidente». Los dignatarios y el propio maharajá están henchidos de orgullo.

* * *

Las visitas, los personajes importantes, la vida social... Poco a poco Anita va desinteresándose de un mundo que siente que ya nunca le pertenecerá. Sigue cumpliendo con su deber de fiel esposa europea que lo organiza todo, sigue acompañando a su marido en los viajes, pero el encanto y la magia se han evaporado. Ya no pone el corazón en ello. Las relaciones con el maharajá siguen siendo cordiales, pero cada vez son menos íntimas. Hace tiempo que han dejado de inspirarse en el *Kamasutra* para las noches de amor. Hace tiempo que no hay noches de amor. Anita sospecha que él se relaciona con otras mujeres o con antiguas concubinas, y ella... Ella sueña con ser libre como un pájaro, y pasa tardes enteras mirando por las ventanas de estilo mogol, las que dan al norte, hacia las estribaciones nevadas del Himalaya. No tiene más remedio que convivir con su soledad porque de su vida interior —de su amor prohibido— no puede hablar con nadie. Cree que su fiel criada sabe algo, pero no le preocupa porque Dalima es la discreción y la lealtad encarnadas. Y luego está Ajit. Ha decidido que no se irá de Kapurthala antes de que su hijo cumpla dieciocho años, la mayoría de edad, no vaya a ser que las demás esposas urdan un complot para desheredarlo, o aún peor, para quitarlo de en medio. Las intrigas y las maquinaciones diabólicas han estado siempre a la orden del día en las cortes de la India. Anita no se fía y no quiere bajar la guardia. Se da cuenta de que a medida que su relación con el maharajá pierde fuelle, Harbans Kaur va ganando terreno, poco a poco. Esto, unido a las peleas cada vez más frecuentes entre los hijos, hace que el ambiente en palacio llegue a ser irrespirable. Las discusiones entre Paramjit y Karan son tan violentas que a menudo llegan a las manos, y saltan por los aires vasijas japonesas, relojes suizos y alguna que otra silla Luis XVI, ante la cólera del maharajá, que no sabe cómo preservar la paz familiar. Sus hijos, sobre todo estos dos, son distintos en todo. O mejor dicho, tan distintos como lo son sus madres.

El resultado es que Karan expresa varias veces su deseo de marcharse. Entonces Anita palidece, sus ojos se nublan y le cuesta articular las palabras. Ella también querría desaparecer, pero con él.

42

Los primeros años de la década de 1920 son para Anita los más intensos de su vida. Aunque no los más felices, si por felicidad se entiende un estado duradero de placer y tranquilidad. Al contrario, son años en los que la pasión continúa devorándola, y con ella la cohorte de sentimientos que la acompañan, como el miedo, la vergüenza, la inseguridad y hasta la desesperación. Pero también conoce instantes fugaces de suprema felicidad que de alguna manera compensan todo lo demás. A pesar de que no ve cómo salir del laberinto en que se ha metido, tampoco se ve capaz de controlar la riada de sus sentimientos. Sabe que nada en aguas peligrosas, pero no se acerca a la orilla para detener su viaje. Quizás no pueda; o no quiera.

Tiene miedo de delatarse porque cada vez que se cruza con Karan o cuando se lo encuentra en el comedor para el almuerzo se siente turbada, piensa que enrojece, se le corta el habla y un ligero temblor se apodera de sus manos.

—¿Te encuentras bien? —le pregunta un día el maharajá.

—Estoy un poco cansada nada más... Bajaba a deciros que hoy no comeré con vosotros.

Prefiere esconderse en su habitación a pensar que le están leyendo los sentimientos que afloran en su rostro. Cada palabra, cada mirada casual y hasta sus gestos más banales le parecen sembrados de trampas preparadas para descubrir su secreto. Se acaba de enterar de que el maharajá está organizando la boda de Karan con la hija de un príncipe sij. Un desastre. Karan se opone vehementemente y dice que se casará a la europea, con quien elija, o, si no, prefiere quedarse soltero. Anita teme que el joven acabe perdiendo el pulso que libra con su padre, y que ello entrañe su alejamiento definitivo.

Arriba, en su cuarto y frente a su altar lleno de dioses, la española intenta calmarse y recuperar la razón que ha perdido. ¿Cómo es posible que dependa tanto de un hombre que ignora lo que ella siente por él? Se da cuenta de que toda su vida gira alrededor de Karan. Anita calcula metódicamente sus movimientos, sus entradas y salidas, y todos sus desplazamientos para coincidir con él, aunque sólo sea un minuto, el tiempo de saludarse por un pasillo, o de atender a unos invitados a la hora del té, o simplemente de verle pasar. ¿Qué sentido tiene vivir así, pensando en él como nunca se hubiera imaginado que se pudiera pensar en alguien? No encuentra respiro porque cuando está con el maharajá reconoce a Karan en los gestos de su marido. Tienen el mismo porte, la misma manera de hablar y los mismos ojos oscuros en los que Anita ve escrita su propia perdición. A veces sueña con huir, pero no es dueña de su voluntad.

Entonces acaba rebelándose contra sí misma, quiere declarar la guerra a ese intruso al que no tiene derecho a idolatrar, quitárselo de la cabeza y curar la llaga secreta de su corazón. Se da cuenta de que está enferma de amor, y no sabe cómo aplacar el dolor que la lacera por dentro. Arremete contra él, y arremete contra sí misma, pero se agota en vano. Cuando Karan está presente, ella huye; y cuando está ausente no consigue desprenderse de la imagen de su rostro. Sueña despierta que le dice «Te quiero», pero se aborrece por ello. Es un amor malsano, que sólo puede traer la desgracia. ¡Qué deshonra para su marido y, aún peor, para su hijo! En los peores momentos de desesperación llega a pensar en el suicidio como la única manera de librarse de la tiranía de sus sentimientos. «¿Es de verdad tan grande la desgracia de dejar de vivir? —se pregunta a solas—. A los infelices como yo la muerte no les causa espanto.» Luego se reprende por haber caído en la tentación de pensar así. «¡... Qué herencia tan tremenda le dejaría a Ajit! Durante toda su vida llevaría el peso del pecado de su madre. Nada degrada tanto a un hombre como sentirse íntimamente avergonzado por la conducta de sus padres...»

Lo terrible es que todo se lo dice ella misma. No poder compartir con nadie el peso de su conciencia se convierte en algo tan insoportable que la desborda. Es como una presa henchida de agua y a punto de estallar. «¡Dios mío, no sé adónde voy, no sé quién soy!»

Y sin embargo y a pesar suyo, una brizna de esperanza acaba deslizándose en su corazón al acordarse de cómo Karan la ha mirado directamente a los ojos, de cómo la ha ayudado a bajar del caballo, de cómo le ha rozado el cuello con la mano al acercarle el chal, del tono cálido con el que le ha deseado buenas noches... Entonces vuelve a coger fuerzas, se olvida del infierno de su mente y se deja llevar por la ensoñación, como si tuviera alas para escapar de una situación imposible.

La ocasión de romper el hielo con Karan se le presenta durante un viaje familiar a Europa, sin otro motivo que huir del calor del monzón. El maharajá ha comprado una mansión bautizada con el nombre de *Pavillon de Kapurthala*, ubicada en el número 11 de la Route du Champ d'Entrainement, cerca del Bois de Boulogne, uno de los barrios más selectos de la capital francesa, e invita a su familia a estrenarla. En la India se queda Paramjit, en calidad de regente y máximo responsable de los asuntos de gobierno. De esta manera empieza a prepararse para asumir la sucesión cuando llegue el momento. Brinda, su mujer, está embarazada por tercera vez. Después de dos niñas, todos esperan que ahora tenga el ansiado varón que asegure la continuidad de la dinastía de Kapurthala.

Durante la travesía en barco surgen momentos de intimidad entre Karan y Anita que van cimentando su amistad. Ella le llega a contar sus penas en lo referente a su relación con el maharajá: su sentimiento de abandono, la soledad, el tedio, la desazón de sentirse menos querida, menos deseada... Karan la consuela y le da consejos. Durante los largos atardeceres en la cubierta del barco sienten una vaga melancolía, una necesidad de contarse cosas difíciles de decir. Viven la misma emoción que sienten los niños al hablar en voz baja de temas prohibidos. La atracción por el pecado que existe entre un hombre y una mujer jóvenes, aunque sólo sea de palabra, les lleva sin cesar a temas un tanto escabrosos. Tendidos en las tumbonas, disfrutan profundamente del momento, como camaradas que recuerdan sus primeras aventuras. Anita le habla del colegio de Málaga, de Anselmo Nieto, su primer y único pretendiente, de cómo el maharajá se enamoró de ella, de la primera noche de amor después de la cena en Maxim's... Karan le habla de las concubinas que venían a palacio a iniciarle en las artes del sexo, de su posterior falta de interés por las mujeres indias y le confiesa que ha tenido una historia de amor con una inglesa mientras estudiaba en Londres.

—La verdad es que sólo me gustan las europeas —le dice.

—De tal palo, tal astilla —replica ella, riéndose.

Sus confidencias y sus charlas de buenos compañeros cautivan a Karan, que la observa con mayor insistencia, como si en el rostro de Anita adivinase la verdad de sus sentimientos. Ella se deja mirar con una sonrisa, sin mover la cabeza, con los ojos perdidos y el habla lenta.

Y en París, en la primera ocasión en que se encuentran solos, sucede lo inevitable. Como todas las noches, el maharajá ha salido a cenar, esta vez a casa de su amiga la princesa de Chimay.

Anita no ha querido acompañarle, alegando una fuerte migraña. Necesita estar sola, porque se siente un poco aturdida por tanta vida social. Karan lleva dos días fuera de París, invitado a una cacería en Fontainebleau.

Es de noche, los sirvientes se han retirado, sólo se oye el paso de algún carruaje, el aullido de un perro en la lejanía y el ruido del viento entre el follaje de los árboles del bosque. Tumbada en un sofá y cubierta por una manta, Anita está como hipnotizada por el fuego de la chimenea. A pesar de estar en junio hace frío, como si el otoño se hubiera colado de pronto en las puertas del verano. Los destellos del fuego iluminan el enorme salón que ella misma ha decorado con esmero. Se deleita admirando su obra: los medallones de pan de oro relucen en las paredes como escudos, así como los rosetones del techo enmarcados por guirnaldas también doradas; las flores púrpuras de la alfombra de Aubusson que recubre el parqué dan al conjunto un toque de confort y voluptuosidad. La cómoda recubierta de seda roja de Damasco a juego con las cortinas, el enorme reloj de pared, los jarrones chinos posados sobre las consolas, los pies de las dos mesas decorados con mosaicos de Florencia y hasta las jardineras colocadas en los huecos de las ventanas evocan la opulencia y el gusto de la época. Del techo cuelgan tres lámparas de cristal que proyectan reflejos azules y rosas del fuego de la chimenea a las cuatro esquinas del salón. Anita se queda adormilada ante ese espectáculo de lujo y de magia que es obra suya.

De pronto oye un ruido; en un primer momento piensa que su marido regresa, aunque le extraña que lo haga a hora tan temprana. Luego, al escuchar unos pasos, se asusta y se incorpora; tiene el pelo alborotado, y los ojos inquietos. La silueta de Karan, iluminada por el reflejo de las llamas y por la luz blanquecina de la luna que entra por las ventanas, se recorta en la oscuridad del salón.

—He decidido volver un día antes... ¡qué mal tiempo!

—Me estaba quedando dormida.

—Perdona si te he asustado.

No hay más palabras. Cuando Anita pasa ante Karan para dirigirse a las escaleras y subir a su cuarto, él, con suavidad y firmeza, le coge una mano. Ella da un leve tirón para intentar liberarla. Ambos se miran como si no se conociesen; en sus rostros se dibuja una sonrisa forzada y un tanto avergonzada. Entonces Karan la agarra por la cintura y la abraza. Anita hace como si se resistiese, pero pronto deja de moverse y se abandona.

—Déjame... —le dice en un susurro.

Es el único sonido que sale de sus labios. En el gran silencio de la mansión, siente cómo tiembla el suelo al paso del ómnibus que circula por la avenida Foch, tirado por caballos, mientras su boca se junta con la de Karan en el primer beso de amor de su vida.

Cuando se separan, se quedan callados unos instantes, en medio de un malestar mutuo, como intentando calibrar la enormidad del despropósito que acaban de cometer.

—Lo que estamos haciendo es infame... —dice Anita con voz apenas audible, grave; su rostro parece haber envejecido.

—Tarde o temprano tenía que ocurrir —le responde Karan.

Entonces él también ha vivido su propio calvario de amor, descubre Anita. Él también ha tenido que luchar contra esa atracción fatal para luego dejarse arrastrar de nuevo, siempre un poco más lejos, hasta la traición final. ¡Él también ha debido de encontrarse en medio de un volcán que ha terminado por devorarle! El amor que sienten es como un veneno que se ha ido esparciendo. A partir de esa noche, Anita sabe que no hay vuelta atrás y que el destino, que la persigue con rigor, seguirá empujándola por un sendero del que no podrá apartarse nunca más. ¿No se lo ha buscado? ¿No lo ha querido así? ¿No lo ha deseado más que nada en el mundo? Ahora el paso está dado, y es irreversible. El amor triunfa a expensas de la debilidad humana. Anita presiente que sólo es cuestión de tiempo hasta que todo estalle como un gigantesco fuego de artificio. O como una bomba.

43

En la India, Karan sigue viviendo en el palacio de Kapurthala por la única razón de estar cerca de Anita. Por lo demás,
se iría lejos, muy lejos. Mantiene el pulso contra su padre ne-
gándose a casarse, algo que, en una familia india, se considera una afrenta inaceptable por parte de un hijo. «No podéis
educarnos en Inglaterra, como occidentales, y luego someter-
nos a las costumbres arcaicas de nuestra raza», le espeta Karan en una de las discusiones. Para el maharajá, la fuerza de
la tradición pesa más que los razonamientos de occidental.
Quizás sea por la edad, pero lo cierto es que Jagatjit Singh se
repliega cada vez más en su cultura. No falta a la lectura diaria del *Granth Sahib* junto a sus oficiales y ministros, y ha declarado públicamente que se arrepiente de haberse afeitado la
barba hace unos años. O quizás sea por el incierto futuro que
la creciente actividad de Gandhi y del Partido del Congreso
parecen presagiar. Gandhi no se cansa de denunciar la pobreza del pueblo, y ha lanzado un eslogan que bien puede marcar el final de una época: «No cooperación.» Sus llamamien-
tos para boicotear todo lo británico —colegios, tribunales,
honores— encuentran un eco cada vez más amplio entre la
población. El peligro es que pide acabar con el orden impuesto por los británicos, incluidos los maharajás. Pero ni el
auge de los nacionalistas ni casar a Karan forman parte de sus

preocupaciones más inmediatas. Sabe que el tiempo acaba erosionando los espíritus más rebeldes y que su hijo terminará pasando por el aro. Lo que le inquieta sobremanera es que la dinastía de Kapurthala sigue sin heredero. En la India, las mujeres no heredan el trono, excepto en el sultanato musulmán de Bhopal. El maharajá espera fervientemente que esta vez Brinda le dé un nieto, pero de nuevo nace una niña, la tercera. Viene a anunciárselo la nueva ginecóloga oriunda de Goa, miss Pereira, con lágrimas en los ojos. Lo que debería ser un feliz acontecimiento se convierte en una pesadilla. Hasta la propia Brinda, cuando la comadrona le lleva a la recién nacida, le grita: «Llévesela lejos de mí.» Luego se pasa llorando un día entero. Para ella, el drama es aún mayor porque miss Pereira le ha comunicado que las secuelas del difícil parto le impedirán tener más hijos. Paramjit, siempre melancólico, se hunde aún más en la depresión. Cuando el maharajá se entera de que el astrólogo del Estado se ha embolsado las cantidades que ha ido dándole para las rogativas pidiendo un heredero varón, lo manda encarcelar sin juicio previo y con una condena mínima de tres años.

—Brinda —le dice un día el maharajá después de haberla convocado a su despacho con su marido—, sin duda te das cuenta de la decepción que nos has causado a mi hijo y a mí por no ser capaz de darnos un heredero.

Brinda asiente con la cabeza pero no contesta. Al inconsolable maharajá le cuesta disimular el desprecio que siente hacia su nuera.

—Es necesario que tengas un hijo.

—Lo estoy deseando, pero parece imposible.

El maharajá carraspea, preparando su próxima frase. Tiene fresca en su memoria de elefante la deslealtad de su nuera cuando le pidió ayuda para que Anita fuese aceptada en la familia; no olvida que ella le cerró las puertas a la cara. Así que no se anda con remilgos. Además, el tema no admite dilación ni rodeos. ¿Qué puede ser más serio y más trascendente que la supervivencia de su linaje y de la Casa de Kapurthala?

—Tengo que decirte algo, Brinda. Si en un tiempo razonable no puedes darnos un heredero, será necesario que Paramjit tome otra mujer.

Brinda se queda petrificada. Cierra los ojos un brevísimo instante. «¿Cómo puede humillarme de esta manera?», se pregunta.

—Nunca aceptaría algo semejante —replica ella.

—No tienes elección —insiste el maharajá en tono glacial—. Eres una mujer india, y sabes que aquí es perfectamente normal que mi hijo tenga otra mujer si así lo desea.

—Él no me haría eso —responde Brinda, con lágrimas en los ojos.

Pero por la manera como su marido desvía la mirada, Brinda comprende que Paramjit hará siempre todo lo que le pida su padre. «En ese preciso momento, perdí todo el respeto que sentía por mi marido. Sentí lástima ante su debilidad y su falta de valor.» Cuando sale del despacho se agarra con fuerza a la barandilla de las escaleras porque tiene la impresión de que el mundo se tambalea a su alrededor.

Brinda no tiene más remedio que encajar el golpe. «Estos reyes indios, acostumbrados a imponer su voluntad desde hace miles de años, sobre todo a las mujeres, siguen siendo unos déspotas medievales. De europeos sólo tienen un ligero barniz», piensa. Ahora se da cuenta del error que supuso haberse enfrentado a su suegro. Es demasiado poderoso y vengativo para tenerlo de enemigo.

Cuando después de unos días consigue tranquilizarse y ordenar sus pensamientos, Brinda sólo ve una salida a su situación. Va a intentar una última baza para salvar su matrimonio, su familia y su posición. Decide ir a Francia y someterse a una serie de operaciones que le permitan concebir de nuevo. Son intervenciones delicadas, con riesgo para su propia vida. Pero está desesperada. A pesar de esa tenue luz en el horizonte, en su fuero interno siente que el daño cometido por la injerencia de su suegro en su matrimonio es irreparable.

También Anita nota que su matrimonio agoniza, pero por otras razones. Hace tiempo que el maharajá no utiliza sus derechos de esposo. Su alejamiento ha sido progresivo, ya antes de que Karan empezase a ocupar el corazón de la española. Anita vive en sus habitaciones, separadas de las del maharajá por varios salones. Nunca entra en la de su esposo sin avisar su llegada. Lo hace por respeto, pero también por temor de encontrarle con otra. Y él ya no la sorprende en su cuarto, como en los primeros años, cuando aparecía de noche en el quicio de la puerta antes de que ella se hubiera dormido, como preludio de una tórrida noche de amor.

Ahora Anita está al acecho de otros pasos, de otros movimientos y de otros ruidos. En París, después de su encuentro amoroso, Karan y ella han tenido contadas ocasiones de verse de nuevo a solas, y cuando lo han logrado siempre ha sido durante fugaces momentos. Su relación se basa en miradas cruzadas, roces, palabras susurradas al oído y besos robados. También ha habido épocas en las que Karan la ha evitado, como si de pronto recordase que se trata de la mujer de su padre.

Pero cuando vuelven al estrecho mundo de Kapurthala, el contacto diario hace imposible que puedan huir de la tiranía del deseo. Esa promiscuidad tan peligrosa termina por vincularles de manera especial, como dos delincuentes que comparten el secreto de un pecado que les arrastra en caída libre. Una caída que Anita ve como una necesidad provocada por el tedio, como un placer raro y extremo capaz de despertar sus aletargados sentidos, su corazón herido y su juventud olvidada. Quiere a Karan con todo el ímpetu de su alma, pero también se ahoga en su propio desprecio porque sabe que lo que hacen es demasiado sucio, demasiado indigno. Anita se debate entre el asco que siente hacia sí misma y el placer sin nombre de un amor que le parece un crimen.

Un dulce crimen, que han empezado en París y que siguen cometiendo en el palacio de Kapurthala, en los jardines, en los invernaderos, y en los fuertes y cenotafios abandonados en los campos del Punjab. El primer encuentro de amor tiene lugar en la habitación de Karan, después de una recepción en la que beben y bailan hasta que se va el último invitado. «Ven, te espero», le susurra él al oído. Y Anita corre a su encuentro, como si quisiese el mal, el mal que nadie comete, el mal que va a llenar su existencia vacía y que va a empujarla a ese infierno del que siempre ha tenido miedo. Y lo hace con una desvergüenza total, sin apenas esconderse y olvidando las precauciones más elementales de quienes cometen adulterio. La primera vez es Karan quien la desnuda. Sabe lo que hace, sus dedos ágiles corren alrededor de su cintura con una sabiduría innata y antigua. Le suelta el pelo, le quita las joyas, desgarra la seda de su corpiño y le desata las enaguas, una tras otra. Al verla desnuda, la coge en brazos y la deposita en su cama, y lo hace como si portase una obra de arte, ella tan blanca, tan ardiente, tan entregada y tan prohibida...

Los amantes acaban encontrando un lugar más seguro en las ruinas de un templo hindú dedicado a Kali, la diosa de la destrucción. Es un templo abandonado por los hombres y secuestrado por la vegetación, en medio del campo y a unos kilómetros de Kapurthala. Como enormes serpientes, las raíces de los árboles gigantescos aprisionan los derrumbados muros de piedra labrada. Escondidos en su interior, inmersos en el extraño mundo de las plantas que los rodean, les parece que las lianas se abrazan con ternura a sus guías, que las ramas de los arbustos son los brazos interminables de unos enamorados que se buscan y se anudan en espasmos de placer. Es como si todo ese mundo que ellos comparten estuviera en celo. Anita y Karan, henchidos de voluptuosidad, se sienten formar parte de las poderosas nupcias de la tierra. Al anochecer, la hojarasca adquiere apariencias confusas y equívocas, los setos murmuran, los nardos suspiran extasiados y las *apsaras* —las ninfas celestiales esculpidas en las piedras del templo— les sonríen desde la eternidad. De pronto, se quieren con ternura de animales salvajes mientras sienten que ruedan hacia el crimen, hacia el amor maldito. Entre las piedras milenarias del santuario olvidado prueban el amor una y otra vez, como el fruto criminal de una tierra demasiado cálida, y con un miedo sordo a las consecuencias de su terrible acto.

A pesar de la tensión constante, Anita se ve más joven, en la plenitud de su belleza. Esa relación prohibida enciende en ella una llama que brilla en el fondo de sus ojos y calienta su risa. Al maharajá no se le escapa la renovada chispa en el rostro de su rani española.

—Estás más guapa que nunca —le dice un día, dándole un beso en el cuello.

Ella se aparta, con un pequeño grito, temblando e intentando reírse, pero pensando irremediablemente en los besos del hijo, en el encuentro de la víspera, entre *apsaras* de sonrisas ambiguas.

¿Cuánto puede durar el engaño? La más angustiada por la situación es Dalima, la fiel criada, testigo de todas las artimañas que urde su señora para verse a escondidas con su amante. Deseando que acabe un juego tan peligroso, no deja pasar ni una oportunidad para inocular el miedo en Anita.

—Señora, he oído que la han visto cabalgar con el señor Karan cerca del templo de Kali.

—¿Quién te ha dicho eso?

—Los palafreneros. Pero también lo comentan los de las cocinas. Señora, tenga mucho cuidado.

—Gracias, Dalima.

El corazón de Anita se desboca cuando se siente acorralada. Al recobrar por un instante la lucidez, se dice a sí misma que el juego tiene que cesar, que es una infamia sin sentido y sin salida. A Karan consigue contagiarle el mismo terror, y dejan de verse durante unos días. Entonces una profunda melancolía se adueña de su alma, y tiene la impresión de que la vida se escapa de su cuerpo y la abandona. Sus ojos, a través de los cristales de palacio, de las persianas medio bajadas que proyectan su sombra rayada sobre las paredes y los muebles, parecen ir a la deriva como una barca sobre el océano, vacíos y lánguidos. «¡Qué difícil es luchar contra el amor!», se dice. Incapaz de poner coto a la voracidad del sentimiento que la arrebata, se da cuenta de que sólo puede dejarse llevar por la corriente. Que la vida decida por sí misma, que el curso de los acontecimientos le muestre, como un dios surgido de las tormentas del cielo, el camino a seguir.

En ese trance, llega a esperar secretamente que Karan corte por lo sano, que se convierta en el dios capaz de curar los males de su alma. Porque si ella es culpable, ¿qué decir del hijo? Su traición es tan innoble o peor que la de Anita. ¿Qué tipo de hombre es Karan, que a pesar de que vive de su padre lo critica, que aunque disfruta de una posición privilegiada al mismo tiempo la desprecia, que tiene sangre de príncipe pero reniega de ella? ¿Quién es ese hombre atrapado entre dos mundos? ¿Un inglés con piel cetrina de indio? ¿Un indio con mentalidad de inglés, que sólo se enamora de mujeres europeas? Preso de sus propias contradicciones, Karan salta de un mundo a otro. Hace como todos, quiere lo mejor de ambos lados, pero acaba enfangado en tierra de nadie, en un espacio sin ley ni orden donde reina la traición.

Un día, Anita le cuenta la visita que hizo a la aldea de Kalyan junto a Bibi, le habla de la emoción que sintió al conocer la historia de la princesa Gobind Kaur y del capitán Waryam Singh y le confiesa que la imagen pacífica de aquella pareja será para ella siempre el símbolo del amor verdadero.

—¿Serías capaz de hacer lo mismo, de secuestrarme y de llevarme lejos, para siempre?

—Mi padre nos buscaría por todas partes y no nos daría respiro hasta cazarnos. Tiene los medios para hacerlo.

—Entonces... ¿No hay esperanza para nosotros, verdad? —le pregunta Anita con voz triste.

—Sí la hay. Pero no puede ser en la India, aquí seremos siempre malditos. Tiene que ser en Europa. Dame un poco de tiempo...

Pero el cerco se estrecha. Poco antes de partir de nuevo a Londres, el maharajá se dirige a Anita:

—Me ha dicho Inder Singh que te han visto cabalgar muy bien acompañada por los alrededores del templo de Kali...

Anita siente frío en la espalda. Por un momento piensa que ya está, que lo sabe todo, que su marido le está tendiendo una trampa para descubrir la verdad. Pero la española mantiene la sangre fría.

—A veces me encuentro con Karan cuando vuelve de inspeccionar los campos y nos divertimos haciendo carreras con los caballos... No puede ser otra persona.

Consigue mentir diciendo la verdad. Por la expresión del maharajá, sabe que ha contestado bien. Esta vez no hay trampa.

—No me gusta que andes por ahí sola tanto tiempo. Quiero que salgas a cabalgar con escolta. Puedes sufrir un accidente, caerte del caballo... ¿Y entonces quién te recogería?

—Tienes razón, *mon chéri*.

44

Los felices años veinte. Londres está más alegre, el Savoy, más animado y las calles, más atestadas que nunca. Se ven mujeres con el pelo cortado a lo *garçon*, otras fumando en público y todas con las faldas más cortas. Se respira un contagioso aire de libertad y desenfado. Por fin Londres ha olvidado la guerra.

Lo primero que hace Anita al llegar a Inglaterra es visitar a su hijo. Prefiere hacerlo sola, para disfrutar de ese momento tan deseado.

—Ajit, mi niño, qué ganas tenía de verte...

—Estás pálida, mamá... —le dice él—, ¿no estarás enferma, verdad?

—No, cariño, me encuentro bien...

La idea de que la tensión vivida se refleje en su rostro y que su hijo la adivine la llena de inquietud. ¿Qué pasará con Ajit si el escándalo llega a estallar? ¿Renegará de su madre? ¿La odiará? ¿Un chico de quince años será capaz de comprender lo que le ocurre? Quiere apartar esas preguntas de su cabeza porque son de mal agüero y le hacen sentirse mal consigo misma. De nuevo la invade una sensación de desprecio hacia su persona, la misma que en los últimos tiempos ha llegado a serle tan familiar.

—Ha venido a verme el tío Karan —prosigue Ajit—, y me ha dicho que se va a quedar a vivir en Inglaterra.

A Anita le brillan los ojos. «Entonces es cierto, no me ha hecho una promesa vana, está buscando la manera de quedarse en Inglaterra...», se dice, con el corazón henchido por una esperanza loca. El mensaje de Karan, que le ha llegado a través de Ajit, le levanta el ánimo. Ya se ve viviendo en Londres muy cerca de su hijo. Y con Karan.

«¿Me estaré volviendo loca?», se pregunta después, cuando regresa junto al maharajá para acompañarle a la acostumbrada retahíla de actos sociales: las carreras de Ascot, el campeonato de tenis de Wimbledon, los paseos por los jardines de Kew, el té en la mansión de amigos aristócratas... Salvo las recepciones de la realeza, a las que Anita no está invitada, ella le acompaña a todas partes. El maharajá acude al palacio de Buckingham con alguno de sus hijos para contemplar los regalos de boda del rey Jorge VI y de su novia Isabel. El duque de Kent se los muestra con tanto entusiasmo que parece que quien se vaya a casar sea él. Como sucede siempre que se halla en Europa, el maharajá está radiante. La intensa vida social es un reflejo de la renovada estima en que le tienen los ingleses. Nada puede hacerle más feliz en estos tiempos tan agitados. Hoy más que nunca, los maharajás necesitan la protección de los británicos.

Karan forma parte del séquito del maharajá, que se compone de unas treinta personas, como ya es habitual. Ocupan la décima planta del Savoy. Anita y el maharajá duermen en habitaciones separadas por un saloncito y un pasillo en lo que se conoce como la Royal Suite. Karan tiene su propia habitación, al fondo del pasillo. Es como si las costumbres de Kapurthala se hubieran trasladado a Londres.

Pero la vida nocturna es diferente. Por toda la ciudad han brotado clubes de música donde se escucha jazz, tango, ritmos latinos... Nunca ha habido tanta variedad como ahora. Anita le ruega al maharajá que la deje salir con Karan y sus amigos ingleses a escuchar música, casi como si fuera una adolescente que pide permiso a su padre. Invariablemente, el maharajá le concede ese gusto, mientras él opta por permanecer en el hotel y acostarse pronto.

Anita pasa noches inolvidables que le recuerdan a las de su primera juventud, cuando salía con amigos de su edad. En un club llamado El Ángel Caído, donde cinco músicos de color tocan como si estuvieran poseídos por una extraña magia, Anita escucha el mejor jazz de su vida. Es una música que ahora la conmueve más que el tango. Tiene alma de *blues*, la Camelia, lánguida y triste, quizás por una extraña premonición.

Ni ella ni Karan sospechan que están sometidos a la vigilancia de un fiel asistente del maharajá, un sij llamado Khushal Singh, que pasa las noches espiando los movimientos del pasillo de la décima planta del Savoy. La última noche, después de regresar de El Ángel Caído, el asistente despierta al maharajá a la una y media de la madrugada.

—Alteza, es el momento —le dice.

El maharajá se levanta, carcomido por la curiosidad y a la vez alarmado por lo que está a punto de descubrir. Se cubre con un batín de seda color granate, se calza unas zapatillas de piel de gamo y sigue a su asistente por el pasillo débilmente iluminado, caminando sin hacer ruido sobre la gruesa moqueta. Ante la puerta de la habitación de Anita, Khushal Singh le hace una señal con la cabeza, como pidiéndole permiso para abrir. El maharajá asiente. En el interior, todo parece normal. Las persianas están medio bajadas, como de costumbre, porque a Anita nunca le ha gustado dormir completamente a oscuras. Siempre ha dicho que le da miedo. A primera vista parece que haya alguien durmiendo plácidamente en la cama medio deshecha, al menos hasta que Khushal Singh, con un gesto decidido, arranca de golpe las sábanas. El maharajá abre mucho los ojos, como intentando entender. En la cama no hay nadie, sólo una almohada colocada de manera que parece que allí duerma una persona. «Entonces es verdad», se dice el maharajá, las sospechas de todos están a punto de confirmarse. Ahora entiende el comportamiento distante y frío de su mujer, su tibia respuesta cuando se aventuraba a darle un beso o a cogerle la mano, su mirada ausente... Pero todavía le queda lo peor.

Tan fuertes siente Jagatjit los latidos de su corazón que teme que puedan delatar su presencia mientras se acerca, ahora con paso vacilante, al fondo del pasillo, donde se encuentran las habitaciones de sus hijos. Khushal Singh le señala la de Karan. El maharajá pega la oreja a la puerta y algo debe de oír a través de ella, porque inmediatamente hace una señal a su asistente, que la golpea discretamente con los nudillos. Después de un momento que parece eterno, Karan la entreabre y se encuentra frente a la silueta de su padre, demasiado furioso para hablar, demasiado herido como para reaccionar. Sin preguntar nada, el maharajá empuja la puerta y la abre de par en par. La cama está deshecha. Anita está sentada en una butaca frente a la consola, vestida como cuando la ha visto por última vez, hace unas horas, cuando fue a pedirle permiso para ir a El Ángel Caído.

Se hace un silencio terrible. Anita no baja la frente ni desvía la mirada, sigue observando a su marido con los ojos muy abiertos, rígida como una estatua, en un desafío mudo. En cambio Karan, con la cabeza gacha, y los hombros abatidos, parece aplastado bajo el peso de su propia infamia. El maharajá, fulminado por el golpe que le hiere a la vez como padre y como esposo, no da un paso más y se queda de pie, lívido. Tiene la mirada ardiente, como si quisiera quemarles con el fuego de sus ojos.

Al cabo de un interminable silencio, el maharajá se dirige a su hijo, sin levantar la voz:

—Vete. No quiero volverte a ver. No sé cómo he podido engendrar un hijo tan pérfido.

—Estábamos charlando un rato —balbucea Karan—. Acabamos de regresar... No pienses que...

—Sal de aquí. Hazlo antes de que te mande expulsar a la fuerza.

Anita cierra los ojos, como esperando su turno. Pero no oye nada: ni insultos, ni el sonido de ninguna clase de lucha. Sólo oye los pasos de Karan alejándose por el pasillo, como si fuesen los latidos de su corazón que la abandona. Cuando los vuelve a abrir, está sola. Los tres hombres se han marchado. No han sacado la navaja, como hubieran hecho en Andalucía, piensa. No ha habido insultos, ni gritos, ni violencia, excepto la furia contenida del maharajá. En las tinieblas, sólo oye el ruido lejano de la sirena de una barcaza sobre el Támesis, mezclado con un hilo de música que sube del bar del hotel, o quizás de la calle. ¿Se acabó el drama? ¿Su crimen, los besos furtivos, las noches en el templo de Kali, el amor maldito que la ha consumido durante meses va a acabarse de esa manera tan sosa, innoble y vergonzosa? Ni siquiera su marido se ha dirigido a ella, en el colmo del desprecio. Y el silencio que reina a su alrededor, un silencio de sirenas de barco y de falsa paz, la espanta aún más que el ruido de un crimen.

Cuando vuelve la cabeza, se enfrenta a su propia imagen reflejada en el espejo. Parece sorprendida al verse, y de pronto se olvida de Karan y de su marido, preocupada por la extraña mujer que tiene enfrente. «Debo de estar loca», se dice. Su pelo cortado a la última moda le parece obsceno, las arrugas que se dibujan en su rostro son más profundas que de costumbre, la palidez de sus labios la sorprende y sus ojos parecen muertos. ¡Qué vieja se ve! ¡Y qué vergüenza tiene de sí misma, qué desprecio sin límite siente hacia su persona! No tiene ganas de mentir, le gustaría confesarlo todo y por una vez ser libre como un pájaro, pero está obligada a defenderse como una leona, está obligada a seguir con la mentira de Karan, aunque sólo sea para defenderlo.

Cuando se lo pregunten, dirá que querían ir a tomar una última copa al bar del hotel, pero como estaba cerrado, decidieron charlar un rato en la habitación, y que eso fue todo.

45

Según Jarmani Dass, ministro de Kapurthala y hombre de confianza del maharajá, presente aquella noche en el Savoy: «El maharajá no durmió en toda la noche y, al amanecer, se retiró a su habitación y pidió al coronel Enríquez, un militar británico que había sido tutor de sus hijos y al que mantenía en su séquito, que preparase inmediatamente los documentos para separarse de la española.» De no ser por la intervención de Alí Jinnah, un abogado musulmán que acabaría siendo el fundador de Paquistán, y que se aloja en el mismo hotel junto a su mujer, Rita, es muy posible que el maharajá hubiera mandado a Anita de vuelta a España aquel mismo día sin dinero y sin pensión. Pero Jinnah y Rita son amigos de la pareja.

—No te precipites —le advierte el musulmán—. Sería un escándalo que no sólo te perjudicaría a ti, sino también a los otros príncipes. Estás a punto de cometer una locura.

Por esos días acaba de celebrarse en Londres el juicio contra Hari Singh, maharajá de Cachemira. Este hombre timorato y tranquilo, casado con una india, y que es propietario de un avión cuyas alas están terminadas en plata y dueño de perlas tan grandes como huevos de codorniz, se ha comportado como un perfecto ingenuo al enamorarse perdidamente de una inglesa que en realidad quiso extorsionarle la mitad de su fortuna. Durante el juicio y para evitar el escándalo, el maharajá ha intentado esconderse bajo un nombre falso, pero los sabuesos de la prensa británica han revelado su verdadera identidad. Su caso se ha convertido en la comidilla de la sociedad, desde Londres a Calcuta. El resultado es que se le ha ridiculizado y vilipendiado con saña, y los enemigos de los príncipes están utilizando el caso para desprestigiar a todos los maharajás. Además, le advierte Jinnah, en la India acaba de descubrirse que el rajá de Limdi, al que todos felicitaban por gastarse 150.000 rupias del presupuesto de su Estado en educación, en realidad empleó ese dinero exclusivamente en la educación del príncipe heredero. También ha salido publicado el presupuesto del Estado de Bikaner, revelando extrañas prioridades: boda del príncipe: 825.000 rupias; obras públicas: 30.000; reparaciones de palacios: 426.614 rupias. Ante esa situación, Jinnah advierte al maharajá que otro escándalo en la casa de Kapurthala sería nefasto.

Jinnah continúa argumentando que ni el informe de Khushal Singh ni el hecho de haberlos sorprendido en la misma habitación indican de manera fehaciente que haya habido infidelidad.

—No tienes derecho a repudiar a tu mujer, con la que estás legítimamente casado, sin una prueba concreta y definitiva de su infidelidad —le dice al maharajá en presencia de Dass—. Ella y Karan tienen la misma edad, son amigos, han salido juntos varias noches a escuchar música con los antiguos compañeros de Harrow, pero eso no quiere decir que hayan mantenido un *affaire*. Además, ellos lo niegan rotundamente.

—¿Y la almohada en la cama, para simular que dormía?

—Chiquilladas... para engañar al servicio. Querría charlar o tomarse una última copa con Karan, no significa nada más.

Jinnah es hábil y consigue tranquilizar al maharajá, que en el fondo está deseando negarse a creer lo evidente. El shock es tan grande que quiere fervientemente que no sea cierto. La duda que Karan ha sembrado en su alma al negar que mantiene una relación sentimental con Anita es como una fisura en la que encuentra refugio. «Estaban vestidos, y ella iba igual que unas horas antes, cuando vino a despedirse. ¿Será verdad lo que dicen, que estaban charlando un rato en la habitación antes de acostarse?» El maharajá consigue creerse lo increíble porque tiene un miedo cerval al escándalo. Lo cierto es que la influencia pacificadora de su amigo Jinnah, unida a la duda sembrada en su corazón, hacen que al día siguiente lo vea todo con otros ojos. Por lo tanto no toma ninguna decisión drástica, excepto la de enviar a su hijo de vuelta a la India.

—Hasta que te lo ordene, no quiero que vuelvas a pisar Kapurthala —le dice—. Irás a vivir a Oudh, y allí te ocuparás de los negocios familiares.

Karan no se rebela, no se marcha de la habitación dando un portazo. No discute. Al contrario, se porta como un buen hijo indio, dócil y sumiso. Quizás por primera vez ha visto de cerca la posibilidad de perder sus privilegios y eso le ha dado miedo... ¿Qué haría él sin el dinero de su padre, sin el título de príncipe, sin el pedigrí que le distingue de los demás mortales y que le permite formar parte de un mundo que siente como propio? Sería un simple ingeniero agrónomo con ideas progresistas y revolucionarias, un miembro más de la incipiente clase media india que milita en el Partido del Congreso. Sería un hombre de verdad, llevando una vida consecuente con sus ideas. Pero eso le da vértigo. Nada resulta más difícil que abandonar los privilegios. Karan no es de la misma madera que su prima Bibi Amrit Kaur, convertida en la sombra de Gandhi.

El maharajá añade, antes de que el joven salga de la habitación:

—Y te casarás en septiembre. Empezaremos a preparar tu boda en cuanto regreses.

Karan alza la vista y se encuentra con la mirada altiva y fría de su padre. Está a punto de decir algo, pero opta por callarse.

El maharajá regresa a la India con Anita días más tarde. La española está melancólica, sin vida, y apenas sale de su camarote durante la travesía. Se ha quedado sin Karan y sin Ajit, y vuelve a un palacio grande y vacío a ver pasar la vida sin vivirla. Ha salvado su posición y su matrimonio, pero ¿qué le importa eso ya? Vuelve por proteger a Karan y también por su hijo. Vuelve su cuerpo, porque su espíritu parece estar flotando en algún lugar, en un sitio que sólo ella conoce, lejos de todo, allá donde nadie puede inmiscuirse.

Nada más regresar a Kapurthala, Anita cae enferma. Convencida de que se trata de una infección producida por la formación de nuevos quistes en los ovarios, se mete en la cama, dispuesta a seguir el mismo tratamiento que la otra vez. El Dr. Doré ya le había avisado de que era una dolencia recurrente, pero ella ha preferido olvidarlo. A pesar de la devoción con que Dalima la cuida, Anita no mejora. Tiene dolores, vómitos y náuseas constantes. La gruesa miss Pereira, la nueva ginecóloga del hospital de Kapurthala, acude a verla, siguiendo las órdenes del maharajá. Lleva un maletín con una cruz roja y va acompañada de una enfermera. Las palabras que pronuncia después de explorarla retumban en la cabeza de Anita como una bomba.

—Está grávida —le dice en un portugués con fuerte acento de Goa—. ¡Enhorabuena! Voy a felicitar a Su Alteza...

Anita se queda de piedra, más pálida si cabe: «¡Embarazada! ¡Dios mío, no!»

—No, por favor, no le diga nada —le ruega antes de que se vaya.

—Tengo que hacerlo, madam... Usted no se preocupe y guarde reposo.

Anita no insiste más, es consciente de que ya no puede detener el curso de los acontecimientos. Ahora sí que el escándalo es inevitable. Ya no puede proteger a nadie, ni a Karan, ni a su hijo, ni a ella misma. Su propio cuerpo la ha delatado. La única huida es seguir mintiendo, decir que está embarazada de otro para proteger a Karan... Pero de poco le servirá. Sabe que está a punto de convertirse en la protagonista de uno de los mayores escándalos de la India inglesa. ¡Qué felices van a ser sus enemigos! De pronto, está dando la razón a todos los que la han visto siempre como una *spanish dancer*, una chica sin rectitud ni sentido moral: una aprovechada. El capricho de un rey de cartón piedra que ha salido rana: «Claro, ya lo decía yo...», dirán las damas inglesas, que siempre la han mirado por encima del hombro.

Pero ¿cuándo le ha importado el qué dirán? En el fondo, nunca, y por eso ha sobrevivido en esa sociedad tan irreal. Lo que peor le sabe es el daño que el escándalo va a causarle al maharajá, tan celoso de su reputación. Será un daño irreparable, su marido se convertirá en el hazmerreír de sus rivales y la odiará por ello. Ahora, a través del cristal de su desventura, se da cuenta con una insospechada nitidez que diecisiete años de matrimonio dejan huella. No en vano han sorteado juntos las incomprensiones cotidianas y peleas momentáneas, sino que también han compartido momentos gloriosos de complicidad conyugal. Queda el poso del amor. Por eso siente una pena infinita por su marido.

Así que espera la visita del maharajá, y se lo imagina llegando por la puerta, fuera de sí, insultándola y amenazándola como se merece. Pero su marido no acude. Pasan los días y no viene a verla. Sólo recibe la visita de Inder Singh, el elegante caballero sij, su viejo aliado.

—Su Alteza me manda decirle que de ahora en adelante vivirá usted en *Villa Buona Vista*, hasta que los papeles del divorcio estén arreglados. Tengo orden de trasladar allí sus muebles y sus enseres.

—Quiero hablar con Su Alteza.

—Me temo que él no lo desea, madam...

«Al maharajá nunca le ha gustado la confrontación, en eso es como todos los indios», piensa Anita. Pero ella no está dispuesta a que esto acabe así, sin una palabra. Espera a estar sola, y, al caer la noche, cuando sabe que el maharajá ha terminado de cenar y se dirige a sus habitaciones, le sorprende en lo alto de la escalera, cerca de su cuarto.

—Alteza...

Jagatjit Singh se da la vuelta. Parece más alto que antes, más digno y más aristocrático si cabe, tocado con un turbante azul marino y vestido con una camisa abotonada hasta el cuello. Sus ojos negros brillan en la oscuridad como cuentas de azabache.

—Sólo quería deciros que... —Anita apunta a su vientre mientras balbucea— no es de Karan. Ha sido... ha sido con un militar inglés...

El maharajá la mira con una mezcla de desprecio y de rabia contenida.

—Tus palabras ya no tienen ningún valor para mí. Nunca podré creer nada de lo que dices.

—Alteza, os lo juro...

—No jures en vano. He tomado una serie de disposiciones previas a nuestra separación definitiva. La primera es que no quiero que vivas bajo mi mismo techo. Así que te mudarás a la villa mañana mismo.

—Me castigáis con una soledad aún mayor.

—Te castigas tú misma por tu comportamiento irresponsable y escandaloso, indigno de todo lo que he hecho por ti.

Hay un silencio, que se hace largo y espeso como el aire cálido que entra por las ventanas del palacio.

—Tenéis razón, Alteza... Y aunque sé que es inútil, os pido perdón de todo corazón.

Como si no la oyese, el maharajá prosigue, en un tono pausado pero firme que no admite discusión posible:

—La segunda disposición es que debes abortar.

Anita siente como si le clavaran un puñal en el corazón. Incapaz de articular palabra, levanta la mirada hacia su marido, suplicante, pero se topa con una mole pétrea y glacial. Deshacerse del hijo que lleva dentro, fruto del único amor de su vida, un amor total que la ha vuelto loca: ése es el verdadero castigo. De su pasión por Karan no quedará nada, excepto los recuerdos. Anita no tiene otra opción sino resignarse, con el corazón partido, el alma herida y el cuerpo mortificado. La vida siempre pasa factura y ahora le toca pagar por tanta locura y tanta infamia. «Es justo», piensa.

—Os entiendo, Alteza, Y acato vuestras disposiciones.

—La tercera disposición es que abandonarás la India para no regresar nunca. No tengo nada más que añadir.

—Alteza...

El maharajá se da media vuelta.

—Quería deciros que..., que yo nunca hubiera incumplido mi deber de esposa si antes vuestra Alteza no hubiera incumplido el suyo como marido. Me he sentido muy abandonada. Nada más.

—No hay justificación para lo que has hecho. De nada sirve que te hagas la víctima.

El maharajá se retira hacia sus habitaciones. Anita, tambaleante, se apoya en la barandilla de teca de la escalera. Abajo, en el hall de entrada, están colgados los retratos de los hijos del maharajá. Vestido de gala, Karan parece estar mirándola desde la penumbra.

*   *   *

¡Qué lejos parece todo en la memoria...! Anita se encuentra de nuevo en su antigua habitación de la *Villa Buona Vista*, donde al principio de su matrimonio pasó momentos tan felices, donde descubrió la dulzura de la vida en la India y donde dio a luz a Ajit. Ahora vuelve, pero vencida y humillada, a deshacerse del hijo que lleva dentro. Imagina todo tipo de soluciones para evitar tener que someterse al aborto. Piensa en huir, en solicitar el amparo de las autoridades británicas, en denunciar la coacción del maharajá... Tan desesperada llega a sentirse que contempla el suicidio como la más dulce de las salidas, como la mejor manera de expiar sus pecados. No es la primera vez que esta idea le cruza por la mente. Se ha llegado a encontrar tan encerrada, tan poco dueña de su destino y tan deprimida, que ha tenido ganas de sucumbir a la tentación. Pero luego ha pensado en Ajit, y ha encontrado fuerzas para seguir.

Ahora carece de energía para luchar. Si moralmente tuviera la razón, quizás. Pero no la tiene, por mucho que intente justificar sus actos. Eso es lo peor, saberse culpable. Odiar al prójimo es fácil, y hasta puede resultar un alivio. Odiarse a sí mismo es mucho peor: es un sufrimiento insoportable. Tiene la impresión de que no merece ni el aire que respira. Si no merece la vida..., ¿para qué obstinarse en defenderla? Ha amado con todas sus fuerzas, y no se puede vencer al destino. Entonces se da cuenta de que sólo puede dejarse llevar por la corriente y abandonarse en brazos de la providencia. «¡Que sea lo que Dios quiera..., me da igual vivir que morir!»

La temida visita de miss Pereira se produce por fin, al cabo de unos días solitarios y lánguidos que Anita pasa en la veranda. Hace un calor opresivo, con un alto porcentaje de humedad, un calor que cansa a los hombres y derrota a los animales. Ya no hay *punkas* en la casa; sus amigos los ventiladores humanos han sido reemplazados por ventiladores eléctricos colgados del techo. Kapurthala siempre con el progreso... El lento movimiento de las aspas al girar tiene un efecto hipnótico que es como un bálsamo para Anita.

La doctora no tiene la voz cantarina y el aire alegre de la visita anterior. Miss Pereira sigue siendo igual de amable, pero su semblante es grave. Le repugna tener que cumplir con el encargo siniestro del maharajá, ¿pero quién es ella para discutir sus órdenes? En la tradición india, heredera de los mogoles, está permitido abortar hasta el cuarto mes de gestación, aunque sólo en casos excepcionales. A partir de ese momento, los juristas islámicos del

Imperio mogol —los primeros que legislaron sobre el aborto—, dictaminaron que el alma empieza a envolver al feto, y que éste se convierte en un ser humano. Anita sabe que está de tres meses porque nunca podrá olvidar aquella noche tórrida de amor en las ruinas del templo de Kali. Cuando recuerda aquel gozo del alma y del cuerpo, aquel destello de felicidad pura, se consuela diciendo que ha valido la pena. Pero cuando piensa que el fruto de esa pasión va a ser sacrificado en el altar de las convenciones sociales, no encuentra palabras para expresar su desesperanza. Ha jugado con fuego, lo ha sabido siempre, y ahora toca quemarse. No se puede desafiar impunemente a la diosa de la destrucción.

Miss Pereira y una enfermera, con la ayuda de la aterrada Dalima, que parece que va a asistir a la ejecución de su señora, organizan metódicamente las palanganas, los cubos de agua, las gasas, los ungüentos, las medicinas y los instrumentos. Lo hacen con parsimonia, como si estuvieran preparando un oscuro ceremonial pagano y violento.

El grito que sale de la garganta de Anita cuando nota el frío acero revolverle las entrañas es tan desgarrador que, en el piso de abajo, los sirvientes se quedan inmóviles, los jardineros y los pavos reales levantan la vista hacia la casa, los campesinos de los alrededores abandonan sus labores, atónitos, y hasta los pájaros que revolotean en los olmos de la orilla del río enmudecen. El eco de su grito invade los campos y las aldeas, y, según el decir popular, llega hasta el mismísimo palacio donde Jagatjit Singh, solo en la inmensidad de su despacho, llora en silencio por el amor perdido.

A pesar de los esfuerzos de miss Pereira por contenerla, la hemorragia que el aborto provoca en Anita la vacía de su sangre hasta dejarla exhausta, como un guiñapo. Tiene los labios azules y los ojos casi en blanco. Tan débil llega a estar que la doctora se asusta y la manda trasladar al hospital de Lahore. Pero pasan las horas y nadie viene a buscar a la paciente, que empeora minuto a minuto. Al final resulta que el maharajá se opone. No quiere tener que dar explicaciones a los médicos del hospital porque eso supondría dar alas al escándalo. Acabaría siendo blanco de todas las habladurías y maledicencias. De Lahore a Delhi, de Londres a Calcuta, el mundo entero acabaría enterándose de que su mujer se ha enamorado de su hijo. ¡Qué vergüenza! A Anita nunca le ha importado el qué dirán, pero al maharajá sí, y mucho. Su reputación es quizás su bien más preciado.

Solo en la penumbra de su despacho, el maharajá pondera su decisión. Es consciente de que su vanidad puede costarle la vida a la que todavía sigue siendo su mujer. «¿Pero acaso no se lo merece?», se dice a sí mismo, en un arrebato de rabia. Con ella se moriría el escándalo. ¿No es ésa la mejor solución?... Al marcar las horas, los relojes de cuco parecen emitir sonidos de muerte. La cólera que le nubla el juicio va dejando paso a la duda: «¿No la he castigado bastante?», se pregunta; luego a los recuerdos, al poso del amor compartido durante tantos años, y a las enseñanzas impregnadas de humanidad de los grandes maestros del sijismo. Y entonces Jagatjit Singh recapacita.

—¡Que la lleven inmediatamente a Lahore! —ordena—. ¡En Rolls, que llegará antes!

Anita llega más muerta que viva al hospital, donde permanece bajo la vigilancia constante de los médicos que, poco a poco, consiguen devolverle las fuerzas. Al cabo de unos días, en cuanto se recupera, la mandan de vuelta a la *Villa Buona Vista*, siempre bajo la supervisión de miss Pereira.

Pero la herida que parece no tener cura es la moral.

—Baja las persianas —le dice a Dalima—, no soporto que haya tanta luz.

—Pero si ya están echadas... No vamos a ver nada.

—Por favor, ciérralas del todo.

Poco a poco, Anita se desliza hacia la depresión. Primero siente aversión hacia la luz; luego, hacia el ruido. Cualquier sonido le parece una agresión insoportable. La despierta la tristeza, pero no se levanta de la cama, y, cuando lo hace, ni siquiera se viste. No se reconoce cuando se mira al espejo. Unas profundas ojeras acentúan aún más su palidez verdosa. Está delgada como un junco porque apenas come. El maharajá no la visita, y de Karan sólo sabe por Dalima que está a punto de casarse. «Ha claudicado», piensa Anita sin inquina ni rencor. Así es la vida en la India. Karan ha elegido. Entre ella y su clan, ha optado por lo segundo. No se lo puede echar en cara, ella probablemente hubiera hecho lo mismo en sus circunstancias. Entre la locura y el sentido común, Karan ha elegido el sentido común. ¡Y ella que pensaba que vendría a secuestrarla tal como hiciera el capitán Waryam Singh...! «Yo misma me he creído mi propio cuento de hadas —se dice—. ¡Qué ingenua soy...!»

Sólo le queda el cariño de Dalima. Con los años, la complicidad vivida ha creado un vínculo afectivo muy sólido entre ambas. Además, Dalima es todo lo que le resta del amor de Karan, y su simple presencia le recuerda momentos de júbilo y gozo muertos para siempre. En estas horas de debilidad, a Anita le conmueve la fidelidad de su doncella, cuyo buen corazón parece entenderlo y perdonarlo todo. Desde el fondo de su arrepentimiento le está agradecida por haber permanecido fiel a su lado mientras era testigo de su vergüenza y por haber sabido reprimir la repugnancia que ha debido de sentir. De nuevo, los cuidados respetuosos y tranquilos de Dalima son su tabla de salvación.

Pasan las semanas, y luego los meses, pero Anita no acaba de salir adelante. Sus labios de color morado, su piel traslúcida como si fuera de porcelana, que deja ver las venas azules, y los círculos que tiene alrededor de los ojos, que apagan su mirada y hacen resaltar su blanca palidez, son signos de un mal que miss Pereira se ve incapaz de curar. De modo que solicita la presencia de otros médicos. El diagnóstico al que llegan habla de una especie de anemia: «Complicaciones de estado interesante con pobreza en la sangre», dictaminan. Como tratamiento, sugieren que la paciente huya del calor de Kapurthala y busque el aire vivificante de las montañas, así como que se someta a una dieta rica en *dal*,[1] en carne y en lácteos.

Pero Anita no tiene ni el ánimo ni las fuerzas necesarios para organizar un viaje a las tierras altas. ¿Adónde ir, a Mussoorie, tan lleno de recuerdos y donde probablemente se encuentren las otras esposas de su marido? ¿A Simla, a casa de algún amigo, a quien tendrá que dar explicaciones? La simple idea de mudarse se le hace tan difícil como la de franquear el Himalaya. Prefiere la oscuridad de su cuarto y el silencio de la villa.

Pero ella no decide su suerte. Los médicos la han visitado por orden del maharajá, y él es quien toma las medidas que considera más oportunas. Decide esperar la visita anual de su hijo Ajit a Kapurthala para organizar la convalecencia de Anita.

—Hari Singh, el maharajá de Cachemira, ha puesto a disposición de tu madre un palacio en Srinagar, a orillas del lago —le dice a Ajit—. Quiero que te ocupes de dejarla instalada en las mejores condiciones.

Nada parece unir tanto a los maharajás como la humillación de ser víctimas de un escándalo. Hari Singh, cuya reputación ha sufrido un duro varapalo con el caso de su amante inglesa, se vuelca en ayudar a su amigo. Jagatjit Singh no ha podido sofocar el escándalo, que se ha hecho público muy a su pesar. Hasta en Francia ha salido publicado un artículo con el titular: «UNA FEDRA INDO-ESPAÑOLA», aludiendo a la famosa tragedia griega en la que la esposa del rey se enamora de uno de sus hijos. Pero no le ha afectado tanto como temía. Peor hubie-

1. Lentejas que constituyen el plato cotidiano de los indios.

ra sido perder a Anita para siempre, porque eso no se lo perdonaría nunca. Al fin y al cabo, tiene la conciencia tranquila.

Cuando ve a Ajit entrar en su cuarto Anita empieza a revivir. Como ella dice, a sus diecisiete años, Ajit es «un mozo guapetón», atento y servicial. El chico no hace preguntas; quiere demasiado a su madre para juzgarla o criticarla. Cuando ella, en un intento de explicarle lo sucedido, empieza a hablar, él le pone el dedo sobre los labios. No quiere oír nada, no quiere saber más de lo que sabe, no quiere ver a su madre aún más humillada. Lo que ha pasado no es asunto suyo, y ahora lo único que le importa es ayudarla a organizar el difícil traslado. «Eres mi mejor medicina», le dice Anita.

Anita pasa tres meses en el palacio de Cachemira, en compañía de Dalima y de una veintena de sirvientes. La pureza del aire, la belleza del lago, la abundancia de flores, las montañas nevadas y sobre todo el hecho de estar lejos de Kapurthala la devuelven lentamente a la vida.

—La primera vez que viniste a vernos, en tu luna de miel —le recuerda Hari Singh en una de sus visitas—, me dijiste que Cachemira es tan bonito que parece imposible que «alguien pueda sentirse desgraciado aquí».

—¿Yo dije eso?

—Sí, tú. Me hizo gracia y se me quedó grabado. Por eso te he invitado ahora, en cuanto Jagatjit me dijo que te encontrabas mal y que necesitabas el aire de las montañas.

—Ahora me acuerdo —dice Anita—. Me dijisteis que podía considerar este palacio como mi casa. Nunca pensé que lo decíais en serio.

* * *

El hombre que tiene el poder de destrozarla, que podría devolverla a la penuria en que vivía cuando la conoció, el príncipe con poder de vida y muerte sobre sus súbditos, el marido engañado que podría alimentar unos insaciables deseos de venganza es, sin embargo, un hombre generoso que la trata sin rencor y sin maldad. Cuando está seguro de que su mujer española ha recuperado la salud, la convoca a Kapurthala para firmar el acuerdo de separación. Es la última vez que Anita pisa *L'Élysée* y lo hace con el corazón encogido. Cada esquina, cada mueble y cada habitación contiene un recuerdo, como si fueran joyeros llenos con las alhajas de su vida. Al cruzar el porche, le parece estar oyendo los gritos del pequeño Ajit correteando por el jardín. En el rellano de la escalera, le vienen a la memoria los días de celebraciones y gloria, como la boda de Paramjit, o las visitas de los gobernadores que ella organizaba con tanta devoción y meticulosidad. Y el olor, el olor a nardo y a violetas que entra por las ventanas del jardín, mezclado con el de las maderas nobles del parqué y el de las barritas de incienso que los empleados del gobierno encienden en el sótano, un olor que encierra más que cualquier otra cosa todas las sensaciones y los recuerdos de su vida en la India.

En el despacho de la primera planta la espera el maharajá, su ex marido. Nada queda de la tensión del último encuentro, en el pasillo, cuando las heridas estaban a flor de piel.

—Ajit me ha tenido informado de tu convalecencia y me alegra verte bien de nuevo.

—Gracias, Alteza.

Hay un silencio largo, que Anita interrumpe al carraspear. El maharajá prosigue:

—He estado muy preocupado por tu salud. Yo no hubiera querido ir tan lejos, pero no tenía elección.

—Lo entiendo, Alteza. Yo también siento mucho lo que ha pasado y de nuevo os pido perdón...

—He preparado esto... —le dice el maharajá, mostrando un sobre con el membrete de la Casa Real de Kapurthala.

Anita se sobresalta. Sabe que en esos papeles está su futuro.

—Prefiero leerlo en voz alta, ante testigos.

El maharajá hace entrar al capitán Inder Singh y a Jarmani Dass, sus hombres de confianza; ambos le preguntan amablemente a Anita por su salud antes de sentarse a escuchar. El texto de la separación es una declaración de tres páginas, redactada en francés. En él, el maharajá se compromete a pagar a su mujer una cuantiosa pensión de mil quinientas libras esterlinas al año «para su bienestar y el sustento de su familia en lo que toca a alimentación, vivienda y vestidos, gastos y viajes», siempre y cuando ella no vuelva a casarse. La autoriza a utilizar los títulos de princesa y maharaní de Kapurthala, «pese a haberlos recibido en matrimonio morganático y no pertenecerle por tanto en propiedad ni ser hereditarios». La sexta cláusula es especialmente reveladora del carácter magnánimo del maharajá: «En todo el mundo, las embajadas y consulados británicos velarán cuidadosamente para que a Ana Delgado Briones no le falte de nada. Tras su muerte, que esperamos sea tardía y dulce, sucederá otro tanto con su único hijo, Ajit Singh de Kapurthala, quinto heredero varón en la línea sucesoria del trono.»

Ya puede marcharse tranquila. Pero antes de emprender el viaje de regreso, el maharajá la invita al almuerzo de bienvenida en honor del nuevo ingeniero civil inglés y su mujer. En el comedor de palacio, Anita no puede evitar echar un vistazo a la mesa de caoba, donde en ocasiones ha sentado a más de setenta comensales a cenar. Está perfectamente puesta: los platos de porcelana de Limoges, las copas de cristal de Bohemia, los cubiertos de plata con la letra K grabada en el mango, las servilletas de hilo, los portacubiertos, las flores..., no falta un detalle. Siente una pizca de orgullo porque todo ese orden perfecto se debe a ella. Ése será su legado.

Los invitados empiezan a llegar y charlan animadamente, de pie, mientras esperan al maharajá. Aparte del nuevo ingeniero, también asiste el médico jefe del hospital acompañado de su esposa, así como el ministro Jarmani Dass y el capitán Inder Singh. Después de unos minutos, el maharajá hace su aparición, más elegante que nunca, con su aire sereno y su atractiva mezcla de cordialidad y distancia. Pero no llega solo, viene acompañado de una escultural belleza, su nuevo amor, una francesa llamada Arlette Serry, que saluda a los invitados con mano lánguida. Primero se sienta el maharajá y luego los demás. Arlette está a su derecha, en el lugar donde siempre se ha sentado Anita, y la esposa del ingeniero a su izquierda. A la española le toca el último lugar. Una última humillación para Anita, que a estas alturas ya sólo sueña con la libertad.

* * *

Dieciocho años y cinco meses después de su llegada a la India, Anita embarca en Bombay de regreso a Europa. Tiene treinta y tres años. En el equipaje lleva sus joyas, sus papeles, algunos muebles y su ropa, pero prefiere llevar en el bolso de mano el objeto que más valor tiene para ella. Es una foto de Karan, con su firma, una foto que la acompañará siempre.

La perspectiva de encontrarse con su hijo en Londres y de volver a ver a su familia en España le alegra el corazón, pero al tener que enfrentarse al hecho de abandonar definitivamente la India, se ve embargada por un curioso sentimiento, mezcla de pena y de temor: en lo sucesivo tendrá que prescindir de la manera de vivir a la que tanto se había acostumbrado. En el muelle donde el *S.S. Cumbria* se apresta a zarpar, le toca despedirse de Dalima, que ha insistido en acompañarla hasta el momento de la separación definitiva.

—Esto es para ti, Dalima de mi corazón —le dice Anita, entregándole un grueso sobre de papel—. Es el sueldo de los últimos meses y una gratificación. Es poco para lo que te mereces. Muy poco.

Dalima no quiere coger el sobre, pero Anita insiste y acaba metiéndoselo en el corpiño del sari. Muda de emoción, Dalima se queda como paralizada mientras Anita la abraza, estrechándola fuertemente entre sus brazos.

—Adiós, Dalima. Si necesitas cualquier cosa, puedes ponerte en contacto conmigo a través de palacio. Tienen mi dirección, y pueden escribirte una carta para mí. Me gustaría mucho recibir noticias tuyas...

Dalima sigue quieta, como muerta en vida, en medio de la actividad frenética del muelle. El graznido de los cuervos se mezcla con los gritos de los estibadores y de los porteadores mientras Anita sube por la escalerilla. Antes de adentrarse en las entrañas del buque, se vuelve para saludar a Dalima por última vez. Lo que ve se le quedará grabado para siempre en la memoria. Su fiel doncella se saca del corpiño el sobre que le acaba de entregar, lo abre, tira los billetes al mar y prorrumpe en sollozos. Luego, para que no la vean llorar, se cubre la cara con el sari.

EPÍLOGO

«¿QUIÉN SECARÁ NUESTRAS LÁGRIMAS?»

Hasta el día de su muerte Anita tuvo en su mesilla de noche la foto de Karan, con sus facciones suaves, su turbante abrochado con un airón de plumas y su chaqueta donde destacaban las condecoraciones de Kapurthala. Fue la primera y la última imagen que vio todos los días del resto de su vida, al despertarse y al acostarse. A pesar de que le casaron en 1925, el año en que Anita abandonó la India, Karan siguió visitándola, a escondidas, aprovechando sus viajes a Europa. Se vieron en Biarritz, en Deauville, en Londres y en París. Eran visitas fugaces como las lágrimas de San Lorenzo, restos del fuego de la pasión que les había devorado. Poco a poco esos encuentros se fueron espaciando, hasta que Karan dejó de verla, porque se enamoró de una actriz de cine francesa de apenas veinte años. Pero en el recuerdo de Anita, Karan fue siempre el único amor de su vida.

Gracias a la generosa pensión del maharajá, Anita no tuvo problemas para acostumbrarse a su nueva libertad, dividiendo el tiempo entre París, Madrid y Málaga. Su fuerte personalidad, unida a su pasado exótico y extraordinario, la convirtieron en un personaje de lo que hoy se llamaría la *jet-set*. El aura de la historia de amor que arrastraba con el hijo de su marido añadía misterio y morbo al personaje, pero ella no hablaba de Karan. Era un secreto que compartía con muy pocos, y lo quiso guardar celosamente en su corazón hasta el final, pretendiendo que nunca había ocurrido. Pero sus íntimos no se dejaban engañar porque la foto de la mesilla de noche la delataba. Convertida en un personaje asiduo de las columnas de sociedad a partir de los años veinte, vivía al ritmo de la migración anual de las aves de lujo: vacaciones de verano en la Costa Azul, de invierno en Suiza, unos días en Deauville... Alternaba con banqueros y grandes fortunas, pero siempre prefirió la compañía de escritores, pintores, artistas y cantantes, como su buena amiga Joséphine Baker. Le gustaba la bohemia. Los aristócratas la ningunearon —no sólo los ingleses, sino también los españoles—, porque siempre la consideraron una arribista en un mundo que no le pertenecía.

Fiel a su herencia española y andaluza, no se perdía las corridas de San Isidro ni la Feria de Sevilla y hasta en ocasiones la peregrinación al Rocío, en la que disfrutaba mucho porque se reencontraba con lo más profundo de su tradición. Caballos, devoción, música y baile..., ¿qué más podía pedir?

Cuando se instaló definitivamente en España, empezó a frecuentar el mundo de los toros y, según rumores que ella nunca confirmó, llegó a enamorarse de Juan Belmonte, el gran torero de Sevilla, el mito de la España de entonces. Pero no solía dar mucha publicidad a su vida sentimental, por miedo a que el maharajá le redujese o cancelase la pensión.

Ya adaptada a su nueva vida, Anita se dio cuenta de que no iba a poder olvidar la India. Las conversaciones habituales en las reuniones sociales en Europa, que eran más bien comadreos de salón, le parecían insípidas comparadas con las historias de cacerías de tigres o los relatos de viajes a caballo por las montañas de Cachemira que animaban las veladas en la India. En los días de frío y niebla tan frecuentes en París o Londres, Anita se acordaba del aire punzante y luminoso del invierno en el Punjab; del verde pálido de los arrozales; de su jardín donde las rosas, los nardos y las buganvillas crecían con profusión y donde la fragancia de las violetas perfumaba el aire. Recordaba sus paseos por el campo, «la hora del polvo de vaca», cuando el humo subía de los infiernillos en las aldeas, las grandes llanuras polvorientas, los gritos de los pájaros y de los animales, el tintineo de las campanillas de los carros de bueyes, el sonido de la lluvia martilleando el techo durante el monzón, y sobre todo se acordaba de Dalima, de la gracia de las mujeres indias, de los mendigos y de los santones, del lujo y de los espectáculos grandiosos a lomos de elefante. Poco a poco fue olvidando el lado desagradable de la India: la miseria, la crueldad de las castas y la terrible pobreza. Se fue olvidando de las noches de angustia sentada junto a Ajit cuando tenía fiebre, de la soledad de la vida en palacio, del tremendo calor, del miedo a las picaduras de serpientes o al envenenamiento, del miedo a caer enferma, del miedo a la India en sí misma.

Tal era su nostalgia que muchos años después, ya siendo una mujer mayor, sus dos criadas le servían la cena en su casa de Madrid vestidas con el mismo atuendo de los sirvientes de Kapurthala, y las obligaba a llevar guantes blancos aunque estuvieran en pleno verano. Ella aparecía a la hora en punto, pero en bata y con rulos en la cabeza. Cenaba sola, ensimismada en los recuerdos de una vida fabulosa que ya nunca volvería.

Anita quiso regresar a la India en varias ocasiones, pero nunca consiguió el visado de las autoridades británicas. Tampoco supo nunca que el maharajá estaba detrás de esa persistente negativa. «Su Alteza está particularmente interesado en que Prem Kaur no regrese a la India porque dice que le causa perturbaciones en su círculo doméstico, de modo que hemos solicitado al Foreign Office que no extienda facilidades de viaje a la española», reza una carta firmada por un tal M. Baxter, jefe de la oficina política de la India Office, en 1937.

Pero el maharajá siguió viéndola con asiduidad cuando iba a Europa. Acabaron siendo buenos amigos, manteniendo un contacto regular y enviándose noticias mutuas por medio de Ajit, que viajaba con frecuencia entre Europa y la India. Aun en la distancia, el maharajá estaría presente en su vida hasta el final. Los primeros telegramas de pésame que recibió al morir su padre, en 1931, y luego, cuando falleció doña Candelaria en 1935, fueron del maharajá. Fiel a la tradición de proteger a las mujeres de su vida, Jagatjit Singh se preocupó siempre por el bienestar y la seguridad de su rani española. Al estallar la guerra civil, la instaló junto a su sobrina Victoria en un hotel en la Bretaña, y, más tarde, cuando en el horizonte despuntaba la Segunda Guerra Mundial, a través de la embajada británica organizó el traslado de ambas a Portugal, donde permanecieron hasta el final del conflicto. Como siempre había dicho doña Candelaria: «Este hombre es todo un caballero.»

Hasta el final de su vida, el maharajá no cejó en su empeño de reemplazar a Anita por otra maharaní europea. Sensible y enamoradizo, era el blanco ideal para ciertas mujeres sin escrúpulos que se enamoraban de su dinero más que de su persona. Arlette Serry fue una de ellas. Durante dos años alternó entre la India y París, sin comprometerse nunca, pero sin aclarar tampoco su situación. El maharajá la seguía como un perrito faldero. Pasaba largas temporadas en el *Pavillon Kapurthala* dedicado en cuerpo y alma a intentar convencerla de que aceptase el matrimonio. Su ministro Jarmani Dass le sorprendió un viernes por la noche enfrascado en sus oraciones, mientras Inder Singh, el capitán de su escolta, leía en voz alta párrafos del *Granth Sahib*. Al preguntarle por qué rezaba a esa hora tan tardía, Inder Singh le explicó en secreto que rezaban para rogar al Todopoderoso que diese al maharajá fuerza y vigor sexuales antes de pasar la noche con Arlette. Al día siguiente Dass no se atrevió a preguntar si las oraciones habían dado resultado, pero cuando recibió un cheque de diez mil francos sin explicación alguna de parte del maharajá, entendió que Dios había atendido los ruegos de su jefe. Cuando estaba satisfecho de su rendimiento sexual, el maharajá repartía dinero —en proporción al puesto de cada cual— entre sus ministros, secretarios, ayudantes y sirvientes. Arlette, a la que obsequiaba con maravillosas joyas de Cartier, se llevaba la parte del león.

Pero cuando la francesa se cansó de sangrarle, se fugó con un novio que había mantenido en secreto hasta entonces, el corresponsal de un periódico argentino en París. El maharajá se quedó con dos palmos de narices.

Poco después conoció en Cannes a otra francesa llamada Germaine Pellegrino, una mujer que lo reunía todo: belleza, inteligencia y cultura. Aunque desde el principio ella le advirtió que estaba comprometida, nada menos que con Reginald Ford, el heredero de la firma automovilística norteamericana, el maharajá la invitó a Kapurthala y la recibió con todos los honores. Pasaron largas horas charlando de política y de historia y se hicieron amigos. Siguieron viéndose en París y el maharajá acabó enamorado hasta la médula. «Quiero que seáis mi maharaní», se atrevió a decirle un día. Ella dio muestras de estar muy sorprendida, a medio camino entre la indignación y el ultraje: «¿Cómo es posible, mi señor, si Regi es mi novio?», le contestó. «El maharajá estaba destrozado por la negativa de Germaine, vivió una auténtica agonía de amor —contaría Jarmani Dass—. Me dijo que hiciese todo lo posible para convencerla de que se casase con él, o si no se mataría.» Dass no tuvo éxito y el maharajá no se mató. Se enteró de la boda de su amada con Reginald Ford cuando le mandó, desde Kapurthala, un antiguo collar de perlas de inmenso valor como regalo de cumpleaños. La nota de agradecimiento que recibió desde París, firmada por Germaine, decía: «Gracias por el maravilloso collar que tengo el gusto de aceptar como regalo de boda.»

Por fin el maharajá consiguió casarse, en 1942, con una actriz de teatro checoslovaca que había conocido en Viena seis años antes. Eugénie Grossup era alta, rubia y con grandes ojos azules. Como Anita, era de una familia pobre que necesitaba desesperadamente salir a flote. Pero su carácter era muy distinto: débil, tímida y sin habilidad para alternar socialmente. Por lo demás, su historia fue muy parecida a la de Anita, marginada y despreciada tanto por la familia del maharajá como por los ingleses. A la muerte de su madre, que vivía con ella en un ala del palacio, la mujer fue víctima de un ataque de paranoia. Estaba convencida de que su progenitora había muerto envenenada, y que la próxima sería ella. La soledad, el tedio y su carácter neurótico acabaron por hacerla enloquecer. Decidió marcharse a Estados Unidos, donde decía que tenía el único pariente que aún vivía. Se instaló en el hotel Maidens de Delhi para organizar el papeleo del viaje, pero los ingleses le pusieron todo tipo de trabas. La Segunda Guerra Mundial lo complicaba todo, desde la obtención de visados hasta el cambio de moneda. Presa de un ataque de angustia, el 10 de diciembre de 1946 cogió un taxi para dirigirse a uno de los monumentos mogoles más emblemáticos, la torre del Qutab Minar, que domina la ciudad desde cien metros de altura. Subió hasta arriba con sus dos caniches, luego los cogió en brazos y se lanzó al vacío.

La muerte de Tara Devi —el nombre que Jagatjit Singh le había dado al casarse por la religión sij— era justo el tipo de noticia capaz de excitar a los sabuesos de la prensa amarilla. La noticia salió en la portada de todos los periódicos. Para el maharajá, era otro escándalo que avivó todo tipo de conjeturas y habladurías y que terminó por hundirle en un estado próximo a la depresión. Según Jarmani Dass, de pronto envejeció diez años: «¡Qué mezcla más difícil, la de Oriente y Occidente, como el agua y el aceite...!», comentaría Dass.

La muerte de Tara Devi desencadenó un intercambio de cartas entre el maharajá y las autoridades británicas cuyo tono era de una acritud desconocida hasta entonces. Jagatjit Singh acusó directamente al departamento Político de haber causado la desesperación de su mujer y le responsabilizó de su muerte. La respuesta de dicho departamento, en una carta confidencial del 19 de diciembre de 1946 firmada por J. H. Thompson, su secretario, no se hizo esperar: «Si existe alguna responsabilidad por la muerte de Tara Devi, es únicamente suya. Estaría faltando a mi deber si no le recordara a Su Alteza que, cuando un hombre de su edad se casa con una mujer extranjera, y cuando esa mujer es cuarenta años más joven que su marido, éste está corriendo un grave riesgo. Ese riesgo, que Su Alteza ha corrido, ha tenido un desgraciado y trágico final. Y de eso no podéis culpar al Departamento Político.»

Por aquel entonces, el maharajá de Kapurthala era testigo del final del mundo que había conocido —y que coincidía, además, con el final de su vida—. Nada más acabar la Segunda Guerra Mundial, los ingleses anunciaron la decisión irrevocable de conceder la independencia a la India. Aunque muchos de sus colegas no se creyeron nunca que los ingleses incumplirían los acuerdos históricos que los vinculaban a la Corona británica, Jagatjit Singh intuyó que los maharajás serían abandonados a su suerte. Gandhi y Nehru habían conseguido galvanizar a las masas alrededor del Partido del Congreso, convertido en una poderosa organización que aspiraba a heredar el gobierno democrático de una nueva India. Después de que todos los intentos por ponerse de acuerdo hubieran fracasado se avecinaban tiempos difíciles para los príncipes. La idea de abandonar sus derechos soberanos o de integrarse en una federación democrática seguía siendo inaceptable para la mayoría. Les resultaba imposible saltar de la Edad Media al siglo XX.

Echar la vista atrás era más reconfortante que mirar hacia el futuro. Jagatjit Singh se sentía satisfecho de lo que había conseguido. Había logrado convertir a Kapurthala en un Estado modélico en miniatura, bien administrado y sin corrupción. Había conseguido atraer capital para implantar tres fábricas e impulsar una incipiente industria azucarera. El alto nivel de escolarización de los niños le valía las felicitaciones de los europeos. El índice de criminalidad era bajísimo. Jamás había usado su exclusivo derecho de imponer la pena de muerte. Se sentía especialmente satisfecho de su habilidad a la hora de dirimir los conflictos entre las distintas comunidades religiosas. Se había convertido en un auténtico malabarista, quitando a un ministro musulmán aquí, colocando a un administrador hindú allá..., es decir, moviendo las fichas de su gobierno de modo que todos se sintieran representados. Mientras que en otras partes del Punjab eran frecuentes los disturbios, Kapurthala era un ejemplo de convivencia. La ciudad, tranquila y limpia como las europeas, con numerosos jardines y edificios impecables, era una fuente de inspiración para los arquitectos y urbanistas que acudían desde otras zonas de la India. Cuando algún funcionario era destinado a otro Estado, se iba convencido de que el sitio a donde iba era peor.

Pero de lo que más orgulloso se sentía el maharajá era del cariño que le profesaba su pueblo. Todos los años, en marzo, en la fiesta que marcaba el principio del verano, acudía a lomos de elefante a los jardines públicos de Shalimar y se reunía con su pueblo, respondiendo a las preguntas, interesándose por la gente y disfrutando del cálido afecto de sus súbditos. Le gustaba recordar las fiestas de Navidad a las que invitaba a palacio a un millar de niños para regalarles paquetes de libros. O las constantes visitas al Tribunal de Justicia, al cuartel de la Policía, o a los hospitales, visitas que le permitían sentir de cerca el pulso de su administración. Es cierto que viajaba mucho, pero siempre rechazó la acusación de sus perros guardianes, el gobernador del Punjab y los altos funcionarios británicos, de que sus viajes perjudicaban la eficaz administración de su Estado. Con la edad, el maharajá puso todo su énfasis en hacer de Kapurthala un faro de civismo y cultura. Quería congraciarse con los hombres y con Dios. Quería ser recordado como lo que era, un gobernante benévolo, abierto y justo.

Más difícil y complicado que cualquier tarea de gobierno había resultado conseguir un heredero para la dinastía de Kapurthala. Su nuera Brinda no pudo darle un nieto, porque las operaciones a las que se sometió en París fracasaron y quedó estéril. El maharajá cumplió con su amenaza de casar a su hijo con una segunda esposa. Él mismo la escogió entre las hijas de un rajá de noble linaje del valle del Kangra, como mandaba la tradición. Brinda intentó desesperadamente impedir el matrimonio. Solicitó ayuda a su suegra Harbans Kaur, a quien había apoyado años atrás en contra de Anita. Pero su suegra le dio la espalda. Si ella había tenido que aceptar que el rajá se casara varias veces, ¿por qué Brinda no podía hacer lo mismo? ¿No era una india como ella? Humillada y cansada de luchar, Brinda solicitó el divorcio, abandonó Kapurthala y se fue con sus hijas a vivir a Europa.

De todas maneras, llevaba tiempo sin hacer vida en común con su marido. Paramjit se había enamorado de una bailarina inglesa llamada Stella Mudge y vivía con ella. La historia se repetía; el hijo hacía lo mismo que el padre. Pero Stella no era Anita. Fría y calculadora, su ambición era convertirse en la maharaní de Kapurthala y se opuso tajantemente a los designios del maharajá. Por ser europea, no estaba cualificada para engendrar el futuro heredero de la dinastía. Al final, Jagatjit Singh resolvió el problema como él sabía hacerlo: con dinero. Prometió a Stella un millón de dólares para que convenciese a su hijo de que contrajera matrimonio con la muchacha del valle del Kangra, «aquella chica selvática», como la llamaba despectivamente la inglesa. Al final los casaron por medio de una ceremonia rápida y casi a escondidas.

Pero Paramjit se negaba a consumar la nueva unión. Su flamante esposa, a la que una docena de doncellas perfumaban y masajeaban, le esperaba todas las noches, pero siempre en vano. Stella literalmente obligó a Paramjit a cumplir con su deber de esposo porque ésa era la condición para cobrar el millón de dólares. Un día, a las siete de la tarde, un Paramjit triste y avergonzado llegó al palacio donde vivía su nueva esposa y donde le esperaban los ministros, los miembros del gobierno y varios sacerdotes enfrascados en sus cánticos. Se reunió en una habitación con la «chica selvática» de la que salió treinta y cinco minutos más tarde con «aire pensativo y cansado», según los testigos. Cumplido su deber, volvió a los brazos de Stella y se fueron de vacaciones a Europa. Nueve meses más tarde, su nueva esposa daba a luz a un hijo varón. La alegría del maharajá fue enorme. En muestra de agradecimiento a los maestros del sijismo, prometió educarle en la más pura tradición sij.[1]

En febrero de 1947, el gobierno laborista inglés, que simpatizaba abiertamente con el Partido del Congreso, nombró a lord Louis Mountbatten, primo de la reina, nuevo virrey, con la tarea expresa de organizar la retirada de los ingleses de la India y el cambio de poder. Nada más llegar a Nueva Delhi, Mountbatten convocó a los maharajás a una conferencia que pronunció en la sede de la Cámara de los Príncipes. Jagatjit Singh, con la peche-

---

1. El hijo de esa breve unión es Sukhjit Singh, actual maharajá de Kapurthala y general del ejército indio, condecorado varias veces por su heroica actuación en la guerra de 1972 entre la India y Paquistán. Fue entrevistado para este libro en mayo de 2003 en Chandigarh (Punjab).

ra repleta de condecoraciones, el bigote encanecido, delgado y apoyándose en un bastón, asistió al discurso que marcó el final de su época. «La suerte está echada», dijo Mountbatten. No había tiempo para dirimir todos los problemas derivados de los tratados históricos entre los príncipes y la Corona. Si querían mantener la soberanía y el derecho a seguir gobernando, debían firmar un documento llamado «Acta de Accesión», que les vincularía a uno de los Estados, o bien a la India o bien a Paquistán, que tomarían el relevo del Raj británico. De este modo, el imperio entregaba a los príncipes en bandeja al Partido del Congreso de Nehru o a la Liga Musulmana de Alí Jinnah, aquel abogado amigo del maharajá. Ni los gobernadores, ni los altos funcionarios ingleses, ni los maharajás presentes en aquella reunión parecían creer lo que estaban oyendo. De un plumazo, el virrey anulaba todos los compromisos y acuerdos del pasado que habían protegido a los príncipes y que habían ayudado a perpetuar el Raj. Era una enorme traición, tan grande que los maharajás se quedaron mudos de estupor. ¿Era así como Inglaterra agradecía el esfuerzo que de nuevo los príncipes habían hecho durante la última guerra mundial? El nabab de Bhopal había vendido sus acciones en la Bolsa americana para pagar los aviones que ofreció al ejército de Su Majestad. El nizam de Hyderabad había costeado la compra de tres escuadrones de aviones militares. Trescientos mil soldados voluntarios habían sido reclutados en los diferentes Estados, y los príncipes habían comprado el equivalente a 180 millones de rupias en bonos de guerra. Y ahora el Raj, al que tan generosamente habían sostenido, les entregaba a sus propios enemigos, los republicanos del Partido del Congreso o de la Liga Musulmana, que tarde o temprano les despojarían de sus poderes soberanos.

«¿Había alguna alternativa?», se preguntaba Jagatjit Singh. Sí, proclamarse independiente. Pero ¿cuánto duraría un diminuto Estado como Kapurthala entre dos gigantes como la India y Paquistán? ¿Podrían los cinco mil soldados de su ejército repeler una invasión? ¿Sobrevivir al boicot? Por separado, los Estados eran demasiado débiles para enfrentarse a las dos naciones emergentes. Y juntos no habían podido adoptar una postura común. Sí, Mountbatten tenía razón, la suerte estaba echada.

Uno tras otro, los príncipes empezaron a claudicar ante la exigencia del virrey, unos voluntariamente, otros con el deseo de participar lo antes posible en la nueva vida nacional, otros con aprensión, arrastrados por el inexorable viento de la historia. El primero en firmar fue Ganga Singh, el maharajá de Bikaner, el de la receta del camello relleno. Creía en Mountbatten y en los líderes de la nueva India. Luego, como frutos maduros, fueron cayendo los demás: Jodhpur, Jaipur, Bhopal, Benarés, Patiala, Dholpur, etc. El maharajá de Kapurthala no tardó en tomar una decisión. A pesar de tener una mayoría de población musulmana, se inclinó por la Unión India, un país secular como había querido que fuese Kapurthala y cuya constitución ofrecía mayores garantías en cuanto a proteger la pluralidad de sus ciudadanos que el Paquistán islámico. El maharajá convocó una reunión con representantes del pueblo, jefes de aldea, pandits hindúes, muftíes musulmanes y sacerdotes sijs para anunciarles la decisión, que fue recibida en medio de un absoluto silencio. Sólo una persona osó hacer un comentario, un anciano jefe de aldea, que le dijo: «Eso está muy bien, Señor, pero ¿quién secará nuestras lágrimas en el futuro?» El maharajá, emocionado, sintió que aquella frase era un homenaje no sólo a su extenso reinado, sino al de todo su linaje, que a lo largo de la historia había sabido estar junto a su pueblo en los momentos más duros y difíciles.

Sólo tres príncipes se negaron a firmar el Acta de Accesión. El nabab de Junagadh, aquel que organizaba bodas de perros, quiso contra toda lógica incorporar su Estado a Paquistán, a pesar de que dicho Estado estaba situado en pleno corazón del territorio indio. Cuando su pueblo, de mayoría hindú, votó masivamente en referéndum a favor de la India, el nabab tuvo que huir a toda prisa con sus tres mujeres, sus perros favoritos y sus joyas al país vecino, ante la amenaza de ser invadido por el ejército indio.

Hari Singh, maharajá de Cachemira, era el caso contrario: un hindú en tierra de musulmanes. No conseguía decidirse entre los que abogaban por la integración a Paquistán, los que querían unirse a la India, y los que pugnaban por hacer de Cachemira un país independiente. Quizás Hari Singh se dejase tentar por la idea de la independencia, porque poseía un ejército capaz de proteger las fronteras de su reino. Pero despertó bruscamente de ese sueño cuando unos guerrilleros musulmanes procedentes de Paquistán invadieron su territorio, pillando, incendiando y aterrorizando a la población. Obligado entonces a tomar una decisión, optó por integrar a Cachemira en la Unión India a cambio de protección contra los invasores. Nueva Delhi mandó unidades del ejército y todos los aviones de combate disponibles a Srinagar, la Venecia de Oriente que tanto había encandilado a Anita. Cachemira dejó de ser una tierra de paz, y se convirtió en el campo de batalla entre la India y el Paquistán. Hari Singh decidió alejarse de las hostilidades y abandonó su palacio de Srinagar para siempre. Disfrutó de un exilio dorado en Jammu, su capital de invierno. Curiosamente, su hijo Karan fue nombrado regente de Cachemira por el gran enemigo de los príncipes y artífice de la independencia, el propio Nehru. Unos años más tarde, ganó las elecciones y se convirtió en primer ministro del nuevo Estado.

El tercero en discordia fue el nizam de Hyderabad, el hombre que se había enamorado de Anita en 1914 y que la había colmado de regalos. Convertido en un anciano de metro y medio de estatura y cuarenta kilos de peso, Su Alteza Exaltada seguía siendo el más excéntrico de los príncipes. Con los años, su proverbial riqueza había aumentado a la par que su tacañería, tan sórdida que recuperaba las colillas que los invitados dejaban en los ceniceros. El médico llegado de Bombay para examinarle el corazón no consiguió hacerle un electrocardiograma. Para ahorrar gastos, había ordenado a la central eléctrica de Hyderabad reducir el voltaje. Al igual que su colega y amigo Hari Singh de Cachemira, el nizam disponía de un numeroso ejército, equipado con artillería y aviación. Cuando un alto funcionario vino a informarle de la decisión británica de abandonar la India, dio un salto de alegría: «¡Por fin voy a ser libre!», exclamó.

Nada más irse los ingleses declaró la independencia de Hyderabad, sin darse cuenta de que todo su poder había estado sostenido por el Raj y que al marcharse los ingleses también desaparecería la red que le protegía. Aunque legal y constitucionalmente tenía derecho a hacerlo, en la práctica era una locura porque no disponía de la baza principal: el apoyo de su pueblo. Había perdido el contacto con la realidad. El 13 de septiembre de 1948, el gobierno de la India inició la «Operación Polo», el nombre en clave de la invasión. Fue un ataque más violento de lo que hubiera deseado Nehru. En cuarenta y ocho horas, el Estado independiente de Hyderabad dejó de existir y con él toda una forma de vida muy peculiar, basada en el amor a las artes, la hospitalidad, la cortesía y una administración eficaz que no hacía distinciones entre castas o religiones. Durante unos años el nizam ocupó un puesto oficial en su antiguo Estado, manteniendo el saludo de veintiún cañonazos, pero sin poder alguno. Parte de su riqueza le fue confiscada, y no tuvo más remedio que aceptar una pensión vitalicia de más de dos millones de dólares al año. Pasaba los días bebiendo café —unas cincuenta tazas diarias—, escribiendo poesía en urdu y velando por la buena marcha de la universidad que había fundado. Al final de su vida, para no gastar dinero, él mismo se remendaba los calcetines usados.

*   *   *

El 15 de agosto de 1947 fue elegido por los astrólogos como un día propicio para que la India iniciase su existencia independiente. Todo el país vivía pendiente del discurso de Nehru ante la asamblea legislativa, pero Jagatjit Singh de Kapurthala optó por no alterar su rutina. Después de una cena frugal y de un paseo por el jardín de su palacio, se metió en la cama a las diez y media de la noche. El discurso, que marcaba una nueva era, lo leyó al día siguiente en el periódico, sentado en el salón japonés, mientras desayunaba: «A medianoche —había dicho Nehru al mundo—, la India despertará a la vida y a la libertad. Se aproxima el instante rara vez ofrecido por la Historia en que un pueblo sale del pasado para entrar en el futuro, en que finaliza una época, en que el alma de una nación, durante largo tiempo sofocada, vuelve a encontrar su expresión...»

No era un mal discurso para el compañero de clase de su hijo Paramjit, pensó el maharajá, acercándose a los labios una taza de té humeante. Decididamente, Harrow era un buen colegio y allí tenía la intención, llegado el momento, de mandar también a su nieto.

Pero no podía compartir el entusiasmo de la prensa, que reflejaba el de las delirantes multitudes que festejaban el acontecimiento en ambos países. No tenía ninguna razón para alegrarse, porque intuyó que la independencia entrañaría una tragedia. Al dividir la India para satisfacer las exigencias de su viejo amigo Alí Jinnah, los ingleses trazaron la frontera, asignando a los indios las zonas de mayoría hindú y a los paquistaníes las de mayoría musulmana. Sobre el papel, el resultado parecía viable. En la práctica fue un desastre. En el Punjab, la frontera concedía la ciudad de Lahore a Paquistán y la de Amritsar, con el Templo de Oro, a la India, cortando en dos las tierras y las poblaciones de una de las comunidades más militantes y más unidas, los sijs. Lahore, el París de Oriente, la ciudad más cosmopolita y más bella de la India, la capital del Norte, iba a convertirse en un pequeña ciudad provinciana que viviría al son de los almuédanos de las mezquitas. El mundo de Jagatjit Singh quedaba mutilado para siempre.

Unos días más tarde, otra noticia aparecida en la prensa le llamó poderosamente la atención. En la composición del primer gobierno de la India, el maharajá vio el nombre de su sobrina, la Rajkumari Amrit Kaur, Bibi para la familia, la hija díscola y rebelde de su primo de Jalandar. Nehru la había nombrado ministra de Sanidad, la primera mujer ministro de la India. Bibi coronaba así toda una vida de dedicación a la causa de la independencia, que le había valido ser detenida y encarcelada en dos ocasiones, y golpeada por la policía en innumerables manifestaciones. En 1930, cuando la famosa marcha de la sal que Gandhi había organizado para protestar contra la ley que prohibía a los indios manufacturar sal sin permiso del gobierno, Bibi recorrió trescientos kilómetros a pie al frente de una enorme multitud. Poco a poco se fue convirtiendo en algo más que una líder de la campaña «Quit India» («Abandonad la India») de Gandhi contra los ingleses. Luchó sin descanso contra las lacras sociales, denunciando los matrimonios entre niños, el sistema de purdah y el analfabetismo. La chica de buena familia que fumaba y que volvía de Europa llena de lujosos regalos para sus primas, la rebelde enamorada de los caballos, acabó siendo una heroína para millones de compatriotas indias. Por primera vez en la historia, podían comprobar lo que una mujer era capaz de conseguir en un Estado democrático y moderno.

* * *

El 10 de marzo de 1949, Jagatjit Singh llegó a Bombay para partir de viaje rumbo a Europa. Los acontecimientos ocurridos desde la independencia le habían obligado a quedarse en Kapurthala, donde, justo después del discurso de Nehru, el mundo pareció volverse loco, tal y como lo había predicho. De pronto comenzó la mayor migración de la historia de la humanidad. Los hindúes que de la noche a la mañana se habían encontrado en Paquistán buscaron refugio en la India, y los musulmanes de la India, en Paquistán. La partición del país, a la que Gandhi se había opuesto siempre, dio como resultado un verdadero cataclismo. Murieron tantos indios como franceses durante la Segunda Guerra Mundial.

El Punjab, el bello país de los cinco ríos, crisol de civilizaciones, se sumió en un baño de sangre de dimensiones asombrosas. A esa breve y monstruosa matanza asistió impotente el maharajá de Kapurthala, a pesar de todos sus esfuerzos para atender a los refugiados y aplacar los ánimos. «Fueron los peores años de que tengo memoria», diría Sukhjit Singh, nieto del maharajá. Kapurthala se salvó de lo peor, pero no así Patiala, cuyos ríos todas las mañanas aparecían teñidos de rojo, el color de la sangre de los cadáveres de las matanzas de la víspera.

Cuando las aguas volvieron a su cauce, ya nada era igual que antes. El espíritu abierto, cosmopolita, multicultural y multirreligioso por cuya implantación en su Estado Jagatjit Singh había luchado tanto se había volatilizado para siempre. Luego, poco a poco el gobierno indio fue rompiendo las promesas que había hecho a los príncipes. Cuarenta y un Estados del este de la India fueron desposeídos de su soberanía y aglutinados en una provincia llamada Orissa. Dos meses después, los Estados de Kathiawar, en el mar de Arabia, seguirían el mismo camino, convirtiéndose en el nuevo Estado de Gujarat. Más adelante, le tocó el turno al centro del país, donde los Estados de Rajputana se fundieron en una nueva Unión del Rajastán. Ahora hablaban de hacer lo mismo con el Punjab... «Cincuenta y cinco años dirigiendo los destinos de Kapurthala, y toda la labor de mi vida está a punto de ser borrada del mapa», pensaba el maharajá, herido y ofuscado por el hecho de que los padres de la nación, los grandes líderes, no mantuviesen la palabra dada.

Desde la antigua Suite Imperial —ahora rebautizada Suite

Presidencial— del quinto piso del hotel Taj Mahal de Bombay, la misma habitación que ocupó Anita al llegar a la India, la habitación donde el Dr. Willoughby le comunicó su primer embarazo, el maharajá podía ver la Puerta de la India, el imponente arco de triunfo que los ingleses habían construido para conmemorar la visita del rey Jorge V y de la reina María para el Gran Durbar de Delhi de 1911. ¡Qué irrisorio le parecía hoy ese símbolo del imperio más colosal que el mundo había conocido jamás! Por debajo de su bóveda habían entrado los ingleses, y por ese mismo lugar tendrían que salir todos los príncipes para poner sus últimas riquezas a buen recaudo ante lo que se avecinaba.

El maharajá también podía ver, en la rada, el barco que estaba a punto de llevarle a Europa. Por primera vez tenía ganas de irse para no volver nunca más. A sus setenta y siete años, estaba cansado y sin ánimo. Había vivido intensamente, había disfrutado cada instante, pero los últimos acontecimientos le habían dejado postrado y abatido. En esos momentos de melancolía, recordaba a sus seres queridos, sobre todo a los hijos que había perdido. Primero fue Mahijit, en el pleno apogeo de su carrera política, en 1932, cuando apenas tenía cuarenta años, víctima de un cáncer fulminante. El segundo fue Amarjit, el militar, que murió en Srinagar, de un ataque al corazón, en 1944. Quedaba Paramjit, el heredero que ya nunca reinaría y que se dedicaba a beber y a dejarse sangrar por su amante inglesa.

Y Karan. Se había reconciliado con el hijo que estuvo en el origen del mayor escándalo que había golpeado la Casa de Kapurthala. Pero Karan se había redimido. Había logrado aumentar la productividad de las tierras de Oudh de manera espectacular. Se había mostrado un administrador serio y tan eficaz que el maharajá acabó llamándole a su lado, a Kapurthala, para dejar en sus manos todos los asuntos familiares importantes. Karan se había convertido en el báculo de su vejez... ¡Cuántas vueltas da la vida!

Además sentía una especial simpatía por su mujer, conocida como la princesa Charan. Acababa de aparecer en portada de *Vogue* luciendo un anillo de Cartier. Tenía todo lo que le gustaba en las mujeres: belleza, elegancia e inteligencia. Sí, Karan era su digno heredero. Pero en el camino había perdido también a muchos amigos, como un goteo constante que le recordaba la futilidad de la vida y ese día se acordaba de ellos. La muerte que más le impresionó fue la de Bhupinder el Magnífico, el maharajá de Patiala, el del culto a la diosa Koul, el incombustible mujeriego cuyo corazón estalló a la temprana edad de cuarenta y siete años. Fiel a sí mismo hasta el final, nueve meses después una concubina con quien había tenido relaciones la víspera de su muerte dio a luz. Hijos, amigos, amores..., la vida consistía en eso, en perder. Ahora estaba a punto de perder el trono, la esencia misma de su ser. Pronto dejaría de haber un lugar para él en el mundo.

Prefería irse lejos. Huir, huir de sí mismo, olvidarse. Dedicarse hasta el final a su auténtica y profunda vocación, las mujeres, los únicos seres capaces de consolar su viejo corazón herido. Una luz de esperanza despuntaba en su horizonte y daba cuerpo a la ilusión del viaje. En Londres contaba con volver a ver a una inglesa que había conocido en Calcuta y con la que había trabado amistad... y quizás algo más. ¡Ah, las europeas...! Hasta el propio Nehru había sucumbido al encanto y a la inteligencia de una de ellas, nada menos que la esposa del último virrey, Edwina Mountbatten. Los rumores decían que estaban profundamente enamorados, que eran amantes y que se encontraban en los viajes que el primer ministro de la India realizaba al extranjero. Corría el tiempo, pasaba la historia, cambiaban los personajes, pero el amor sobrevivía. Oriente y Occidente, tan distintos pero tan atractivos el uno para el otro como el hombre y la mujer. Como las dos caras de un mismo mundo.

El maharajá también tenía la intención de viajar a España, para disfrutar de buen flamenco con Anita y su hijo Ajit, que trabajaba como agregado cultural en la embajada de la India en Buenos Aires, pero que estaría en Madrid para San Isidro. Ajit, como buen hijo de andaluza, había heredado de su madre el gusto por los toros y el flamenco.

Aquella noche el maharajá no quiso bajar al comedor para cenar. Pidió a su ayudante que le subieran una cena ligera a la suite. Luego le mandó abrir de par en par las ventanas que daban al mar y desde las que vislumbraba las luces del buque que zarparía al día siguiente. Como siempre, la noche era húmeda y calurosa. Jagatjit Singh se tumbó en la cama, escuchando el eterno graznido de los cuervos de Bombay mezclado con el ruido del ventilador cuyas aspas giraban lentamente. La brisa empujaba los visillos, que se movían en la penumbra como si fuesen fantasmas danzantes. El halo de la luna menguante asomaba por una esquina de la ventana.

Cuando su ayudante volvió, acompañado por el camarero que empujaba el carrito con la cena, encontró al maharajá en la misma posición, con una expresión en su rostro que sugería una ligera sonrisa. Tendido en la cama desprendía el mismo aire majestuoso de siempre. Pero estaba inmóvil, con los ojos perdidos en el horizonte, sin habla. Había dejado de respirar unos minutos antes. El maharajá que más tiempo había reinado se apagó dulcemente, sin ruido ni sufrimiento. La muerte fue benévola con él, como él lo había sido con la vida.

Unos días más tarde, en Kapurthala, su nieto y su hijo Paramjit, abrían el cortejo fúnebre al que seguía una inmensa multitud que venía a rendir su último homenaje al hombre que les había gobernado durante casi sesenta años. Tenderos, comerciantes, campesinos, ancianos y sijs con largas barbas blancas lloraban desconsolados. Un anciano sacerdote hindú caminaba con dificultad para dar el pésame a la familia reunida junto al cadáver en los jardines de Shalimar, a las afueras de la ciudad. El cuerpo del maharajá yacía junto a la pira funeraria, sobre un lecho de paja, en la más pura tradición sij, según la cual se nace sin nada y se muere sin nada. El venerable anciano era un viejo amigo del difunto y consejero en asuntos de religión, de historia y de escrituras védicas. Se sentó en cuclillas y lloró en silencio. «Se nos va un gran hombre —dijo a su nieto, señalando el cuerpo del maharajá—. Levantó el Estado y ahora se lo lleva con él.»

* * *

Anita recibió la noticia en su lujoso piso de la calle Marqués de Urquijo de Madrid, en cuyo salón colgaba un espléndido retrato de su marido en traje de gala. Según su criada, Anita se quedó toda la tarde mirando el cuadro, con las manos juntas como rezando por el hombre que la había convertido en princesa contra viento y marea, y cuya sombra protectora se había extinguido para siempre. Anita recibió condolencias de amigos del mundo entero, y el propio general Franco le concedió una audiencia en el palacio de El Pardo para transmitirle el pésame del Estado español. Pero el vacío que la muerte del maharajá dejó en su vida era imposible de colmar.

La nostalgia que sentía por la India nunca la abandonó. Como ya no estaban los ingleses, intentó regresar varias veces, pero la situación en el Punjab era peligrosa. Además, «¿para qué volver?», le preguntaba Ajit, que se había convertido en un *play-boy* trotamundos y que le mantenía al corriente de los cambios. «Es mejor que no vuelvas, madre —le escribió su hijo en 1955—, y que guardes para ti los recuerdos de los bellos tiempos que viviste. Todo está tan cambiado, el espectáculo es desolador. Me pregunto qué sentirías si pudieras ver ahora lo poco que queda de tu reino. Las habitaciones tristes y vacías del palacio, los escasos muebles que no fueron malvendidos cubiertos por sucios paños y las ventanas de estilo mogol, las que daban al norte, madre, aquellas desde las que soñabas con ser libre como un pájaro, hoy sin cristales, dejando colar entre sus balaustres el frío y la nieve del invierno y la lluvia del monzón...»

Anita nunca volvió a Kapurthala. Se refugió en sus recuerdos y vivió los últimos años pendiente de las noticias que llegaban de la India. El Partido del Congreso acababa de aprobar una resolución para despojar a los príncipes de todos sus privilegios y pensiones. Ajit tenía razón, ¿qué sentido tenía volver a un mundo que ya no existía?

El 7 de julio de 1962, Anita murió en su casa de Madrid, en los brazos de su hijo, que llegó justo a tiempo para asistir a sus últimos momentos. Cuando fue a enterrarla en la Sacramental de San Justo, Ajit se enfrentó a un problema inesperado. La Iglesia católica se negaba a autorizar que su madre fuese sepultada en un camposanto. El clero alegaba que, al casarse con el maharajá, Anita había renegado de su fe católica. Aun después de muerta, Anita seguía siendo perseguida por las mismas fuerzas que la habían denostado y marginado en vida. Ajit tuvo que invertir una gran cantidad de energía y de tiempo para convencer al clero de que su madre nunca había dejado de ser católica. Tuvo que presentar certificados y documentos, y solicitar la intervención de sirvientes y amigos para apoyar sus alegaciones. El manto de la Virgen que Anita había ofrecido a su gente y que luego rescató de los cajones en que un obispo tan cerril como los clérigos que ahora la perseguían lo había escondido sirvió de prueba para demostrar que, aun casada, seguía siendo devota de la Virgen de la Victoria. El manto acabó en el Museo Catedralicio de Málaga, y la Virgen no llegó a lucirlo nunca, contra el que había sido el deseo de Anita.

Al final, Ajit consiguió convencer a los gerifaltes de la Iglesia, que terminaron por dar su aprobación al entierro, a condición de que en la tumba no apareciese ningún símbolo de otra religión. Acatadas las órdenes del clero, una semana después de haber exhalado el último suspiro, Anita Delgado Briones podía descansar, por fin, en paz.

QUÉ FUE DE ELLOS

Paramjit, el heredero que nunca reinó, murió en 1955 a los sesenta y tres años, en la cama de su casa de Kapurthala, atendido hasta el final de su enfermedad por su amante inglesa Stella Mudge. La cama tenía forma de góndola en recuerdo de Venecia, la ciudad donde se habían conocido.

Su hermano **Karan** murió en 1970, en Nueva Delhi, de una dolencia cardíaca. Martand y Arun, los hijos que tuvo con lady Charan, la bellísima esposa que había sido portada de *Vogue*, se dedican hoy a la política activa.

Ajit, el hijo de Anita, vivió como un diletante y, fiel a sus antepasados, se dedicó con ahínco a su afición por las mujeres (decían de él que era un «*ladie's man*»), por el jazz y la gastronomía. Llegó a poseer una enorme colección de discos de jazz y tenía fama de saber tocar muy bien el saxofón. Quiso ser actor y vivió una temporada en Hollywood, donde conoció a Jean Harlow y otras estrellas del momento. Cuando regresó a la India, tapizó las paredes de su dormitorio con fotos de actrices famosas, pero él nunca se casó. Al final, no pudo cumplir con su sueño de asistir a los mundiales de fútbol de España en 1982 porque enfermó de cáncer y murió el 4 de mayo de ese mismo año en una clínica de Nueva Delhi, a los sesenta y cuatro años de edad.

Bibi Amrit Kaur murió dos años después de Anita, el 5 de febrero de 1964, aquejada de una enfermedad respiratoria. Tenía setenta y cinco años. Nunca se repuso del asesinato de Gandhi en 1948, y decía que sin él se sentía «sin timón». Su cremación tuvo lugar a orillas del río Jamuna, en la capital india, y congregó a una enorme multitud que desfiló ante sus cenizas durante horas.

En 1975, Indira Gandhi abolió de un plumazo los últimos privilegios que los maharajás habían conservado a cambio de incorporar pacíficamente sus reinos a la Unión India. Exenciones fiscales, sueldos vitalicios y títulos fueron suprimidos. Los antiguos príncipes empezaron a ser objeto de implacables investigaciones policiales y fiscales, de manera que fueron deshaciéndose de sus patrimonios, malvendiendo sus palacios, sus muebles y sus joyas. Los que no se sintieron destrozados por el mazazo de Indira Gandhi se adaptaron a los nuevos tiempos como pudieron. Algunos, como el maharajá de Udaipur convirtieron sus palacios en hoteles de lujo, otros se hicieron hombres de negocios y otros se dedicaron a servir los intereses de la nueva India, como el maharajá de Jaipur y su mujer Gayatri Devi, que fueron embajadores en España, o el maharajá de Wankaner, que se hizo conservacionista y se dedicó a proteger a los tigres, otra especie en peligro de extinción.

Los gloriosos días del esplendor de los maharajás parecen hoy tan lejanos como los de los emperadores mogoles, pero siempre permanecerá el brillo de su recuerdo, como las joyas que guardaban en cofres de sándalo y que siguen centelleando, a pesar del polvo y la decrepitud, en el firmamento de la historia.

¿AMOR DE OTOÑO?

A raíz de la publicación de la primera edición del libro, recibí una llamada de teléfono de una señora mayor, Adelina, que decía vivir en Madrid.

—Soy una sobrina de Anita Delgado —musitó al teléfono con un hilo de voz—. Quisiera verle.

Nos citamos para la semana siguiente. Mientras esperaba el momento de encontrarme con ella, intenté averiguar quién me había llamado. Nunca había oído hablar ni había leído nada sobre Adelina Rodríguez. Sin embargo, por el tono de su voz y por los detalles que dejó traslucir durante nuestra conversación, no había duda de que se trataba de alguien que había conocido muy de cerca a la princesa de Kapurthala.

Me recibió elegantemente vestida en la residencia donde vive en el centro de Madrid. Frágil, alta, delgada, con dedos muy finos y la piel de porcelana, tenía una sonrisa dulce y un deje andaluz al hablar. Lucía algunas de las joyas que había heredado de Anita. Debía de tener más de ochenta años.

Me dijo que conoció a la princesa en 1927 en Málaga, cuando ésta había abandonado definitivamente la India. El parentesco se debía a que doña Candelaria, la madre de Anita y la abuela de Adelina eran tía y sobrina carnales. En 1935 se encontraron de nuevo, esta vez en París. Anita vivía lujosamente en un piso de la avenida Victor Hugo gracias a la generosa pen-

435

sión que recibía del maharajá. Adelina vivía con su padre, un republicano que había tenido que salir precipitadamente de España.

Pero la sorpresa que me tenía preparada Adelina se encontraba en cuatro gruesos álbumes de fotos, con tapas de cuero y el escudo en plata de la casa real de Kapurthala. Álbumes que no habían sido abiertos desde los años treinta. Algunas de esas fotos, gracias a su amabilidad y a la de su hermana Pepita, están reproducidas en esta edición.

Uno de esos álbumes dejaba ver a un personaje de manera insistente, un hombre algo más joven que Anita.

—Era mi padre —me susurró Adelina—. El secretario de la princesa.

Ginés Rodríguez Fernández de Segura era un malagueño de buena familia, viudo de una prima de Anita Delgado y padre de tres hijas. Agente de bolsa, hombre culto que hablaba a la perfección varios idiomas, había sido diputado por las Cortes en el gobierno de Lerroux antes de que la guerra civil le obligase a refugiarse en Francia. Adelina recordaba aquella época como un exilio dorado:

—Vivíamos en la avenida Marceau, muy cerca de Anita. Nos veíamos casi todos los días: salíamos de compras, pasábamos las navidades juntos celebrando Papa Noel, claro, porque los Reyes Magos allí no son conocidos, íbamos al Bois de Boulogne a montar a caballo, y sobre todo asistíamos mucho al teatro. Yo tenía quince años, y la princesa unos cuarenta. Era muy guapa y muy cariñosa.

—¿Su padre y la princesa se hicieron amantes? —me atreví a preguntarle.

Adelina sonrió, como avergonzada.

—Era su secretario —insistió.

Pero las fotos no mentían. Mostraban a Ginés y a Anita agarrados del brazo saliendo del Hotel du Palais en Biarritz, o caminando por una calle de Londres o Madrid. Al final, Adelina terminó por admitirlo: Anita Delgado había sido el gran amor de su padre. Iniciaron su idilio en 1936. Ambos estaban solos en París. Ella, separada; él, viudo. Anita había encontrado de golpe a una familia y a un hombre que le proporcionaban estabilidad y cariño. Su antigua obsesión por Karan se había convertido en un sueño difuso. Habían dejado de verse después de que él se hubiera casado con una princesa india. Seguiría siendo un amor platónico, nada más.

Con Ginés mantuvo una relación madura y estable. Él estuvo siempre muy presente en su vida, cada día, y además estaba loco por ella. Poco a poco fue convirtiéndose en su fiel compañero, siempre atento y solícito. Cuando acabó la guerra española, ambos regresaron a Madrid. Vivían «oficialmente» en pisos separados, Ginés con sus hijas en Paseo de Rosales y Anita en Marqués de Urquijo, 26. Adelina recordaba cómo los domingos salían en el Mercedes 180 de Anita a pasear por los alrededores de Madrid. Según Adelina, si mantuvieron su relación en secreto, o por lo menos disimulada, es porque ella temía que el maharajá se enterase y le redujese o cancelase la pensión.

A lo largo del año 1962, Anita Delgado se fue apagando poco a poco y al final, como contaba Adelina, «era una mujer sin vida».

—Cuando murió, mi padre estaba destrozado. Fue él quien acompañó a Ajit a luchar con el clero de la iglesia católica para conseguir enterrarla en un camposanto. Nunca se repuso de haberla perdido.

A Ginés se le quitaron las ganas de vivir y poco después cayó enfermo. «... Del corazón ¿de qué iba a ser?» —decía Adelina con una sonrisa melancólica. Seis años después, el 21 de febrero de 1968, murió de un infarto a la edad de 72 años.

Entendí que Adelina quiso a Anita tanto como a una madre y que el mejor homenaje que le podía hacer —a ella y a su padre— era revivir durante unos instantes los momentos felices del pasado. Por eso me había llamado, para recordar, para que esta historia de amor no cayese en el olvido.

AGRADECIMIENTOS

A principios de los años ochenta, mi amigo el productor de cine Felix Tusell me habló por primera vez de la historia de una española que se había casado con un maharajá. Para un enamorado de la India como yo era sin duda un tema muy atractivo. Felix me entregó una carpeta llena de fotos antiguas, artículos de periódicos y una copia del libro de Anita Delgado, *Impressions de mes voyages en Inde*, y me propuso escribir un guión para una película. Me puse manos a la obra y, mientras Felix se llevaba a su familia de vacaciones a Kenia, escribí un primer borrador. Pero nunca lo leyó, porque nunca regresó de aquel viaje. Murió en un accidente de tráfico en la carretera que une Mombasa con Nairobi. Desde estas páginas le dedico hoy un emocionado recuerdo.

Dejé aparcado el proyecto durante más de veinte años, hasta que Ana Rosa Semprún volvió a ponerme sobre su pista, de lo que le estoy muy agradecido. Como lo estoy a mis editores Adolfo García Ortega y Elena Ramírez, por su confianza y su aliento durante los largos meses de escritura.

Un libro así no se escribe sin la ayuda y el apoyo de mucha gente. Quiero agradecer especialmente a mi mujer Sita su paciencia

439

y su buen humor. Embarazada de cinco meses, ha aguantado estoicamente las temperaturas de más de cuarenta grados que padecimos en nuestros viajes por el Punjab.

Gracias a Dominique Lapierre por el ánimo que siempre me ha transmitido para escribir sobre sus amigos los maharajás. Y a Larry Levene por el estímulo que me ha brindado y por sus perspicaces correcciones.

Quiero expresar mi enorme gratitud a Elisa Vázquez de Gey, autora de *Anita Delgado, Maharaní de Kapurthala* (Planeta, 1997) por su generosidad a la hora de compartir datos, ideas y contactos. Sin su colaboración mi trabajo hubiera sido mucho más arduo. Gracias también a Laura Garrido, Bernadette Lapierre, Carlos y Carolina Moro, Christian y Patricia Boyer, y Cristina Reguera de Air India en Madrid.

En Nueva Delhi, quiero mencionar especialmente a Amitabh Kant, ministro adjunto de turismo de la India, por su valiosa y siempre eficaz ayuda. Y a nuestros viejos amigos Kamal Pareek, Arvind y Jaya Shrivastava, Ashwini Kumar, Francis Wacziarg y Aman Nath, Niloufar Khan y Shahernaz Masood. Gracias a Karan Singh, hijo del maharajá de Cachemira, y a Madhukar Shah, heredero de la casa de Orcha, por su cálido recibimiento así como a todos los miembros de la familia real de Kapurthala que se prestaron a dar su testimonio: la princesa Usha, Martand Singh, Anita Singh, Vishwajit Singh, Sukhjit y Satrujit Singh... Gracias también a Rakesh y Sushila Dass por dejarme publicar algunas de sus fotos inéditas. En el Punjab, doy las gracias a Shri Madan Gopal, antiguo jefe de la policía de Kapurthala, a Shivdular Dhillon de Patiala y a Jagjit Puri, jefe de la oficina de turismo de Chandighar. En Bombay, todo mi reconocimiento a Delna Jasoomoney y a la cadena de hoteles Taj por su apoyo y colaboración.

En Londres, estoy muy agradecido a Charles Allen, autor de los libros más exhaustivos escritos sobre los príncipes de la India como *Lives of the Indian Princes* o *Raj, a scrapbook of*

British India, por sus contactos, sus consejos y su amistosa acogida.

Por último, debo agradecer a Pedro Fernández y Pilar Ortega su colaboración a la hora de conseguir las fotos de Adelina; y gracias también a Aurélie Maroniez, Susana Garcés y a la compañía aérea KLM, que hizo que toda la investigación de este libro fuera posible.

BIBLIOGRAFÍA

Anita Delgado, Maharaní de Kapurthala, Elisa Vázquez de Gey (Planeta, Barcelona, 1997).

De parte de la princesa muerta, Kenizé Mourad (Muchnik Editores, Barcelona, 1988).

Edwina Mountbatten, Bertrand Meyer-Stabley (Bartillat, París, 1997).

El amor en los tiempos del cólera, Gabriel García Márquez (Círculo de Lectores, Barcelona, 1985).

Esta noche la libertad, Dominique Lapierre y Larry Collins (Plaza y Janés, Barcelona, 1975).

Exploring Sikhism, W. H. McLeod (Oxford University Press, 2000).

Hindu manners, Customs and Ceremonies, Abbé Dubois (Book Faith India, Nueva Delhi, 1999).

His Highness Sir Jagatjit Singh, Maharajah of Kapurthala (Diaries of the Maharaja of Kapurthala, Biblioteca Británica, Londres).

History of Bhopal State, Kamla Mittal (Munshiram Manoharlar, Nueva Delhi, 1990).

History of the Sikhs, Hari Ram Gupta (Munshiram Manoharlar, Nueva Delhi, 1995).

India of the Princes, Rosita Forbes (Travel Book Club, Londres, 1939).

Indian Tales of the Raj, Zareer Masani (BBC Books, Londres, 1987).

Kamasutra, the erotic art of India (Pavilion Books, Londres, 2002).

La India impúdica de los Maharajás, Vitold de Golish (Ed. Euros, Barcelona, 1974).

La maharaní española, Antonina Moreno (Historia y Vida, Madrid, 1976).

Lives of the Indian Princes, Charles Allen & Sharada Diwedi (Century Publishing, Londres, 1984).

Maharajas, Jarmani Dass (Hind Books, Nueva Delhi, 1971).

Maharani, Elaine Williams (Henri Holt, Nueva York, 1954).

Maharani, Jarmani Dass (Hind Books, Nueva Delhi, 1975).

Maharanis, Lucy Moore (Viking, Londres, 2004).

Monsoon, Steve Curry (Timeless, Nueva Delhi, 1988).

One Last Look, Susanna Moore (Knopf, Nueva York, 2003).

Plain Tales from the Raj, Charles Allen (Holt, Rinehart and Winston, Nueva York, 1975).

Race, Sex and Class under the Raj, Kenneth Ballhatchet (Weindenfeld and Nicholson, Londres, 1980).

Raj, a Scrapbook of British India, Charles Allen (Penguin, Londres, 1987).

Raj, the making of British India, Lawrence James (Abacus, Londres, 1997).

Recuerdos de una princesa, Gayatri Devi (Ed. Juventud, Barcelona, 1993).

Sardar Jassa Singh Ahluwalia, Ganda Singh (Punjab University, Patiala, 1990).

Song Song True, Malkha Puhraj (Kali for Women, Nueva Delhi, 2001).

The Age of Kali, William Dalrymple (Flamingo, Londres, 1998).

The Arts of the Sikh Kingdoms, editado por Susan Stronge (V&A, Londres, 1999).

The British Raj and the Indian Princes, Ian Copland (Orient Longman, Hyderabad, 1982).

The Invisibles, Zia Jaffrey (Vintage, Nueva York, 1996).

The Last Days of the Raj, Trevor Royle (John Murray, Londres, 1997).

The Last Nizam, V. K. Bawa (Penguin, Nueva Delhi, 1991).

The Life of Mahatma Gandhi, Louis Fischer (Harper Collins, Londres, 1997).

The Magnificent Maharaja, K. Natwar-Singh (Harper Collins, Nueva Delhi, 1998).

The Maharaja & Princely States of India, Sharada Diwedi (Roli Books, Nueva Delhi, 2001).

The Maharajahs, John Lord (Random House, Nueva York, 1971).

The Maharajas of India, Ann Morrow (Srishti Publishers, Nueva Delhi, 1998).

The Nababs, Percival Spear (Oxford Paperback, Londres, 1963).

The Princes of India in the Endgame of Empire, Ian Copland (Cambridge University Press, 1999).

The Sikhs, Patwan Singh (Rupa, Nueva Delhi, 1999).

Train to Pakistan, Kushwant Singh (Ravi Dayal, 1988).

White Mughals, William Dalrymple (Penguin, Nueva Delhi, 2002).

Wicked Women of the Raj, Coralie Younger (Harper Collins, Nueva Delhi, 2003).

Women of the Raj, Margaret Macmillan (Thames and Hudson, Londres, 1996).

CRÉDITOS DE LAS FOTOGRAFÍAS

ÍNDICE

Impreso en el mes de noviembre de 2005
en Talleres HUROPE, S. L.
Lima, 3 bis
08030 Barcelona